셰익스피어의 역사극

언어, 구조, 아이러니

셰익스피어의 역사극

언어, 구조, 아이러니

박우수 지음

차례

셰익스피어 역사극은 정치극이다: 아이러니와 다양성

셰익스피어William Shakespeare(1564~1616)의 영국 역사극은 「존왕King John」에서 「리처드 2세Richard II」, 「헨리 4세Henry IV」 1, 2부, 「헨리 5세Henry V」, 「헨리 6세Henry VI」 1, 2, 3부, 「리처드 3세Richard III」, 「헨리 8세Henry VIII」에 이르는 열 편의 극을 일컫는다. 시기적으로는 13세기 초엽부터 16세기 후반까지 약 4백 년의 영국 역사를 다루고 있는 셰익스피어의 역사극은 그 자체로 하나의 서사시를 방불케 한다. 다시 말해서 전체 열 편의 개별 작품은 그 하나하나가 독자적인 의미를 지니고 있지만 동시에 전체 열 편의 한 부분으로 귀속됨으로써 전체적인 맥락 속에서 더 풍부한 의미를 지닌다. 베르길리우스Vergilius의 서사시 「아이네이스Aeneis」(총 12권)가 전반부 6권에서 주인공 아이네이아스Aeneias의 이탈리아 도착까지의 방황을 호메로스의 서사시 「오디세이아Odysseia」를 기반으로 그리고, 후반부 6권에서 「일리아스Illias」와 상응하는 아이네이아스의 전투와 승리를 묘사하고 있는 것처럼, 셰익스피어의 역사극도 중세 봉건 사회로부터 장미 전쟁을 거쳐 봉건 사회가 와해되고 근대 초기 자본 축적기의 절대 왕조로 변화하는 잉글랜드 사회 격변의 과정을 비극과 희극을 모두 아우르는 전체적인 조망 속에서 서사적으로 다루고 있다.

이 격변의 과정을 통해서 셰익스피어는 궁극적인 신의 섭리의 작용이나 죄와 벌이라는 인과응보의 형태나 선의 궁극적인 승리를 담보하는 하나의 통일된 유형과 수렴의 과정으로 역사를 파악하기보다는, 국가의 통치자로서 왕은 어떠한 존재여야 하는가, 그리고 어떤 자질을 갖추고 있어야 하는가를 보여 준다. 즉, 이러한 치도의 문제를 군주를 중심으로 제기하는 데 셰익스피어의 궁극적인 관심이 있다. 셰익스피어의 비극이 문제적 인물을 상정하고 그의 영혼이 파멸되는 과정을 다룬다면, 그의 역사극은 거기에 그치지 않고 국가의 안녕과 같은 공적인 문제로 이야기를 확장해 간다. 말하자면 셰익스피어의 역사극은 해당 개인의 파멸에서 끝나 한 편으로 완결되는 그의 비극과 달리 미래를 향해, 한 국가의 장래 운명을 향해 미완으로 열려 있는 것이다. 그런 의미에서 셰익스피어의 역사극은 엄밀하게 말해 정치극이다.

통치자의 치도를 강조하는 셰익스피어 역사극의 정치극적 속성은 비극인 「맥베스Macbeth」에서도 나타난다. 마지막 궁지에 몰린 맥베스는 자신의 처지를 수액이 다 말라 버려 땅에 떨어지기 직전의 누런 고엽에 비유하며, 사람이라면 마땅히 노년에 누려야 할 미덕인 〈명예, 사랑, 복종, 한 무리의 친구들〉은 고사하고 자신에게 남은 것은 저주와 겉치레 아첨뿐임을 한탄한다(5.3.22~27). 이곳에서 셰익스피어는 철저하게 고립된 맥베스 한 개인으로서 삶의 실패가 곧 국왕으로서의 실패로 이어짐을 강조한다. 이와 같이 극작가로서 그의 역사극에서 셰익스피어의 관심은 역사적 사건의 전개에 있는 것이 아니라 그 사건을 야기하는 원동력으로 작동하고 있는 인물들의 성격에 맞춰져 있다. 그럼에도 불구하고 틸야드Eustace M. W. Tillyard나 캠벨Lily B. Campbell과 같은 역사학파 비평가들은 셰익스피어의 역사극을 연구하는 데 있어서 인간의 역사에 작용하는 신의 섭리를 확인하는 쪽에 주안점을 두어 왔다. 틸야드에 따르면 셰익스피어의 역사극은 궁극적인 질서의 확립과 옹호를 위한 일종의 변론이다. 엘리자베스 시대 사람들에게는 질서가 규범이자 정상이며, 무질서는 예외적인 현상이라는 것이다. 따라서 셰익스피어는 베이컨이나 마키아벨리와 달리 역사의 무질서의 배후에 자리하고 있는 질서 개념을 항상 상정하고 있으며, 지상의 질서 개념은 하늘의 질서 개념과 상응하는 것이라고 주장한다(21, 23). 제2차 세계 대전의 와중에서 민족적 통일을 염원하며 그 하나 된 영국의 이상을 셰익스피어의 시대에서 찾고자 한 틸야드의 입장을 감안하더라도 그의 단선적인 역사극 해석은 셰익스피어의 역사극을 역사극이 아니라 신학으로 환원시키는 잘못을 범하고 있다. 그의 단선적인 역사주의 환원론은 셰익스피어의 역사극이 보여주는 다양성을 애서 무시함으로써 텍스트를 왜곡하고 있다는 데에 결정적인 문제를 드러낸다. 틸야드에 따르면 셰익스피어 시대의 교육받은 보통 사람들에게 인간의 탐욕과 이기심, 거기에 기초한 사회적 갈등을 주장하는 마키아벨리는 별 관심의 대상이 되지 못했으며, 마키아벨리의 시대가 셰익스피어의 영국에는 아직 도래하지 않았다(23). 하지만 이러한 틸야드의 주장은 셰익스피어의 역사극이 예증하는 사실 자체를 질서라는 신화 속에 은폐하는 비(非)역사주의적인 것이다. 영국에서도 최소한 1572년경에는 리처드 3세가 마키아벨리즘의 원형으로 간주되었고, 그의 술수와 행동은 출세를 꿈꾸는 정치인들의 표본이 되었다는 캠벨의 주장은(326, 332) 틸야드의 주장을 올바르게 수정한다.

그러나 틸야드에 대한 부분적인 사실의 수정에도 불구하고, 캠벨 역시 셰익스피어의 열 편의 역사극들을 일련의 연속극으로 보고, 엘리자베스 시대 사람들에게는 이 연속극들이 한결같이 도덕적인 관점에서 해석되었다고 주장함으로써(121) 틸야드의 전철을 따른다. 죄와 벌을 강조함으로써 셰익스피어가 동시대인들에게 도덕과 정치를 가르치는 거울로서 역사를 다루고 있다고 주장하는(125) 캠벨은 셰익스피어의 영국 역사극을 일종의 신의 복수극으로 파악하고 있다. 왕권에 대한 도전은 궁극적으로는 신의 징벌을 받을 수밖에 없다는 사실을 강조하는 것이다. 그러나 그녀는 도전과 전복의 대상이 되고 있는 왕권이나 정치권력이 이미 찬탈에 의해 정통성을 결여한 경우까지도 징벌의 대상에 포함시킴으로써 역사적으로 부당한 권력에 대한 민중의 저항을 긍정하는 엘리자베스 당대의 소수 정치 담론을 간과하고 있으며, 궁극적으로는 모든 정치권력에 대한 저항을 불허함으로써 현 정치 질서를 정당화하는 다분히 보수적인 모습을 보인다.

틸야드나 캠벨과 같은 역사주의 비평가들이 질서 개념을 뒷받침하기 위해서 흔히 인용하는 것이 셰익스피어의 문제극으로 알려진 「트로일로스와 크레시다Troilus and Cressida」에서 질서와 위계를 강조하는 율리시스의 대사이다.

한번 질서를 없애 보아라! 무슨 일이 일어나겠는가?
거문고의 줄들은 맞지 않아 시끄럽고,

모든 것이 서로 충돌할 뿐이리라.

바다는 해안의 한계를 넘어

단단한 지구를 죽으로 만들고

강한 자가 약한 자를 지배하며

무도한 자식이 아비를 때려죽이며

힘이 정의가 되어 선악의 구별이 없어지며

시비를 가려야 할 정의마저 사라지리라.

모든 것이 힘에 귀착하고

힘은 의지에 귀착하고

의지는 욕망에 귀착한다.

욕망이라는 인류의 이리는

의지와 욕망이라는 이중의 도움을 받아

필연적으로 모두를 잡아먹고 나중에는

그 자신을 삼키고 말리라.

Take but degree away, untune that string,

And hark what discord follows. Each thing meets

In mere oppugnancy: the bounded waters

Should lift their bosoms higher than the shores,

And make a sop of all this solid globe;

Strength should be lord of imbecility,

And the rude son should strike his father dead;

Force should be right, or rather, right and wrong

Between whose endless jar justice resides

Should lose their names, and so should justice too!

Then everything include itself in power,

Power into will, will into appetite,

And appetite, an universal wolf

So doubly seconded with will and power,

Must make perforce an universal prey,

And last eat up himself. (1.3.109~124)

이곳에서 율리시스는 질서의 파괴가 초래할 보편적인 무질서를 강조한다. 탐욕스러운 인간의 욕망이 고삐 풀리게 되면 결국에는 인간이 인간을 잡아먹는 대혼란이 야기될 것이라면서, 그는 위계질서를 강조한다. 그러나 율리시스의 이 대사는 헬레네라는 여인 때문에 고향을 떠나와서 10년 동안이나 이국에서 전쟁에 시달리고 있는 백성들의 불만을 잠재우기 위한 매우 정치적인 발언이다. 율리시스가 이곳에서 탐욕적이고 무절제한 욕망을 경계하고 비난하는 데에는, 백성들을 순치시키려는 그의 음험한 욕망이 자리하고 있다. 이처럼 셰익스피어는 사물의 한 면만을 강조하는 역사주의 비평가들의 태도와는 달리 사물의 양면을 꿰뚫어 보려는 태도를 보인다. 그의 역사극 역시 예외가 아니다. 애써 사물의 한 면만을 강조하는 역사주의 비평의 과오는 지배 논리를 강조하며 그쪽 편에 서 있다는 점이다.

셰익스피어는 율리시스의 발언이 다분히 정치적이며 보수적인 지배 논리임을 대조의 효과를 통해서 들추어낸다. 〈전쟁과 욕정이 만사를 망친다〉고 주장하는 불평분자 테르시테스Thersites의 전쟁 지도자들과 전쟁 자체에 대한 비판을 배경으로 할 때야 비로소 율리시스의 발언은 의미를 지닌다. 위계질서가 붕괴될 위기에 처한 시점에서 율리시스는 질서의 중요성을 강조하며, 이를 통해 테르시테스와 같은 봉기적이고 이질적인 목소리를 폭력을 동원해서 잠재우고 있다. 그러나 좀 더 폭넓게는 「존 왕」에서 정쟁과 전쟁을 일삼는 정치 지도자들의 세계에 대해 로버트 팔콘브리지Robert Faulconbridge 경의 서자인 필립 팔콘브리지 Philip Faulconbridge의 대사와 율리시스의 대사를 대조, 병치할 때 그들 각각의 발언은 역사적인 문맥 안에서 그 의미가 한결 명료하게 드러난다. 팔콘브리지에 따르면 세상을 지배하는 원리는 명예나 보편적인 복지에 대한 고려가 아니라 이기심이다. 트로이 전쟁이 창녀나 다름없는 헬레네라는 한 여인 때문에 빚어진 일종의 개인적인, 혹은 가문의 복수극이며 여기에 동원된 그리스 연합군들이 〈그들만의 승리〉를 위해서 희생되듯이, 팔콘브리지는 정치적 세계에서 적도 동지도 없고 약속이나 계약이 쉽게 파괴되는 현실을 이기심, 혹은 편심 때문이라고 규정한다. 이것이 지배하는 세상을 그는 〈미친 세상, 미친 왕들〉의 세계라고 정의한다 (2.1. 561~598). 심지어 그는 세상이 원래는 똑바로 굴러가게 만들어졌는데 이 이기심으로 인해서 세상의 축대가 기울어서 세상이 삐딱하게 굴러간다고 말하며, 이기심을 일종의 원죄이자 세상 악의 시원으로 묘사하고 있다. 그러면서 팔콘브리지는 세상을 지배하는 이 원리를 자신도 따르겠다고 맹세한다. 흥미롭게도 여기서 셰익스피어는 〈이기심〉 혹은 〈편심〉을, 상품을 의미하는 단어와 같은 단어 〈commodity〉를 사용해서 묘사하고 있는데 모든 것을 변화시키는 편심, 혹은 상품이란 나중에 마르크스가 사용하는 창녀나 뚜쟁이와 같은 역할을 하는 화폐 상품의 의미를 선취하고 있어, 셰익스피어가 중세 봉건제에서 근대 초기의 자본주의 체제의 발아기에 처한 인간의 조건을 얼마나 제대로 묘사했는지 알 수 있다. 팔콘브리지의 독백과 율리시스의 대사를 나란히 놓고 볼 때 서로의 의미는 더욱 명확해진다. 마찬가지로 세상을 지배하는 원리가 이기심과 편익이라는 관점에서 헨리 5세의 프랑스 침략을 정당화하는 캔터베리 Canterbury 대주교의 주장 역시 더욱 잘 이해할 수 있다. 애국심이 굳이 인종주의나 민족주의와 결부하지 않더라도 집단적 이기심으로 표출되는 역사적 사례를 셰익스피어는 「헨리 5세」에서 잘 보여 주고 있다.

셰익스피어의 역사극이라는 거울은 캠벨이 강조하는 〈거울로서의 역사〉보다 폭이 넓고 투명하다. 셰익스피어는 「햄릿Hamlet」에서 연극을 가리켜 인간의 본성을 포함하는 자연에다 거울을 비추는 것이라고 말하며 연극이 곧 시대의 정수요 연대기라고 찬양한다. 이때 그가 말하는 시대의 거울인 연극(역사극)은 결코 사물의 특정한 면만을 포착하여 보여주는 단면 거울이 아니다. 그것은 때로는 오목거울이 되기도 하고, 때로는 볼록거울이 되기도 하며, 때로는 평면거울이 되기도 하고, 또 어떤 경우에는 관찰자의 시선이 특정한 각도에 맞춰져야만 형상이 드러나는 요술 거울이기도 하다. 셰익스피어 역사극의 특징은 포괄적인 다양성에 있다. 최재서는 1961년 동국대학교에 제출한 박사 학위 논문을 정리한 『셰익스피어 예술론』에서 예술의 기능과 효과를 다양한 정서의 질서화에서 오는 쾌락으로 정리하며(1, 32~33) 역사주의 비평가들의 질서 개념을 자연적 질서에서 도덕적 질서, 정치적 질서 등으로 확대하지만, 〈질서의 일탈〉에 대해서는 언급하지 않았다. 그러나 때때로 질서의 일탈에서 오는 해방감 또한 셰익스피어의 작품에서 부정할 수 없는 요소이며 그의 작품이 우리에게 주는 기쁨이다. 균형과 질서 의식을 강조하는 어빙 배빗Irving Babbitt의 고전주의적 문학관, 심리적 안정과 조화를 중시하는 리처즈I. A. Richards의 문학 비평 이론에 경도된 최재서의 비평 세계에서, 정서의 균형이 아닌 정서의 넘쳐흐름을 강조하는 낭만주의 문학관이나 이성적 작용의 한계를 지각하거나 정신과 육체가 찢겨 나가는 극단을 경험하는 숭고성의 체험은 설 자리가 없다. 그에게 질서를 위협하는 정서적·정신적 일탈은 불온한 문학의 영역이다. 본인은 의식하지 못했겠지만 그의 질서로서의 예술 이론은 전체적 질서 속에 개별적 특성을 포섭하는 파시즘의 정치 논리와 매우 가깝다. 최재서의 주장과 달리 「헨리 4세Henry IV」 1, 2부에서 폴스타프Falstaff가 우리에게 가져다주는 정서적, 지적 쾌락은 질서와는 거리가 먼 것이다. 오히려 셰익스피어 예술의 본질은 삶에 충실한 것이며, 삶은 어떤 특정한 방에 가두기에는 너무나 활기차고 다양한 생물이다.

셰익스피어의 역사극에 나타난 다양성, 좁혀 말해서 이중성은 어떤 특정한 가치나 현상을 바라보는 인물들의 다양한 목소리를 통해서 드러난다. 셰익스피어의 음악은 합주이고 대위법이다. 목소리의 대조와 병치가 차이를 만들어 내고, 이 차이가 가치와 사물의 단일성에 균열을 가져오는 동시에 다양성을 담보한다. 「헨리 4세」에서 헨리 퍼시Henry Percy, 즉 핫스퍼Hotspur는 군인의 명예를 존중하는 중세 기사도 시대의 인물이다. 성미가 급하고 다혈질이며 모든 것을 확대 해석하는 경향이 짙은 핫스퍼는 〈명예에 관한 일이라면 달나라에 가서 밝은 명예를 빼앗아 오거나 심연 모를 깊은 심해에서 익사당한 명예의 머리채를 낚아채서 건져 오는 것이 식은 죽 먹기처럼 손쉬운 일〉이라고 호언장담한다(「헨리 4세」 1부 1.3.199~205). 그는 식탁에서도 그날 전투에서 죽인 시체의 숫자를 세며 이 모든 것을 하찮은 일로 치부한다. 그는 군인으로서의 명예를 전부로 여기는 인물이다. 이런 핫스퍼를 부러워한 헨리 왕은, 아들인 핼Hal 왕자가 탕자처럼 술집이나 쏘다니며 시간을 허비하고 있다고 오해하고서는 자신의 아들과 핫스퍼가 바뀌었더라면 좋았을 것이라고 한탄한다. 그러나 핫스퍼가 말하는 〈명예〉의 의미는 폴스타프가 말하는 〈명예〉의 의미와 나란히 놓일 때 그 전모가 드러난다. 슈루즈베리Shrewsbury 전투를 앞두고 폴스타프는 목숨 앞에서 명예란 별 의미 없는 말뿐이라고 스스로 자문자답하는 일종의 교리 문답을 설파한다.

명예가 부러진 다리를 고칠 수 있나? 아니지.
그렇담 팔은? 그것도 아니지. 아니면 상처의 슬픔을 앗아 갈 수 있나?
아니지. 그렇담 명예에 수술 기술은 없는 거지? 그렇지.
명예란 무엇이지? 말이지. 명예라는 그 말에는 무엇이 들어 있나?
그 명예란 도대체 무엇인가? 공기일 뿐이지. 그럴듯한 계산이군!
누가 명예를 가졌나? 수요일에 죽은 사람이지. 그 사람이
명예를 느끼나? 아니지. 그자가 그걸 들을 수 있나? 아니지. 그렇담
명예란 감지할 수 없는 것이란 말이지? 그렇지. 죽은 사람에겐.
산 사람과는 공생하지 않을까? 아니지. 비방이 가만두지 않을 테니.
그렇담 나는 명예를 갖지 않아야겠군. 명예란 무덤 장식에 불과하군.
이게 내 교리문답의 끝이군.

Can honour st to a leg? No.

Or an arm? No. Or take away the grief of a wound?

No. Honour hath no skill in surgery then? No. What

is honour? A word. What is in that word honour?

What is that honour? Air. A trim reckoning!

Who has it? He that died a' Wednesday. Doth he

feel it? No. Doth he hear it? No. 'Tis insensible

then? Yea, to the dead. But will't not live with the

living? No. Detraction will not suffer it.

Therefore I'll none of it, honour is a mere scutcheon.

And so ends my catechism. (5.1.131~141)

땅에 발을 붙이고 먹고 마시고 배설하고 살아가는 구체적인 현실에서 명예와 같은 추상적인 가치는 실체가 없는 공기 같은 말에 불과하다고 주장하는 쾌락주의자이자 철저한 물질주의자인 폴스타프 앞에서 핫스퍼의 명예는 퇴색하고 만다. 그렇다고 셰익스피어가 폴스타프가 말하는 명예의 개념을 옹호한다고 볼 수는 없을 것이다. 그는 단지 명예에 대한 서로 상충되는 개념들을 두 대조적인 인물들을 통해 제시함으로써 그 의미의 영역을 넓히고 있으며 선택의 의무는 독자나 관객의 몫으로 남겨둔다. 이 극에서 셰익스피어는 명예에 관한 두 가지 대조적인 의미를 제시함으로써 추상적인 가치가 물질적인 것으로 치환되는, 중세로부터 근대 초기 자본 축적기로 이행하는 서구 사회의 가치관의 변화를 예리하게 포착하고 있다. 추상적인 것을 구체적인 것으로, 비가시적인 것을 가시적인 것으로, 관념적인 것을 감각적인 것으로, 정신적인 것을 물질적인 것으로, 비가산적인 것을 양화적인 것으로 치환하는 폴스타프는 라블레 François Rabelais의 가르강튀아Gargantua의 후예이며, 이들 앞에서 핫스퍼는 멸종 위기에 처한 시대착오적인, 혹은 반시대적인 인물이다. 앨빈 커난Alvin Kernan의 표현처럼 폴스타프는 변신의 귀재인 프로테우스Proteus 같은 인물이며, 살아남는 데 있어서 대가이며, 극도로 힘들고 위험하며 자칫 고통으로 가득 찬 세상에서도 편안할 수 있는 인물이다 (254~255). 폴스타프의 삶과 예술은 그 활기찬 생명력으로 정치적 술수의 세계에 대한 풍자의 역할을 한다. 그의 본능적 놀이와 변신은 핼 왕자의 계산된 놀이 및 변신과 대조를 이룬다.

관점의 차이가 가치의 차이를 가져오듯이, 셰익스피어의 역사극에서는 시점의 차이가 선악의 가치를 전도시키고 영웅을 범인으로 변화시키기도 한다. 「헨리 6세Henry VI」 1부에서 드러나듯이, 프랑스인들에게는 울던 어린아이도 울음을 그치게 할 정도로 무서운 존재인 탤벗Talbot은 잉글랜드 입장에서 보면 헤라클레스와 맞먹는 영웅이다. 그의 시체를 수습하기 위해 프랑스 진영으로 찾아온 잉글랜드의 윌리엄 루시 경Sir William Lucy에게 탤벗은 프랑스 왕국을 징벌하는 검은 복수의 여신과 같은 존재이다.

전장의 위대한 헤라클레스 장군이 어디에 계시오?
용감한 탤벗 경, 슈루즈베리 백작 말이오,
전투에서의 위대한 승리를 위해 워시퍼드와
워터퍼드와 발랑스의 위대한 백작이 되신 분,

굿리그와 어친필드의 탤벗 경,

블랙미어의 스트레인지 경, 알턴의 버둔 경

윙필드의 크롬웰 경, 셰필드의 퍼니발 경

연전 연승의 팔콘브리지 경,

성 마이클 기사단과 황금 양털 기사단과 맞먹는

고귀한 성 조지 기사단의 기사,

프랑스 왕국에서 치러지는 모든 전쟁을 지휘하는

헨리 6세의 위대한 야전 사령관이 어디에 계시오?

But where is the great Alcides of the field,

Valiant Lord Talbot, Earl of Shrewsbury,

Created, for his great success in arms,

Great Earl of Washford, Waterford, and Valence,

Lord Talbot of Goodrig and Urchinfield,

Lord Strange of Blackmere, Lord Verdon of Alton,

Lord Cromwell of Wingfield, Lord Furnival of Sheffield,

The thrice-victorious Lord of Faulconbridge,

Knight of the noble Order of Saint George,

Worthy Saint Michael, and the Golden Fleece,

Great marshal to Henry the Sixt,

Of all his wars within the realm of France. (4.7.60~71)

루시 경은 탤벗의 영웅적인 모습을 강조하기 위해서 온갖 작위를 갖다 붙이는 서사시의 열거 기법을 동원하고 있다. 잉글랜드의 온갖 지방의 고유 명사가 탤벗에게 누적되어, 아이러니컬하게도 그 무게에 그가 압사당하고 있는 느낌이다. 그러나 루시의 말을 듣고 있던 프랑스의 잔 다르크Jeanne d'Arc에 의해서 이러한 서사적 기법은 여지없이 조롱의 대상으로 전락하고, 죽은 탤벗은 파리 떼에 뜯기는 악취 풍기는 시체에 불과함이 강조될 뿐이다.

> 정말 어리석은 작위들을 그럴듯하게 부여하고 있군!
> 쉰두 개의 왕국을 가진 터키의 술탄도
> 이렇게 지루하게 작위들을 열거하지는 않을 거야.
> 당신이 이 많은 칭호로 과장하는 그자는
> 악취를 풍기고 파리 떼에 뜯기며 우리 발아래 놓여 있소.

> *Here's a silly stately style indeed!*
> *The Turk, that two and fifty kingdoms hath,*
> *Writes not so tedious a style as this.*
> *Him that thou magnifi'st with all these titles,*
> *Stinking and fly-blown lies here at our feet.* (4.7.72~76)

잔 다르크의 간명하고 조롱 섞인 언어는 루시가 구름 위로 올려놓은 탤벗을 여지없이 땅바닥으로 던져 버린다. 서사적 언어와 사실적인 언어의 대립은 탤벗을 보는 대조적인 시각을 그대로 반영하고 있다. 생애의 대부분을 프랑스에서 전쟁으로 일관하다가 죽은 헨리 5세가 잉글랜드 사람들에게는 국토를 넓혀 준 애국적인 영웅이지만 프랑스 백성들에겐 무자비하기 짝이 없는 전쟁 기계에 불과하듯이, 셰익스피어에게 역사적 사실은 해석자의 주관적 해석에 의해서 신화화와 비신화화의 양극단을 오간다. 객관적인 역사는 극작의 과정에서 그 사실에 대한 해석보다 더 중요하게 다루어지지 않는다.

탤벗에 대한 상호 대립적인 시각의 병치는 여기서 그치는 것이 아니라 한 걸음 더 발전한다. 탤벗이 어린 아들인 존에게 위험한 전쟁터에서 벗어나 목숨을 구하라고 말하는(하지만 아들은 결국 아버지의 명을 거역하고 끝까지 곁에서 싸우다 함께 전사한다) 것과 대조적으로, 잔 다르크는 자신의 출생을 신비화하고 자신을 영웅시하기 위해 시골 농부인 아버지의 존재를 부정한다. 셰익스피어는 이 대목에서 프랑스의 영웅적 전사인 잔 다르크를 악마로 간주하는 다분히 악의적인 잉글랜드의 시각을 반영한 것이다. 이처럼 셰익스피어는 한 인물에 대한 대조적인 태도를 마지막 순간까지 반복적으로 유지한다.

셰익스피어가 그의 역사극에서 구체화하고 있는 대조와 병치의 효과는 현실 정치에 있어서 선하지만 결단력이 없는 유약한 군주와, 악하지만 강력한 마키아벨리적인 군주의 대립과 투쟁으로 발전한다. 이것은 궁극적으로 어떠한 통치자가 이상적인 군주인가 하는 치도의 문제와 밀접하게 관련된다. 리처드 2세가 〈지상의 왕은 하늘의 신에 의해서 대리인으로 임명된 기름부음을 받은 왕〉이라는 왕권신수설을 신봉하는 유약한 왕인 반면 사촌인 헨리 볼링브루크Henry Bolingbroke는 백성들과 귀족들의 여론을 이용할 줄 아는 영악한 찬탈자이다. 마찬가지로 헨리 6세는 내란에 휩싸인 현실 정치에 환멸을 느끼며 왕궁을 떠나 시골 숲 속에 은둔하여 세상과 절연하고 여생을 마감하고 싶어 하는 선한 군주이지만, 그의 유약함은 쉽게 요크 백작의 찬탈 야심의 제물이 된다. 흔히 인간적인 미덕과 마키아벨리적인 현실감을 균형 있게 겸비한 자가 이상적인 군주로 거론되며 이에 합당한 인물로 헨리 5세를 얘기하지만 마키아벨리적인 힘의 정치가 인간적인 미덕과 병행될 수 없다는 사실에 문제가 발생한다. 왕의 두 몸, 즉 사적인 개인과 공적인 직분은 별개의 것이며 이를 명확하게 구분하여 유지하는 것이 성공적인 치도의 요건으로 얘기되지만, 사적인 개인의 영역과 공적인 직분을 완전히 분리시킨다는 것은 추상화된 관념일 뿐 살아 있는 인간이 성취할 수 있는 것이 아니다. 예컨대 햄릿의 숙부 클로디우스가 외교에 능하며 내치를 튼튼히 하는 유능하고 강력한 군주라고 해서 그가 범했던 살인의 범죄에서 자유로운 독립된 군주로서만 별개로 존재할 수는 없다. 선하고 유약한 군주와 강력하지만 사악한 마키아벨리 같은 군주 사이에서 셰익스피어가 사자의 힘과 여우의 간교함을 동시에 지닌 이상적인 군주를 제시하려고 했다는 주장은 지나친 해석이다. 셰익스피어는 단지 역사적인 군왕들의 모습을 제시할 뿐이며 그 평가는 전적으로 독자나 관객의 몫으로 남긴다.

그러나 극작가로서 셰익스피어의 관심은 마키아벨리적인 군주에게 있었다. 악이 현실 제도와 도덕 질서를 와해하는 봉기적인 힘으로 작용한다면, 악한 인물들이 초래하는 여러 가지 형태의 변화는 본래의 자신과 주어진 역할 놀이 사이에서 끊임없이 거리를 유지하는 연극 무대와 흡사하기 때문이다. 리처드 3세나 이아고Iago에게서 쉽게 찾아볼 수 있듯이, 〈위선자〉라는 배우의 어원적 의미에서, 속임수를 쓰는 놀이하는 인간보다 더한 마키아벨리적인 인간이 또 있을 수 있을까? 그리고 이들 놀이하는 인간이 주는 심미적 기쁨보다 더한 극장의 기쁨이 무엇이겠는가? 마키아벨리적인 정치가들의 한결같은 공통점은 그들이 뛰어난 배우라는 사실이다. 셰익스피어는 세상이라는 극장을 현실 정치의 축소판으로 집약해 놓고 그곳에서 벌어지는 정치적 권력 다툼과 여기서 빚어지는 현실의 변화를 바로 연극과 등가에 놓고 있다. 사실이 아닌 것을 사실인 것처럼 〈가장〉할 수 있는 인간들은 항상 현실을 뛰어넘은 가능성의 세계를 설정하는 상상력이 풍부한 인간들이며 이런 의미에서 도덕적 선악의 개념을 넘어선 일종의 예술가들이다. 정치가 예술이라고 주장하는 사람들은 아마도 이런 연극적인 속임수의 기술을 찬양하는 인물들일 것이다.

셰익스피어가 영국 역사극 열 편을 하나의 전체로서 부분과 전체의 상호적인 의미를 제공할 수 있는 것은 그가 과거의 역사를 조망할 수 있는 후대 사람이라는 점 덕분이다. 높은 산정을 조망하려면 그보다 높은 지점이 요구되듯이 셰익스피어는 과거의 역사적 사건들을 후대의 조망 탑에서 내려다볼 수 있기 때문에 각각의 사건에 전체적인 의미를 부여할 수 있으며 여기서 대조와 병치의 효과를 기대할 수 있다. 전체적인 조망이 가능한 곳에서 비로소 아이러니가 발생한다. 공감과 거리 두기가 동시에 가능한 곳에서 발생하는 아이러니는 견해나 태도의 충돌을 전제하기도 하고 동시에 야기하기도 한다. 그렇기 때문에 아이러니는, 조너선 하트 Jonathan Hart도 적절히 지적하듯이 통일, 질서, 권위에 대한 환상을 해체한다(225). 아이러니가 참여와 방관이라는 이중적인 태도를 의미한다면 셰익스피어의 역사에 대한 태도 역시 공감과 거리 두기라는 이상적인 방관자의 그것이며, 이는 그의 역사극을 보는 관객의 이상적인 모습이기도 할 것이다. 헝가리 태생의 영국 작가인 아서 케스틀러 Arthur Koestler

가 지적하듯이 아이러니는 매우 정교한 무기이다. 아이러니를 구사하는 사람은 상대방의 눈을 꿰뚫어 볼 수 있고 상대방의 정신세계에 자신을 투영시킬 수 있는 상상력을 지녀야 하기 때문이다(74). 셰익스피어는 그의 영국 역사극에서 대조와 병치 기법을 통해서 아이러니를 유발하고 동시에 아이러니를 통해서 내용과 형식 면에서 대조와 병치 기법을 발전시키고 있다. 그의 아이러니가 독자나 관객에게 가져다주는 이점은 역사를 어느 하나의 단선적이고 통일된 관점에서가 아니라 다양성이라는 상호 모순적이고 충돌하는 견해를 전체적으로 파악할 수 있는 망루를 제공하는 데 있다.

혹자는 셰익스피어의 대조와 병치의 기법과 효과를 선악의 구분을 극단으로 몰고 간 중세 도덕극의 잔재로 돌리기도 한다. 그러나 셰익스피어의 역사극은 도덕극적 선악의 이분법으로는 담아낼 수 없는 역사적 총체성을 아이러니를 통해서 확보한다. 셰익스피어의 역사극을 특징짓는 것은 다양성이며 이 다양성을 담아 나르는 수레가 바로 아이러니이다. 아이러니는 다양한 관점의 충돌에서 발생한다. 단선적인 관점으로 역사를 수렴하는 구역사주의적 시각은 역사의 다양성과 길들여질 수 없는 역사적 사실들을 억지로 비끄어매어서 순치시키려고 하는 인위성의 폭력을 행사한다. 아이러니라는 장치를 통해서 셰익스피어는 장미 전쟁을 둘러싼 중세 영국의 정치 현실을 비추며, 이 현실을 자신의 당대 역사와 정치의 장에 겹쳐 놓는다. 그의 역사극은 과연 무엇이 바른 정치의 길인가 하는 의문을 계속 제기하며, 이런 의미에서 문제 제기적인 일종의 정치극이며 문제극이다.

참고 문헌

최재서. 『셰익스피어 예술론』. 서울: 을유문화사. 1963.

Campbell, Lily B. *Shakespeare's "Histories": Mirrors of Elizabethan Policy*. San Marino, California: The Huntington Library. 1978.

Hart, Jonathan. *Theater and World: The Problematics of Shakespeare's history*. Boston: Northwestern University Press. 1992.

Kernan, Alvin. "The Shakespearean Conception of History". *Modern Shakespearean Criticism*, ed. Alvin Kernan. New York: Harcourt Brace Jovanovich. 1970. 245~275.

Koestler, Arthur. *The Act of Creation*. New York: Dell. 1967.

Seward, Desmond. *Henry V as Warlord*. London: Penguin. 2002.

Tillyard, E. M. W. *Shakespeare's History Plays*. London: Chatto and Windus. 1956.

1. 「존 왕」
매우 거칠고 모양새 없는 형식

셰익스피어의 「존 왕」(1596)은 제1사부작의 마지막 작품 「리처드 3세
Richard III」와 제2사부작의 첫 작품 「리처드 2세Richard II」 사이에 집
필되었고, 그런 의미에서 제1사부작과 제2사부작의 매개가 되는 작품이
다. 이 작품은 요크York가와 랭커스터Lancaster가의 장미 전쟁을 본격
적으로 다루고 있지는 않지만 13세기 초엽의 왕권의 정통성 문제를 취급
하고 있다는 점에서 작가의 일련의 역사극이 지니는 문제의식을 그대로
함축하고 있다. 그러나 한편으로는 과연 왕권의 정통성이라는 것이 존재
하는지, 정통성 자체는 의미가 있는지, 정통성이란 실질적인 권력에 의존
하는 것인지 아니면 혈통의 세습에 의존하는 것인지에 대해 실험적으로
의문을 제기함으로써 셰익스피어의 기타 역사극과는 일정한 거리를 유
지하며 〈역사〉의 의미에 대해 회의적인 시각을 드러내는 특이한 작품이
기도 하다. 「존 왕」은 정치권력이 애국심이나 추상적인 국가라는 대의명
분이 아닌 개인적 이해관계에 의해 지배되는 양상을 폭로함으로써, 혼란
이 질서로 나아간다는 목적론적 역사관이나 신의 뜻이 지상의 권력을 통

해 궁극적으로 이루어진다는 식의 기독교적 역사관을 부정한다. 일련의 역사극의 흐름에서 비켜서 있는 이 작품은 기존의 역사 쓰기나 역사 해석을 해체하고 비(非)신화화하는 풍자적 성격이 짙다. 실험적 역사극으로서의 이 작품의 특질은 1막부터 3막까지의 전반부와 4막부터 5막까지의 후반부로 양분돼 있는 극의 구성, 전반부의 존 왕과 후반부의 팔콘브리지로 역시 양분된 중심인물, 그리고 극의 열린 결말로 요약할 수 있다. 작품 전반에 걸쳐 작가가 제기한 왕권의 정통성 문제는 작품 마지막에 이르러서도 미해결의 난제로 남는다. 「존 왕」의 분위기는 트로이와 그리스의 전쟁 영웅들을 독설가 테르시테스의 입을 통해 풍자하고 희화화하는 「트로일로스와 크레시다」의 세계에 매우 가깝다. 또한 왕권이 과연 세습 권리에 있느냐 힘에 있느냐에 대해 「존 왕」이 제기하는 해답 없는 질문은, 해결점을 제시하지 않은 채 본질적인 문제만을 제기하는 셰익스피어의 문제극들, 곧 「끝이 좋으면 다 좋다All's Well That Ends Well」, 「자에는 자로Measure for Measure」, 「베니스의 상인The Merchant of Venice」 등과 나란히 이 작품을 자리매김하게 한다. 「존 왕」은 역사극이면서 역사에 대한 근본적인 물음을 제기하는 메타역사극이며 획일적인 역사관을 해체하는 풍자적인 작품이다. 강한 풍자성은 일관된 역사의식을 부정하며 단선적인 역사의식에 대한 문제 제기는 작품의 이원화된 구조에 반영된다.

비교적 짧은 2천 6백여 행 전부 운문으로만 쓰인 이 작품은 존 왕의 17년 동안의 치세기(1199~1216)를 압축적으로 다룬다. 1199년 사자 왕 리처드가 서거하자 헨리 2세의 4남 존은 죽은 형 제프리Geoffrey의 아들인 어린 조카 아서Arthur를 제치고 왕위에 오른다. 리처드의 유언과 귀족들의 지지를 바탕으로 실질적인 왕권을 행사하고는 있지만 그는 형의 적자인 아서 왕자가 살아 있는 한 끊임없이 왕권의 정통성 시비에 휘말릴 수밖에 없다. 프랑스 브리타니Brittany 백작의 딸이자 선왕의 왕비인 콘스탄스Constance가 시동생을 찬탈자로 비난하며 아들의 왕권 회복을 꾀하고 이를 프랑스의 필립 2세가 지지함에 따라 존 왕의 정통성 문제는 영국을 넘어 프랑스, 나아가 로마 교황청의 문제로까지 이어지게 된다. 존 왕의 어머니 엘리너Eleanor 황비의 말대로 존의 왕권은 〈왕권에 대한 권리보다 강력한 현 소유권〉(1.1.40)에 의존하고 있다. 도입부에서 프랑스 왕의 사신 샤티용Chatillon의 입을 통해 제시되는 〈빌려 온 왕권the borrowed majesty〉(1.1.4)의 문제는 작품의 〈기괴한 시작a strange beginning〉(1.1.5)을 알리며 이 작품이 시종 논쟁의 형식을 띨 것임을 독자나 관객에게 고지한다.

핵심 문제를 둘러싼 대론이라는 이 작품의 형식은 프랑스 왕에 의해 제기된 존의 정통성 문제뿐만 아니라 로버트 팔콘브리지와 필립 팔콘브리지 형제 간에 불거지는 적자의 정통성 문제로도 가시화된다. 셰익스피어는 작품의 핵이 되는 왕권의 정통성 문제를 주변 인물들의 문제로 치환하여 중첩적으로 예증하는 구성 방식을 택하고 있다. 로버트는 형인 필립이 서자임을 내세워, 연 수입 5백 파운드가 보장되는 토지의 소유권이 자신에게 있음을 주장하면서 왕에게 이에 대한 판결을 간청한다. 존으로서는 그 자신이 정통성 시비에 휘말려 있는 왕으로서 혈통의 정통성 문제를 심판해야 하는 난감한 상황에 처한 셈이다. 팔콘브리지 형제는 재산을 위해서라면 어머니의 정조와 명예가 손상되는 것 따위는 괘념치 않는다. 로버트는 국사의 중책으로 자주 출국했던 아버지의 부재중에 리처드 왕이 자신의 어머니와 동침하여 낳은 아들이 형 필립이요, 따라서 그는 적자의 자격이 없으며 그가 누리고 있는 장자권과 재산 역시 자신의 몫이어야 한다고 주장한다. 이로써 로버트는 왕권의 정당한 소유권을 주장하는 아서 왕자의 주장을 반복하는 셈이다. 자신의 처지와 직결되는 이 문제를 판결해야 할 입장에 처한 존은 역시 자신의 처지에 걸맞은 판결을 내린다. 즉 실제로야 누구의 아들이건 간에 필립은 리처드가 자신의 아들로 인정하지 않았고 팔콘브리지가 아들로 인정했기 때문에 여전히 적자로서의 권리를 가진다는 것이다. 실질적인 소유권을 옹호하는 판결이다. 그러나 임종 시에 필립이 당신의 아들이 아님을 밝히고 토지를 자신에게 상속한 아버지의 유언은 아무런 효력이 없느냐는 로버트의 항변과 반발은 존의 판결이 근본적 해결이 아님을 강조한다.

그 얼굴 생김새와 말씨에서 아들 리처드의 특징을 알아본 엘리너 황비가 적자의 자리를 버리고 〈사자 왕 리처드의 유명한 아들〉(1.1.139)로 궁정에 남을 것을 권하자 필립은 재산보다 명예를 택함으로써 왕으로부터 작위를 받아 리처드 플랜태저넷Plantagenet 경으로 다시 태어난다. 그는 유리창을 넘어 들어왔건 울타리를 넘어 들어왔건 간에 가진 자가 임자요, 과녁이 가깝건 멀건 간에 표적만 잘 맞히면 제일이라는 편익 *expediency*의 논리를 내세워 〈어떻게 태어났건 간에 나는 나다〉(1.1.180)라고 말함으로써 현실 논리를 앞세우는 존 왕의 입장을 반복한다. 필립은 궁정에 들어오기도 전에 이미 개인의 이해관계가 지배하는 궁정 정치의 세계를 체험한 인물이다. 이 작품의 제1폴리오판(1623)에는 기사 작위 수여식 직후부터 필립 팔콘브리지의 이름이 사생아Bastard로 표기돼 있는데, 이는 바로 이어지는 독백에서 비록 아첨과 술수로 가득한 궁정 정치의 세계에 속하게 되었으나 이를 답습하지 않는 시대의 사생아로 남겠다는 그의 다짐에 비추어 이는 적절한 변화라 볼 수 있다. 그러나 한편으로 그는 다른 사람을 속이기 위해서가 아니라 속임을 당하지 않기 위해서라면 기꺼이 〈시대의 입맛에 걸맞은 달콤한 독약〉(1.1.213), 즉 아첨을 배우겠다고 궁정의 관찰자 격인 관객들에게 다짐한다. 그리고 그는 정작 이런 다짐과 달리 아첨을 통해 출세하거나 남을 속이는 인물이 아니기에 그 발언은 자연스레 궁정 정치 세계에 대한 풍자가 된다. 처음부터 존 왕의 정치 세계에 대한 논평자 내지 관찰자로 등장한다는 측면에서 그는 셰익스피어의 대변자이며 「헨리 6세」 1부의 탤벗과 닮은꼴이라 할 만하다. 사생아라는 작중 이름 내지 신분이 뜻하듯 필립은 시대의 풍습에 걸맞지 않은 인물이요, 인위적이고 가식적인 궁정에서 사생아이기 때문에 유일하게 〈자연인*natural son*〉으로 남아 있는 인물이다. 자연과 인습의 변경 지대의 산물인 사생아로서 궁정의 안과 밖의 경계에 처해 있는 덕에 현실 세계에 대한 비판이 가능해진 것이다.

필립은 채프먼George Chapman(1559?~1634)의 비극 「뷔시 당부아 The Tragedy of Bussy d'Ambois」에서 궁정 세계를 목가적인 순수함에 견줘 비판하는 뷔시의 모습을 잘 대변한다. 그러나 그는 뷔시와는 달리 자신이 발 들여놓은 궁정 세계 안에서 타락하지는 않는다. 이는 그가 이미 그 세계에 대해 너무나도 잘 알고 있기 때문이다. 팔콘브리지는 타락한 궁중 정치의 세계라는 작중의 배경 속에서 서서히 발전해 나가는 인물이 아니라 작가의 머릿속에서 이미 하나의 이상형으로 내정된 인물이다. 그리고 바로 이 점이 그의 한계이기도 하다. 작중에서 발전하는 인물이 아닌 까닭에 작품 후반부에서 보이는 필립의 변화는 극의 통일성을 손상시키는 요인으로 작용하는 것이다. 1막에서 왕권의 정통성 시비가 팔콘브리지 형제의 적자 논쟁과 아울러 다루어졌다면 2막에서는 앙지에르Angiers를 둘러싼 영국과 프랑스 간의 영토 논쟁이 극화된다. 서로 앞을 다투어 자신에게 성문을 열라는 양국 왕의 요구에 어느 쪽이 정통한 왕인지 증명해 보라는 앙지에르 시장의 요구는 이 작품의 핵심적인 주제가 왕권의 정통성 문제임을 재차 입증하는 셈이다. 존이 조카인 아서의 왕권을 차지한 것은 프랑스의 필립 왕의 말처럼 〈왕관이라는 처녀의 순결한 미덕〉(2.1.97~98)을 강간한 행위요, 이는 사자 왕 리처드의 간음, 필립의 적자 논쟁으로 다시 발전하는 주제이다. 2막의 엘리너 황비와 콘스탄스의 설전 역시 왕권의 정통성과 적자 시비가 불가분의 문제임을 증명하는 삽화다. 황비는 손자를 며느리 콘스탄스의 간통으로 태어난 서자로 간주하면서 아서의 혈통과 왕위 계승권을 전적으로 부정한다. 이에 맞서 콘스탄스 역시 손자의 혈통과 정체를 부정하는 엘리너 황비의 태도를 비난하면서 역으로 그녀의 정조를 의심한다. 그들의 논쟁은 혈통의 정통성과 거기에 근거한 왕권의 정통성이 결국 자식을 낳는 여성에 의해 결정된다는 사실을 증명하는 것이다. 존 왕은 형수의 독설을 〈광인 bedlam〉의 말로 치부하며 애써 무시하려 하지만, 혈통의 문제가 여성에게 달려 있다는 것은 몰각할 수 없는 사실이다. 엘리너 황비와 콘스탄스의 설전은 존과 아서 중 누가 정통한 왕인지 앙지에르 시민들에게 물어보자는 프랑스 필립 왕의 제안으로 중단된다.

1막에서처럼 2막에서도 정통성 시비는 판결의 문제로 발전한다. 성벽 위로 올라온 시민을 재판관으로 삼아 프랑스 왕과 영국 왕은 변호사처럼 각자 자신의 입장을 피력한다. 그러나 양국 왕의 주장에도 불구하고 성벽 위의 시민은 〈(자신이) 왕임을 증명해 보이는 자에게만 우리들은 충성할 것이다〉(2.1.270~271)라고 답하며 개문을 거부한다. 영국 왕과 프랑스 왕이 각각 3만 대군을 거느린 왕으로서의 정통성을 주장하는 가운데 극에서 그들의 영웅적 연설을 방백으로 비꼬는 역할을 맡은 팔콘브리지는 집결한 사졸들이 하나같이 〈사생아 같은 자들〉(2.1.389)일 따름이라고 비난한다. 사실 프랑스 사신 샤티리옹의 입을 통해 묘사됐듯이 정벌을 위해 프랑스로 건너온 영국의 군사들은 고향의 재산을 팔아 그럴 싸한 치장이나 하고 외국 전쟁에서 팔자나 고칠 심산으로 참전한 무리들로, 죄 성마르고 무분별하며 앳된 불만분자들이다(2.1.66~75 참조). 엘리자베스 여왕 당대에 프랑스와의 전쟁(1589~1591)이나 네덜란드와의 전쟁(1572~1586)에 파견됐던 영국 용병들의 성격이 극의 중세적 배경에 삽입된 이 대목에서 필립은 자기 휘하의 군인들을 모두 사생아라고 비아냥거림으로써 자조를 내포하는 극적 아이러니를 보인다. 사생아 필립은 궁정의 문화와 정치의 관찰자이자 비판자로서 셰익스피어의 대변인이요 관객을 향한 코러스지만, 마치 「트로일로스와 크레시다」의 테르시테스가 자신의 신랄한 비판에서 스스로가 자유롭지 못한 것처럼 그 또한 자신의 비판으로부터 예외적이지는 못하다. 다시 말해 이 작품에서는 극을 전체적으로 끌어가는 주인공조차 긍정적인 존재가 아닌 것이다. 이와 같이 「존 왕」에서는 두 사부작 연작 사이에서의 셰익스피어의 냉소적 회의주의가 작가 당대와는 비교적 거리가 있는 중세를 배경으로 하여 표현된다. 그의 풍자와 냉소적 회의주의는 대체로 이원화된 작품의 구도를 통해 표현돼 있다. 세부적으로 보면 각 막은 양편의 논쟁과 대론의 형식으로 구성돼 있으며 전체적으로는 3막의 아서 살해를 중점으로 하여 두 축으로 구성된다. 토머스 색빌Thomas Sackville(1536?~1608)과 토머스 노턴Thomas Norton(1532~1584)이 공저한 「고버덕, 혹은 페렉스와 포렉스Gorboduc, or Ferrex and Porrex」(1561)에서 절대 군주제와 귀족 정치에 근거한 공화정 체제를 두고 벌어지는 논쟁이 결말 없이 끝나는 데서 볼 수 있듯이, 양편에서 논쟁하는 방식은 핵심 주제의 두 측면을 동등하게는 다룰 수 있기는 하지만 두 측면의 변증법적 합일이나 해결을 가능케 하지는 못한다. 「존 왕」 역시 논쟁극으로서의 이런 문제를 그대로 답습하는 작품이다.

앞다투어 무력을 자랑하며 자신이야말로 영국의 적법한 왕임을 영웅적인 언어로 설파하는 양국의 왕에게 성벽 위의 시민은 〈당신들이 누구의 권리가 가장 중한지 합의하기 전까지는 권리가 가장 중한 그 사람을 위해 우리가 (두 사람으로부터) 권리를 거두어 두겠습니다〉(2.1.290~291)라고 말하면서 양자 모두를 자신들의 왕으로 인정하지 않는다. 왕권의 정통성이 왕관이나 군사력으로 결정되는 것이 아니라 합의로 결정되는 것이라면 그것은 자연권이 아니라 판결의 대상이자 결과물인 셈이다. 절대 권력을 논의와 합의의 대상으로 규정하는 시민의 대답은 따라서 계약설에 입각한 정치권력을 인정하는 것이 된다. 그러므로 이 장면에서의 시민은 작품의 역사적 배경이 되는 13세기 중세 초엽의 인물이라기보다는 르네상스 인문주의 사상에 젖은 부르주아지라 봐야 옳다.

시민의 정치적 거절에 화가 난 영국 왕과 프랑스 왕은 기사 로맨스의 영웅적 언어로 전쟁을 선포하고 각자 자신들의 승리를 확신하는데, 이를 곁에서 지켜보던 팔콘브리지는 그 과장적 언어를 일상적인 시장의 언어로 희화하고 축소해 버린다. 존 왕이 로맨스의 언어로 〈오늘 저녁 이슬 내리기 전, 짐의 왕권을 결정할 끔찍한 전쟁에서 자신들이 거할 영원한 처소로 배 타고 떠날 이 모든 영혼들의 죄를 하느님, 용서하소서〉(2.1.292~295)라고 말하자 이에 화답하여 필립 왕 역시 〈아멘, 아멘〉(2.1.296) 하고 외치며 자신의 기마병들에게 말에 올라 무기를 들라 명령한다. 사생아 필립은 〈용과 교접한 이후 내 여주인의 문간에서 말 등에 앉아 있는 성 조지여, 우리들에게 칼 쓰는 법을 가르쳐 주소서〉(2.1.297~300)라는 방백으로 이들의 영웅적 언어를 비웃는다. 팔자나 고칠 요량으로 외국과의 전쟁에 지원한 무분별한 애송이들처럼 전쟁으로써 자신의 처지를 바꾸려 기도하기는 매한가지지만 필립은 존 왕의 허황된 영웅적 기사담의 언어만큼은 결코 받아들이지 않는 것이다. 그에게 용을 무찌른 성 조지는 런던 저잣거리의 여관집 상호로 전락하여 그 전설의 의미와 용맹을 잃은 지 오래다. 사생아 필립은 이처럼 중세의 기사도 언어를 르네상스의 관점에서 해체하는 인물이며, 바로 이런 의미에서 새로운 역사극의 언어를 찾는 셰익스피어의 탐구를 반영하는 인물이다. 또한 팔콘브리지라는 그 이름속에 들어 있는 〈다리*bridge*〉라는 표현이 뜻하는바, 필립은 시대의 사생아로서 중세와 르네상스에 걸쳐 있는 복합적인 인물이며, 영웅담과 궁정 정치에 기초한 기왕의 역사극에 대한 작가의 환멸과 냉소를 반영하는 인물이다. 문제는 극의 후반부를 통해서도 알 수 있듯이 그 또한 자신의 언어를 갖지 못한 채 스스로 준열히 비판하고 해체했던 영웅주의 로맨스 언어로 함몰돼 가는 모습을 보인다는 점이다. 이는 그가 전적으로 긍정적인 인물만은 아님을 부각시키는 요인 중 하나이다. 시구르트 부르크하르트Sigurd Burckhardt의 지적처럼 사생아 필립은 적격과 예의에 대한 과감한 도전, 과장과 장광설에 대한 날

카로운 통찰력, 자신의 예리한 발견을 지나치게 〈천한〉 언어로 표현하기를 즐기는 성품 등으로 셰익스피어의 상상력을 촉발하고 사로잡은 인물이다. 그는 위대한 패러디 작가인 동시에 그 자신조차 깨뜨리려 시도하는 인물이다. 그러나 셰익스피어는 분명 그의 한계를 꿰뚫어 보고 있다 (Burckhardt 134).

엘리너 황비와 콘스탄스의 설전, 존 왕과 필립 왕의 설전에서 선뜻 시비가 가려지지 않고 그로 인해 발생한 영국과 프랑스 간의 전쟁에서도 정통성 문제는 시원스레 판가름이 나지 않는다. 끝날 줄 모르는 양국 왕의 설전에도 요지부동인 시민의 반응에 진저리를 내며 사생아 필립은 〈그럴듯한 정략something of the policy〉(2.1.412)이자 〈거친 충고wild counsel〉(2.1.411)로서 양국 왕이 힘을 합쳐 앙지에르를 선(先)공격한 후에 다시 전쟁으로 승부를 낼 것을 제안한다. 그러나 시민이 존 왕의 질녀 블랑쉬Blanche와 필립 왕의 아들 루이Lewis의 결혼을 제안함에 따라 그의 충고는 헛된 시도로 돌아가고 만다. 존 왕은 자신의 위태로운 왕권을 공고히 할 셈으로, 필립 왕은 많은 영토를 확보하여 정치적 이익을 취할 셈으로 시민의 정략 혼인 제안에 쉽게 동의한다. 아서의 왕권 회복을 위해 전쟁을 일으킨 프랑스 왕은 다섯 개 지방과 3만 마르크를 지참금을 받는 조건으로 존의 왕권을 간단히 인정하고, 존은 조카를 브리타니 공작과 리치먼드 백작에 봉해 모든 갈등을 봉합해 버림으로써 왕권을 공고히 한다. 혼례를 거행하기 위해 모든 주변 인물들이 퇴장한 후 무대에 홀로 남은 팔콘브리지는 두 번째 독백에서 이해관계만을 좇는 세태를 비판한다.

미친 세상이다! 왕들도 미쳤고! 협상도 미친 짓이고!

존 왕은 국가 전체에 대한 아서의 권리를 봉쇄하기 위해

선뜻 그 일부를 내주고,

또 프랑스 왕은 갑옷을 양심이라는 죔쇠로 죄고,

마치 신이 보낸 병사나 되는 듯이

정열과 자비심을 품고 이 전장에 나오더니,

사람의 속마음을 바꿔 놓는 저 간교한 악마와 속삭였다.

그놈은 약속이란 골통을 까부수는 중개인이고,

맹세를 깨뜨리는 상습범인데, 왕들이나 거지들

늙은이나 젊은이들 심지어는 처녀들까지도 다 이용해 먹는 놈,

〈처녀〉야 그 순결 이외에는 아무것도 잃을 것 없는데

그 가련한 처녀의 순결을 속여서 빼앗아 먹는 악당,

그놈은 허울 좋은 신사에다 잇속을 모시는 아첨꾼.

그리고 그 잇속이란 볼링공을 삐딱하게 구르게 하는 편추란 놈이지.

이 세상은 그 스스로 평형이 잡혀 있고,

평평한 땅을 똑바로 달려가게 되어 있는데

사악한 길로 몰아대는 이 자기 배 속만 채우는 놈,

모든 행동을 장악하고 있는 이 잇속이란 놈이

온갖 공평과 정의를 내팽개쳐 버리게 하고

온갖 방향과 목적과 행로와 의도를 뒤죽박죽으로 만들어 버리지.

바로 그 볼링공의 편추, 잇속 차리기,

포주, 중개인, 만사를 바꿔 놓는 그 잇속이란 말이

변덕스러운 프랑스 왕의 곁눈 속으로 치고 들어가

당초에 약한 자를 도우려는 굳은 결심으로
단호하게 영예로운 전쟁에 임하려 한 그의 마음을
가장 비열하고 타락한 화해로 틀어 버렸단 말이야.
그런데 내가 왜 잇속을 나무라는 거지?
그거야 그놈이 나에게 구애한 적이 없기 때문이겠지.
그놈의 찬란한 금화가 내 손바닥에 입 맞출 때
손을 움켜쥐고 그걸 거부할 힘이 있어서가 아니라
여태껏 그럴 기회마저 없었으니
불쌍한 거지처럼 부자들에게 욕이나 퍼붓는 거지.
내가 거지 신세를 면치 못하고 있는 한, 욕이나 퍼붓고
부귀가 이 세상의 온갖 죄라고 지껄이는 거지.
그러나 내가 부자가 되면 그때 가선 노상
비럭질 외에 이 세상에 악덕은 없다고 읊는 거지.
왕들도 잇속 때문에 신의를 깨뜨리는 마당이니
이득이여, 나의 군주가 되어 다오. 이제부턴 너를 섬기겠다.

Mad world, mad, king, mad composition!
John, to stop Arthur's title in the whole,
Hath willingly departed with a part,
And France, whose armor conscience buckled on,
Whom zeal and charity brought to the field
As God's own soldier, rounded in the ear
With that same purpose-changer, that sly devil,

That broker that still breaks the pate of faith,

That daily break-vow, he that wins of all

Of kings, of beggars, old men, young men, maids,

Who having no external thing to lose

But the word "maid," cheats the poor maid of that,

That smooth-fac'd gentleman, tickling commodity,

Commodity, the bias of the world —

The world, who of itself is peized well,

Made to run even upon even ground,

Till this advantage, this vile-drawing bias,

This sway of motion, this commodity,

Makes it take head from all indifferency,

From all direction, purpose, course, intent —

And this same bias, this commodity,

This bawd, this broker, this all-changing word,

Clapp'd on the outward eye of fickle France,

Hath drawn him from his own determin'd aid,

From a resolv'd and honorable war

To a most base and vile-concluded peace.

And why rail I on this commodity?

But for because he hath not woo'd me yet:

Not that I have the power to clutch my hand

When his fair angels would salute my palm,

But for my hand, as unattempted yet,

Like a poor beggar, raileth on the rich.

Well, whiles I am a beggar, I will rail,

And say there is no sin but to be rich;

And being rich, my virtue then shall be

To say there is no vice but beggary.

Since kings break faith upon commodity,

Gain, be my lord, for I will worship thee. (2.1.588~626)

「트로일로스와 크레시다」에서 세상의 위계질서와 존재의 대(大)사슬의 중요성을 역설했던 율리시스와 반대로 팔콘브리지는 세상 인심이 예외 없이 물질적 이익만을 좇는 세태를 환멸적으로 비판한다. 이 독백에서의 필립은 〈욕정과 전쟁이 만사를 그르친다〉고 빈정거리는 테르시테스의 닮은꼴이다. 그러나 그는 곧 현실 비판자들은 정작 남들이 누리는 이익을 저도 누리지 못해 안달하는 불만분자에 불과하다는 사실을 상기하고 시류에 편승하기로 마음을 고쳐먹는다.

3막은 성직자조차도 편익을 좇는 세태를 비판적으로 보여 주는 장면이다. 앞서 두 개 막에 보인 대립과 심판의 구조는 팬덜프Pandulph 추기경의 등장으로 지속된다. 정략혼인에 수반된 평화는 〈오늘 시작된 모든 일들은 불행한 결말을 맺고 믿음은 공허한 거짓으로 바뀌리라!〉(2.1.97~98)는 콘스탄스의 저주대로 얼마 안 가 끝을 드러낸다. 〈오늘 해가 지기 전에 이 변절한 왕들 사이에 무장한 불화가 생기도록 해달라〉(3.1.114~115)는 그녀의 기도가 극 중에서 실현이라도 된 것처럼, 이어 등장한 팬덜프는 교황이 캔터베리의 대주교로 임명한 스티븐 랭턴 Stephen Langton을 인정하지 않고 그 권한에 도전하는 존을 힐책한다. 이에 존은 면죄부를 팔아 번성하는 가톨릭의 〈속임수 마법〉(3.1.175)을 비난하며 국왕의 세속적 권력을 교황의 권위에 앞세운다. 1534년 수장령을 내세워 교황의 권위를 부정하고 영국 국교회를 세운 헨리 8세의 선배로서 존은 프로테스탄트 성향이 짙었던 엘리자베스 시대의 영국에서라면 일종의 애국적인 영웅으로 간주됐을 법하다. 허나 〈미친 세상, 미친 왕들〉의 세태, 곧 이해만을 좇는 작중의 정치 현실에 비추건대 존의 〈왕권 제일주의Erastianism〉를 자기 희생적인 미덕으로 파악하는 것은 무리가 있다. 필립 왕은 교황으로부터 파문당한 존 왕과 관계를 끊고 그를 징벌하라는 요구를 받지만 그 역시도 정략결혼을 통한 강화 협상과 파문의 위협 사이에서 이해를 좇아 선택하기는 마찬가지다. 상황만 좀 바뀌었을 뿐, 3막은 영국과 프랑스 사이에서 선택을 강요받던 앙지에르 시민들 입장의 되풀이인 셈이다. 3막의 팽팽한 대립 역시 2막에서와 마찬가지로 이해관계에 의해 해소된다. 〈목적지를 향하다 길을 잘못 들어섰을 때에는 잠시 다른 길을 타는 것이 최선의 행동이요, 사기는 사기로 치유되는 법〉(3.1.284~287)이라는 팬덜프의 논리적 궤변은 앞다투어 자신의 정통성을 주장했던 존 왕이나 필립 왕의 설득처럼 이곳의 현실 정치를 대변한다. 필립 왕이 교황 쪽으로 돌아서는 것도 정치적 이해를 따른 것에 불과하다. 존과의 맹약과 팬덜프의 요구 사이에서 딜레마에 처한 필립 왕은 새 며느리 블랑쉬와 콘스탄스 사이에서도 아무런 결정을 내리지 못한다. 무릎을 꿇고 서로 자신의 처지를 헤아려 달라고 애원하는 블랑쉬와 콘스탄스 사이에 어정쩡하게 선 필립 왕의 모습은 교착 상태에 처한 심판의 문제와 힘의 균형을 다루는 작품의 주제를 선명히 보여 주는 일종의 삽화라고 할 수 있다. 파문의 위협에 처해 결국 존 왕과의 맹약을 저버리기로 결심한 시아버지와 자신의 숙부 중 한쪽을 선택해야 하는 난관에 처한 블랑쉬 역시 구성의 이원화와 중심인물의 양분화를 상징적으로 보여 준다.

난 양편에 다 속해 있고 양쪽 군대가 내 손을 한쪽씩 잡고 있으니
난 어느 편을 든단 말인가?
양편 군대가 격전을 벌이면 난 양편에 연결되어 있으니
내 몸은 휘둘리고 찢기어 산산조각이 나고 말 테지.
남편이여, 당신이 승리하라고 기도할 수는 없습니다.
숙부님, 숙부님이 패하시라고 기도할 수도 없습니다.
시아버님, 당신의 행운을 바랄 수도 없습니다.
할머님, 할머님이 바라시는 대로 되라고 할 수도 없습니다.
어느 편이 이기든 그 이긴 편에서 지고 말 내 신세.
승부를 겨루기도 전에 패배가 분명하구나.

Which is the side that I must go withal?
I am with both, each army hath a hand,
And in their rage, I having hold of both,
They whirl asunder and dismember me.
Husband, I cannot pray that thou mayst win;
Uncle, I needs must pray that thous mayst lose;

Father, I may not with the fortune thine;

Grandam, I will not with thy wishes thrive:

Whoever wins, on that side shall I lose;

Assured loss before the match be play'd. (3.1.342~351)

어느 편도 들지 못하고 어느 쪽이 승리하든 개인적으로는 패배일 뿐인 상황을 호소하는 것을 마지막으로 그녀는 아무런 설명도 없이 무대에서 사라진다. 여성 내지 어머니의 역할은 왕권의 정통성을 보증할 혈통의 문제가 의미를 지니는 동안에만 유효할 뿐, 전쟁이 본격화된 마당에는 남성에게 포섭되고 말기 때문이다.

수도원을 약탈하라는 칙명과 함께 팔콘브리지를 영국으로 돌려보낸 존 왕은 충복 휴버트Hubert에게 전쟁에서 포로로 잡은 조카를 살해하라는 명령을 내린다. 아서의 살해 지시를 기점으로 존은 정통성 시비를 떠나 관객의 동정심을 살 수 있었던 윤리적 인물의 자리를 내주고 양심의 가책에 시달리는 한낱 무능한 인간으로 전락한다. 바로 이 지점부터 아서가 실제로 죽었든 상징적으로 죽었든 간에 극의 윤리적 축은 무너진 셈이다. 이후로는 여러 등장인물들의 발언으로 드러나듯이, 세상이란 무질서하고 무의미하다는 인식이 극의 세계를 주도하게 된다. 이런 부정적이고 환멸적인 세계 인식이 작품을 지배하는 주된 가치이며 더욱이 그에 대한 긍정적인 대안이 부재하다는 점에서 「존 왕」은 매우 음울한 문제극으로 남는다.

콘스탄스는 아서가 포로로 잡혀 영국으로 압송되자 그의 죽음을 예감하며 산발한 채 무대에서 사라지고, 삶에 흥미를 잃은 루이는 인생은 진부한 이야기처럼 지루하고 쓰라린 치욕뿐이라고 통탄한다.

이 세상에 나를 즐겁게 해줄 것은 아무것도 없다.
졸린 사람의 둔한 귀를 괴롭히는
옛이야기처럼 삶은 지겨운 것이 되어 버렸다.
쓰디쓴 치욕이 세상의 달콤한 맛을 망쳐 버렸으니
남은 것은 치욕과 쓰라림뿐이구나.

There's nothing in this world can make me joy:
Life is as tedious as a twice-told tale
Vexing the dull ear of a drowsy man;
And bitter shame hath spoil'd the sweet word's taste,
That it yields nought but shame and bitterness. (3.4.109~113)

루이가 아서의 죽음을 예감하고 세상에 비관적인 태도를 보이는 것처럼 팔콘브리지 역시 아서의 죽음으로 영국의 진리와 왕권이 모두 사라지고 이권을 추구하는 권력의 주장만 남았다고 탄식한다.

어리둥절하고 이 세상의 가시덤불과
위험 속에 길을 잃은 것만 같구나.
(허버트가 아서의 시체를 들어 올린다.)
그대는 죽은 왕족의 한 조각 시체로 인해
잉글랜드 전체를 아주 쉽게도 들어 올리는군!

이 전 왕국의 생명, 권리, 진실이

하늘로 사라져 버렸고 이제 이 잉글랜드는

밀고 당기는 투쟁의 장소가 되고,

당당한 정권은 주인 없이 갈가리 찢어 먹힐 판이다.

I am amaz'd, methinks, and lose my way

Among the thorns and dangers of this world.

[Hubert takes up Arthur's body.]

How easy dost thou take all England up

From forth this morsel of dead royalty!

The life, the right, and truth of all this realm

Is fled to heaven; and England now is left

To tug and scamble, and to part by th'teeth

The unowed interest of proud swelling state. (4.3.148~155)

적법한 군주의 죽음으로 영국의 정의가 사라졌음을 통탄하고, 가시덤불 속에서 길을 잃은 것과 같은 자신의 처지에 당황하지만, 이에 굴복하기보다는 난관에 처한 왕을 도와 국가적 위기를 이겨 내려 애쓴다는 점에서 사생아 필립은 비관적인 세계를 대표한다고 보기는 어려운 인물이다. 그러나 중요한 것은 국가에 대한 그의 충성과, 세계가 무의미하다는 그의 인식은 별개의 것으로 작용하고 있다는 점이다. 이 양자를 간단히 다른 것으로 치부해 버리는 인식의 가벼움이야말로 내면적 깊이의 결여를 가시화한다. 어머니의 간음을 도덕적 관점에서 생각지 않고 죄악은 정리가 아닌 칭찬의 대상이라 말하여 자신의 탄생을 정당화한 데서 알 수 있듯이 필립은 결코 내면적인 양심의 갈등이나 고뇌를 보이는 인물이 아니다. 루이나 필립의 현실에 대한 부정적 인식은 급작스럽게 극 중에 등장한 헨리 왕자가 아버지 존의 죽음을 접해 왕 역시 죽으면 한낱 흙에 불과하다는 햄릿식의 인식을 보일 때 되풀이된다.

바로 전까지 왕이셨던 분이 이제는 이렇게 흙이 되시니
세상에 무슨 보장이, 무슨 희망이 있으며, 기댈 곳이 어디 있겠는가?

What surety of the world, what hope, what stay,
When this was now a king, and now is clay? (5.7.72~73)

작중 인물들의 입을 통해 반복되는 세상에 대한 환멸과 왕권의 무가치함에 대한 강조는 그들 자신의 견해라기보다는 역사극의 세계를 이기적인 욕망의 싸움터로 파악하는 셰익스피어의 시각이라고 보는 것이 합당할 것이다. 이런 냉소적이고 풍자적인 역사 인식이야말로 이 작품을 작가의 다른 역사극과 구별하며 문제극의 세계에 가깝게 만드는 요인이다. 불에 달군 막대로 자신의 눈을 지지러 온 허버트에게 아서가 〈이 철기 시대가 아니고서는 누구도 그런 일을 하려 들지 않을 것이다〉(4.1.67)라고 부르짖는 데서 알 수 있듯이 개인적 이해관계가 인간을 지배하는 자신의 시대를 셰익스피어는 타락한 철기 시대로 보고 있으며 그 원인을 정치에서뿐만 아니라 정치화된 종교에서도 찾고 있다. 살려 달라는 아서의 간청에 차마 그를 죽이지 못하고 왕에게 거짓 보고하는 위험을 감수함으로써 허버트는 자신의 이해를 넘어서는 긍정적인 모습을 보여 주지만, 그의 미덕은 아서가 허망하게 죽으면서 〈빛〉을 잃는다.

아서의 죽음을 구실로 하여 영국의 귀족들은 왕권에 불만을 성토하고, 루이 역시 그의 죽음을 빌미로 삼아 재차 침략 전쟁을 일으킨다. 프랑스였던 무대의 배경이 영국으로 옮겨 감에 따라 극의 핵심 인물 역시 존에서 사생아 필립으로 환치된다. 앞서 교황의 권위에 맹렬히 도전했던 존은 아서의 죽음으로 귀족들이 등을 돌린 상황에서 프랑스군이 침략하자 팬덜프 추기경에게 프랑스군을 철수시켜 달라고 애원한다. 또한 위기의 순간에 처해서는 〈그대가 이 순간을 잘 다스려 주오〉(5.1.79)라며 필립 팔콘브리지에게 전권을 위임하는 유약한 모습을 보인다.

1막에서 3막까지의 전반부가 프랑스를 무대로 한 존 왕과 필립 왕의 대립을 둘러싸고 진행됐다면, 4막에서 5막까지의 후반부는 영국을 무대로 한 루이 왕자와 사생아 필립의 대립을 중심으로 진행된다. 이때 극의 전반부와 후반부를 가름하는 축은 아서의 죽음으로, 그의 운명은 찰스 나이트Charles Knight의 지적처럼 극 행위들을 연결시켜 주는 고리 역할을 한다(72). 〈낡은 세계〉(3.4.148)의 인물인 팬덜프가 정치에는 애송이에 불과한 루이에게 미리 알려 준 대로 존은 왕권의 안정적 확보를 위해 조카를 살해하고 귀족들은 그것을 빌미로 반란을 일으키며, 루이는 아서의 왕권을 요구하며 영국을 침략할 기회를 얻는다. 정치적으로 존이 왕으로 서려면 아서의 전락이 불가피하다는 팬덜프의 말(3.4.142)이 무색하게 극의 구조상으로는 아서의 죽음으로 존의 전락이 시작된다. 아서가 프랑스에서 영국으로 압송되는 것과 극의 행위가 프랑스에서 영국으로 옮겨 가는 것이 논리적으로 연결돼 있는 셈이다.

존은 휴버트에게 조카의 살해를 명하며 불에 달군 막대로 그의 두 눈을 지져 버리라고 지시한다. 그의 폭군적 이미지를 부각시키는 한편으로 「오이디푸스 왕Oedipus the King」에서처럼 거세를 상징하는 시력의 박탈로써 조카의 왕권을 온전히 탈취하여 자신의 계승권을 공고히 하려는 의도를 드러내 보이는 대목이다.

실제로 아서가 죽는 것은 4막이지만 3막에서 조카의 살해를 명한 존이 그 죽음을 확신하고 행동하기 때문에 후반부 4막과 5막은 아서라는 왕권의 정통성 소멸 후의 정치 세계와 그 혼란을 극화하는 셈이다. 휴버트의 거짓된 보고를 믿은 존은 귀족들의 반대를 무릅쓰고 자신의 온전한 즉위식을 거행한다. 그러나 두 번에 걸친 즉위식은 외려 그의 정통성에 대한 회의를 불러일으킨다. 〈두 번에 걸친 이 즉위식This double coronation〉(4.2.41)은 사실 솔즈베리Salisbury의 빈정거림처럼 〈정금에 다시 도금하는 격이요, 장미에 분을 칠하고 제비꽃에 향수를 뿌리는 격〉(4.2.12~13)이다. 그러나 존에게 있어 두 번째 즉위식은 그의 불안한 마음을 감추고 그가 움켜쥔 절대 왕권을 귀족들에게 널리 알려 복종을 요구하는 의식이다. 팬덜프의 말대로 〈폭력적인 손으로 움켜잡은 왕의 홀scepter은, 그것을 얻었을 때와 마찬가지로 폭력에 의존해서 유지돼야만〉(3.4.138~139)한다. 귀족들이 아서의 죽음을 핑계로 존에게 등을 돌리는 것은 사실 이런 왕권의 강화가 자신들에게 가져올 억압을 예견한 까닭이었다. 역사상에서는 1203년 아서의 죽음 이후 북부 지방을 중심으로 40여 명의 귀족 세력이 봉기하고 왕권에 도전하여 그 권리를 인정받은 대헌장Magna Carta 선포(1215)라는 사건이 있었으나 셰익스피어는 이를 작중에서 배경으로 처리할 뿐 정치적 문제로 부각시키지는 않는다.

조카의 살해로 왕권에 대한 불안을 잠재우고 정통성을 확보하려 했던 존은 역설적으로 그로써 더 심한 갈등과 불안에 시달리게 된다. 5막에서 수도승에게 독살되기에 앞서 그는 이미 양심의 가책에서 비롯한 병마로 지칠 대로 지친 상태다.

> 아니, 나의 육체라는 소왕국에서도
> 피와 숨결로 이루어진 이 땅에서조차
> 바로 내 양심과 내 조카 아서의 죽음 사이에서
> 적의에 찬 내란이 벌어지고 있단 말이다.

> *Nay, in the body of this fleshly land,*
> *This kingdom, this confine of blood and breath,*
> *Hostility and civil tumult reigns*
> *Between my conscience and my cousin's death.* (4.2.227~230)

중세 도덕극에서처럼 존의 육신이라는 영토는 적의와 혼란에 지배받고 있으며, 그는 왕권을 행사하는 왕이 아닌 노예로 전락해 있다. 도덕적인 정통성을 갖추지 못한, 폭군에 불과한 군주의 자멸이 형상화된 것이다. 교황의 권위에 저항하며 새로운 민족주의 의식을 표방함으로써 관객들의 동정을 얻었던 존은 아서의 죽음과 함께 그들에게 버림받고, 이후에는 교황의 권력에 굴복해 왕관을 포기하는 유약한 모습을 보임으로써 앞에서의 종교적 저항조차 한낱 정치적 이해관계에 의한 것으로 만들어버린다. 필립 팔콘브리지의 말대로 세상만사가 이해에 달려 있을진대 종교도 예외는 아니다.

귀족들의 반란과 프랑스군의 침략, 그리고 왕의 중태라는 중첩된 국가적 위기 가운데 군력의 지휘를 위임받은 필립은 아서의 죽음이 초래하는 도덕적 시비는 제쳐 두고 왕에 대한 충성으로 일관한다. 궁정 정치의 관찰자에서 그는 이제 참여자, 왕권의 대행자로 탈바꿈한다.

루이를 부추겨 영국을 침략하게 한 팬덜프는 위기에 닥친 존 왕이 교황의 권위에 굴복하자 곧바로 프랑스군의 철수를 종용한다. 그때그때의 이해관계가 극의 세계를 지배하고 있음이 다시 드러나는 대목이다. 그러나 정작 루이는 카드 게임에서와 마찬가지로 마지막 승리의 패를 던지려는 순간에 전쟁을 포기할 수는 없는 노릇이라며, 팬덜프의 간청을 완강하게 거부한다. 이때 상황을 알아보려 등장한 필립은 앞서 2막 1장에서 그 자신이 빈정거렸던 영웅적인 언어로 영국의 군사력과 무용을 지껄여 댄다(5.2.131~159). 흥미로운 것은 이를 들은 루이의 대답이 2막 1장에서의 필립의 풍자적 언어와 닮았다는 사실이다.

> 큰소리는 그만 치고 조용히 돌아가라.
> 욕설을 퍼붓는 데는 짐을 능가함을 인정하겠다. 잘 가거라!
> 너 같은 허풍선이를 상대하기엔
> 짐의 시간이 너무 아깝구나.

> *There end thy brave, and turn thy face in peace;*
> *We grant though canst outscold us. Fare thee well!*
> *We hold our time too precious to be spent*

50

With such a babbler. (5.2.160~163)

　그의 말을 떠버리의 장광설로 일축해 버리는 루이의 간결한 언어는 사생아 필립이 궁정 세계와 영웅담을 비판할 때 사용한 바로 그 언어다. 존으로부터 왕권의 행사를 위임받은 후부터 자신이 그토록 비판하던 언어를 구사하기 시작하는 필립 팔콘브리지의 모습은 그가 결국 궁정 세계의 일원으로 포섭되었음을 증명한다. 이는 셰익스피어가 기존의 역사극의 언어로 되돌아왔음을 의미하기도 한다. 바꿔 말하면 전반부인 3막까지 팽팽한 대립과 심판의 문제를 중심으로 전개되었던 극의 진행과 구조가 후반부에 들어 다시 삽화적 연대기 구성을 취하기 시작한 것이다. 전반부가 정통성의 문제를 중첩적인 구성을 통해 치밀하게 다루었다면 후반부 구성은, 12년의 세월을 압축적으로 다뤄야한다는 부담을 차치하고도 지나치게 삽화적이며 산만한 구성으로 이루어졌다. 틸야드의 주장처럼 이 작품은 구성에 있어 통일성이 결여됐다(232). 중심인물의 분산과 언어적 불일치 역시 이런 구성상의 통일성 결여에 큰 몫을 한다. 틸야드는 위기의 순간 필립이 영국을 지키기로 결심한 것은 존이 리처드 3세 같은 폭군은 아니라는 확신이 있었기 때문이며 따라서 그의 결정은 옳았다고 주장하지만(225), 사실을 보자면 필립에게 애초에 별다른 선택지가 주어져 있지 않았던 때문이기도 하다. 또한 정작 위기의 순간에 영국을 구한 것은 폭풍을 막아 낸 팔콘브리지의 지도력이라기보다는 팬덜프의 정치력이다. 반란을 일으킨 영국의 귀족들이 종전 후 루이에게 살해당할지도 모른다는 귀띔을 받고 왕의 곁으로 돌아오는 것은 철저히 이해에 따른 행동이다. 허버트와의 우정과 영국계였던 자신의 조부를 핑계로 삼아

이 사실을 영국 귀족들에게 귀띔한 믈룅Melun의 행동 역시 양심의 갈등에서 벗어나려는 사욕에 의한 것이 아니라면 이해하기 어려운 행동이다.

루이의 증원 병력이 켄트 지방의 굿윈 사구Goodwin Sands에서 물살에 휩쓸려 전멸한 것을 봐도, 또 사생아 필립의 병력 절반이 링컨 워시즈 Lincoln Washes의 급류에 떠내려가 몰살된 것을 봐도 신이 어느 한쪽의 편을 들고 있다고 보기는 힘들다. 이 작품에서 셰익스피어는 가톨릭과 프로테스탄티즘 중 어느 쪽으로도 치우치지 않았으며 종교에 초월적 신성을 부여하지도 않았다. 틸야드는 헨리 3세의 지도 아래 영국의 단합이 이루어지는 것을 하느님의 용서로 보고(226), 이 작품을 신의 섭리가 실현돼 가는 과정으로 파악하려 했지만 이는 적절하지 않다. 사생아 필립의 마지막 대사처럼 영국이 무적의 왕국으로 거듭나려면 일치 단결이라는 선행 조건이 충족돼야 한다. 그러나 작품 전반에 걸친 귀족들의 행동이 증명하듯 그들을 지배하는 것은 개인적 이해관계다. 군주와 귀족의 갈등은 여전히 그 가능성을 열어 두고 있다.

리스M. M. Reese의 주장처럼 작가의 역사극 중 가장 냉소적이며 환멸적인 「존 왕」은 언어와 성격 묘사 및 구성 모든 면에서 문제적인 작품이다(280). 온스타인Robert Ornstein의 말을 빌리자면 실로 〈미개하지는〉 않더라도 진부한 작품이다(83). 틸야드는 요크 가와 랭커스터 가의 왕권 다툼을 오랫동안 취급한 작가가 후에 이 주제에 질렸을 가능성(221)을 타진하면서 이 작품이 보여 주고 있는 문제의 원인을 〈진지성이 감소한〉 데서 찾았다(218). 온스타인은 셰익스피어가 윤리적 문제를 표면적으로 다룬 것은 그가 둔감했기 때문이라기보다는 관심을 두지 않았기 때문이라며 작품의 피상적 태도를 지적하는(99) 한편 틸야드와 마찬가지로 그의 〈진지성의 결핍 *a halfhearted effort*〉을 문제 삼았다(86). 그러나 이 작품이 가지고 있는 본질적인 구조상의 문제는 셰익스피어의 역사관의 불일치에서 찾을 수 있을 것이다. 이 작품은 4막까지 역사에 대한 풍자적이고 해체적인 접근을 보여 준다. 그러나 5막에서 다시 기존의 절대 왕권을 옹호하는 쪽에서 민족주의적 색채를 강하게 드러낸다. 특히 서자인 팔콘브리지의 성격 제시와 관련하여 절대 왕권의 필요성을 강조하는 관점의 불일치가 드러난다. 3막까지의 대론 형식이 왕권의 정통성 문제를 둘러싼 주제적 발전임에 비해서 4막 12장에서 허버트와 아서의 대론은 그 형식만 취하고 있을 뿐 주제 발전과는 일정한 거리가 있다. 작가의 역사관의 불일치가 전체적으로 인물의 형상화에 있어서 시종한 정합성을 해치고 있으며, 여기서 기인하는 극의 통일성 결여가 전체적으로 인물의 성격제시, 주제, 구성에 반영되어 있다. 「존 왕」의 느슨한 구조는 연대기순으로 삽화적으로 연결된 셰익스피어 이전의 영국 역사극의 삽화적 구성의 잔재라기보다는 작가에게 통일된 역사의식이 부재하는 데에서 기인한다고 보는 것이 더 합당하다.

참고 문헌

Beaurline, L. A., ed. "Introduction". *King John: The New Cambridge Shakespeare*. Cambridge: Cambridge University Press. 1990. 1~57.

Boklund, Gunnar. "The Troublesome Ending of *King John*". *Studia Neophilologica* 40: 1 (1968). 175~184.

Bonjour, Adrien. "Bastinado for the bastard?" *English Studies* 45 (1964). 169~176.

Braunmuller, A. R., ed. "Introduction". *The Life and Death of King John*. New York: Oxford University Press. 1989. 1~93.

Burckhardt, Sigurd. *Shakespearean Meaning*. Princeton: Princeton University Press. 1968.

Calderwood, James L. "Commodity and Honour in *King John*". *Shakespeare: The Histories; A Collection of Critical Essays*, ed. Eugene M. Waith. Englewood Cliffs. N.J.: Prentice-Hall. 1965. 85~101.

Candido, Joseph. "'Women and Fools Break Off Your Conference': Pope's Degradations and Form of *King John*". *Shakespeare's English Histories: A Quest for Form and Genre*, ed. John W. Velz. Binghamton. New York: Medieval and Renaissance Texts and Studies. 1996. 91~110.

Champion, Larry S. "The "Un-end" of *King John*: Shakespeare's Demystification of Closure". *King John: New Perspectives*, ed. Deborah T. Curren-Aquino. Newark: University of Delaware Press. 1989. 173~185.

Curren-Aquino, Deborah T. "King John: A Modern Perspective". *The Life and Death of King John: The New Folger Shakespeare Library*, eds. Barbara A. Mowat and Paul Werstine. New York: Washington Square P. 2000. 237~272.

Elliot, John R. "Shakespeare and the Double Image of *King John*". *Shakespeare Studies* I (1965). 64~84.

Grennan, Eamon. "Shakespeare's Satirical History: A Reading of *King John*". *Shakespeare Studies* 11 (1978). 21~37.

Honigmann, E. A. J., ed. "Introduction". *King John: The Arden Shakespeare*. London: Methuen. 1965. 11~75.

Jones, Emrys. *Scenic Form in Shakespeare*. Oxford: Clarendon P. 1971.

Jones, Robert, C. *These Valiant Dead: Renewing the Past in Shakespeare's Histories*. Iowa City: University of Iowa Press. 1991.

Kehler, Dorothea. "'So Jest with Heaven': Deity in *King John*". *King John: New Perspectives*, ed. Deborah T. Curren-Aquino. Newark: University of Delaware Press. 1989. 114~125.

Matchett, William H. "Richard's Divided Heritage in *King John*". *Essays in Shakespearean Criticism*, eds. James L. Calderwood and Harold E. Toliver. Englewood Cliffs, N.J.: Prentice-Hall. 1977. 152~170.

Ornstein, Robert. *A Kingdom For a Stage: The Achievement of Shakespeare's History Plays*. Cambridge, Mass.: Harvard University Press. 1972.

Pearce, Josephine A. "Constituent Elements in Shakespeare's English History Plays". *Studies in Shakespeare*, eds. Arthur D. Matthews and Clark M. Emery. Coral Gables: University of Miami Press. 1953. 145~152.

Rackin, Phyllis. "Patriarchal History and Female Subversion in *King John*". *King John: New Perspectives*, ed. Deborah T. Curren-Aquino. Newark: University of Delaware Press. 1989. 76~90.

Reese, M. M. *The Cease of Majesty: A Study of Shakespeare's History Plays*. New York: St Martin's Press. 1961.

Robinson, Marsha S. "The Historiographic Methodology of *King John*". *King John: New Perspectives*, ed. Deborah T. Curren-Aquino. Newark: University of Delaware Press. 1989. 29~40.

Sen Gupta, S. C. *Shakespeare's Historical Plays*. London: Oxford University Press. 1964.

Shakespeare, William. *The Life and Death of King John: The New Folger Shakespeare Library*, eds. Barbara A. Mowat and Paul Werstine. New York: The New Folger Shakespeare Library. 2000

Tillyard, E. M. W. *Shakespeare's History Plays*. London: Chatto and Windus. 1956.

Traister, Barbara H. "The King's One Body". *King John: New Perspectives*, ed. Deborah T. Curren-Aquino. Newark: University of Delaware Press. 1989. 91~98.

Vaughan, Virginia M. "*King John*: A study in Subversion and Containment". *King John: New Perspectives*, ed. Deborah T. Curren-Aquino. Newark: University of Delaware

Press. 1989. 62~75.

Wixson, Douglas C. "'Calm Words Folded Up in Smoke': Propaganda and Spectator Response in Shakespeare's *King John*". *Shakespeare Studies* 14 (1981). 111~127.

Weimann, Robert. "Mingling Vice and "Worthiness" in *King John*". *Shakespeare Studies* 27(1999). 109~133.

Wilson, John Dover, ed. "Introduction". *King John: The New Cambridge Shakespeare*. Cambridge: Cambridge University Press. 1954. vii~ixii.

Womersley, David. "The Politics of Shakespeare's *King John*". *RES* 40: 160(1989). 497~515.

2. 「리처드 2세」
언어적 대립과 대론 구조

I

셰익스피어의 제2사부작의 첫 작품인 「리처드 2세」는 리처드 왕의 치
세 말기 3년간(1398~1400)의 영국 정치적 갈등을 극화한 일종의 정치
극이다. 셰익스피어가 이 작품에서 등장인물과 그들이 사용하는 언어를
매우 유기적으로 결합하는 데 성공하고 있다는 점이 우리의 주목을 끈
다. 이 작품에서 주요 등장인물들이 사용하는 언어 혹은 언어관은 등장
인물들의 성격 창조의 일부분으로 작용할 뿐만 아니라 더욱 크게는 극적
갈등을 야기하고 극을 이끌어 가는 원동력으로 작용한다. 이 점에서 이
극에 표출된 등장인물들의 각기 상이한 언어관은 주목할 만한 가치가
있다.

셰익스피어의 역사극을 엘리자베스 시대의 정치관이나 도덕률에 입각
하지 않은 채 독자적인 언어의 구조물로 보는 비평적 흐름은 마후드M.
M. Mahood 여사가 물꼬를 텄다고 보는 것이 타당하다. 그녀에 의하면

「리처드 2세」는 〈왕의 말이 갖는 효력에 관한 작품이다〉(73). 마후드는 「리처드 2세」를 일종의 언어극으로 파악한 점에서는 선구자적 면모를 보이나 이 언어극을 셰익스피어 당대의 정치, 역사적 맥락에서 파악하는 데는 실패했다. 틸야드의 지적처럼 리처드 왕은 〈낡은 중세 질서를 대변하는 최후의 왕〉(253)이기 때문이다. 「리처드 2세」를 언어극으로 파악하되 역사적 맥락에 위치시키려는 노력은 콜더우드James L. Calderwood에게서 찾아볼 수 있다. 「리처드 2세」를 다룬 그의 글 소제목 〈발화speech의 전략〉은 제왕의 전략을 의미하며, 이는 상대적으로 새로운 언어관과 이를 담지한 새로운 인간형의 등장과 득세를 상징한다. 이러한 비평적 관심은 데이비스Julie Ann Davies, 이글턴Terry Eagleton 등의 비평가에게서도 현저한데 이는 최근의 비평적 논의에서 언어 혹은 담론에 대해 관심이 고조되고 있음을 반영하는 것이기도 하다.

언어적 관점에서 셰익스피어의 작품들을 논한 위와 같은 비평에 힘입어 이 글에서는 왕권신수설과 〈인민주의populism〉, 즉 대중의 이해관계를 대변하는 대행자로서의 군주관이 「리처드 2세」에 어떻게 형상화되었는가를 언어적 실재론(實在論, realism)과 언어적 유명론(唯名論, nominalism)의 대립이라는 관점에서 구조적으로 파악하고자 한다.

사실 언어적 실재론과 유명론이란 동전의 양면과 같은 것이며, 둘 다 언어 현상을 어떻게 파악하느냐 하는 다분히 인식론적 성격을 지닌다. 언어적 실재론이란 언어, 혹은 모든 기호 체계란 특정한 대상을 일대일로 지칭하는 것으로 여긴다는 점에서 매우 이상주의적인 언어관이다. 이러한 언어관에서는 언어에 특별한 힘이 깃들어 있다고 간주하는데 맹서나 저주, 터부, 마법의 언어에 이러한 언어관이 여전히 남아 있다. 이름이 없기 때문에 새로운 항성은 발견될 수 없다고 한 16세기 몇몇 천문학자들의 주장이나, 프로이트가 명명한 히스테리 현상에 대하여 〈히스테리〉라는 단어가 희랍어로 여성을 지칭하는 단어이기 때문에 남자에게는 히스테리 증상이 나타나지 않는다고 한 몇몇 20세기 심리학자들의 주장은 모두 언어적 실재론의 단면을 보여 준다(Mahood 170). 이와는 대조적으로 언어의 유명론에 따르면, 언어란 자율적인 기호 체계에 불과할 뿐이며 기표와 기의의 관계는 임의적이다. 언어적 유명론에 따르면 언어는 쉽게 기만의 수단이 되며, 언어란 구체적 사실이나 실상을 매개하기보다는 일종의 〈이념형 *ideational form*〉이다. 언어적 실재론과 언어적 유명론은 역사적으로 늘 공존해 왔지만 거칠게 구분하자면 중세에는 실재론이 우세했으며 르네상스 시대 이후에는 유명론이 우세해졌다고 말할 수 있을 것이다. 셰익스피어의 「리처드 2세」에서 서로 대립하는 두 인물인 리처드 왕과 볼링브루크는 각각 실재론과 유명론을 대변하는데, 극 중에서 볼링브루크가 승리함은 중세에서 근대로, 봉건제에서 초기 자본 축적기로 역사적 힘이 전이되고 있음을 상징한다.

II

에라스뮈스 Desiderius Erasmus는 「요한복음」 1장 1절의 〈태초에 말씀이 있었다〉라는 구절을 〈태초에 대화가 있었다 *In principio est sermo*〉라고 번역하여 큰 물의를 일으켰다(Cave 86). 그는 하느님의 말씀을 인간의 발화로 대치함으로써 인간의 언어적 자율성을 강조한 것이다. 에라스뮈스가 기도한 언어적 혁명은, 르네상스 시기에 나타난 하느님의 절대 언어(*Word*)를 인간 각자의 언어(*word*)로 대치하려는 노력의 일환이며 종교 개혁의 근간이 되는 사건이다. 「리처드 2세」는 이러한 큰 역사적 흐름 속에 놓여 있다. 리처드 왕은 그의 재임 시기인 1381년 농민 반란(와트 타일러Wat Tyler의 난이라고 부르기도 한다)을 맞아 반란군과의 협상에 직접 나서 귀족의 기득권을 반란군에게 크게 양보하는 선에서 반란군을 진정시킨 바 있었다. 그러나 이듬해 의회에서의 추인 과정에서 귀족 세력은 리처드 왕의 협상 내용을 전면 거부함으로써 제왕의 언어를 〈빈말〉로 만들어 버렸다. 작품 속에는 극화되어 있지 않은 이 일화는 리처드의 비극을 이해하는 데 크게 도움이 된다. 리처드는 리어 왕처럼 군대와 권력을 다 내주고도 왕의 호칭과 왕권의 상징인 홀만으로도 왕권이 유지된다고 잘못 생각하는 철저한 언어적 실재론자이다.

물론 언어론 실재론을 신뢰하는 리처드와 같은 인물도 한때의 섭정이며 작은 아버지이기도 한 곤트의 존John of Gaunt 시대에는 별다른 어려움 없이 통치할 수 있었을 것이다. 곤트는 여전히 왕과 신을 동일시하는 태도를 갖고 있는 인물이다. 심지어 동생 우드스톡Woodstock이 리처드 왕의 사주로 살해되었을 때 제수가 곤트에게 동생의 복수를 해달라고 간청하지만, 왕은 신의 기름 부음을 받은 지상의 신만이 왕을 심판할 수 있다고 말하며 이를 거절한다(1.2.37~41).

곤트 또한 리처드와 마찬가지로 철저한 언어적 실재론자이다. 그는 리처드 왕의 명령에 의해서 6년 동안 국외 추방을 떠나는 아들에게 언어로 현실을 변화시키기를 충고한다.

태양이 솟아오르는 곳이라면 어디든지

현자에게는 항구요, 행복한 안식처다.

너의 고생에 이렇게 타이르도록 해라.

고생도 득이 된다고.

폐하가 널 추방한 게 아니라 그 반대라고 생각해라.

슬픔이란 놈은

견디기 힘들어 하는 곳을 더욱 짓누르는 법.

떠나라, 내가 네게 명예를 구하기 위해 보내는 것이지

폐하께서 너를 유배한 것이 아니라고 생각해라.

아니면 이 나라에 무서운 흑사병이 기승을 부려

공기 맑은 곳으로 간다 생각해라.

제가 소중히 여기는 것이 네가 떠나온 곳이 아니라

네가 가는 곳에 있다고 생각해 보아라.

All place that the eye of heaven visits

Are to wise man ports and heavens.

Teach thy necessity to reason thus ;

There is no virtue like necessity.

Think not the king did banish thee

But thou the king. Woe doth the heavier sit,

Where it perceives it is but faintly borne.

Go, say I sent thee forth to purchase honour

And not the king exiled thee ; or suppose

Devouring pestilence hangs in our air

And thou art flying to a higher clime :

Look, what the soul holds dears, imagine it

To lie that way thou go'st, not whence thou comest. (1.3.274~286)

    관념과 언어로 엄연한 사실을 변형시키라고 아들에게 충고하는 곤트
는, 현실을 언어로 덧칠하는 리처드 왕과 마찬가지로 언어의 실재성을 신
뢰하는 인물이다. 그러나 이러한 언어관은 편의주의와 계급적 이해관계
가 언어를 지배하는 현실 정치 세계에서는 설 자리가 없다. 일찍이 2막
1장에서 곤트가 엘리 하우스Ely House에서 병사함은 그가 나타내는 언
어적 실재론이 이미 과거의 유물임을 상징한다. 곤트의 죽음과 볼링브루
크(와 그를 추종하는 귀족 세력)의 등장은 인과관계에 놓여 있다. 제스머
David M. Zesmer의 지적처럼 곤트의 죽음은 작품상으로 매우 시기 적
절한 것이며, 그의 죽음으로 그가 대변하던 왕권신수설과 봉건적 양식
및 언어적 실재론은 이제 리처드 왕의 전유물이 된다. 〈낡아 빠진 정치
질서의 이 존경할 만한 상징인 곤트가 극의 3분의 1이 채 끝나기도 전에
병사한다는 사실은 극적으로 얼마나 적절한 것인가! 그가 대변하는 양
식은 이제 리처드 왕의 처분에 놓이게 된다〉(241).

    과거의 정서적 유물인 왕권신수설을 믿는다는 점에서 곤트는 리처드와
마찬가지의 인물이며, 그의 죽음과 때를 같이하여 리처드의 전략이 시작
된다는 점에서 곤트와 리처드는 과거 지향적이며 시대착오적인 속성을
공유하고 있다. 곤트의 죽음을 기다렸다는 듯이 리처드 왕은 그의 재산
을 강탈하고 처분하여 이를 아일랜드 반란군 진압을 위한 군비로 충당한
다. 리처드는 왕을 국가와 동일시하며 국민의 재산을 자신의 것으로 여기

는 과오를 범한다. 이를 기화로 유배 중인 볼링브루크는 자신의 재산과 잃어버린 작위를 되찾는다는 구실로 군대를 끌고 본국으로 돌아온다.

곤트의 죽음이 야기한 리처드와 볼링브루크의 대립은 과거와 현재, 관념과 현실의 대립을 의미하며,「리처드 2세」는 이 두 사람의 대립을 축으로 하여 상승과 하강의 구조를 보인다. 리처드가 상승하는 곳에서 볼링브루크는 하강하며, 볼링브루크가 상승하는 곳에서 리처드는 하강한다. 그러나 관객의 공감은 이와 반대의 현상을 보인다. 이 작품에서 극의 구조와 일반 관객의 반응은 서로 엇나가게 되는데, 이렇듯 관객들이 변덕스럽게 공감의 대상을 쉽게 바꾼다는 사실은 일반 백성들의 입장에서 정치적 이데올로기나 역사관과 같은 추상적인 원리들은 일차적인 생존이 중요시되는 삶의 현실에서 그들의 주된 관심의 대상이 될 수 없음을 입증한다.

언어의 절대적 힘을 신뢰하는 리처드 왕이 사실은 그릇된 신념의 노예임을 셰익스피어는 작품의 시초부터 예비하고 있다. 언어는 화폐와 마찬가지로 사회적 유통물이며, 그 유통 가치는 이를 보장하는 효력에 의존한다. 일종의 기호일 뿐인 화폐가 그 기능을 발휘하려면 그것이 지닌 구매력이 사회적으로 인정되어야 한다. 지폐나 동전, 수표, 어음 등 모든 종류의 화폐는 그것이 궁극적으로는 가치를 지닌 물건과의 대체물로 인정될 때 그 통용이 보장되는 것이다. 위조지폐는 기호적으로는 정상 화폐와 거의 동일하거나 유사하지만 공신력이 인정되지 않는 것이다.[1] 마찬가지로 언어가 힘을 지니려면 그 언어가 어떤 의미에서든 간에 행동이나 사고의 대체물이 되어야 한다. 위조지폐와 마찬가지로 언어가 공신력을

---

1 셰익스피어는 정치권력과 유통 화폐 / 위조지폐의 문제를 「자에는 자로」에서 구체적으로 다루고 있다.

잃는다든지 행동에 의해서 뒷받침되지 못할 때 그 언어는 허풍, 헛소리에 불과하다. 정치적으로 군사력과 마찬가지로 재력이 〈왕의 입김〉을 보장해 주는 「리처드 2세」의 세계에서, 리처드는 재력을 결한 만큼 그의 언어 또한 공허한 메아리에 불과하다.

이번 전쟁에는 짐이 친히 출정할 작정이오.

그런데 국고에 대해서 말하자면,

조정의 비용이 너무 늘어나고

하사금을 빈번히 내린 탓에 이제 거의 바닥이 났소.

그러니 왕령의 토지를 대여해 주고 그 수입으로

아일랜드 출전 비용을 조달해야만 하겠소. 그것도 부족하다면

짐의 대리인들이 무기명 국채를 가지고 있다가

부자들을 발견하는 즉시

많은 금화를 받고 이름을 기입해 주어서

그 돈을 짐의 군자금으로 보내도록 조치하시오.

We will ourself to this war :

And, for our coffers, with too great a court

and liberal largess, are grown somewhat light,

we are inforced to farm our royal realm ;

The revenue whereof shall furnish us

For our affairs in hand : if that comes short,

Our substitutes at home shall have blank charter ;

whereto, when they shall know what men are rich,

They shall subscribe them for large sums of gold

And send them after to supply our wants (1.4.42~51)

〈씀씀이가 헤퍼서 국고가 비었다〉라는 리처드의 말 중 〈비었다*light*〉
라는 단어는 「십이야Twelfth Night」에서 광대인 페스테Feste와 바이올
라Viola 사이의 말장난에서 사용된 〈헤프다*wanton*〉라는 단어와 쉽게 연
결된다(2.1.1~31 참조). 리처드는 말을 너무 헤프게 남발함으로써 스스로
를 가볍게 만들었다. 리처드의 백지 수표를 귀족들이 그들의 황금으로
채워 주지 않는 한 그것은 말 그대로 〈공수표〉일 뿐이다. 귀족을 대표하
는 요크 공작과 노섬벌랜드Northumberland 백작 등이 여러 차례 강조
하듯, 리처드의 언어 또한 아첨꾼들의 자의적인 언어의 되풀이일 뿐이다
(2.1.17~30, 241~245). 데이비스의 지적처럼 리처드에게 인간이란 발화가
전부이다(43).

추방 기간이 채 끝나기도 전에 볼링브루크가 노르망디 공의 후원을 받
아 프랑스에서 3천 명의 군대를 동원하여 몰수당한 가산과 가문의 명예
를 회복할 명분으로 자신에게 반기를 들었을 때도 리처드 왕은 여전히
언어적 관념의 세계에 빠진 채 자신은 하느님의 보호를 받는 절대적인
존재이기 때문에 결코 패배할 수 없다는 망상에 젖어 있다.

거칠고 험한 바다의 물을 다 가지고도

기름부음을 받은 왕의 성유를 씻어 낼 수는 없을 것이다.

신이 정해 주신 대리인을 속된 인간들의 입김으로

폐위시킬 수는 없는 법이로다.

짐의 금빛 왕관에다 사악한 칼을 들이대려고

볼링브루크가 동원한 병사 한 사람 한 사람에 대응하여

신은 이 리처드를 위해 영광스러운 천사를 하늘의 보답으로

보내 주실 것이다. 그러니 천사들이 싸워 주면

약한 인간은 쓰러질 수밖에. 하늘은 늘 정의를 지켜 주시니.

Not all the water in the rough rude sea

Can wash the balm off from an anointed king ;

The breath of worldly men cannot depose

The deputy elected by the Lord :

For every man that Bolingbroke hath press'd

To lift shrewd steel against our golden crown,

God for his Richard hath in heavenly pay

A glorious angel : then if angel's fight,

Weak men must fall, for heaven still guards the right. (3.2.54~62)

이 대사에서 셰익스피어는 언어의 다의성을 이용하여 리처드의 언어
적 실재론에 대한 모순을 의도적으로 들추어낸다. 리처드는 자신이 결코
폐위될 수 없는 이유를 밝히면서 천사들이 자신을 도와 싸운다면 연약한
인간은 거꾸러질 수밖에 없다고 주장한다. 그러나 리처드가 말하는 〈천
사들〉은 동시에 영국의 화폐이기도 하다. 따라서 군사력이 재력과 함수
관계에 놓여 있다면 국고가 텅 빈 리처드의 패배는 쉽게 예상되는 일이

다. 또한 위 인용문의 마지막 행에서 리처드는 〈하늘은 항상 의로운 자를 지켜 준다〉라고 말하는데 여기서 셰익스피어는 굳이 〈왕〉 대신에 〈의로 운 자〉라는 표현을 사용함으로써 부당하게 볼링브루크의 지위와 재산을 몰수한 왕이 곧 의로운 자인가 하는 의문을 관객을 향해 던지고 있다. 리 처드는 반란군을 맞아 구체적으로 어떻게 대처하느냐 하는 문제를 생각 하기보다는 〈왕의 이름만으로도 2천의 군사력과 맞먹는다〉(3.1.85)는 등 의 언어적 세계에 도취되어 행동력을 잃고 만다. 이 점에서 볼프강 클레 멘Wolfgang Clemen의 아래 지적은 매우 적절하다.

행동으로 나아가지 않고 말에 자신을 의탁하는 왕의 성향은 작품 전체에 걸쳐서 혀, 입, 말, 단어와 같은 어휘가 반복적이고 중요하게 사용되었다는 점, 그리고 말에 대한 생각을 강조한다는 점에서도 잘 드러난다. 이러한 용어들 의 상관적인 용법은 리처드의 〈말하기 좋아하는 성품〉을 강조할 뿐만 아니라 이와 관련하여 극의 또 다른 특징, 즉 말에 대한 왕의 태도에서 가장 두드러진 〈인간 언어의 비실재성〉에 대한 집착을 강조한다. 리처드 왕에게 말이란 실재 에 대한 일종의 대체물이며 음울한 현실에 대한 그 자신의 지각을 흐려 놓는 원인이다. (56~57)

클레멘의 지적처럼 리처드 왕은 난감한 현실에 직면하여 언어적 관념 의 세계로 도피하여 오히려 죽음을 명상한다. 그러나 리처드가 관념의 세계로 빠져들수록 현실은 그를 옥죄어 온다. 플린트Flint 성²에 갇혀 리

---

2 〈플린트flint〉의 일차적 의미는 부싯돌이지만, 차돌처럼 딱딱하고 냉혹하다는 의미도 지 니고 있어 리처드 왕이 처한 현실을 상징하는 단어이기도 하다.

처드 왕은 비로소 언어와 현실은 별개의 것임을 인식하고 볼링브루크에게 추방 명령을 내렸던 자신의 혀가 그것을 거둬들여 위안의 말로 대신했으면 하고 바란다(3.2.133~136). 데이비스의 지적처럼 말이란 그 자체로서는 의미가 없고 사용자의 의도대로 사용될 수 있다고 하는 사실은 리처드에게는 비극이 된다(43~44).

리처드의 언어적 실재론은 볼링부르크가 득세한 세상에서 이미 그 통용을 상실하여 철저히 유아론적 세계에 머무른다. 리처드의 언어적 실재론 안에서 가능했던 언어와 세계와의 대응 관계는 일단 그 대응 관계가 무너져 내린 시점에서는 한낱 공허한 말놀이로 변한다. 폼프렛Pomfret 성의 지하 감방에 갇힌 리처드에게 그의 언어는, 말 그대로 놀이에 불과하다.

나는 이렇듯 홀로 여러 사람의 역을 해보지만
만족한 적은 한 번도 없다. 때로는 왕이 되지만
모반을 당했을 땐 차라리 거지였으면 하고 생각한다.
그래서 거지가 된다. 그러다 지독한 가난 때문에
왕이던 때가 차라리 좋았다는 생각이 든다.
그러면 난 다시 왕이 된다. 그러다 이윽고
볼링브루크에게 보위를 찬탈당했다고 생각하면
곧장 아무것도 아닌 존재가 되고 만다. 그러나 내가 무엇이 되든
나나 그 누구든 간에, 그가 인간인 이상
아무것에도 만족하지 못한다. 무(無)로 돌아가서
마음이 편해지기 전에는.

Thus play I in one person many people,

And none contented: sometimes am I king

Then treason make me wish myself a beggar,

And so I am: then crushing penury

Persuades me I was better when a king,

Then am I king'd again: and by and by

Think that I am unking'd by Bolingbroke,

And straight am nothing: but whate'er I be

Nor I nor any man that but man is

With nothing shall be pleased, till he is eased

With being nothing. (5.3.31~41)

리처드는 지하 감옥에서 실체와는 아무 관계가 없는 단지 이름만을 교체해 가며 언어 놀이를 하고 있다. 언어가 사물을 매개하지 못할 때 언어는 리처드의 말처럼 사물이 아닌 무, 즉 공담(空談)일 뿐이다. 로렌스 스턴Laurence Sterne의 소설 『트리스트럼 샌디*Tristram Shandy*』에서 엉클 토비Toby와 트림Trim 하사가 현실의 대체 경험으로 도상 작전을 수행하듯, 리처드의 언어 놀이는 언어는 언어이고 현실은 현실이라는 그의 뚜렷한 인식의 뒷그림자라는 점에서 매우 애상적이다. 리처드가 자기 자신을 날뛰는 말들을 다루지 못해 제우스의 벼락을 맞아 죽은 파에톤Phaeton에 비견하듯(3.3.178), 언어를 곧 현실로 잘못 인식하고 행동함으로써 그는 비극을 자초한다. 사실 이 작품에서는 리처드 스스로가 왕위를 볼링브루크에게 넘겨주었다는 인상이 볼링브루크가 왕위를 찬탈했다는 인상보다 크다. 나중에 「헨리 4세」 1부에서도 헨리 볼링브루크는 자신은 처음부터 왕위를 차지할 목적이 없었으나 길에 떨어진 물건을 줍 듯이 리처드 왕이 버린 왕권을 넘겨받은 것이나 마찬가지라고 변명한다.

셰익스피어는 볼링브루크의 언어적 유명론이 리처드의 실재론을 완전히 지배하는 현상을 리처드가 평소 꼈던 바버리Barbary산 얼룩무늬 말을 이제는 볼링브루크가 타고 대관식 날 런던 거리를 지나가는 삽화로 보여 준다(5.5). 말의 주인이 바뀔 수 있듯이 언어 또한 사용자에 따라서 의미를 달리할 수 있다. 볼링브루크는 아버지 곤트나 리처드 왕과는 달리 언어와 현실을 철저히 분리해서 생각하는 언어적 유명론자다. 아버지 곤트가 추방 길에 오르는 자신에게 추방을 즐거운 여행처럼 생각하고 자신을 추방한 것이 아니라 자신이 왕을 추방시킨 것이라고 생각하도록 권고할 때 볼링브루크는 언어적 덧칠이 결코 현실을 은폐할 수 없다고 항변한다.

아, 아무리 꽁꽁 얼어붙은 코카서스의 산을 상상한들
누가 불을 손에 쥘 수 있겠습니까?
진수성찬을 상상하는 것으로
에이는 공복을 채울 수 있나요?
모진 삼복더위를 생각한다고
동지섣달 눈밭 속을 알몸으로 뒹굴 수 있나요?
아닙니다! 좋은 것을 기대할수록
고통은 더욱 커질 뿐입니다.

O, who can hold a fire in his hand

By thinking on the frosty Caucasus?

Or cloy the hungry edge of appetite

By bare imagination of a feast?

Or wallowed naked in December snow

By thinking on fantastic summer's heat?

O, no ! the apprehension of the good

Gives but the greater feeling to the worse. (1.3.294~301)

　언어는 언어고 현실은 현실임을 분명히 인식하고 있는 만큼, 볼링브루크는 현실에 관계없이 언어를 자의적으로 자유롭게 사용한다. 반란군을 이끌고 영국에 상륙한 그는 리처드가 아일랜드로 반란을 평정하러 출정한 사이 왕권을 위임받은 작은아버지 요크를 〈아버지〉라고 불러 자신의 반란 행위를 징벌하려 한 요크 공작의 마음을 돌려놓는다. 언어와 지시 대상 간의 일대일 대응 관계를 고집하는 리처드로서는 생각도 할 수 없는 일이다. 흔히 비평가들에 의해서 리처드는 군주라기보다는 시인으로 간주되는 반면, 볼링브루크는 전 작품에 걸쳐 독백을 한 번도 하지 않는 등 비교적 평범한 스타일의 소유자로 대조되는데 이는 잘못된 해석이다. 모브레이Mawbray와의 대론에서나 요크에게 자신의 반란의 정당성을 설명하는 부분에서 엿볼 수 있듯이 볼링브루크 또한 리처드 못지않게 수사적이며 웅변적이다(Hockey 179~191).

　볼링브루크가 귀족 세력의 절대적인 지지를 받은 것은 그들의 재산권과 기득권을 보호하고자 하기 때문이다. 리처드는 평시에 과도한 조세를 귀족들에게 부과함으로써 귀족 세력들의 증오를 샀다. 더욱이 귀족들에게서 거둬들인 돈으로 빈천한 신분 출신의 아첨꾼들을 신진 궁인 계급으로 등장시킴으로써 귀족 세력뿐만 아니라 일반 백성들의 원성을 샀다. 리처드는 또한 자신의 재임 시에 축조한 웨스트민스터 성에 소집된 첫 의회에서 폐위가 결정되는데, 성 축조에 동원된 백성들의 불만은 쉽게 수긍할 만하다. 볼링브루크는 리처드 왕의 총애를 받던 부쉬Bushy, 배곳Bagot, 그린Green 등의 궁신들을 〈왕국을 좀먹는 벌레들〉이라 부르며 이들을 영국이라는 정원에서 잡초 뽑듯 제거하겠다고 다짐한다. 또한 실제로 이를 실천에 옮기는데 이러한 그의 행동은 백성들의 공감을 사기에 충분하다. 셰익스피어는 흔히 하찮은 백성들의 푸념을 통해서 귀족들의 정치적 행동과 사고에 비판을 가하며 그의 역사관을 나타내는데, 「리처드 2세」의 경우도 예외는 아니다. 요크 공작의 정원사와 두 명의 하인들이 나누는 대화는 리처드의 실정이 무엇이며 볼링브루크가 백성의 지지를 받는 이유가 무엇인지를 명확하게 밝혀 준다.

정원사 넌 가서 우리들의 공국에서 지나치게 우뚝한
옷자란 가지들의 머리를
사형 집행인이 죄인 참수하듯 잘라 줘라.
우리들의 정부에선 모든 것이 평등해야 하니까.
너희들이 그 일을 하고 있는 동안 난
저 해로운 잡초를 뽑아 버리겠다.
좋은 꽃에서 양분을 빼앗는 무익한 것들이니까.

일꾼 왜 우린 이 비좁은 울에서

홀륭한 나라의 축소판이나 되는 듯이

법을 지킨다, 격식을 차린다, 균형을 지킨다 하고 야단이죠?

바다로 둘러싸인 정원인 이 나라 전체가

잡초로 우거지고 그 아름다운 꽃들은 숨통이 막히고

과일나무들은 제멋대로 뻗어 있고, 울타리는 망가지고

화단은 엉망진창, 소담하게 자란 초목에는

벌레가 득실대는데요.

정원사 입 닥치고 있어.

이렇듯 어지러운 봄을 허락하신 나리께서는

지금 가을 낙엽 꼴이 되셨다.

주인님의 넓게 펼친 잎사귀 밑에서 숨었던 잡초들이

주인님을 돕는 척하며 빨아먹다가

블링브루크에게 뿌리째 모조리 뽑혔지.

윌트셔 백작, 부쉬, 그린 따위 말이야.

Gardner : Go, thou, and like an executioner,

Cut off the heads of too fast growing sprays

That look too lofty in our commonwealth :

All must be even in our government

You thus employ'd, I will go root away

The noisome weeds, which without profit suck

The soil's fertility from wholesome flowers.

Servant: Why should we in the compass of a pale

Keep law and form and due proportion,

Showing, as in a model, our firm estate,

When our sea-walled garden, the whole land,

Is full of weeds, her fairest flowers chocked up,

Her fruit-trees all unpruned, her hedges ruin'd

Her knots disorder'd and her wholesome herbs

Swarming with caterpillars?

Gardner: Hold the peace

He that hath suffer'd this disorder'd spring

Hath now himself met with the fall of a leaf:

The weeds which his broad-spreading leaves did shelter,

That seem'd in eating him to hold him up,

Are pluck'd up root and all by Bolingbroke,

I mean the Earl of Wiltshire, Bushy, Green. (3.4.33~54)

정원사와 두 명의 하인들의 평범한 한담에 동원된 〈잡초〉, 〈해충〉 등의
용어들은 나라에 유해한 간신들을 지칭하는 것으로, 이는 볼링브루크의
대사에 그대로 동원된 단어들이다. 셰익스피어는 볼링브루크가 〈인민주
의〉라고 지칭할 수 있는 역사적 흐름 속에 위치해 있음을 암시한다. 〈낡

은 중세의 정치 질서를 대표하는 마지막 왕〉인 리처드로부터 대중의 지지를 한 몸에 받는 볼링브루크로 왕권이 넘어갔다는 사실은 체제상으로는 절대 군주제가 유지되더라도 백성과 통치자와의 협약 관계에 기초한 근대 국가가 등장한다는 것을 뜻한다. 볼링브루크의 언어적 유명론은 각각의 언어 사용자의 의미화의 가능성을 열어 놓음으로써 언어적 실재론에서 보이는 것과 같은 절대 권력자에 의한 의미의 독점을 파괴한다. 마후드의 지적처럼 셰익스피어의 초기 역사극에서 언어적 실재론에 대한 회의는 늘 편의주의의 승리로 귀결된다.

갈등이 발생할 때마다 그 갈등은 매일같이 맹세를 저버리는 편익, 즉 이해관계에 의해서 해결이 난다는 점에서 초기 역사극에 나타난 셰익스피어의 언어에 대한 회의주의는 특징적으로 드러난다. (174~175)

그러나 문제는 마후드가 주장하듯 언어적 실재론과 유명론의 싸움이 편의주의를 표방하는 유명론의 일방적인 승리로 끝나지 않는다는 데 있다. 정원사가 얘기하듯 〈우리 공화국에서 웃자란 가지들을 쳐버리고 모두가 평등해야만〉 하는 상황에서 이제 절대적인 언어와 영역은 사라진 셈이다. 볼링브루크가 리처드의 절대 왕권을 파괴함으로써 자신의 왕권을 획득한 만큼 이제 볼링브루크는 누구나 왕권에 도전할 수 있는 기회를 열어 놓은 셈이며 따라서 그의 왕권은 절대적일 수가 없다. 칼라일 Carlisle 주교가 볼링브루크의 등극에 대해 예언하듯, 절대 언어를 파괴한 볼링브루크의 행위는 자자손손 혈족 상잔을 야기한다. 헨리 퍼시의 반란은 계속될 것이다.

언어적 실재론에선 언어와 지시 대상 간의 관계의 명료성, 투명성을 그 생명으로 한다. 기표와 기의 사이의 일대일 대응 관계를 상징하는 만큼 모호함이 끼어들 틈이 없다. 반면에 언어적 유명론에서는 기표와 기의는 자의적인 만큼 의도된 의미와 기표와의 관계는 상당히 불투명하다. 다시 말해서 언어적 실재론에서 언어는 곧 인간이며, 언어를 상실함은 인간의 주체성을 상실함으로 이어진다. 리처드 왕의 경우가 바로 그러한데 그는 왕관을 볼링브루크에게 넘겨주고는 이제 자신을 어떻게 불러야 할지를 모른다(4.1.254~259).

반면에 언어적 유명론에서 언어는 오히려 인간의 정체성을 감추는 수단이다. 퍼시가 볼링브루크에게 반기를 드는 큰 이유 중의 하나는 볼링브루크의 언어와 행동, 혹은 의도가 어긋나는 데 대한 분노다(「헨리 4세」1부 1.3.250~256). 볼링브루크는 〈자신의 살아 있는 두려움〉인 리처드 왕을 누군가 제거해 주었으면 하는 뜻을 암시적으로 내비친다. 그의 의도를 알아차리고 리처드를 살해한 엑스턴Exton에게 볼링브루크가 주는 대가는 즉각적인 죽음뿐이다. 볼링브루크는 중세 봉건 제도에서 근대 절대 군주제로의 역사적 전환기에 선 새로운 인간이다. 볼링브루크는 제왕 살해라는 자신의 죄에 시달려 예루살렘으로 성지 순례를 계획하나 결국 자신의 궁정 안에 있는 예루살렘이라 이름 붙인 방에서 최후를 맞는다. 언어적 유명론자에게는 어울리지 않는 아이러니컬한 죽음이지만 한편으로는 볼링브루크 역시 왕좌에 오른 이후 리처드와 마찬가지로 절대 왕권과 언어적 실재론에 빠져든 증거라고도 볼 수 있다.

III

「리처드 2세」는 세습 군주제하에서 왕의 자격이 없는 왕이 단지 왕손이라는 이유 하나만으로 국가를 통치할 수 있는가 하는 문제를 제기하는 일종의 정치적 사극이다. 셰익스피어는 왕권신수설에 입각한 세습 군주제를 언어적 실재론이라는 담론 체계로 표현하고 있다. 「창세기」에 쓰인 대로 〈태초에 하느님이 빛이 있으라 함에 빛이 생겨나고, 하느님이 아담에게 언어를 주어 피조물들을 이름 지어 부를 수 있게〉 한 것은 언어적 실재론의 전범이다.

언어가 곧 행동으로 나타나며 사물에 이름을 붙여 줌으로써 사물과 관계를 맺고 사물을 지배할 수 있다는 것은 언어가 곧 힘으로 작용함을 의미한다. 그러나 이러한 이상적인 언어관은 인간의 전락과 바벨탑 건설 이전의 시점에서 가능했다. 인간의 욕망이 투명하게 언어로 표현되고 이 언어가 곧 행위로 실천되는 경우는 인간 발전의 유아기에나 가능하다. 이런 의미에서 자신의 언어가 곧 현실로 구체화되기를 바라는 리처드는 절대 군주라기보다는 어린아이 같다고 표현하는 것이 더욱 적합하다. 폼프렛 성에 갇힌 그는 고뇌에 찬 스스로의 모습을 보고 싶어 볼링브루크에게 거울을 갖다 달라고 부탁한다. 거울에 비친 모습이 자신이 바라는 주름살이 패이고 몰골이 사나운 형상으로 비치지 않자 리처드는 거울을 탓하여 거울을 땅바닥에다 던져 박살 낸다. 보기에 따라서는 매우 인상적인 장면이나 한편으로는 현실을 자신의 욕망의 투사체로만 파악하려는 리처드의 유아적인 모습을 가장 극명하게 보여 주는 대목이다. 물속에 비친 자신의 모습에 도취되어 익사하는 나르키소스Narcissos로서 리처드는 현실로부터 도피하여 어머니의 모태, 혹은 이상적인 목가 세계로 되돌아가는 현실 부적격자인 셈이다.[3]

유아적인 리처드와는 달리 볼링브루크는 매우 현실적이며 〈성숙〉하다. 경험 혹은 문명 세계가 인간의 욕망과 현실 간의 불일치를 상정한다면 볼링브루크는 이미 이러한 경험 세계에 존재하는 인물이다. 볼링브루크는 언어란 곧 현실 자체가 아니며 더욱이 욕망의 실현과는 거리가 멀다는 사실을 잘 알고 있다. 리처드가 말과 말하는 주체를 동일시하는 반면 볼링브루크는 말의 배면을 읽으려고 한다. 볼링브루크에게는 누가 무슨 말을 하느냐보다는 그 말을 내가 어떻게 풀이하느냐가 중요하다. 따라서 볼링브루크와 같은 언어적 유명론자에게는 〈그가 그렇게 말했다 *ipse dixit*〉라는 언어적 권위는 의미가 없다. 여기서 언어적 유명론은 과거의 권위적 전통과는 단절을 야기하며 〈절대 언어〉에 대한 각자의 자유로운 해석의 가능성을 개시한다. 이런 맥락에서 언어적 유명론은 가톨릭의 전통과 권위를 부정하는 종교개혁과 프로테스탄트 운동과 궤를 같이한다. 볼링브루크가 일반 백성들과 귀족들의 전폭적인 지지를 받았던 것은 이들의 저변에 흐르는 봉기적 욕망을 표출해 준 데도 한 원인이 있다. 볼링브루크가 리처드를 이긴 것은 따라서 구체적인 성격적 대립의 차원을 넘어서 셰익스피어의 영국 사회 저변에 흐르는 에너지의 전이를 상징한다. 이런 점에서 「리처드 2세」는 셰익스피어의 최초의 성격비극임과 동시에 역사의 흐름을 포착한 역사극이다.

---

3 한편, 나르키소스에 대한 인유가 암시하는 것과 달리, 리처드는 라캉이 말하는 주체와 객체의 분리를 통해서 자의식이 발생하는 거울의 단계에 있기보다는 자아와 외부 대상을 구분하기 이전의 상상 단계에 머무는 인물이다.

참고 문헌

Becker, George J. *Shakespeare's Histories*. New York: Frederick Ungar. 1977.

Calderwood, James L. *Shakespearean Metadrama*. Minneapolis: University of Minnesota Press. 1971.

Campbell, Lily B. *Shakespeare's "Histories": Mirrors of Elizabethan Policy*. San Marino, California: The Huntington Library. 1978.

Cave, Terence. *The Cornucopian Text: Problems of Writing in the French Renaissance*. Oxford: Clarendon Press. 1979.

Clemen, Wolfgang. *The Development of Shakespeare's Imagery*. London: Methuen. 1951.

Craig, Hardin. *An Interpretation of Shakespeare*. Columbia: Lucas Brothers. 1948.

Davies, Julie Ann. "The Word "Nothing": Its Infinite Variety in Shakespeare's Plays". Unpublished dissertation. Indiana University of Pennsylvania. 1981.

Eagleton, Terry. *William Shakespeare*. Oxford: B. Blackwell. 1986.

Hockey, Dorothy C. "A World of Rhetoric in *Richard II*". *SQ* 15(1964). 178~191.

Holderness, Graham, ed. *Shakespeare's History Plays: Richard II to Henry V*. London: Macmillan. 1992.

Knights, L. C. *William Shakespeare: The Histories*. London: Longmans Green and Co.. 1962.

Leech, Clifford. *William Shakespeare: The Chronicles*. London: Longmans Green and Co.. 1962.

Mahood, M. M. *Shakespeare's Wordplay*. London: Chatto and Windus. 1944.

Saccio, Peter. *Shakespeare's English Kings: History, Chronicle, and Drama*. Oxford: Oxford University Press. 1981.

Shakespeare, William. *The Complete Works of Shakespeare*, ed. Hardin Craig. Glenview, Illinois: Scott, Foresman and Company. 1961.

Shakespeare, William. *King Richard II*, ed. Andrew Gurr. Cambridge: Cambridge University Press. 2003.

Shakespeare, William. *King Richard II*, ed. John Dover Wilson. Cambridge: Cambridge University Press. 1968.

Tillyard, E. M. W. *Shakespeare's History Plays*. London: Chatto and Windus. 1956.

Waith, Eugene M., ed. *Shakespeare the Histories: A Collection of Critical Essays*. Englewood Cliffs, N.J.: Prentice-Hall. 1965.

Zesmer, David M. *Guide to Shakespeare*. New York: Barnes and Noble. 1976.

3. 「헨리 4세」 1, 2부
핼 왕자의 정치적 성장과 폴스타프

  우리들은 흔히 1595년에서 1601년 사이를 셰익스피어의 희극과 역사극의 시대라고 일컫는다. 1613년 스트랫퍼드Stratford에 낙향해서 집필한 것으로 간주되는 「헨리 8세」가 여기에서 벗어나긴 하지만 「존 왕」을 비롯한 아홉 편의 역사극들이 이 시기에 쓰였다. 여러 작품을 동시에 구상하고 집필하는 셰익스피어의 창작 습관에 따라 그는 「리처드 2세」를 집필하던 중이거나 아니면 집필이 거의 끝난 1596년경에 이미 「헨리 4세」에 손을 대고 있었다. 「리처드 2세」, 「헨리 4세」 1, 2부, 「헨리 5세」로 구성되어 있는 〈제2사부작〉, 혹은 〈랭커스터 사부작Lancastrian tetralogy〉에서 중간에 위치한 「헨리 4세」 1, 2부는 앞뒤 작품들을 이어주는 일종의 교량 역할을 하고 있다. 물론 각각의 작품이 독자성을 갖고 있는 것은 당연하지만, 이들 역사극들은 개인의 운명에 초점이 맞춰지고 그 자체로 완결성을 확보하는 비극과는 달리 마치 서사적 주인공들처럼 개인의 운명을 압도하는 국가적 질서와 같은 공공의 영역으로 항상 포섭되기 때문에 각각의 작품의 결말은 그 자체로는 완결이면서도 동시에 역사의 맥락에서는 언제나 미완으로 남는다. 따라서 역사극을 이해하는 최선의 방법은 전후하는 역사극들과의 비교와 대조를 통한 것이라고 해도 과언이 아닐 것이다.

1598년 2월 25일 자로 서적 조합에 등재된 「헨리 4세」는 같은 해에 런던의 출판업자인 앤드루 와이즈Andrew Wyse에 의해서 피터 쇼트Peter Short의 인쇄소에서 사절판Quarto으로 인쇄되었다. 이 판본에 분명하게 명시되어 있지는 않지만, 〈존 폴스타프 경의 재담과, 북쪽의 헨리 핫스퍼라는 별명을 지닌 헨리 퍼시 경과 국왕 간의 슈루즈베리 전투를 그린 헨리 4세의 이야기〉라는 제목으로 미루어 1부만을 지칭함이 분명하다. 이 판본은 역시 같은 해에 동일한 인쇄소에서 동일한 출판업자에 의해서 중판되었는데 이를 제1사절판이라고 부른다. 1599년에는 제2사절판, 1604년에는 제3사절판, 1608년에는 제4사절판, 1613년에는 제5사절판, 1622년에 제6사절판, 1632년 제7사절판, 1639년 제8사절판이 계속 출판된 점으로 미루어 이 작품이 셰익스피어 당대뿐만 아니라 1642년 청교도 혁명으로 런던에서 극장 문이 닫히기 이전까지 얼마나 큰 인기를 얻었는지 짐작할 수 있다. 1623년 셰익스피어의 동료 배우들이었던 존 헤밍John Heminge(혹은 헤밍즈Heminges라고도 함)과 헨리 콘델Henry Condell이 무대 대본을 중심으로 편찬한 제1이절판Folio에는 〈핫스퍼라는 별명을 지닌 헨리의 삶과 죽음을 다룬 「헨리 4세」 1부〉라는 표제를 붙여 1, 2부를 확연하게 구분하고 있다.

2부는 1600년 8월 23일 자로 서적 조합에 등록되었다. 같은 해에 출판업자인 앤드루 와이즈와 윌리엄 애스플리William Aspley에 의해서 발렌타인 심스Valentine Sims 인쇄소에서 두 종류의 사절판이 출판되었는

데, 처음 것은 리처드 2세의 폐위에 관한 내용이 담긴 3막 1장이 생략된 것이었다. 이 사절판에는 〈헨리 4세의 죽음과 헨리 5세의 등극으로 이어지는 「헨리 4세」 2부. 존경하는 시종장Lord Chamberlain의 극단 단원들에 의해서 빈번하게 상연된 바 있는 존 폴스타프 경의 재담과 허풍 떠는 피스톨Pistol의 이야기〉를 담고 있다는 내용이 표제에 기록되어 있다. 이로 미루어 1부의 폴스타프가 인기를 얻게 된 것이 2부를 집필할 때 셰익스피어에게 어떤 식으로든 영향을 미쳤을 것이라고 짐작하는 것은 어렵지 않다. 1부와는 달리 2부의 사절판은 1623년 이절판이 출판되기 이전까지 중판되지 않았다. 또한 이절판의 표제는 〈헨리 4세의 죽음과 헨리 5세의 등극을 포함한 「헨리 4세」 2부〉라고만 언급하고 있어 사절판보다 역사극의 성격을 보다 극명하게 나타낸다. 1부가 1596에서 1597년 사이에 집필된 것으로 추정되는 반면, 2부는 적어도 1598년 말 이전에 집필된 것으로 간주된다. 만약 2부의 집필 시기를 1597년경으로 추정한다면 그만큼 1부와 2부의 집필 시기가 중첩되는 관계로 이들 작품의 전체적인 유기적 통일을 가정하기가 수월해진다. 1부의 성공에 힘입어 2부가 구성된 사례로는 셰익스피어 이전에도 크리스토퍼 말로Christopher Marlowe(1564~1593)의 「탬벌린 대제Tamburlaine the Great」가 있었지만, 말로의 작품에서 2부는 1부의 후속 편이라는 성격이 짙으며, 2부가 1부에 비해서 극적인 긴장감이 훨씬 느슨하기 때문에 1, 2부가 연대기적으로 이어진 기계적인 관계임을 쉽게 알 수 있다.

그러나 셰익스피어의 「헨리 4세」 1, 2부의 관계에 대한 논란은 여전히 끊이지 않고 있다. 새뮤얼 존슨Samuel Johnson 같은 이는 셰익스피어가 이 작품을 1, 2부로 나눈 것은 단지 10막을 하나의 작품으로 내기에는 너무 길기 때문이었다고 주장했다. 그는 심지어 「리처드 2세」, 「헨리 4세」, 「헨리 5세」로 이루어진 제2사부작 전체가 단지 공연상의 필요에 의해서 나뉘어 있을 뿐 단일한 구성하에 하나의 작품으로 독자들이 간주하도록 셰익스피어에 의해서 의도된 것 같다고 주장했다(124). 1, 2부를 하나의 작품으로 보는 존슨의 견해는 19세기 말엽에는 데이턴Kenneth Deighton, 20세기에 들어서는 틸야드, 윌슨John Dover Wilson, 험프리스A. R. Humphreys 같은 비평가들에 의해서 계승되었다. 특히 윌슨은 존슨의 견해를 인용하며 셰익스피어가 1부를 쓰고 있는 동안 줄곧 2부를 마음속에 의도하고 있었으며, 1부 없이는 2부를 이해할 수 없듯이, 2부 없이는 1부 역시 불완전한 작품이라고 주장한다(4). 이러한 그의 주장은 이 작품을 일종의 도덕극으로 파악하는 그의 관점과 맞아떨어진다. 허영과 혼란을 거쳐 기사도로 복귀하고, 다시 법과 정의의 편으로 나가는 핼 왕자의 도덕적인 성장으로 이 작품을 이해하기 위해서는 작품의 전체적인 유기적 통일성은 필연적인 것이기도 하다.

여기에 맞서서 1, 2부를 전혀 별개의 독립적인 두 작품으로 보는 견해 역시 만만치 않다. 새뮤얼 존슨보다 10년 앞서서 존 업턴John Upton은 『셰익스피어에 관한 비평적 고찰들Critical Observations on Shakespeare』에서 소포클레스의 오이디푸스에 관한 두 작품, 즉 「오이디푸스 왕」과 「콜로누스의 오이디푸스」를 오이디푸스 왕 1부, 2부라고 나누어 부르는 것만큼이나 「헨리 4세」를 1, 2부로 나누어 부르는 것은 작가로서 셰익스피어의 인격에 해가 되는 것이라고 주장한다(Humphreys 「2부 서문」 21에서 재인용). 20세기에 들어서도 이러한 주장은 반복되고 있다. 체임버스E. K. Chambers는 이들 작품이 통일성을 획득하는 것은 단지 폴스타프라는 탁월한 희극적인 등장인물 때문이며, 그 외에는 어떠한 유기적인 관계도 없다고 주장한다(119). 이에 반해서 센 굽타Sen Gupta 는 폴스타프를 작품의 중심에 놓고 본다면 1, 2부는 통일성을 유지하지만, 이것은 역사극으로 의도한 셰익스피어의 원래 의도에 반하는 것이라고 주장한다(129). 쇄버M. A. Shaaber는 더욱 구체적으로 1, 2부의 독자성을 주장한다. 그에 따르면 2부는 구조적으로 1부의 복제본이다. 현대적인 장과 막의 구분에 있어서 그 숫자가 똑같을뿐 아니라, 희극적인 장면과 역사적인 플롯의 순서마저도 똑같다. 그가 보기에 이는 1부의 성공에 힘입어 셰익스피어가 2부에서 1부를 그대로 반복한 결과이다. 게다가 셰익스피어 같은 노련한 작가가 슈루즈베리 전장에서 이미 이루어진 아버지와 아들의 화해, 장면을 2부에서 왕의 임종 시에 다시 반복했을 것으로 보기는 힘들다(388)는 것이다.

위에서 본 것처럼 이들 두 작품의 통일성 문제는 구체적인 사실에 근거한 것이기보다는 셰익스피어의 의도라는 확인할 길이 없는 막연한 추정에 근거한 것이기 때문에 해결의 실마리가 보이지 않는다. 그러나 역사극이 구조적으로는 완결성을 지녔을지라도 내용적으로 역사의 한 집약된 국면을 그릴 수밖에 없다는 한계를 안고 있는 한, 중첩되거나 시기적으로 전후 관계를 맺고 있는 역사극들을 독립적으로 볼 수는 없다고 간주하는 것이 최근의 추세이다. 그러나 이들 두 작품을 동일한 창작 정신에 입각하여 쓰인 10막 극으로 보는 것은 문제가 있다. 데릭 트래버시 Derek Traversi의 자세한 연구가 보여 주듯이 1부와 2부는 어조와 분위기에 있어서 현저한 차이를 보이기 때문이다. 이 글에서는 〈비록 작품의 전체적인 의미 구조가 생산되는 전략이 1부와 2부가 다르기는 하지만,

점진적이며 누진적으로 전개된다〉는 파올라 풀리아티Paola Pugliatti의 주장(103)을 수용하여, 심미적인 문맥에서 이들 두 작품을 유기적인 전체로 간주한다. 이러한 관점은 역사를 직선적 발전의 단계로 파악하고 신의 의지나 절대정신이 발현된 장으로 이해하는 견해에서 비켜서서, 역사와 정치권력에 대한 셰익스피어의 일정한 거리감과 비판 정신을 읽어 내게 한다. 이러한 관점에서 이들 두 작품을 바라볼 때 우리는, 셰익스피어가 2부 끝에서 폴스타프의 추방을 현실 정치의 측면에서 필연적으로 받아들이지만 동시에 폴스타프와 헨리 5세가 각각 대표하는 인간성과 정치권력, 무질서와 질서, 놀이와 일의 대립을 통하여 전자가 배제된 후자의 한계를 제시하고 있다는 사실을 받아들일 수 있을 것이다.

셰익스피어의 역사극들은 당대의 다른 작품들 및 작품 밖의 역사를 향해서 열려 있는데, 이때 셰익스피어가 주로 의존하는 역사는 유사한 내용을 다룬 기존의 역사극들과 더불어 라파엘 홀린쉐드Raphael Holinshed의 『잉글랜드, 스코틀랜드, 아일랜드의 연대기*Chronicles of England, Scotland, and Ireland*』이다. 셰익스피어는 1587년에 출판된 제2판을 참조했을 것으로 짐작된다. 1부에서 헨리 왕이 웨일스의 오언 글렌다워Owen Glendower의 포로가 된 마치March 백작인 에드먼드 모티머 Edmund Mortimer를 보석으로 풀어 주지 않는 이유에 대해 언급되는데, 이는 리처드 2세가 아일랜드의 반란을 정벌하러 출정할 때 모티머를 후계자로 지명했기 때문이다. 여기서 헨리 왕은 모티머 백작과 후계를 지명받은 그의 손자인 모티머를 혼동하고 있다. 실제로 퍼시 가문의 반란이 있었던 1403년 당시 손자인 모티머는 12세의 어린아이였다. 이것은 일차적으로 그가 참조한 『잉글랜드, 스코틀랜드, 아일랜드의 연대기』의 실수이지만, 셰익스피어는 이러한 실수를 알고서도 그대로 따랐을 가능성이 크다. 포로로 잡힌 모티머와 후계자로 지명받은 모티머를 동일한 인물로 간주하는 것이 헨리 왕의 냉철한 정치적 계산 능력을 보여 주는 극적 효과를 극대화하는 방편이 되기 때문이다. 셰익스피어는 사료들을 소재로 이용하면서도 극적인 효과를 위해 역사적인 사실들을 왜곡하는 일이 빈번했다. 슈루즈베리 전투 당시 헬 왕자는 16세였으며 그가 전투에 참가하여 큰 전공(戰功)을 세운 것도 아니다. 실제로 핫스퍼는 헬 왕자의 아버지보다도 세 살이나 위로 그와는 스물세 살이나 나이 차이가 난다. 그러나 셰익스피어는 극적 효과를 위해서 핫스퍼의 아버지인 노섬벌랜드Northumberland 백작과 왕의 나이를 엇비슷하게 만들었으며, 핫스퍼와 왕자를 거의 동갑내기로 처리하고 있다. 따라서 헬 왕자의 냉정함과 전공 역시 셰익스피어의 창작에 기인한다. 셰익스피어는 또한 극적 긴장감을 더하기 위해서 1403년의 슈루즈베리 전투, 1405년의 요크 대주교 일파의 반란, 1408년 노섬벌랜드 백작의 반란에 시차를 두지 않고 거의 동시적인 사건들로 연결하여 순차적으로 처리한다. 역사적으로 1부는 스코틀랜드 변방 지역인 호밀던Homildon 언덕에서 전투가 있었던 1402년 9월 14일부터 슈루즈베리 전투가 있었던 1403년 7월 21일까지 약 10개월을, 2부는 1403년에서 헨리 4세가 죽은 1413년까지 약 10년의 기간을 각각 다루고 있다.

셰익스피어는 역사적인 소재를 홀린쉐드뿐만 아니라 새뮤얼 대니얼 Samuel Daniel의 설화시 「랭커스터 가문과 요크 가문 간의 내란The Ciuile Wars Between the Two Houses of Lancaster and Yorke」(1595)에서도 취하고 있다. 대니얼은 홀린쉐드의 역사적 자료들을 주관적으로 해석하여, 헨리 왕의 치세 동안 계속된 내란은 곧 악은 악을 낳는다는 역사의 응보nemesis의 법칙을 보여 주는 것이라고 강조한다. 홀린쉐드에게는 모호하게 처리되어 있는 핫스퍼와 핼 왕자의 대립 등을 구체화한 것 역시 대니얼이다. 험프리스의 지적처럼 〈홀린쉐드가 적절한 역사적 사실들, 개괄적인 인물 설정 및 악은 악을 낳는다는 주제를 제시하는 반면 대니얼은 소재를 통합하고 주도적인 관계들을 재해석하며, 인물들의 극적 관계를 부각시키고 커다란 계기를 제공한다〉(「1부 서문」 29). 여기서 알 수 있는 것처럼 대니얼이 셰익스피어에 미친 영향은 역사적인 사실에 있는 것이 아니라 사료를 대하는 작가의 태도와 어조에서 찾아야 한다. 대니얼이 헨리 왕의 원죄와 그로 인한 양심의 가책을 더욱 강조하는 반면, 셰익스피어는 헨리의 권력에 대한 집착과 원죄를 극복하고 왕권을 아들에게 이양하려는 왕의 노력을 더욱 강조하고 있다.

셰익스피어가 역사적인 장면과 관련해서 홀린쉐드와 대니얼에게 빚지고 있다면, 희극적인 장면들과 관련해서는 작자 미상의 「헨리 5세의 유명한 승리들The Famous Victories of Henry V」이라는 극작품에 부분적으로 의존하고 있다. 굽타가 주장하듯이 폴스타프는 모든 의미에서 전적으로 셰익스피어의 창작이지만(127), 그 단초들이 이 무명의 작품에 깃들어 있다. 1588년경에 쓰인 것으로 추정되는 이 작품은 1598년에야 출판되었지만 온전한 정본이라고 보기 어렵다는 것이 학자들의 공통된 생각이다. 장과 막의 구분 없이 1563행(애덤스Adams의 판본으로는 2,016행)의 운문으로만 되어 있는 이 작품의 내용은 다음과 같다.

국세 1천 파운드를 훔치는 데 직접 참가한 핼 왕자는 어깨에 큰 부상을 당한다. 한편, 커터Cuthbert Cutter는 갯스힐에서 짐꾼인 데릭Dericke

의 짐을 훔친 죄로 갇혀 있다. 헬 왕자는 대법관에게 풀어 주라고 커터에게 명령하나 거절당한다. 이에 화가 난 왕자가 대법관의 뺨을 때리고, 대법관은 왕자를 플리트Fleet 감옥에 감금한다. 옆에서 지켜보던 짐꾼 데릭과 구두 수선공 존 코블러Cobler가 이를 패러디하는 즉흥 연극을 시작하는데 데릭의 입을 통해서 〈애들아, 늙은 왕이 죽고 나면 우리들은 전부 왕이 될 것이다〉라는 대사가 629행 등에서 반복된다. 왕자는 자신이 왕위에 오르면 제일 먼저 대법관을 파면하고 대신 그 자리에 네드Ned를 앉히겠다고 약속한다. 부왕이 위독하다는 전갈을 받은 왕자는 네드를 데리고 궁궐에 당도하지만 거지 차림의 왕자를 알아보지 못한 수문장이 그를 제지한다. 이에 화가 난 네드가 칼을 빼 들자 왕자는 이를 만류하며 〈안 돼, 안 되지. 비록 다른 곳에서는 내가 너희들을 돕지만, 이곳 궁궐에서는 그럴 수 없지〉(699)라고 말하며 공인으로서 왕자의 본분을 되찾는다. 단검을 빼 들고 부왕의 병실로 들어간 왕자는 이 칼로 자신을 죽여 달라고, 아니면 멀리 산골에 홀로 유폐되어 회개하며 지내겠다고 다짐하며 방을 빠져나오려는 순간 부왕이 그를 불러 과거를 용서한다. 곧이어 헬 왕자는 병약해 잠든 왕의 침실에 들어가 왕관을 가지고 나온다. (이 작품에는 셰익스피어의 것에서보다 왕자의 왕관에 대한 욕심이 더 직접적으로 그려져 있다.) 잠에서 깨어 왕관을 찾는 아버지께 왕자는 아버지를 위로하려고 찾아갔으나 그사이 아버지가 돌아가신 줄 알고 자신의 차지인 왕관을 가지고 나왔다고 대답하며 살아 계시니 다시 돌려 드린다고 말한다. 그러자 왕은 정식으로 왕자에게 왕관을 인계하고 곧이어 눈을 감는다. 왕자가 왕이 되어서 크게 기대한 네드, 톰Tom, 조키Jockey 일파에게 왕자는 접근을 불허하며 개과천선을 권유한다.

왕자인 헬은 왕이 되자마자 프랑스를 침략하는데 이것이 스코틀랜드 정복의 첩경이기 때문이다. 프랑스 사신인 부르즈 주교는 프랑스 왕인 샤를 7세가 연간 1만 5천 크라운의 조공을 바치고 카트린Catherine 공주를 주겠다는 제의를 했다고 전한다. 그러나 헨리는 이어서 프랑스 왕자인 돌핀Dolphin이 보낸 한 상자의 테니스공을 선물받고서 격노하며 출전한다. 왕이 되면 곧바로 파면시키겠다고 호언하던 대법관을 자신의 부재중 국사를 담당할 대리인으로 지목하고 전장으로 나간다. 모병관인 캡틴Captain이 등장, 존 코블러, 도둑, 짐꾼 데릭 등을 모병하여 간다. 프랑스군의 숫자는 기병 6만 명, 보병 4만 명인 데 비해서 영국군은 전부 해서 1만 4천 명밖에 되지 않는다. 아쟁쿠르Agincourt 전투에서 프랑스군은 1만 2천6백여 명이 사망하고 귀족들은 대부분 포로가 된다. 반면에 영국군은 요크 공작을 포함하여 25명 정도만 사망한다. 프랑스 왕인 샤를 7세의 강화 회담에서, 헨리 왕은 샤를 7세의 재위 동안에는 프랑스의 섭정으로 군림할 것이며 프랑스 왕의 사후에는 왕권을 자신과 자신의 후손에게 이양해야 한다는 조건을 제시한다. 헨리 왕은 이 제안을 관철시킴과 동시에 프랑스 귀족들의 충성 맹세를 받아 낸다. 강화 회담 중 헨리 왕의 막사가 프랑스 군인들에 의해서 불타는 사건이 있었으나 이는 프랑스 군인의 입을 통해서 언급되는 정도로 그친다. 헨리 왕은 프랑스 공주인 케이트Kate를 왕비로 맞아들이겠다고 요구하여 프랑스 왕의 승낙을 받는다. 한편 전투에 참가한 데릭은 프랑스 군인에 의해서 포로가 되었다가 그가 한눈을 파는 사이 도망쳐 나오고, 전사한 프랑스 군인들의 신발을 벗겨서 이를 모아 가지고 다니는 등 군인과는 거리가 먼 행동을 한다. 그는 〈유혈 낭자한 살벌한 군인〉이란 별명을 얻게 되는데 이것은 그가 볏짚으로 자신의 콧구멍을 찔러서 피를 흘림으로써 전투를 피하기 때문이다. 데릭과 마찬가지로 전투에는 관심이 없는 존 코블러는 옷가지를 모아 가지고 귀국할 궁리만 한다.

이 내용으로 보아 알 수 있듯이 「헨리 5세의 유명한 승리들」은 크게 두 부분으로 나뉘어 있는데 전반부는 왕위에 오르기 전 탕아처럼 지내는 헬 왕자의 모습을 부각시킨 것으로 셰익스피어의 「헨리 4세」 1, 2부에 해당한다면, 후반부는 헬 왕자가 왕이 되어서 정치를 바로잡고 강력한 군주가 되는 내용을 담은 「헨리 5세」에 대응하는 셈이다. 그러나 이 작품에는 퍼시 가문의 반란에 관한 이야기가 전혀 없으며 헬 왕자와 핫스퍼의 대결 역시 언급조차 없다. 또한 존 올드캐슬Oldcastle 경의 역할이 극도로 축소되어 여기에서 폴스타프가 부화되리라고는 상상할 수 없을 정도이다. 그러나 셰익스피어는 이 작품을 통해서 탕아에서 버젓한 군주로 변화하는 왕자의 개심에 관한 민담적인 요소와 역사극에서 뒷전으로 밀리기 쉬운 민중적인 요소를 희극적으로 취했다고 할 수 있다. 그러나 밀가루가 있다고 해서 빵이 만들어지는 것이 아니듯, 이러한 다양한 소재들을 결합하고 용해해서 완성된 작품을 만든 것은 셰익스피어라는 비밀스러운 손맛이다.

구체적인 작품 분석에 들어가기에 앞서 우선 1, 2부의 전체적인 내용을 개관해 보는 것이 작품의 내용뿐만 아니라 구조를 이해하는 데도 도움이 될 것이다.

1부

1막: 헨리 볼링부로크는 리처드 왕을 폐위하고 살해한 양심의 가책 때문에 예루살렘 성지로 원정을 가고자 하나 거듭되는 내란으로 실행에 옮기지 못한다. 웨일스 전투에서 핫스퍼의 처남인 에드먼드 모티머가 오언 글렌다워의 포로가 되자 핫스퍼는 왕을 대신해서 싸우다가 포로가 되었으니 당연히 왕이 보석금을 지불하고 그를 풀어 줘야 한다고 주장한다. 하지만 왕은 이를 묵살한다. 핫스퍼의 아버지인 노섬벌랜드 백작과 숙부인 워스터Worcester는 핫스퍼에게 여기에는 왕의 정치적 계산이 깔려 있다고 설명해 준다. 모티머가 죽은 리처드 2세의 후계자로 지명되었었다는 사실이 부담이 되어 그를 제거하고자 한다는 것이다. 핫스퍼 자신은 스코틀랜드 전투에서 포로로 잡은 군인들을 왕에게 넘길 것을 거부하다가 워스터의 설득으로 더글러스의 아들만 남기고 모두 양도하는 데 동의한다. 워스터가 주도하고 스코틀랜드군이 합세한 가운데 볼링브루크를 제거하려는 음모가 진행된다. 한편 헬 왕자는 폴스타프 일당과 어울려 하층민 생활을 수련하지만 왕자의 숨은 뜻을 모르는 왕은 자신의 아들과 핫스퍼가 바뀌었으면 하고 바랄 정도로 걱정이 태산이다. 그는 왕자의 방탕함이 자신의 죄과에 대한 업보라고 괴로워한다.

2막: 폴스타프와 왕자 일행은 갯스힐에서 노상강도 짓을 감행한다. 그러나 왕자와 포인즈Poins는 도둑질에 직접 참가하는 대신 폴스타프 일파가 훔친 국세 3백 마르크를, 언덕 아래에서 대기하고 있다가 이들을 공격하여 다시 빼앗는 일만 한다. 2막의 중심은 폴스타프가 헬의 공격을 받아 도망간 후 이스트칩Eastcheap 술집에서 그에게 자신의 무용을 자랑하는 허풍을 늘어놓다가 실상을 밝히는 헬에게 왕자를 해칠 수 없는 자신의 본능이 발동한 것이라고 임기응변으로 어려움을 벗어나는 즉흥극의 재미를 맛보는 데 있다. 한편 핫스퍼 일파의 모반을 알리는 전령을 접하고서 왕과의 대면을 준비하여 왕자와 폴스타프가 서로 왕과 왕자의 역할을 바꿔 가며 벌이는 즉흥극은 폴스타프가 일종의 극작가이자 동시에 배우의 역을 하고 있음을 알려 준다. 치안관이 국세 도둑인 폴스타프를 잡기 위해서 술집에 탐문 온 동안 뒷방 휘장 뒤에서 코를 골며 잠들어 있는 폴스타프의 모습은 그의 성격을 잘 보여 주는 대목이다. 이러한 모습은 도덕극적인 맥락에서 본다면 대식과 게으름의 표상이지만, 다른 한편으로는 그의 대범함과 무사태평함을 보여 주기도 하는 양면성을 지닌다.

3막: 반란군인 핫스퍼, 모티머, 글렌다워가 각자 담당할 작전 지역을 3등분하는 과정에서 핫스퍼와 글렌다워가 서로 자존심 싸움을 한다. 내분으로 이들 반란군이 패배하게 될 것이라는 사실을 전조한다. 반란 소식을 접한 볼링브루크 왕은 자신의 경험에 비추어 왕이 권위를 잃으면 대중들의 사랑을 받기가 어렵다며 옛날의 리처드 왕이 지금의 왕자와 같고, 옛날의 자신이 지금의 핫스퍼와 같다고 한탄한다. 그러자 왕자는 핫스퍼를 무찌르고 자신이 지금껏 허비한 〈시간을 구속하겠다〉라고 말한다. 한편 보어즈 헤드Boar's Head 술집에서는 폴스타프가 자신의 소지품들을 도둑맞았다고 술집 여주인을 나무라다가 왕자에게 면박을 당한다. 폴스타프에게 전쟁 준비를 위한 모병 임무가 부과된다.

4막: 슈루즈베리 전장에 노섬벌랜드 백작이 지병을 이유로 집결하지 못하고 미신을 믿는 글렌다워 역시 앞으로 2주 동안은 불길한 기간이라며 출병을 거부한다. 따라서 3만여 군대를 동원한 볼링브루크와 맞서기에는 반란군은 수적으로도 열세이다. 그럼에도 불구하고 핫스퍼는 오히려 이러한 수적 열세가 자신의 명예를 더욱 내세울 수 있는 기회라며 접전을 주장한다. 폴스타프는 모병을 위해서 3백여 파운드의 돈을 지급받았으나 이를 착복하고, 쓸 만한 군인들은 뇌물을 받고 빼주고 150명의 소위 〈총알받이food for power〉들만 모집한다. 전투 전날 요크의 대주교는 마이클 경을 통해서 전투에 참가하지 않은 친지 및 귀족들에게 전갈을 보내는데 이것은 반란군의 편에 서 있는 사람들을 거명함으로써 전투에 패배하더라도 반란군의 잔재 세력은 여전히 남아 반란이 계속될 것임을 알리는 신호이다. 4막에서 반란군의 일원인 버넌Vernon의 묘사를 통해서 핼 왕자가 출정하는 모습이 마치 갑옷을 입은 전쟁의 신 마르스에 비교되는 것은 그가 탕아에서 탁월한 전쟁 기사로 변신했음을 상징한다.

5막: 전쟁 전날 워스터는 버넌을 대동하고 국왕과 면담하여 군대를 철수시키면 사면해 주겠다는 언약을 받으나 후일이 두려워 이 사실을 핫스퍼에게 숨기고 전쟁을 종용한다. 이 사실을 협상 기간 동안 반란군 쪽에 볼모로 잡혀 있던 웨스트모어랜드Westmoreland 경이 왕에게 알린다. 패전 후 포로가 된 워스터와 버넌은 어린 조카를 부추긴 죄가 더해져 현장에서 참수형을 당한다. 슈루즈베리 전투에서 핼 왕자는 더글러스에 의해서 위험에 처한 부왕을 구출함으로써 아버지의 죽음을 바란다는 세간의 오해를 불식하고 자신의 이미지를 새롭게 한다. 그는 핫스퍼를 살해함으로써 이 작품의 클라이맥스에 도달하며, 도망하던 더글러스를 포로로 붙잡은 후 풀어 주는 군주다운 관대함을 보인다. 폴스타프는 추상적인 명예를 비웃으며 생명 자체를 중시한다고 말함으로써 현실적인 가치로 추상적인 가치를 풍자한다. 그가 죽은 핫스퍼의 허벅지를 칼로 찌르는 행위는 이러한 그의 사고방식의 극치이다. 그가 모병한 150명의 병사 중 3명만이 살아남으나 이들도 불구자가 되어 평생 거지 생활을 해야 한다는 사실은 전쟁이라는 귀족들의 세력 다툼이 평민들의 삶에 미치는 해악을 단적으로 보여 준다. 승리한 왕의 군대는 노섬벌랜드 백작, 모티머 경, 글렌다워, 요크 대주교 등 잔여 반란군을 진압하기 위해서 군대를 재정비한다. 이는 이 작품이 2부에서 계속될 것임을 알리는 것이다. 또한 셰익스피어가 1부의 집필 이전에 2부를 계획하지는 않았을지라도 1부의 창작 과정에서 2부를 의식하고 1부의 내용을 2부와 연결되도록 일부 수정하거나 부합되도록 미완으로 열어 놓았음을 뜻한다.

2부

1막: 셰익스피어는 2부에 독특한 연극 장치를 등장시킨다. 〈소문〉을 의인화하여 형상화시킨 것이다. 온몸에 혀가 그려진 옷을 입은 〈소문〉이 코러스로 등장하여, 전쟁에서 반란군이 승리한 것으로 사실을 왜곡시켜 퍼트린다. 이것은 민중의 변덕에 대한 일종의 상징이다. 슈루즈베리 전투에서 승리한 왕은 군대를 나누어 존 왕자와 자신의 사촌인 웨스트모어랜드 경이 노섬벌랜드 백작을 맡도록 하고, 자신은 홀 왕자와 더불어 웨일스의 글렌다워를 치기 위해서 2만 5천여 명의 병력을 이끌고 출정한다. 폴스타프는 헬 왕자와 떨어져 존 왕자와 합류한다. 왕의 의도에 의해서인지, 아니면 헬 왕자의 의도에서 비롯한 것인지는 불분명하나 2부에 들어와서 처음부터 폴스타프와 헬 왕자 사이에 거리가 유지되는 것은 주목할 만한 점이다. 폴스타프는 여전히 주색과 포식에 찌들어 신경통과 관절염 때문에 다리를 약간 절룩거린다. 그는 갯스힐 강도 사건 때문에 대법관에게 소환당하나 전쟁이라는 극한 상황 덕분에 위기를 모면한다.

2막: 존 왕자에게 합류하러 가는 길에 폴스타프는 이스트칩 술집에 들려 창녀인 돌 테어쉿Doll Tearsheet과 술판을 벌인다. 헬 왕자와 포인즈는 술집 급사로 변장하여 이들을 놀려 주기로 작정하나 왕이 웨스트민스터 왕궁에 입성하는 관계로 허겁지겁 자리를 뜬다. 노섬벌랜드 백작은 반란군에 선뜻 가담하지 않고 스코틀랜드로 피신해 있다가 상황을 봐가며 합류하고자 한다. 1부에서와 마찬가지로 기회주의적이며 미온적인 태도를 취하는 것이다. 한편 술집에서 퀴클리 부인은 폴스타프에게 빌려 준 돈과 외상값 때문에 그를 제소한 후 그와 심한 언쟁을 벌이는데, 이 언쟁에 대법관이 참견하게 된다. 이로써 작가는 정의와 육체(욕망)의 대립이 점점 심화되고 있음을 암시한다. 또한 1부에서와 마찬가지로 반란군의 출정에 앞서서 이를 말리는 여자들의 애원과 울음소리는 그들의 패배를 전조하는 징표로 사용되며 왕의 군대에서는 여성의 목소리가 전혀 들리지 않는 모습과 대조를 이룬다. 왕비가 죽은 탓도 있지만 남성들의 전매 사업인 전쟁에 여성들은 끼어들 수 없음을 보여 주는 것이기도 하다.

3막: 요크의 대주교와 노섬벌랜드의 군대가 5만 명에 이른다는 소문을 듣고 왕은 근심 걱정으로 새벽 1시가 되도록 잠을 이루지 못한다. 보름 동안 잠을 제대로 이루지 못한 왕은 심신이 몹시 쇠약해진 상태이다. 글로스터셔Gloucestershire 지방으로 모병 나온 폴스타프와 바돌프Bardolph는 옛날 런던에서 알던 치안관 로버트 쉘로Robert Shallow를 만난다. 그들은 전쟁에서 돌아오는 길에 다시 그에게 들러 그의 재산을 사취할 궁리를 한다. 1부에서와 마찬가지로 이곳에서도 그들은 모울디

Mouldy와 불카프Bullcalf[4]에게 3파운드를 받고 징집을 면제해 주는 부정을 저지른다.

4막: 웨스트모어랜드의 중재하에 고올트리 숲Gaultree Forest에 집결한 요크 대주교를 비롯한 반란군들은 자신들의 요구 사항을 받아 주겠다는 존 왕자의 말을 믿고 군대를 해산한다. 그러나 이것은 존의 간계였으며 반란군들이 해산하는 순간 대기하고 있던 존의 군대는 반군의 대부분을 도륙하거나 체포한다. 스코틀랜드로 피신해 있던 노섬벌랜드 역시 죽음을 맞는다. 술집에서 흥청거리다 뒤늦게 전장에 도착한 폴스타프는 반란군의 장교인 콜빌Colevile을 체포하여 허세를 부린다. 헨리 왕은 병세가 악화되어 〈예루살렘 방〉에서 잠이 들었다가 깨어 보니 왕관이 없어져 왕권을 탐하는 왕자를 심히 나무란다. 그러나 왕자는 아버지가 죽은 줄 알았으며, 무거운 왕관이 심신을 짓눌러 병약해진 것이 안타까워 이 짐을 잠시나마 덜어 드리기 위해서 왕관을 자신이 가져왔을 뿐이라며 용서를 빈다. 그러자 왕은 또다시 왕자와 화해하며 아들에게 백성들의 환심을 사는 방법, 귀족들의 불만을 해소하기 위해서 대외 전쟁을 치를 것 등 치국에 관한 구체적인 교시를 내린다.

5막: 전쟁을 마치고 돌아오는 길에 치안관 쉘로의 집에 들린 폴스타프는 그의 환대를 받는다. 그러던 중 피스톨로부터 핼이 왕이 되었다는 소식을 듣고 쉘로에게 높은 관직을 얻어 주겠다고 허풍을 쳐서 그로부터 1천 파운드의 돈을 뜯어 낸다. 그러나 핼은 대법관에게 더욱 강력하게 법

---

4 역사극에서 역사의 흐름에 실질적으로 동원되면서도 역사의 주인이 되지 못하는 이들 하층민들의 이름이 〈곰팡이가 핀Mouldy〉, 〈수송아지Bullcalf〉와 같은 무명의 존재들임을 주목할 필요가 있다.

을 집행할 것을 당부하는 등 육욕에서 법, 질서, 정의, 절제의 편으로 변신한다. 보어즈 헤드 술집에서 한 남자가 살해된 사건에 연루되어 테어쉿과 퀵클리 부인이 감옥에 갇힌다. 폴스타프의 영역이 법의 지배하에 들어갔음을 상징적으로 나타내는 사건이다. 영국의 모든 법이 자신의 손 안에 있다고 잔뜩 부풀어 있던 폴스타프는 대관식 행진에서 헬과 마주치나 면전에서 〈당신 같은 노인은 알지 못한다〉고 거절당할뿐 아니라 앞으로 왕궁 근처 10마일 이내에 접근하지 못한다는 명령을 듣게 된다. 그러나 여전히 희망을 버리지 않는 폴스타프는 비록 헬이 공공연하게는 자신을 박대하고 모른 체했지만 밤이 되면 다시 자신을 은밀하게 불러 줄 것이라고 기대한다.

이상의 개관에서 볼 수 있듯이 셰익스피어는 역사적인 배경과 희극적인 배경, 궁정과 술집을 교차해서 대조적인 이중 구성을 꾀하고 있다. 그의 다른 어떤 작품보다도 이 작품이 취급하는 삶의 영역이 넓고 다양한 이유가 바로 여기에 있다. 그러나 보다 엄밀하게 말하면 역사적인 것 자체의 내부적 갈등, 혹은 내부적 모순이 희극적인 요소로 구체화되고 있을 뿐이다. 반란은 기존의 정치적, 도덕적 질서에 대한 도전이며, 이는 혼란을 야기한다. 마찬가지로 폴스타프 일파의 무질서한 놀이와 웃음은 기존의 도덕 질서를 파괴하고 조롱하는 데 그 원천이 있다. 이들의 놀이와 웃음은 국세를 훔친다든지, 거짓으로 주변 사람들의 돈을 뜯어 냄으로써 가능하다. 이들은 국법을 어기고 대법관이나 치안관들과 계속해서 마찰을 일으키는데, 이러한 마찰이 일어나는 순간 마치 기다렸다는 듯이 전쟁의 소식이 전해지거나 국왕이 위급하다는 전갈로 인해서 위기를 모면하는 것은 폴스타프의 웃음이 법, 도덕, 질서, 절제, 양심, 시간 등의 사회적 규범의 이탈을 통해서 비로소 가능하다는 사실을 증명한다.

2부에서 보어즈 헤드 술집에서 살인이 일어나 퀵클리 부인과 창녀 테어쉿이 감옥으로 끌려가는 장면이 암시하듯이 폴스타프가 출입하는 술집은 반란군들의 국가적인 무질서가 축약된 곳이다. 이곳 술집이 외부 세계와 연결되는 때는 항상 반란이 일어나서 군대를 모집해야 될 때이거나, 아니면 왕이 병석에 누워서 왕자를 급히 찾는 전령이 들이닥치거나, 국세 도둑을 찾는 대법관이나 치안관이 찾아올 때뿐이다. 바로 이러한 사실이 폴스타프 일파가 머무는 영역이 상궤를 일탈한 일종의 사회적으로나 도덕적으로 변경 지역임을 의미한다. 이러한 정치적 질서의 변경이 바로 퍼시 가문을 비롯한 이들의 반란이다. 도덕적인 방탕과 정치적인 반란의 상관성을 끊임없이 제기하는 사람은 다름 아닌 헨리 볼링브루크다. 그는 「리처드 2세」의 말미에서 왕자를 본 지가 벌써 석 달이 되었다고 그를 찾아내라고 명령한다.

그래 방탕한 내 아들놈 소식은 아무도 모른단 말이오?
그놈을 본 지가 벌써 석 달이 족히 지났소.
짐에게 저주가 내린다면, 바로 그놈이오.
제신들, 제발 소원인데 그놈을 찾아 주오.
런던의 술집들을 탐문해 보시오.
소문에 의하면 쓸개 빠진 무법의 건달들과
그곳을 무상출입하는 모양이오.

Can no man tell me of my unthrifty son?

'Tis full three months since I did see him last.

If any plague hang over us, 'tis he.

I would to God, my lords, he might be found.

Inquire at London, 'mongst the taverns there,

For there, they say, he daily doth frequent,

With unrestrained loose companions. (5.3.1~7)

헨리 왕은 리처드 왕을 폐위하고 살해한 데 대한 천벌이 아들의 방탕을 통해서 자신에게 가해지고 있다고 생각한다. 그는 죽을 때까지 이러한 죄의식에서 벗어나지 못하며, 과거의 부하(負荷) 때문에 온전하게 역사의 주인공이 되지 못한다. 헨리 왕은 이러한 죄의식을 씻기 위해서 예루살렘 원정을 계획하나 거듭되는 내란과 전쟁의 위협으로 무덤까지 이러한 죄의식을 가지고 간다. 그가 임종하는 곳이 〈예루살렘 방〉이라는 사실은 매우 아이러니하다.

「헨리 4세」 1부가 시작하자마자 헨리 왕은 또다시 핫스퍼가 스코틀랜드의 군대를 무찔렀다는 얘기를 듣고 밤의 요정들이 강보에 싸인 핫스퍼와 자신의 아들을 몰래 바꿔치기해 놓았다면 얼마나 좋았을까 하고 한탄한다.[5] 핫스퍼가 행운의 여신의 총신이자 자랑일수록 헨리 왕에게 헬 왕자는 방탕과 치욕의 상징이 된다(1.1.77~89). 따라서 왕자가 아버지에게

---

5 요정이 바꿔치기한 아이를 〈첸저링changeling〉이라고 지칭하는데, 극중에서 헬 왕자는 아버지의 생각과 달리 탕아에서 강력한 군주로 탈바꿈한다는 점에서 문자 그대로 〈첸저링〉이다. 이 과정에서 그는 아버지마저도 속이는 능숙한 술책가이다. 첸저링이라는 단어에는 〈변덕쟁이, 마음을 고쳐먹은 사람〉이란 뜻도 있다.

인정받는 아들이 되는 길은 핫스퍼와 같은 인물로 변신하는 것이다. 헨리 왕에게 핫스퍼는 〈강보에 싸인 전쟁의 신〉(3.2.112)이다. 왕은 또한 자신이 과거에 프랑스 추방에서 돌아와 라벤스퍼Ravenspurgh에 발을 내디뎠을 당시의 자신이 지금의 핫스퍼라면 왕자는 당시의 리처드 왕과 같이 방탕하고 백성의 신임을 잃은 존재라고 말한다. 헨리 왕에게 방탕과 무질서는 폐위당한 리처드 왕과 연결되고, 이 리처드는 다시 아들과 연결된다. 왕은 아들의 방탕을 자신의 죄과로 인정하는 동시에 폐위될 위험에 처한 〈허수아비 같은 후계자〉(3.2.99)와 동일시함으로써 죄책감과 찬탈을 정당화하는 복잡한 심리적 갈등을 보인다. 따라서 왕자가 왕의 무의식 세계에서 리처드 왕과 동일시되고 있다면 왕이 그 죄의식을 벗어나는 길은 리처드와 동일시되는 왕자가 핫스퍼와 동일한 인물로 변함으로써 리처드의 환영을 떨쳐 버리는 것이다. 그 이전까지는 헨리 왕은 리처드의 환영의 그림자를 벗어날 수 없다.

> 내가 행한 불쾌한 일 때문에
> 하느님이 은밀한 심판 가운데서 나의 핏줄을 통해서
> 나에 대한 복수와 징벌을 내리시는지는 모르겠지만
> 너의 행적은 나로 하여금 믿게끔 만든다,
> 너야말로 나의 비행을 벌하기 위해서
> 뜨거운 복수와 하늘이 내린 회초리가 되도록
> 점지받은 인물이라는 사실을.

I know not whether God will have it so

For some displeasing service I have done,

That in his secret doom out of my blood

He'll breed revengement and a scourge for me;

But thou dost in thy passages of life

Make me believe that thou art only mark'd

For the hot vengeance and the rod of heaven. (3.2.4~10)

아버지의 죄의식이 아들에게 투영되어 있다면 아버지가 아들을 통해서 죄의식을 덜어 버리고자 하는 것과 마찬가지로, 혹은 바로 그런 이유로 인해서 아들에게는 온전한 아버지가 없다. 헨리 왕은 리처드 왕에게서 핼 왕자에게로 왕권이 이양되도록 하는 일종의 상징적인 가교이며, 죄의식에 찬 아버지의 영역을 벗어남으로써 왕자는 비로소 자신의 주체성을 확보할 수 있다. 왕자가 아버지의 죽음을 지속적으로 기다리며 언급하거나, 왕관을 아버지의 머리에서 벗겨 옆방으로 가지고 가는 행동은 무의식적인 아버지 살해의 충동이 반영된 것이다.

핼과 핫스퍼는 자신이 올바로 서기 위해서는 반드시 상대방을 희생시켜야 한다. 핫스퍼가 전투 직전에 〈해리가 해리를, 열기를 내뿜는 말[馬]과 말이 서로 마주해 한 사람이 고꾸라져 시체가 될 때까지 떨어지지 않으리라〉(4.1.122~123)라고 말하듯이 이들은 양립할 수 없는 인물들이며, 동시에 상대방의 성격을 〈보완하는〉(Traversi 69) 일종의 분신들이다. 두 사람의 이름이 같다(해리)는 사실이 이 점을 암시한다. 핼 왕자는 술집에서 시간을 낭비하고 있지만 그 순간에도 핫스퍼에 대한 생각을 떨쳐 버리지 못한다. 그가 처음으로 핫스퍼를 언급하는 것은 2막 4장에서 갯스힐 강도 짓을 하고 난 후 술집에서 폴스타프가 돌아오기를 기다리며 술집 급사인 프랜시스를 놀리는 대목에서이다. 프랜시스는 찰리 채플린의 「모던 타임스」 같은 영화에 나올 법한 인물로, 어떠한 말에도 〈곧 갑니다, 가요〉라고 기계적으로 대답하는 사람이다. 왕자는 바로 이 점을 놀리는데, 프랜시스를 통해서 그는 전쟁 기계처럼 한 가지에만 집착하는 핫스퍼를 자연스럽게 떠올린다. 자신은 아담의 창조 이래 현재까지의 모든 인간들의 마음을 알고 어울릴 수 있지만, 핫스퍼는 전쟁과 살인밖에는 모른다고 생각한다(2.4.99~108). 핼 왕자가 폴스타프 일당과 어울려 시간을 보내는 것은 어떤 의미에서는 핫스퍼와의 대면을 회피하고 그에 대한 강박 관념에서 벗어나기 위한 일종의 방편이기도 하다. 핫스퍼를 극복하고자 하는 핼 왕자의 의도는, 폴스타프가 오면 자신은 핫스퍼 역할을 하고, 폴스타프는 그의 아내인 모티머 부인 역을 하게 하겠다는 그의 말에서 엿볼 수 있다. 비록 이 연극은 실행에 옮겨지지는 않지만 그는 핫스퍼에 대한 풍자적인 희화화를 통해서 그를 극복하고 싶은 것이다. 핼이 놀이와 같은 제의적인 과정을 통해서 갈등을 극복하는 것은 후일 그의 정치적 발전 과정에서 주목을 요하는 대목이다. 전쟁도 그에게는 갈등 해소를 위한 폭력적인 의식의 일종인 셈이다.

핼 왕자가 핫스퍼와 대결하여 그를 무찌르는 것은 자신의 주체성을 확보하는 일이기도 하지만 그보다는 자신의 방종에서 비롯한 아버지의 오랜 상처를 위무하는 행위이다. 핫스퍼는 핼에게 지금까지 자신에게 부과된 모든 치욕과 불명예를 구속할 수 있는 대상이다(3.2.132). 따라서 그가 〈사람들이 전혀 예상하지 못할 때에 시간을 구속함으로써, 잘못을 유익한 것으로 만들기 위해서 잘못을 범하겠다〉(1.2.211~212)라고 말할 때 그 구속의 시간이란 바로 핫스퍼를 이겨 내는 순간을 의미한다. 그에게 핫스퍼는 자신의 미덕을 빛내 줄 덧판이며 자신을 위해서 명예로운 행동들을 쌓아 놓고 있는 중개상일 뿐이다. 그는 또한 핫스퍼의 명예로운 행위와 자신의 온갖 불명예를 맞바꾸어 놓겠다(3.2.145~146)고 아버지께 약속하는데, 이러한 상업적인 교환의 이미지는 이미 1막 1장에서 밤의 요정들이 핫스퍼와 헬을 바꿔치기했었다면 하고 한탄하던 아버지의 바람의 실현이다.

> 퍼시의 머리에 걸고 이 모든 불명예를 구속하겠습니다.
>
> 어느 영광스러운 날이 저물 때에
>
> 제가 아버지의 아들임을 감히 말씀드릴 수 있을 것입니다.
>
> 온통 피로 적신 옷을 입고
>
> 저의 얼굴이 온통 피에 젖은 가면으로 더럽혀질 때 말입니다.
>
> 그 핏자국을 씻어 내면 그와 더불어 저의 오욕이 씻길 것입니다.

> *I will redeem all this on Percy's head,*
>
> *And in the closing of some glorious day*
>
> *Be bold to tell you that I am your son,*
>
> *When I will wear a garment all of blood,*
>
> *And stain my favours in a bloody mask,*
>
> *Which, wash'd away, shall scour my shame with it.* (3.2.132~137)

이곳에서 헬은 마치 셰익스피어의 「코리오레이너스Coriolanus」에서 코리오레이너스가 코리오란Coriolan 성을 홀로 정복하고 핏속에서 새롭게 태어나는 것과 마찬가지로, 피의 세례를 통해서 자신이 거듭 태어날 것이라고 약속한다. 핫스퍼가 〈귀밑까지 피로 가득 찬 제단에 앉아 있는 전쟁의 신의 제물로 헬을 바치겠다〉(4.1.116~117)고 말하는 것과 마찬가지로, 헬 역시 핫스퍼를 자신의 제물로 여긴다. 〈두 별이 한 성좌에서 운행할 수 없는 것과 마찬가지로, 하나의 잉글랜드는 해리 퍼시와 웨일스 왕자라는 두 사람의 지배를 견딜 수 없는 것이다〉(5.4.64~66). 핫스퍼가 〈강보에 싸인 전쟁의 신〉이라면 전장으로 출전하는 헬의 자태는 〈날개를 단 머큐리〉(4.1.106)와 같다. 셰익스피어는 반란군의 일원인 버넌 경의 입을 통해 〈만일 그가 오늘의 적의를 이겨 내고 살아남는다면, 그의 방탕 때문에 터무니없이 오해한 전례 없는 달콤한 희망을 잉글랜드는 갖게 될 것이다〉(5.2.66~68)라고 말함으로써 헬의 궁극적인 승리를 전조한다. 그러나 이 순간 셰익스피어는 극에서 역사로, 즉 극 밖의 역사적 현실을 끌어들임으로써 극적인 긴장을 이완시킨다.

지금까지 극적인 관심이 집중되었던 헬과 핫스퍼의 대결은 그러나 매우 싱겁게 처리된다. 셰익스피어는 핫스퍼가 포로로 잡아서 명성을 얻었던 더글러스를 헬이 물리치고, 나중에는 포로로 잡았다가 풀어 줌으로써 헬의 무용이 핫스퍼에 버금가는 것으로 처리하여 헬의 승리를 기정사실화한다. 정작 헬이 잃어버린 명성을 되찾고 아버지의 신임을 얻어 화해하는 것은 더글러스의 공격을 받아 위험에 처한 아버지를 구출하면서이다. 여기서 헬은 사람들이 지금껏 얘기하듯이 자신이 아버지의 죽음을 바랐다면 굳이 더글러스의 칼끝에서 아버지를 구출할 이유가 있었겠느냐고 반문한다(5.4.47~56). 그러나 왕자의 이러한 항변에 대해서 왕은 아무런 반응을 보이지 않는다. 아버지와 아들의 화해가 완전히 이루어지지 않았다는 증거이다. 죄의식으로 가득 찬 과거에 얽매인 부왕이 살아 있는 한 핼 역시 과거에서 자유롭지 못하다. 그가 핫스퍼를 무찔렀다고 해서 온전한 자아를 회복했다고 볼 수는 없다. 오히려 아버지에 대한 항변을 통해서 그는 죄의식에 쫓기는 과거의 유산인 아버지에서 벗어나고 싶은 욕망을 자신도 모르게 표출했다고 보는 것이 옳을 것이다. 이런 맥락에서 보면 마지막 순간에 핫스퍼보다 더글러스에 비중이 맞춰져 있는 것이 이해할 만하다.

흔히 1부와 2부가 별개의 작품이라고 주장하는 비평가들은, 1부에서 아버지와 아들의 화해가 이루어졌는데 굳이 2부에서 또다시 화해가 이루어진 점, 그리고 핼이 개심했다가 다시 방탕한 생활에 빠져드는 점을 주요 논거로 삼는다. 여기에 대해서 일부에서는 화해나 개심이 단 한 번으로 이루어질 수 있는 것이냐는 자연주의적인 해석을 펴며 반론을 가한다. 헨리 왕은 리처드 살해라는 원죄에 시달리고 있기 때문에 그가 살아 있는 한 핼 역시 온전할 수 없다. 헨리 왕은 찬탈자이기 때문에 그가 무절제, 방종과 동일시하고 있는 반란의 욕망을 담지하고 있으면서 동시에 절대적인 질서와 정의를 주장하는 모순적인 인물이다. 이런 점에서 폴스타프는 반란의 욕망의 화신으로서 그의 일부이며, 대법관은 질서와 정의를 추구하는 이상적인 그의 또 다른 자아이다. 핼에게는 따라서 아버지가 여럿인 셈이다. 마치 중세 도덕극인 「인종(忍從)의 성The Castle of Perseverance」(c. 1405~1425)에서 미덕과 악이 서로 인간*Humanum Genus*(라틴어로 〈인류〉라는 뜻이다)의 영혼을 차지하기 위해서 싸우는 것처럼 핼 왕자 역시 이들 두 아버지 상 사이에서 갈등한다. 굳이 심리적인 용어를 빌리자면 폴스타프는 이드*id*, 헨리 왕은 에고*ego*, 대법관은 슈퍼에고*superego*에 해당한다고 할 수 있다. 그런데 문제는 온전한 인간이란 이 모두가 균형과 조화를 이루는 데 있는 것이지 어느 한쪽을 완전히 배제해서는 존재할 수가 없다는 것이다. 여기에 헬 왕자의 궁극적인 난관이 있다.

첫 등장에서부터 폴스타프는 일상적인 시간의 개념을 넘어선다. 예순 살이 다 된, 그러나 모리스 모건Maurice Morgan의 지적처럼(189) 우리가 보기에는 일흔이 다 된 폴스타프가 아들뻘도 되지 않는 왕자와 어울린다는 사실이 벌써 시간의 상궤를 벗어나는 것이다. 〈지체 높은 밤의 시종이며, 디아나 여신을 따르는 사냥꾼이며, 음지의 양반이며, 달의 총신〉(1.2.24~26)인 그가 자신의 식욕과 색욕을 채우기 위해서는 도둑질을 하거나 속임수를 써서 돈을 우려내는 방법밖에는 없다. 반란이 국가적인 차원의 조직적인 도둑질이라면 폴스타프의 도둑질은 개인적인 차원이라는 차이가 있을 뿐이다. 그럼에도 불구하고 근본에 있어서 공적인 도둑질과 사적인 도둑질 사이에는 차이가 없다. 이 점을 셰익스피어는 강도 중의 한 사람인 갯스힐Gadshill의 입을 통해서 분명히 한다. 그는 자신이 좀도둑이 아니라 귀족들이나 시골 유지들 같은 지체 높은 사람들과 한패라고 떠들며, 이들 지체 높은 사람들은 국가를 위해 기도하는 사람들이라고 주장한다. 그러나 곧이어 이들의 기도는 국가를 우려내는 짓이라고 덧붙인다(2.1.72~81). 앞서 「리처드 2세」의 정원사들의 대화 장면에서와 마찬가지로 셰익스피어는 희극적인 구성과 인물을 통해서 역사적·정치적 상부 구성의 허구성을 폭로한다.

폴스타프의 희극은 역사적인 진지함으로 가두기에는 너무나 그 세력이 강하다. 오히려 역사적인 것을 그의 웃음 속으로 끌어들이고 있다. 폴스타프의 웃음이 공명을 지니는 것은 그 웃음을 통해서 반란, 더 나아가 정치적 권력이 밑바탕에 있어서는 자신의 욕망을 채우기 위한 행위와 다른 점이 없다는 것을 암시하고 있기 때문이다. 그는 슈루즈베리 전투 전날 워스터와 국왕이 면담하는 자리에 함께하고 있다가 이들의 대화에 끼어들 정도로(5.1.28) 권력의 한가운데 있으면서 동시에 비켜서 있는 변경에 위치한 인물이다. 그렇기 때문에 그는 정치권력과 일정한 거리를 유지하고 통렬한 풍자를 할 수 있는 것이다. 그는 「존 왕」에서 일종의 논평자로 등장하는 사생아 필립 팔콘브리지의 후예이다.

매일같이 맹세를 파기하는 그놈, 모든 이들을 자기편으로 만드는 자
왕이나 거지나 노인이나 젊은이나 처녀나,
처녀라는 이름 말고는 잃을 게 아무것도 없는
가난한 처녀에게서 처녀성을 빼앗아 버리는
그 번지르르한 얼굴의 양반, 정신을 앗아 가는 편익,
편익, 온 세상을 자기편으로 기울게 하는 편심(偏心).

That daily break-vow, he that wins of all,

Of kings, of beggars, old men, young men, maids,

Who having no external thing to lose

But the word "maid," cheats the poor maid of that,

That smooth-face'd gentleman, tickling commodity,

Commodity, the bias of the world. (2.1.569~574)

필립은 영국 왕이나 프랑스 왕이나 한결같이 자신들의 이해관계에 의해서 한순간 전쟁을 일으켰다가 다음 순간 또 다른 이해관계 때문에 서로 협상하고 전쟁을 그만 두는 현실을 옆에서 바라보며 사람들을 움직이는 근본 요인이 편익임을 냉소적으로 강조한다. 이러한 그의 생각은 명예에 대한 폴스타프의 교리 문답에서 이어진다.

명예란 무엇이지? 말이지. 명예라는 그 말에는 무엇이 들어 있나? 그 명예란 도대체 무엇인가? 공기일 뿐이지. 그럴듯한 계산이군! 누가 명예를 가졌나? 수요일에 죽은 사람이지. 그 사람이 명예를 느끼나? 아니지. 그자가 그걸 들을 수 있나? 아니지. 그렇담 명예란 감지할 수 없는 것이란 말이지? 그렇지. 죽은 자에겐. 산 사람과는 공생하지 않을까? 아니지. 비방이 가만두지 않을 테니. 그렇담 나는 명예를 갖지 않아야겠군. 명예란 무덤 장식에 불과하군. 이게 내 교리문답의 끝이군.

What is honour? A word. What is in that word honour? Air. A trim reckoning! Who hath it? He that died a-Wednesday. Doth he feel it? No. Doth he hear it? No. 'Tis insensible, then? Yea, to the dead. But will it not live with the living? No. Why? Detraction will not suffer for it. Therefore I'll none of it. Honour is a mere scutcheon — and so ends my catechism. (5.1.134~141)

철저하게 땅에 뿌리를 내리고 있는 폴스타프에게 〈공중에 걸린 거미집〉 같은 추상적인 가치들은 아무런 의미가 없다. 버나드 쇼George Bernard Shaw의 희극 「무기와 병사Arms and the Man」에서 탄통에 총

알 대신에 초콜릿을 넣어 다니는 스위스 병사 블룬칠리Bluntschli처럼 전쟁터에서 탄통에다가 술을 넣어 다니는 폴스타프는 억압과 절제를 거부하는 근원적인 생명력의 상징이다. 그래서 헬은 그를 〈늦봄〉, 〈늦가을 속의 여름〉(1.2.154~155)이라고 비아냥거리며 때아닌 청춘이라고 부른다. 폴스타프는 전투에서 더글러스의 공격을 받자 넘어져 죽은 체하다가 그가 가고 나자 다시 일어나는데, 이러한 그의 태도는 마이클 브리스톨Michael Bristol이 지적하듯이 명예로운 죽음을 농담으로 돌림으로써, 국가라는 미명하에 요구되는 희생에도 불구하고 스스로를 지탱하는 민중 의식에 대해 언급하는 것이다(183). 이것이 그의 가장 큰 매력이다. 사람들은 폴스타프의 기괴한 언행과 웃음을 통해서 일상적인 시간과 도덕의 제약에서 해방되는데, 이러한 충동이 헬에 의해서 마침내 거부될 때 본능적인 반감을 갖는다.

폴스타프의 특징은 뚱뚱함이다. 왕자는 그를 〈수지 그릇, 말 등뼈를 부러뜨리는 사람, 거대한 언덕 같은 살덩이〉(2.4.223, 238~239) 등으로 부른다. 그가 걸어가면 돼지기름으로 땅이 번들거린다. 2부에서 자신의 이름만 듣고서 무릎을 꿇으며 투항하는 콜빌에게 그가 말하듯이 그의 〈지나치게 커다란 배womb가 그를 망치고 있다〉(2부 4.3.22). 여기서 그가 배를 굳이 자궁이라고 표현한 것도 흥미롭다. 그에게 식욕과 색욕은 같은 의미를 지닌다. 특히 2부에서는 좀 더 나이가 들고 추하게 색욕을 밝히는 인물로 그려지는데, 생기가 떨어졌을 뿐 아니라 매독으로 인해서 다리까지 절름거린다. 이렇듯 그가 1부에서 보여 주었던 재치와 웃음을 점점 잃어 가며 전과는 다르게 늙어 가고 있다는 사실을 스스로 의식하는 것은, 헨리 왕과 노섬벌랜드 백작을 위시한 구세대들의 병약함에 그도 예외일 수 없다는 사실을 암시한다. 헬 왕자가 국왕으로 등극하는 것은 구세대로 상징되는 과거의 짐에서 벗어난다는 의미를 지닌다. 그런 의미에서 폴스타프와 헬 왕자의 결별은 개인적인 차원 이상의 것이다.

그러나 폴스타프에게는 여전히 〈본능이 중요한 문제다〉(2.4.268). 술도 마시지 않고 웃지도 않는 존 왕자를 빈정거리며 내뱉는 그의 독백에서, 본능에 충실하여 먹고 마시며 즐기는 것을 중시하는 태도를 엿볼 수 있다.

좋은 백포도주는 두 가지 작용을 하지. 뇌로 올라가 뇌를 감싸고 있는 온갖 어리석고 둔감하고 굳어져 엉킨 기운들을 다 말려 버리지. 그래서 뇌가 재빠르게 반응하고, 민첩하고 창의적이며, 민활하고 활기차고 즐거운 모양으로 가득하게 해주지. 이것들이 목소리로 전해지면 혀를 타고 태어나서 훌륭한 기상이 되지. 훌륭한 백포도주의 두 번째 속성은 피를 뜨겁게 해준다는 것이지. 술이 들어가기 전에는 피가 차갑게 가라앉아 간이 희멀건데, 간이 희멀겋다는 것은 소심과 비겁함의 표식이지. 그러나 술은 피를 뜨겁게 하고 안쪽에서부터 가장 바깥쪽까지 골고루 퍼지게 해주지. 그건 얼굴을 밝혀 주고 붉은 얼굴은 마치 횃불처럼 인간이라는 이 작은 왕국의 온갖 나머지들에게 무장을 하라는 경고를 하지. 그러면 활기찬 평민들과 내륙의 사소한 기운들은 모두들 그들의 대장인 심장으로 모여들지. 그러면 이들 신하들로 인해서 부풀어 오르고 늠름해진 심장은 용기 있는 행동을 하지. 그러니 이 용기란 놈은 술에서 나오는 것이지. 따라서 무예도 술이 없이는 아무짝에도 쓸모가 없지. 그걸 쓸 수 있게 만드는 것은 술이니까. 배움이란 술이 들어가서 그것을 완성시키고 쓸 수 있도록 하기 전까지는 악귀가 지키고 있는 금덩이나 마찬가지지. 해리 왕자가 용감무쌍한 것도 다 술 덕분이야. 천부적으로 아버지에게서 냉혈을 물려받았는데, 질 좋은 포도주를 잔뜩 마시는 훌륭한 노력으로 마치 척박하고 볼품없는 땅을 퇴비를 주고 보살피고 가꾸듯 해서 이제는 매우 뜨겁고 용맹스러운 인물이 되었지. 내게 아들들이 수없이 많다면 그들에게 가르칠 으뜸가는 인간적인 원리는 절주를 저버리고 술에 탐닉하도록 하는 것이야.

A good sherry-sack hath a twofold operation in it. It ascends me into the brain, dries me there all the foolish and dull and crudy vapours which environ it, makes it apprehensive, quick, forgetive, full of nimble, fiery, and delectable shapes, which delivered o'er to the voice, the tongue, which is the birth, becomes excellent wit. The second property of your excellent sherris is the warming of the blood, which before, cold and settled, left the liver white and pale, which is the badge of pusillanimity and cowardice; but the sherris warms it, and makes it course from the inwards to the party extremes. It illuminates the face, which, as a beacon, gives warming to all the rest of this commoners, and inland petty spirits, muster me all to their captain, the heart; who, great and puffed up with this retinue, doth any deed of course; and this valour comes of sherris. So that skill in the weapon is nothing without sack, for that sets it a-work, and learning a mere hoard of gold kept by a devil, till sack commences it and sets it in act and use. Hereof comes it that Prince Harry is valiant; for the cold blood he did naturally inherit of his father he hath like lean, sterile, and bare land manured, husbanded, and tilled, with excellent endeavour of drinking good and good more store of fertile sherris, that he is become very hot and valiant. If

I had a thousand sons, the first human principle I would teach them should be to forswear thin potations, and to addict themselves to sack. (4.3.94~123)

세계 문학사에서 라블레의 『가르강튀아와 팡타그뤼엘*La vie de Gargantua et de Pantagruel*』을 제외하고 이만큼 술을 극찬한 예를 찾아볼 수 있는지 모르겠다. 폴스타프는 르네상스의 기질 이론을 통해서 술의 효과를 설명한다. 심지어 그는 술이 인간의 천부적인 본성을 변화시킬 수 있다고까지 주장한다. 이곳에서 셰익스피어는 「햄릿」, 「태풍The Tempest」 혹은 「맥베스」에서의 부정적이거나 이중적인 술에 대한 태도와는 다르게 「십이야」의 토비 벨치Toby Belch와 비슷하게 술에 대해서 긍정적인 입장을 보인다. 폴스타프가 〈나는 내 자신이 기지가 있을 뿐만 아니라 다른 사람들이 기지를 가지게끔 만들기도 한다〉(2부 1.2.8~9)고 말할 때 그 기지의 근원이 결국은 술에 있음을 알 수 있다.

냉혈한인 존 왕자가 청교도적인 인물인 데 반해 이와는 대척점에 서 있는 폴스타프는 축제를 상징하는 인물이다. 폴스타프는 로마 희극에서 보이는 허풍선이 군인의 후예이기도 하지만(「나의 다정한 허풍선이 친구」 2.4.323), 그보다는 영국 중세극에 나오는 장난꾸러기 악한이나 축제의 인물에 더욱 가깝다. 그는 갯스힐 노상강도 행각에서 왕자와 포인즈가 비겁하게 빠져나갔다고 비난하며 오리목으로 만든 〈나무칼〉(2.4.134)을 휘둘러 왕자와 그의 백성들을 왕국에서 내쫓아 버리겠다고 호언한다. 이때의 〈나무칼〉이란 중세극의 악한들이 허리춤에 차는 일종의 표식으로 폴스타프가 바로 그러한 인물의 후예임을 말해 준다. 또한 2부에서 포인즈는 바돌프에게 〈너의 주인이신 마틀마스Martlemas 씨는 잘 계시느냐?〉

고 안부를 묻는다. 마틀마스란 11월 11일에 긴 겨울을 나기 위해서 사람들이 가축을 잡아서 그 고기를 저장하는 일종의 축제를 가리킨다. 포인즈가 폴스타프를 마틀마스에 비유하는 것은 폴스타프가 그날 도살하는 가축처럼 살이 쪘다는 의미에서일 것이다. 또한 도덕극에서 악한이 미덕에 의해서 쫓겨나듯이, 살찐 가축은 겨울나기를 위해서 도살되어야 한다. 이 점에서 폴스타프를 중세극의 악한이나 마틀마스의 가축에 비유하는 것은 그의 운명을 예견하는 것이다.

중세극에 나오는 악한의 특징은 즉흥 연기에 능하다는 점이다. 폴스타프는 주로 도덕적인 규범을 희화화하거나 풍자하는 방식의 즉흥 연기로 관객들에게 웃음을 선사한다. 이런 점은 궁정의 광대에게 계승되고 있다. 폴스타프는 악한의 후예답게 즉흥 연기에 강하다. 죽은 척하다가 벌떡 일어서는 등 그의 삶이 전체적으로 일종의 연극이며, 그의 본질이 배우에 있지 않나 하는 느낌이 짙다. 윌리엄 해즐릿William Hazlitt의 지적처럼 〈한마디로 말해서 그는 무대 위에서와 마찬가지로 그 자신에 있어서도 배우이다〉(150). 따라서 배우의 역할, 즉 놀이의 충동이 중단되고 연극이 현실로 넘어오는 순간에 연극은 끝나고 배우의 역할은 중단된다. 대관식 행진에서 그와 조우한 왕의 발언에서 이를 엿볼 수 있다.

노인장, 나는 당신을 알지 못하오. 기도나 하시오.
백발은 광대와 바보 역할에는 참으로 어울리지 않아요.
포식으로 배가 너무나 나오고, 너무나 늙고 비속한
그런 사람을 오랫동안 꿈속에서 보아 왔소.
그러나 이제 깨어나고 보니 그 꿈을 경멸하오.

I know thee not, old man. Fall to thy prayers.

How ill white hairs becomes a fool and jester!

I have long dremt of such a kind of man,

So surfeit-swell'd, so old, and so profane;

But being awak'd I do despise my dream. (5.5.47~51)

여기서 홀 왕자는 연극에서 역사(현실)로 넘어가고 있다. 그가 지금까지 폴스타프와 어울린 것은 일종의 연극이었다. 그는 이제 연극이 끝났으니 폴스타프에게 역할을 바꾸라고 요구하고 있지만 인생을 연극과 동일시하는 그에게 역할 바꾸기는 곧 죽음을 의미한다. 일전에 반란이 일어 왕이 술집에 있는 왕자에게 전갈을 보내 빨리 궁정으로 들라고 했을 때 왕자는 폴스타프와 역할을 서로 바꿔 가면서 부왕과 대면하는 장면을 연기한 바 있다. 헬 왕자가 왕 역할을 하던 폴스타프에게 이제 왕자 역할을 하라고 요구하자 폴스타프는 자신을 폐위시키는 것, 즉 자신의 역할을 박탈하는 것은 곧 자신을 가금(家禽) 가게에 걸린 토끼 새끼마냥 거꾸로 매달아 죽이는 것이라고 항변한다(1부 2.4.429~431). 왕자는 왕이 되면 자신을 추방하지 말아 달라는 폴스타프에게 추방하겠다고 다짐함으로써 2부에서의 그의 추방을 전조함과 동시에 연극으로부터 현실로 쉽게 빠져나온다.

폴스타프의 연극이 중간에서 중단되는 것은 치안 판사가 병졸들을 이끌고 국세를 훔친 자신을 찾아서 술집으로 들이닥치기 때문이다. 〈끝까지 연극을 해라! 나는 그 폴스타프를 대신해서 할 말이 너무나 많다〉(2.4.478~479)라고 폴스타프는 외치지만 그의 놀이 충동은 늘 현실과 마찰한다. 그의 본령은 놀이에 있기 때문에 그는 비록 살이 뼈에 붙어 있고 마음이 내킬 때 회개하겠다고 여러 번 다짐하지만(3.3.1~5) 현실로 돌아오지 못한다. 그가 회개한다는 것은 주어진 악한의 역할을 벗어나 연극의 틀을 깨고 왕으로 등극한 왕자처럼 현실로 복귀한다는 것을 의미하며, 역으로 그가 회개하지 못함은 계속해서 연극적인 현실에 머물고 있음을 의미한다. 〈죽음을 가장하여 사람이 살 수 있다면 그것은 가장이 아니라 진정으로 참되고 온전한 삶의 모습이다〉(5.4.116~119)라고 말하는 것처럼 그에게 연극은 삶의 모방이 아니라 삶 자체이다. 1부에서 이 연극의 절정은 그가 죽은 핫스퍼의 정강이를 칼로 찌른 후 자신이 살해한 양 그 시체를 등에 걸치고 등장하는 대목이다. 죽은 줄 알았던 폴스타프가 나타나자 놀란 왕자는 〈내가 지금 헛것을 보고 있단말인가〉(5.4.134) 하고 반문한다. 이것은 연극이 일종의 〈눈속임*deceptio visus*〉임을 강조하는 말이다. 1부에서 왕자와 폴스타프의 극적 갈등이 구체화되지 않는 것은 왕자가 폴스타프의 연극과 거짓말에 동조할 마음이 있었기 때문이다. 〈나로서는 거짓말이 그대에게 득이 된다면 가장 그럴싸한 말로 치장을 하겠소〉(5.4.156~157). 1부와 2부의 연결이 가능한 것은 폴스타프로 상징되는 극적 행위와 그 충동을 보장하는 관객들의 공조가 있기 때문이다.

2부에서 계속되는 요크 대주교를 비롯한 반란의 봉기적 힘은 폴스타프의 놀이와 상통한다. 따라서 역설적으로 말해서 반란이 계속되는 한 폴스타프의 역할은 계속되지만 반란군이 완전히 진압되어 버리면 그의 역할도 끝난다. 2부에서는 반란 세력이 다소 약화되고 위협의 긴장이 느슨해지며, 폴스타프의 재치와 활력도 약화된다. 그는 2부 첫 등장에서부터 시동에게 자신의 오줌에 대한 의사의 분석 결과를 물을 정도로 병약해져 있다. 폴스타프의 병약함은 헨리 왕의 병약함과 밀접하게 연결되어 있다. 왕의 병에 대해서는 간질병, 뇌졸증 등으로 해석이 분분하나 리처드 벡Richard Beck에 따르면 왕이 매독을 앓았다고 보는 것이 최근의 시각이다(14). 그렇다면 폴스타프의 질병과 국왕의 질병은 똑같이 그들의 무절제와 방탕에서 비롯한 것이다. 이런 의미에서 폴스타프는 도덕적으로 문제시되는 국왕의 일부이며, 왕자와 폴스타프의 사이를 떼어 놓으려는 국왕의 시도는 자신의 과거를 씻어 버리고자 하는 무의식의 투영이다. 이것은 단지 아버지와 아들 간의 갈등에 그치지 않고 과거에서 미래로 향하는 세대의 문제로 발전한다. 이곳에서는 이미 질병과 죽음의 이미지를 통하여 세대 간의 간격이 벌어져 있다. 폴스타프는 자신이 늙었다는 사실을 지나치게 의식하는 반면 헬 왕자를 전에 없이 애송이로 취급한다(1.2.18~19). 그렇지만 헨리의 과거의 유산이기도 한 반란이 지속되는 한 폴스타프의 놀이는 계속된다. 대법관이 갯스힐 사건을 언급하며 〈당신이 그날 일의 결과를 피할 수 있는 것은 순전히 어수선한 시국 덕분이다〉(1.2.148~150)라고 말하는 것처럼 폴스타프와 반란은 쌍생아이다.

폴스타프는 스스로 늙고 병들어 있음을 자각하나 대외적으로는 여전히 자신이 젊다고 주장하며 〈늙은이의 쓴 쓸개로 젊은이의 뜨거운 간을 측정하고 재단하려 하지 말라〉고 말한다. 그는 오후 3시쯤, 이미 하루해가 질 무렵 태어났는데 태어날 때부터 머리가 백발이고 배가 튀어나왔었다고 둘러댄다(1.2.186~188). 이것은 일상적인 시간의 흐름을 거부하고 영원한 청춘과 축제의 시간 속에 머물고자 하는 그의 욕망을 나타낸다. 그로테스크한 리얼리즘에 있어서 육체적인 요소가 매우 긍정적인 의미를 지니며 고답적이고, 추상적이며, 정신적이고, 이상적인 모든 것들의 위상을 낮추는 역할을 한다는 바흐친Bakhtin의 주장(19)에 비추어 그의 기괴한 육체는 이해될 수 있다. 위상 낮추기는 형이상학적인 요소들을 먹고 마시는 축제의 장으로 변형시킴으로써 가능하다(174). 물론 폴스타프의 웃음이 개인의 차원을 넘어서 계속 변화하고 성장하는 민중 의식에 뿌리박고 있다고 보기는 어렵지만 축제의 웃음에 대한 바흐친의 설명은 폴스타프를 이해하는 데 있어서 중요한 참조 틀이 될 수 있다. 특히 〈장터란 모든 비공식적인 것들의 중심이며, 공식적인 질서와 이데올로기의 세계에 있는 일종의 치외법권 지역이다〉(153~154)라는 바흐친의 설명은, 폴스타프가 줄곧 장터의 언어, 즉 산문을 사용하는 것에 대한 훌륭한 해석이 된다.

반란과 폴스타프를 동일시하는 셰익스피어의 시도는 2부에서 더욱 구체적으로 나타난다. 반란을 준비하는 요크의 대주교 스크룹Scroop은 변덕스러운 인심을 한탄하며 〈요즘은 도대체 믿을 것이 무엇이냐?〉(1.3.100)라고 자문한다. 이처럼 시절을 한탄하는 모습은 1부에서부터 줄곧 나타나는 폴스타프의 푸념과 맞닿아 있기도 하다. 그는 〈이 장사꾼의 시대에 미덕은 너무나 대접을 못 받아 진정한 용기를 가진 자는 비천한 곰 몰이꾼이나 되고, 머리 회전이 빠른 사람은 술집 급사가 되어 그 좋은 머리를 계산하는 데나 소모하고 있다〉(1.2.167~170)고 불평한다. 또한 구조의 측면에서 살펴보면, 2막 3장에서 노섬벌랜드 백작은 대주교의 반란군과 합세하기 위해서 출정하려고 하지만 그 순간 그의 부인과 며느리의 만류 때문에 출정을 포기한다. 그 대신에 그는 스코틀랜드로 숨어들어 상황을 살피겠다고 한다. 바로 이어지는 2막 4장에서 폴스타프는 보어즈 헤드 술집에서 창녀인 테어쉿과 말다툼을 벌이고 있다. 하지만 테어쉿은 〈잭, 당신이 전쟁에 나가니 돌아올지 못 돌아올지는 모르겠지만 당신과 화해하겠어요〉(2.4.64~66)라고 말하며 둘은 화해한다. 이렇듯 내용상이나 구조상으로 반란과 폴스타프는 병행 관계를 유지하며 이를 통해 셰익스피어는 반란과 폴스타프의 방탕함이 동일한 선상에 있음을 암시한다.

노섬벌랜드 백작이 전쟁을 피해서 스코틀랜드로 숨어드는 것처럼 술 생각이 난 헬 왕자가 포인즈를 대동하고 폴스타프를 놀려 주기 위해서 술집 급사로 변장하고 보어즈 헤드로 잠입함으로써 그와 폴스타프의 조우가 2부에서 이루어진다. 1부 2막 4장에서 왕자와 포인즈가 갯스힐에서의 무용을 자랑하는 폴스타프를 놀려 주는 것과 마찬가지로 2부 2막 4장 역시 먹지를 포개어 놓은 듯 같은 내용을 되풀이한다. 술집은 허세를 부리며 소리를 질러 대는 피스톨의 등장으로 싸움판으로 변하며, 퀵클리 부인의 〈말실수malapropism〉로 인해서 혼란스러움이 가중된다. 이 싸움은 장터의 소란스러움을 상기시키는 것으로 피스톨의 장광설은 단지 허풍에 그치는 것이 아니라 셰익스피어와 동시대 극작품에 사용된 장광설을 희화화하는 측면도 보인다. 바흐친이 말하는 〈장터 언어〉의 특성을 여기서도 엿볼 수 있다. 폴스타프는 급사로 변한 왕자와 포인즈를 뒤에 두고 테어쉿에게 왕자와 포인즈가 어울리는 것은 둘 다 똑같은 얼간이들이기 때문이라고 대답한다. 왕자는 식품 창고나 지키고 빵이나 자르기에 적합한 인물이라고 험담을 늘어놓는다. 왕자가 신분을 드러내며 이를 비난하자 폴스타프는 돌변하여 〈사악한 여자가 그대와 사랑에 빠지지 않도록 하기 위해서 사악한 여자 앞에서 그대의 험담을 했다〉(2.4.315~317)고 둘러댄다. 이것은 앞서 대주교가, 리처드 왕에게 먼지를 뿌리던 사람들이 이제는 그의 무덤에서 눈물을 흘리고 있다고 인정의 변덕스러움을 비난한 것과 마찬가지의 태도다. 한때는 헨리 왕을 환호하던 반란 세력들이 이제는 그에게 등을 돌린다. 물론 폴스타프의 경우는 이러한 태도가 그의 끊임없는 즉흥 연기로 이어지며 그것이 본질이라는 점에서 도덕적인 명분을 내세우는 반란 세력들보다 자유롭다.

1부에서와 마찬가지로 이번에도 폴스타프와 헬 왕자의 술집 놀이는 왕의 사신들이 들이닥침으로써 끝이 나고 축제의 세계는 계속해서 일상적인 시간의 위협을 받는다. 폴스타프는 이곳을 떠나면서 〈무가치한 사람은 편안히 잠을 자는데, 용감한 사람은 부름을 받는다〉(2.4.72~73)라며 여자들 앞에서 우쭐대는데 이것은 바로 이어지는 3막 1장에서 〈지체 낮은 사람은 행복하게 누워 잠을 자는데, 왕관을 쓴 자는 잠 못 이룬다〉(3.1.30~31)는 헨리 왕의 풍자적인 자탄으로 발전한다. 폴스타프의 발언은 시름에 지친 왕이 잠든 사이 그의 머리에서 왕관을 벗겨 내며 하는 왕자의 다음 발언을 깎아내리는 효과를 갖는다.

그처럼 짐이 되는 잠동무인 왕관이
왕의 베개 위에 놓여 있다는 말인가?
수많은 조심스러운 밤을, 잠의 대문을 활짝 열어 놓게 만드는
아 번쩍이는 혼란이여! 황금빛 걱정이여!
이제 근심을 지닌 채 주무세요.
그러나 이마에 거친 나이트캡을 두르고
코를 골며 밤의 수심을 떨쳐 버리는 사람처럼
그렇게 깊고 달콤한 잠은 아닐지라도. 아 왕관이여!

너를 쓴 사람을 네가 꼬집을 때 안전을 위해 입은 화려한 갑옷이
한낮의 땡볕으로 살갗에 화상을 입히는 것처럼
너는 머리 위에 앉아 있구나.

Why doth the crown lie there upon his pillow,
Being so troublesome a bedfellow?
O polish'd perturbation! golden care!
That keep'st the ports of slumber open wide
To many a watchful night! Sleep with it now:
Yet not so sound, and half so deeply sweet,
As he whose brow with homely biggen bound
Snores out the watch of night. O majesty!
When thou dost pinch thy bearer, thou dost sit
Like a rich armour worn in heat of day,
That scald'st with safety. (4.5.20~30)

아쟁쿠르 전투를 앞둔 왕이 밤늦도록 잠 못 이루고 병사들의 사기를
살피며 막사를 배회하듯, 왕관을 머리에 쓰고 있는 왕은 국사에 대한 걱
정으로 인해서 쇠약해진다는 왕자의 독백은 왕의 희생을 피력하는 것이
며 그런 의미에서 절대 왕권에 대한 일종의 정당화이다. 그러나 폴스타
프의 발언과 이를 나란히 놓고 볼 때 절대 왕권의 신비감은 격감된다. 사
물을 바라보는 관점의 대조를 통해서 발생하는 아이러니는 현상의 표면
을 뚫고 숨은 속살을 보여 주는 칼끝과 같은 무기이다. 이 무기를 휘두르

며 셰익스피어는 역사의 다양한 모습들을 들춰낸다. 따라서 그의 역사극에서 어떤 단일한 관점을 찾다 보면 곧 자기모순에 빠지고 만다.

폴스타프는 궁정 문화에 한쪽 발을 담그고 있으면서 동시에 이를 풍자하고 회화화하는 이질적인 목소리이다. 이것은 그의 자유로운 놀이 충동과 생명력에 기인한다. 그의 웃음과 재치는 기존 질서와 도덕에 대한 반란 세력과 맞닿아 있기 때문에 그 파괴력이 크다. 폴스타프의 특성을 브래들리Bradley는 다음과 같이 묘사한다.

유머 속에서 자유의 축복을 얻는 것이 폴스타프의 본질이다. 그의 유머는 오직, 혹은 주로 불합리한 것에만 공격을 가하는 것이 아니라 그의 안일을 방해하는 것, 따라서 진지한 것, 나아가 체면 차리고 도덕적인 것은 무엇이나 적대시한다. 왜냐하면 이러한 것들은 한계와 의무를 부과하여 우리들로 하여금 법률이라는 우스꽝스러운 늙은이라든지 지상 명령이라든지 우리의 지위와 그에 따르는 책임이라든지 양심이나 평판이라든지 타인의 의견이라든지 모든 종류의 유해한 것에 종속되게 만들기 때문이다. 그래서 폴스타프는 이런 것들의 적이라고 나는 주장한다. 그러나 나의 주장은 옳지 못하다. 그가 이들의 적이라고 하는 것은 그가 이것들을 대단한 것으로 간주하며 그들의 힘을 인정한다는 말인데 실상 그는 이것들을 전혀 인정하려 하지 않는다. 그에게 이런 것들은 모두가 부조리한 것들이다. 어떤 것을 부조리한 것으로 환원시킨다는 것은 그것을 무가치한 것으로 돌려 버리고 자유롭고 유쾌하게 돌아다닌다는 것을 의미한다. 이것이 인생에 있어서 소위 대단한 것들에 대해서 그가 때로는 말로, 때로는 행동으로 보여 주는 태도이다. 그는 아무도 믿지 않을 것이라고 생각하면서도 너무나 근엄하게 말하는 진지한 진술로 진리도 부조리한 것으

로 보이게끔 만든다. (262~263)

월북한 평론가 김동석은 이 부분을 인용하면서 〈이것은 확실히 뿌르조아가 셰익스피어의 거울 속에서 자기의 얼굴을 발견한 것이라 하겠다〉라며 브래들리의 비평이 현실의 속박을 벗어나 자유를 추구하는 부르주아의 이상을 투영한 것이라고 혹평한다(303).

그러나 브래들리가 〈완전한 자유는 이런 식으로 해서는 얻어질 수가 없다는 사실을 셰익스피어는 잘 알고 있었으며, 우리들 자신도 심지어 폴스타프와 공감하는 순간에 있어서조차 그 점을 알고 있다〉(269)라고 지적하듯이 브래들리와 폴스타프를 동일시하는 것은 잘못이다. 폴스타프는 피륙 상인 도멜턴Dommelton이 옷감을 보내 줄 듯 하다가 대금에 대한 보증을 요구하자 높은 구두를 신고 열쇠 뭉치를 허리춤에 차고 다니는 부르주아에 대한 본격적인 반감을 보인다(1.2.37~39). 글로스터셔의 치안관인 쉘로와 그의 사촌인 사일런스를 속여서 돈을 1천 파운드나 우려내는 데서 알 수 있듯이 폴스타프는 부르주아에 대해서 일정한 거리를 유지하고 있다. 그는 끊임없이 돈에 쪼들리는 몰락한 귀족이다. 사촌인 사일런스와 늙은 더블Double을 비롯한 옛 지인들의 죽음에 관해서 얘기하는 중에도 끊임없이 스탬퍼드Stamford 시장의 황소 두 필 값이 얼마냐, 암양 스무 마리의 시세가 어떠냐고 묻는 쉘로와 같은 부르주아들은 정신을 온전하게 한곳에 두지 못하고 분열증을 유발할 정도로 안절부절 못하는 자본주의 체제 속의 현대인들을 연상시킨다.[6] 이들을 속여서 돈

6 분열된 의식은 모더니즘의 특징이기도 한데, 근대 초기 부르주아의 모습과 모더니즘이 그리고 있는 분열된 인간상은 계보학적으로 같은 것이다.

을 우려내는 폴스타프는, 셰익스피어 당대의 극작가 벤 존슨Ben Jonson
의 「볼포네Volpone」에서 탐욕으로 인해서 동물화된 얼간이들을 속이는
것과 마찬가지로 통쾌한 일면도 있다.

폴스타프가 추구하는 자유가 환상에 찬 것이라는 사실은 헨리 왕이 죄
의식에서 벗어날 수 없는 것과 마찬가지이다. 첫 등장에서부터 핼은 폴
스타프에게 당신에게 시간이 무슨 의미가 있어서 시간을 묻느냐고 놀리
지만 축제가 계속될 수 없고 일상적인 시간의 리듬 안으로 흡수되듯이
폴스타프의 시간 역시 법과 질서라는 현실의 침략으로부터 자유롭지 못
하다. 〈1년 내내 노는 날이 지속된다면, 노는 것도 일하는 것만큼이나 지
겨울 거야〉(1부 1.2.199~200)라는 독백에서 알 수 있듯이 핼은 일과 놀이
의 이중적인 시간관을 가지고 있는 데 반해서 폴스타프는 그러한 구분
을 인정하지 않는다. 이것이 그의 비극이다. 그의 축제적 초시간성을 위
협하는 첫 번째 요인은 경제적 궁핍이다. 놀이를 계속하기 위해서는 돈이
필요하기 때문에 그는 훔치거나 빌린다. 1부에서는 왕자가 늘 곁에 있었
기 때문에 그의 든든한 후원과 보호로 경제적 궁핍이 크게 그를 위협하
지 못했다. 그러나 2부에서는 왕이 의도적으로 그와 왕자를 떼어 놓았기
때문에(1.2.202~203) 경제적 궁핍은 도를 더해 간다. 그가 신경통과 관절
염에 시달리며 활기를 잃게 되고 자주 자신의 늙음을 의식하는 것과, 그
의 경제적 궁핍은 같은 맥락이다. 현실 원리이자 도덕적 잣대를 상징하
는 대법관은 〈당신의 수입은 쥐꼬리만 한데 지출은 너무나 크군요〉(2부
1.2.139~140)라고 이를 지적한다. 폴스타프 스스로도 궁핍을 일종의 질병
으로 인식하며, 돈지갑이 비는 이 질병을 치유할 방법이 없다고 개탄한
다. 병을 안고 조금씩 생명을 연장해 가는 환자처럼 남에게서 돈을 빌림

으로써 돈지갑은 죽음의 순간을 조금씩 연장할 뿐이다(2부 1.2.238~240). 그는 대법관에게도 1천 파운드만 빌려 달라고 부탁하지만 면전에서 단호하게 거절당한다.

폴스타프는 몰락한 귀족의 신분과 왕자와의 친분을 이용하여 자기보다 아래 계급 사람들의 돈을 훔친다. 29년이나 알고 지내 온 퀵클리 부인에게 자신과 결혼하면 귀부인 소리를 듣게 될 것이라고 유혹하여 결혼을 약속한 후 줄곧 그녀의 돈과 몸을 훔쳐 온 그는 그녀의 술잔이나 술집 장식을 전당 잡혀서라도 자신의 옹색한 용돈을 충당하려 한다. 그녀는 그가 빚을 갚지 않는다고 고소를 하면서도 다음 순간 이를 취하고 기꺼이 그에게 돈을 대준다. 전쟁터로 향하는 그와 헤어지면서는 그처럼 정직하고 진실된 마음을 가진 사람을 본 적이 없다고 칭찬할 정도다. 테어쉿 역시 그와의 이별을 아쉬워하며 눈물을 흘린다. 이처럼 폴스타프는 끝까지 인간적인 매력을 잃지 않는다. 폴스타프의 속임수를 도덕적으로 비난할 수는 있겠지만, 그의 속임수는 정치적인 속임수에 비해 용서 가능한 성질의 것이다.

존 왕자는 대주교와 모브레이 일파의 반란군들에게 웨스트모어랜드 경을 보내 반란군 세력을 모두 해산하는 조건으로 그들의 요구 사항을 모두 들어주고 사면을 약속한다. 그들이 이 약속을 믿고 군대를 해산하자 미리 대기시켜 놓았던 자신의 군대를 풀어 반란군을 대부분 학살하고 주동 귀족 세력들은 전부 체포하여 처형한다. 대주교가 반란의 명분을 종교로 돌렸다면(1.1.200~201), 존 왕자는 〈오늘 우리에게 안전한 싸움을 가져다준 것은 우리들이 아니라 하느님이다〉(4.2.121)라고 거짓 술수를 종교로 정당화한다. 이는 말로의 「몰타의 유대인The Jew of Malta」에서 바라바스Barabas를 역으로 속여 끓는 가마솥으로 빠트려 죽인 몰타의 총독 페르네즈Ferneze가 〈운명이나 행운이 아니라 하늘의 뜻에 감사하자〉(5.5.123~124)라고 말하는 것과 마찬가지로 위선적인 것이다. 물론 엘리자베스 당대의 정치, 혹은 도덕 이론에서는 국가나 종교 질서를 어지럽히는 사람들을 속이는 것은 공공의 안전이라는 측면에서 정당화될 수 있다는 이론도 있으나, 적어도 폴스타프의 속임수와 존 왕자의 속임수에는 정도의 차이뿐, 본질적인 차이는 없다. 비록 극장 문을 나서면서도 이러한 의식을 관객들이 가지고 간다고 주장할 수는 없지만 스티븐 그린블렛Stephen Greenblatt이 주장하듯이 영국 절대 왕권의 도덕적인 권위는 너무나도 뿌리 깊은 위선에 의존하고 있어서 위선자들은 그것을 현실로 믿고 있을 정도다(41).

경제적인 위협과 더불어 폴스타프를 압박해 오는 또 다른 힘은 대법관으로 상징되는 법의 힘이다. 〈우스꽝스러운 노인네 법old father antic the law〉(1부 1.2.59)이라는 표현에서 알 수 있듯, 이 작품에서 법은 헨리 왕이나 노섬벌랜드 백작, 폴스타프처럼 〈노인〉으로 묘사되어 있지만, 법은 이들 노인들과는 달리 병약해져서 죽음을 앞두지 않고 언제까지나 늙지 않는 것으로 그려진다. 이것은 폴스타프의 지속적인 반사회적 충동을 억압하는 법이 영속적인 시간에 속해 있음을 말해 준다. 폴스타프가 갯스힐 강도 짓을 끝낸 후 술집에 일행과 모여 있을 때 늙은 존 브레이시John Bracy 경이 찾아와 왕자를 데려오라는 왕의 명령을 전하자 〈진중함이 한밤중에 자지 않고 무슨 일이야?〉(1부 2.4.290)라며 빈정거린다. 그에게 궁정과 그곳의 국사는 놀이와 맞서 있는 엄중함과 진지함의 상징이며 이는 곧 대법관이 대표하는 법의 힘을 의미한다. 대법관이 폴스타프에게 얼굴에 흰 수염이 가득하면 진중함을 보여야 되는 것 아니냐고 비난하자, 폴스타프는 그의 흰 수염은 뜨거운 음식을 먹다 땀을 흘려서 생긴 것이라고 대답하여(2부 1.2.159~161) 〈진중함〉을 먹고 마시는 대식과 동일시한다. 법을 농락하는 폴스타프는 따라서 〈늙은 악한, 머리가 센 적의(敵意), 늙은 악마, 나이 먹은 허영, 늙고 흰 턱수염이 난 사탄〉(1부 2.4.447~448, 457) 등 나이와 어울리지 않는 도덕극적인 인물로 묘사된다. 슈루즈베리 전투에서 더글러스의 공격을 받아 쓰러져 죽은 체하고 있는 폴스타프를 목격한 왕자가 〈내가 허영과 깊은 사랑에 빠졌더라면 그대를 몹시 그리워할 뻔했구나〉(5.4.104~105)라고 독백하는 데서 알 수 있듯이 왕자는 처음부터 폴스타프를 대법관과 같은 입장에서 보고 있다. 폴스타프 역시 반란군의 일원인 글렌다워를 〈악마의 신하〉라고 지칭하는 데(2.4.333~334) 이는 아이러니하게도 폰스타프 자신과 반란 귀족들을 동일시하는 셈이다. 따라서 기존의 질서와 도덕에 대한 봉기적인 힘과 이를 억압하고 잠재우려는 법과 질서의 힘은 인간의 삶, 나아가서 인간의 영혼 속에 내재한 근원적인 두 원리의 대결로서, 화해될 수 없는 것이다.

워스터와 버넌은 국왕과의 담판 내용을 핫스퍼에게 알리지 않고 오히려 전쟁을 부추긴 죄로(5.5.4) 전쟁터에서 포로가 된 후 현장에서 처형된다. 폴스타프 역시 〈젊은이를 오도하는 사악하고 혐오스러운 인간〉으로 왕의 입(1부 2.4.456)과 대법관의 입(2부 1.2.143)을 통해서 묘사된다. 다시 말해서 왕과 대법관은 절대 왕권의 권위와 질서를 내세우는 동일한 인물의 분신들이며, 폴스타프와 함께하면서도 일정한 거리를 유지하는 왕자의 일부이다. 워스터는 자신들이 반란을 도모한 이유가 헨리 왕의 배은망덕에 있다고 주장하며 왕을 뻐꾸기에 비유한다(5.1.59~61). 퍼시 가문의 사람들에게 헨리는 참새 알들을 둥지 밖으로 떨어트려 버리고 그 자리에 자기의 알들을 갖다 놓아 참새로 하여금 자기 것으로 착각하고 부화하여 키우게 만드는 뻐꾸기 같은 존재다. 폴스타프 역시 헬을 뻐꾸기라고 부른다(1부 2.4.349). 셰익스피어는 반란군-왕 관계와 폴스타프-왕자 관계를 동일하게 참새-뻐꾸기 관계로 묘사함으로써 반란군과 폴스타프의 운명을 동일한 선상에 둔다.

2부에서는 1부에 비해서 폴스타프와 대법관의 조우와 대립이 잦으며, 희극적인 요소가 더욱 전면에 부상한 관계로 역사적인 장면들은 상대적으로 축소되어 있다. 따라서 헬 왕자의 역할도 그만큼 감소되고 있다. 이것은 의도적으로 왕자와 폴스타프 사이에 거리감을 유지하려는 궁정의 시도에서 비롯한 것이기도 하지만, 궁극적으로는 폴스타프와 대법관이라는 무질서와 질서를 상징하는 두 세력이 헬 왕자를 사이에 두고 그의 내면적 갈등에 대해 대리전을 펼치는 양상을 보이기 때문이다.

헬 왕자가 확실하게 대법관의 편에 서 있다는 사실은 그들의 동일한 언어 표현을 통해서 구체화된다. 대법관은 늙어서도 정신을 못 차리는 폴스타프를 윗부분은 다 타버리고 끝 부분만 남아서 냄새가 지독한 양초에 비유한다(2부 1.2.155~156). 왕자 역시 그를 양초의 재료가 되는 수지 창고라 부른다(2.4.297). 왕자는 포인즈와 함께 술집 급사로 변장하고 폴스타프를 놀려 줄 때, 자신이 비천한 신분의 인물로 변장하는 것을 제우스 신이 황소로 변신하여 유로파Europa를 겁탈하는 것에 견준다. 즉 〈모든 일에 있어서 목적과 우행(愚行)을 견주어야 한다〉(2부 2.3.167~169)거나 〈목적이 사람을 알아보게 하라〉(2.2.45)는 그의 확실한 신념에는 변함이 없다. 왕자의 방탕으로 나라의 장래를 걱정하는 국왕에게 위력

Warwick 공은 왕자가 방탕한 자들과 어울리는 것은 단지 외국어를 배우는 과정에 불과할 뿐이라고 다음과 같이 위로한다.

왕자는 마치 외국어를 배우듯 그의 동료들을
연구하고 있을 뿐입니다. 외국어를 습득하기 위해서는
가장 비속한 단어도 보고 배우는 것이 필요하지요.
그러나 일단 습득하고 나면, 폐하께서도 아시다시피
그건 더 이상 소용이 없고, 알고 난 이상
경멸의 대상일 뿐이죠.
마찬가지로 거친 단어들처럼, 왕자는 때가 무르익으면
동료들을 잘라 버리고, 그들에 대한 기억은
왕자님께서 다른 사람들의 삶을 측정하는
하나의 본보기나 척도로 남게 될 것입니다.
과거의 해악을 유익으로 삼는 셈이지요.

The Prince but studies his companions
Like a strange tongue, wherein, to gain the language,
'Tis needful that the most immodest word
Be look'd upon and learnt; which once attain'd,
Your Highness knows, comes to no further use
But to be known and hated. So, like a gross terms,
The Prince will, in the perfectness of time,
Cast off his followers, and their memory

Shall as a pattern or a measure live

By which his Grace must mete the lives of other,

Turning past evils to advantages. (2부 4.4.68~78)

헬 왕자가 술집 급사로 변장하고 그들의 속어를 배우는 것은, 「태풍」에서 프로스페로Prospero가 캘리반Caliban에게 언어를 가르치는 것과 마찬가지로 그들을 지배하는 방식의 일종임이 이 대목에서 분명해진다.[7] 헬에게 목적은 수단을 정당화한다. 〈재치 있는 사람은 모든 것을 이용하는 법이지. 나는 이 질병들을 유익으로 바꿔 놓겠다〉(1.3.249~250)고 폴스타프는 장담하지만, 그의 얘기는 왕자의 그것과는 다르게 실효성이 없고 다만 왕자의 발언을 패러디하는 역할에 그친다. 헬의 방종이, 자신이 의도한 고상한 변화를 믿지 않는 세상 사람들에게 보여 주기 위한 것(2부 4.5.153~154)이라면, 회개하고 마음을 고쳐먹겠다는 폴스타프의 다짐은 내란이 종식되면 성지를 찾겠다(2부 3.1. 108~109)는 왕의 약속만큼이나 무의미한 것이다. 똑같이 질병에 시달리고 있는 왕과 폴스타프는 각각 권력욕과 포식으로 인해서 고통받고 있는 서로의 분신들이다. 왕은 이러한 병적인 현실이 왕자가 왕위에 오르면 더욱 악화되리라고 나라의 장래를 걱정하는 반면, 폴스타프는 이러한 현실이 법의 철퇴를 녹슬게 함으로써 일상화되리라고 기대한다. 그러나 이들 두 사람의 기대나 예상은 〈나의 겉모습만 보고 나를 깎아내린 썩어 빠진 생각을 지워 버리겠다〉(5.2.127~129)는 왕자의 다짐으로 모두 어긋난다. 왕자의 이러한 다

---

7 지배 언어와 제국주의의 관계에 대해서는 폴 브라운Paul Brown의 글 참조.

짐은 공평한 법 집행에 대해서 하등 거리낄 것이 없기 때문에 왕자가 왕이 되었다고 해서 자신이 용서를 비는 일은 결코 없을 것이라는 대법관의 단호한 의지와 맞닿아 있다. 왕자는 대법관에게서 정치적으로 이상적인 아버지상을 찾은 셈이다.

대법관이 법과 질서의 이상을 상징한다면, 그것의 타락한 모습이 바로 쉘로 판사이다. 폴스타프의 친구인 쉘로 판사의 법 집행은 대법관의 그것과는 대조적으로 타락상을 보인다. 쉘로는 그가 부리고 있는 데이비 Davy에 의해서 좌우되며, 데이비는 친소 관계나 뇌물을 통해서 법을 임의적으로 적용한다. 폴스타프가 얘기하듯이 쉘로 판사에게 소청이 있으면 그의 부하들에게 주인과 친하다는 암시를 주면 되고, 그의 부하들에게 소청이 있으면 부하들을 다스리는 데 있어서 당신만 한 사람이 없다고 쉘로 판사에게 아첨을 하면 만사 해결이다(5.1.68~72). 〈현명한 처신이나 어리석은 행동은 마치 전염병처럼 서로 옮는 것이 분명하기 때문에 사람들은 동료를 조심해서 사귀어야 한다〉(5.1.72~75)고 폴스타프는 말하지만 이것이 자신에게 적용되리라고는 생각하지 못하고 있다. 그는 대법관이 부르는 소리도 병을 앓아 귀가 먹은 관계로 못 듣는 척하지만 그의 위협에서 벗어날 수가 없다. 국왕 서거 소식을 접한 폴스타프는 〈영국의 법률들은 모두 내 손 안에 있다〉(5.3.132~133)고 환호하지만 바로 이어서 퀴클리 부인과 테어쉿이 술집에서 소란을 피우다가 한 남자를 살해한 혐의로 체포되어 감옥에 가면서 기대가 실망으로 이어진다. 더욱이 셰익스피어는 이들의 연관성을 우리들로 하여금 간과하지 않도록 하기 위해서 테어쉿이 거짓으로 임신한 것처럼 꾸미고 있는데, 이것은 폴스타프의 거짓된 기대를 상징하는 것이다.

폴스타프가 헬에게 거절당하는 것에 대해서 해즐릿은 왕자를 결코 용서할 수 없다(158)고 했지만, 자연인이 아닌 국왕으로 군림하기 위해서 헬이 그를 버리는 것은 처음부터 예견된 일이었으며, 동시에 필연적인 것이었다. 도버 윌슨의 주장처럼 헨리 5세는 이제 〈새로운 인간〉이며 아버지의 무덤 속에 그의 〈방탕〉을 함께 매장해 버렸다(122). 폴스타프와 왕자의 동행은 계속되는 반란으로 상징되고 있는 죄의식에 찬 과거를 의미한다. 이 과거로부터 왕자가 벗어나는 것은 아버지 세대들의 죽음으로 가능하다. 이것은 물론 「헨리 5세」에서 아쟁쿠르 전투 전날 밤 헨리의 간절한 기도에서 엿볼 수 있듯이 그가 리처드의 유령이라는 과거에서 완전히 벗어났음을 의미하는 것이 아니라, 반란의 힘으로 상징되는 무질서에서 아버지가 바라던 절대 왕권의 수립, 즉 대법관으로 대변되는 정통한 권력의 자리에 올랐음을 의미한다. 헬이 말하듯이 아버지는 무덤으로 들어갔지만 자신은 아버지의 신중한 마음을 가지고 살아남아 세상 사람들의 기대를 비웃는다(2부 5.2.125~126). 아버지의 죽음과 더불어 왕자는 비로소 이상적인 아버지의 자리에 오른다.

그렇다고 〈우리들은 왕권을 맡는 순간에 국왕이 허영에 등을 돌리고 엄격한 법과 통치의 길로 향한 것에 대해서 박수를 보낸다〉는 윌슨의 주장(125)에 동의하기는 힘들다. 폴스타프는 무질서, 무절제, 본능, 자연법칙 등의 힘으로 대법관과 더불어 인간의 삶이 가능하게 해주는 원리이며, 우리들 자신의 일부이기 때문이다. 폴스타프를 거부하는 행위가 정당화될 수 있을지는 몰라도, 그가 왕권에 가하는 풍자와 희화화는 여전히 매력적이며, 그 힘이 매력을 발휘하는 한 폴스타프는 여전히 헬의 주변에서 머문다. 바버C. L. Barber의 설명처럼 폴스타프의 생활 태도는 사적이든 공적이든 극 중 사회 전반에 너무나 만연된 것이어서 제거될 수 없는, 세상살이의 한 방식으로 타고난 것으로 제시되어 있다. 셰익스피어는 작품의 마지막에서 이러한 세계관을 축출하고 왕권의 정당성과 신성화된 사회적 힘을 극화하려고 한다. 즉 인식 방식으로서의 폴스타프에 대한 거부를 정당화하는 데 셰익스피어는 실패하고 있다고 바버는 주장한다(216~217). 폴스타프와 새로운 국왕으로서의 헬, 혹은 폴스타프와 대법관은 삶의 대립되는 원리나 힘이기 때문에 그들의 불편한 관계는 극을 이끄는 원동력이다.

폴스타프를 거부하며 작품이 끝나는 것은, 그를 배제한 작품을 생각하기 힘든 것과 마찬가지로 그를 거부한 왕의 삶은 놀이 없이 일만 계속되는 건조한 것이 될 것을 암시한다. 따라서 폴스타프나 왕자의 편에서 감상적이 될 필요가 없다는 트래버시의 지적은 매우 온당한 것이다.

폴스타프와 헬 왕자, 안젤로Angelo와 이사벨라Isabella[8]라는 대조적인 인물들은 그들의 극적인 존재를 조건 짓는 실재의 전 영역의 다만 일부일 뿐이다. 그들은 창작의 상보적인 양상인데 그 창작의 통일된 원리는 그들 인물들 중의 어느 한 사람의 비전에 있는 것이 아니라 제재가 되는 다양한 관점들을 전체적으로 통합하는 작가에 있는 것이다. 비록 정도는 다르나 이사벨라의 판단과 마찬가지로 헨리의 판단이 바른 것이기는 하지만, 너무나 쉽게 내린 결함이 있다. (163~164)

---

8 셰익스피어의 문제 희극 「자에는 자로」에 나오는 인물들.

공공의 관점에서 볼 때 헬의 결정은 비난할 것이 못 된다. 그러나 헬의 결정을 전적으로 올바른 것이라고 주장하는 것은, 폴스타프의 생활 태도가 인생의 전부라고 주장하는 것과 마찬가지로 편협한 것이다. 셰익스피어에게 헬과 폴스타프는 상호적이기 때문에 이 둘의 대립이 없이는 극적 갈등이 성립되지 않는다. 존 파머John Palmer의 표현을 빌리자면 〈영국의 해리가 핫스퍼와 폴스타프를 파괴해야만 했던 것은, 그들이 자신의 경쟁자였기 때문이 아니라 함께 양립할 수 없는 사람들이었기 때문이며〉(209), 〈영웅이 커짐에 따라서 인간은 작아진다〉(218).

헬이 폴스타프를 추방하는 것은, 어떤 의미로는 여성적인 것을 부정하는 것과도 일맥상통하는 측면이 있다. 임신한 여자처럼 배가 나온 그는 배를 여성의 자궁에 비유하기도 하며 순발력 있는 재치를 임신에 비견하기도 한다. 반란군들과 대조적으로 궁정에는 기이할 정도로 여성이 전무하다. 왕자가 아주 어린 시절에 어머니가 죽은 것으로 처리되어 있는 이 작품에서 폴스타프를 그의 어머니 같은 존재로 간주하는 것은 어폐가 있지만, 그를 통해서 비로소 왕자가 여성들과 접하는 것은 사실이다. 그러나 작품의 결말에서 퀴클리 부인과 테어쉿이 창녀로 감옥에 갇히는 것처럼, 여성적인 것으로 극화된 축제적인 요소는 왕의 정통성을 보장하기 위한 수단으로 완전히 제거된다. 폴스타프를 통해서 헬이 상대하는 여자들은 창녀들인데, 창녀란 진 하워드Jean Howard와 필리스 랙킨Phyllis Rackin이 지적하듯이 반란군들과 마찬가지로 전체적인 질서와 사회적인 위상의 차이가 붕괴되는 현상을 체현(體現)하는 인물들이다(Howard and Rackin 177). 이들을 감옥에 가두는 것과 폴스타프의 추방은 같은 선상에서 사회적인 오염을 제거하기 위한 것이다. 셰익스피어의 1597년작

「윈저의 즐거운 아낙네들The Merry Wives of Windsor」에는 여성화된 폴스타프의 모습이 더욱 구체적으로 나온다. 헬 왕자는 폴스타프, 혹은 여성적인 것을 제거함으로써 상상력이 결여되어 있다고 경멸하던 핫스퍼와 같은 인물로 전락하는 위험을 안고 있다.

「헨리 4세」 1, 2부는 홀린쉐드의 연대기에 적힌 대로 〈평온치 못한 시절들〉을 극화한 작품이다. 그러나 제목처럼 헨리 4세를 주로 그린 작품이기보다는, 헬 왕자와 폴스타프를 중심으로 헬 왕자의 도덕적인 성장, 강력한 군주가 되기 위한 교육 과정이 주된 내용을 형성하고 있다고 보는 것이 타당할 정도로 왕자에게 초점이 맞춰져 있다. 폴스타프의 무도덕한 놀이는 기존의 정치 질서나 도덕에 대한 철저한 무관심으로 일관하고 있는데 이것은 동시에 추상적인 모든 상위 가치에 대한 풍자를 겸한다. 바로 이런 점에서 폴스타프의 놀이는 왕권에 도전하는 정치적 반란과 같은 선상, 혹은 그 연장선상에 있다. 헬 왕자가 아버지뻘인 폴스타프와 어울리는 것은 반란을 일으켜 왕이 된 아버지를 현실로 받아들이기에는 문제가 있음을 의미한다. 왕자는 아버지가 죽었으면 하고 바라며, 왕이 잠든 사이 왕관을 자신이 가져가는 행동은 상징적인 부친 살해, 혹은 왕위 찬탈의 욕망을 반영한다. 왕자에게 폴스타프는 반란의 충동과 그 영향에서 벗어나지 못하는 병약한 아버지의 대리인이다. 따라서 그가 온전하게 권력을 잡을 수 있는 길은 이러한 아버지의 그늘에서 벗어나는 것이다. 2부에서 헨리 왕의 병이 깊어 가는 것과 마찬가지로 폴스타프 역시 늙고 병들어 죽음을 예감하고 있다는 사실은 왕자의 등극이 가까워졌음을 알린다.

헬 왕자는 아버지의 죽음과 폴스타프의 추방과 동시에 정치적으로 이상적인 아버지 상을 대법관에게서 찾는다. 성지 순례나 회개를 빈번하게 언급하는 왕이나 폴스타프와 달리, 대법관은 양심에 거리낌이 없는 인물이다(2부 5.2.35~38). 〈죽은 해리〉가 〈살아 있는 해리〉가 되는 길은 대법관이 상징하는 엄정한 법과 질서를 통해서 절대 왕권을 확립하고 유지하는 것이다. 그러나 이러한 정치적 이상을 실현하는 일은 인간적인 그의 욕망을 억제하고 추방함으로써 비로소 가능하다는 사실을 셰익스피어는 작품상에서 보여 준다. 헬 왕자는 정치적으로 성장함에 따라서 인간적으로 왜소해진다. 셰익스피어가 처음부터 확고하게 왕자의 편에 서 있으며, 폴스타프의 추방은 예견된 것이었다고 주장하는 사람들은 작품의 전개와 구성을 간과한 것이다. 헨리 왕과 헬을 중심으로 한 역사극을 의도한 것이 셰익스피어의 원래의 계획이었다고 할지라도, 폴스타프의 희극이 역사적인 것을 작품 내에서 지속적으로 압도하고 있다는 사실은 누구도 부인할 수 없다. 특히 시인-비평가들이 헬이 폴스타프를 추방하는 행동을 비인간적인 것이라며 혹평하는 것은, 이들이 폴스타프를 생명력, 정신의 자유, 상상력 등과 동일시하기 때문이다. 헬이 상상과 자유, 그리고 이성과 절제를 각각 대변하는 폴스타프와 대법관 사이에서 후자를 선택함으로써 정치적 영웅으로 성장하는 한편, 셰익스피어는 그 성장이 가져오는 한계를 암시함으로써 중세 도덕극적 구성과 내용의 한계를 내부로부터 들추어낸다. 두 가치는 상보적인 것이기 때문이다. 매일매일 휴일(폴스타프)만 이어진다면 즐거울 수 없을 것이며, 반대로 매일매일 일(대법관)만 해야 한다면 그것만큼 지루한 것도 없을 것이다. 폴스타프의 추방은 청교도 혁명으로 영국의 극장들이 문을 닫게 되는 사건과 역사적으로 맞닿아 있다. 헬의 선택은, 비록 공적으로는 올바른 것이었다 할지라도 궁극적으로는 예술에 대한 부정으로 이어진다. 폴스타프와 대법관이 모두 셰익스피어의 일부라면, 헬 역시 이들 두 상이한 삶의 원리를 어느 한 쪽이라도 배제한 채 온전할 수 없다. 셰익스피어의 궁극적인 관심은 역사를 통해서 인간을 그리는 것이다.

참고 문헌

김동석. 『김동석 평론집』. 서울: 한국도서출판중앙회. 1991.

Adams, Joseph Quincy, ed. *Chief Pre-Shakespearean Dramas*. Boston: Houghton Mifflin.

Company. 1924.

Bakhtin, Mikhail. *Rabelais and His World*. Trans. Helene Iswolsky. Cambridge, Mass.: MIT Press. 1968.

Barber, C. L. *Shakespeare's Festive Comedy*. Princeton, N.J.: Princeton University Press. 1972.

Beck, Richard J. *Shakespeare: Henry IV, Arnold Studies in English Literature 24*. London: Edward Arnold. 1965.

Bradley, A. C. *Oxford Lectures on Poetry*. London: Macmillan. 1965.

Bristol, Michael. *Carnival and Theater: Plebian Culture and the Structure of Authority in Renaissance England*. London: Routledge. 1985.

Brown, Paul. "'This thing of darkness I acknowledge mine': *The Tempest* and the Discourse of Colonialism". *Political Shakespeare*, eds. Jonathan Dollimore and Alan Sinfield. Manchester: Manchester University Press. 1986. 48~71.

Chambers, E. K. *Shakespeare: A Survey*. London: Sidgwick and Jackson. 1958.

Danby, John F. *Shakespeare's Doctrine of Nature: A study of King Lear*. London: Faber and Faber. 1982.

Dollimore, Jonathan and Alan Sinfield, eds. *Political Shakespeare: New Essays in Cultural materialism*. Manchester: Manchester University Press. 1985.

Eagleton, Terry. *William Shakespeare*. Oxford: B. Blackwell. 1986.

Erickson, Peter. *Patriarchal Structures In Shakespeare's Drama*. Berkeley: University of California Press. 1985.

Hazlitt, William. *Characters of Shakespeare's Plays*. London: Oxford University Press. 1955.

Howard, Jean E. and Phyllis Rackin. *Engendering A Nation*. London: Routledge. 1997.

Humphreys, A. R., ed. *King Henry IV: The Arden Shakespeare, Part I and II*. London: Methuen. 1980.

Johnson, Samuel. *Johnson on Shakespeare*, ed. Walter Raleigh. Oxford: Oxford University Press. 1957.

Manheim, Michael. *The Weak King Dilemma in the Shakespearean History Play.* New York: Syracuse University Press. 1973.

Morgan, Maurice. *An Essay on the Dramatic Character of Sir John Falstaff,* ed. William Gill. London: Frowde. 1912.

Palmer, John. *Political and Comic Characters of Shakespeare.* London: Macmillan. 1965.

Pugliatti, Paola. *Shakespeare the Historian.* New York: St. Martin's Press. 1996.

Sandler, Robert, ed. *Northrop Frye on Shakespeare.* New Haven: Yale University Press. 1986.

Sen Gupta, S. C. *Shakespeare's Historical Plays.* London: Oxford University Press. 1964.

Shakespeare, William. *King Henry IV, Part I and II*, ed. A. R. Humphreys. London: Methuen. 1980.

Shakespeare, William. *King Henry the Fourth, Second Part*, ed. K. Deighton. London: Macmillan. 1949.

Shakespeare, William. *Henry the Fourth, Part I: A Norton Critical Edition*, ed. James L. Sanderson. New York: W. W. Norton and Company. 1969.

Shakespeare, William. *Henry IV, Part I: Oxford School Shakespeare*, ed. Roma Gill. Oxford: Oxford University Press. 1993.

Smith, Nichol, ed. *Shakespeare criticism: A Selection.* London: Oxford University Press. 1934.

Traversi, Derek. *Shakespeare: From Richard II to Henry V.* Stanford: Stanford University Press. 1957.

Wilson, John Dover. *The Fortunes of Falstaff.* Cambridge: Cambridge University Press. 1979.

4. 「헨리 5세」
코러스의 극적 기능

I

셰익스피어는 극의 한 요소로 〈코러스〉를 종종 사용해 왔다. 코러스는 대개 프롤로그나 풍문의 형식을 취하며, 작품의 내용을 관객에게 미리 개괄적으로 전달하는 기능을 갖는다. 코러스를 담당하는 서술자나 논평자는 때로는 관객의 기대를 증폭시키기도 하고, 때로는 무너뜨리기도 한다.

그리스 비극의 경우, 에우리피데스Euripides에 이르러 코러스는 독자적인 인물이라기보다는 극의 대사에 더 가까운 인물로 기능이 축소되는데, 이러한 코러스의 내재화 경향은 로마의 세네카Seneca에 와서 더욱 심화되었다. 세네카의 극에서 코러스는 극의 막이나 장면 전환을 알리는 구조적이고 형식적인 기능을 갖게 된다. 엘리자베스 시대 드라마의 경우에도, 크리스토퍼 말로의 「포스터스 박사의 비극The Tragedy of Doctor Faustus」에서 볼 수 있는 것처럼 코러스는 도덕적인 잣대나 집단 예지를 상징하는 국외자의 역할을 하는 데 그치며 관객의 입장을 취하고 있다.

말로의 극에서 코러스는 극 중 노인이 갖는 기능과 중복되어, 독자적인 성격을 지닌다기보다는 기존의 사회적 도덕률이나 관습을 대표하는 매우 제한적인 시각을 드러낼 뿐이며, 포스터스의 내면 갈등의 깊이를 이해하는 데는 한계를 보인다. 여기서의 코러스는 세네카의 경우처럼 극의 진화의 흔적을 드러내는 꼬리뼈이다. 존 밀턴John Milton의 시극 「투기사 삼손Samson the Agonist」에서도 마노아Manoa의 노인들로 구성된 코러스는 극의 세계와는 일정한 거리를 보이는 논평자로 그 한계를 드러낸다. 밀턴은 코러스를 사용함으로써 고전 비극의 형식을 고수하려는 자신의 의도를 명확히 하고 있다.

셰익스피어의 경우 코러스는 서언이나 결언의 형식을 통해 관객들의 이해를 구하는 극적 관습으로 전락한 경우가 대부분이며 「태풍」의 결언에서 나타나듯 굳이 코러스를 따로 설정하지 않고 극 중 중심인물이 그 역할을 대신하는 경향을 보인다. 코러스가 극 중 인물로 대체되는 경향은 코러스의 기능을 갖는 극 중 인물로 하여금 극적 행위에 참여하면서도 동시에 극 행위에서 일정한 거리를 두고 이를 관찰하고 평가하는 이중적인 기능을 지니게 하는데, 「트로일로스와 크레시다」의 테르시테스가 바로 그런 인물이다. 「한여름 밤의 꿈A Midsummer Night's Dream」에서 극중극을 펼치는 아테네의 장인들 중 직공인 보텀Bottom 역시 극 중 인물이면서 자신들의 연극이 어디까지나 허구임을 상기시키는 일종의 논평자의 기능을 동시에 하고 있는데, 셰익스피어의 극에서 이러한 논평자로서 코러스의 기능을 지닌 인물이 부각될 때 메타극의 성격이 강해진다.

셰익스피어의 작품 중에서 매 막마다 코러스가 등장하는 경우는 「헨리

5세」와 「페리클레스Pericles」뿐이다. 후자의 경우 중세의 시인 존 가워 John Gower(1330?~1408)를 일종의 코러스로 등장시켜 이 작품이 〈케케묵은 옛날이야기〉이지만 도덕적인 이야기임을 줄곧 관객에게 상기시킨다. 이 점에서 가워는 서술자이자 논평자의 역할을 한다. 그러나 「헨리 5세」의 경우 전 작품에 걸쳐 여섯 번 등장하는 코러스는 매우 제한적이고 선택적인 서술자 역할을 하고 있다. 「헨리 5세」는 셰익스피어의 역사극 열 편 중에서 거의 마지막에 집필한 작품이라고 볼 수 있다. 이후에 「헨리 8세」를 발표하긴 하지만 이는 플레처John Fletcher와 함께 쓴 것이다. 그렇다면, 역사극에 대한 대중의 열기가 식어 버린 1599년에 이르러 셰익스피어가 굳이 코러스를 끌어들여 역사적 사실을 무대에서 재현하는 극의 한계를 집중적으로 상기시킨 이유는 무엇일까? 여기서 코러스는 헨리 5세를 〈영국의 별〉로 영웅화하는 등 여전히 영국의 과거 역사에 대한 이상적인 신뢰를 보이는 동시에 극의 한계를 주장하는데, 그런 맥락에서 볼 때 셰익스피어가 이 작품에서 역사극에 대한 작가로서의 염증이나 한계를 보인다고 간주하기는 어렵다. 즉, 기존의 비평에서는 「헨리 5세」를 영국의 민족주의를 찬양하는 일종의 영웅극으로 이해해 왔으나 이러한 해석에는 한계가 있다. 이 글에서는 코러스가 차지하는 의미에 주목함으로써 기존의 해석에 새로운 방향을 제시하고자 한다.

II

「헨리 5세」의 코러스는 「헨리 4세」 1, 2부와 연결되는 희극적인 이스트칩 술집 장면이나 그곳을 출입하던 인물들이 보여 주는 풍자적인 성격의 패러디 등, 이 작품의 부차적인 플롯에 대해서는 전혀 언급하지 않고 다만 헨리 5세를 서사시의 영웅으로 극찬하는 등 그의 입장에서 역사적 사건의 전개와 극 발전을 강조한다. 여기서 코러스는 작가인 셰익스피어의 입장을 대변하기보다는 왕권의 정당성과 국가 질서의 중요성을 강조하는 헨리의 입장을 대변한다. 코러스는 서사적 사건을 극 중에서 재현하는 것의 한계를 줄곧 강조하면서 관객들로 하여금 그들의 상상력을 통하여 극 중 재현을 넘어 새로운 창조자가 될 것을 당부한다. 코러스는 계속해서 관객들을 〈양반들gentles all〉(8)이라고 높여부르며 그들의 공감을 자극하는데 이것은 헨리 왕이 아쟁쿠르 전투에 앞서 병사들에게 전쟁의 무훈을 통해서 그들 모두가 〈양반이 될 것이다this day shall gentle his condition〉(4.3.63)라는 대목과 상통한다. 그런데 주목할 점은, 코러스가 무대의 공간적 한계를 뛰어넘어 관객들로 하여금 그들의 상상력을 극대화해 달라고 주문하는 대목이, 관객들로 하여금 극을 단순하게 실재로 받아들이지 말고 허구적 환상임을 인식하면서 비판적으로 관람해 달라는 부탁과 연결된다는 사실이다. 다시 말해서 코러스가 극의 서사적 장대함을 강조하면 할수록 관객들은 극과 현실을 분리하도록, 환상을 파괴하는 서사극의 성격을 상기하도록 강요받고 있다. 이렇듯 코러스가 말하는 극의 전개 내용과 실제 극의 전개 과정이 보이는 괴리는 관객의 기대를 저버리고 극적 아이러니를 줄기차게 야기하며, 관객의 비판적 참여를 유도하는 결과를 가져온다.

관객들의 상상력을 극대화시켜 셰익스피어는 왕권의 교체와 국가 폭력이 정당성을 가지고 행사되는 역사극의 현실을 통해 왕권의 정통성이나 국가 질서가 어떻게 형성되고 전파되는지 그 과정을 들추어내는 비판적 역사의식을 관객들에게 고취한다. 「헨리 5세」는 「줄리어스 시저Julius Caesar」나 「코리오레이너스」, 「트로일로스와 크레시다」와 마찬가지로 국가 폭력과 여기에 동원된 민중들의 육체적 고통, 정치 질서의 정당성 시비에 가려져 있는 정치 지도자들의 개인적인 욕망 등을 비판적으로 제시한다. 사실상 왕권에 대한 도전과 봉기적인 요소들이 비교적 억압되어 있기는 하지만 「헨리 5세」는 「트로일로스와 크레시다」에 매우 가까운 작품이다. 트로이 전쟁을 그리스 전쟁 영웅들의 개인적인 욕정과 야심에서 비롯한 어리석은 전쟁으로 비난하는 테르시테스는, 변장한 헨리 왕에게 병사들의 희생에 대한 책임을 묻는 윌리엄스Williams나 피스톨 같은 인물들에서 한 걸음 더 나아간 인물이다. 「헨리 5세」를 문제극의 일종이나 문제극으로 나아가는 전환적인 작품으로 보는 일부 비평적 흐름은 이러한 맥락 위에 있다.

서곡으로 등장한 첫 번째 코러스는 1막의 내용이 아니라 극의 전체 내용을 개괄하는 서술자의 성격을 보인다. 전체 33행에 걸쳐서 코러스는 매우 과장되고 장중한 서사시의 문체로 작품이 다룰 실제 내용과 극적 재현의 한계로 인한 차이를 강조하며 관객들에게 상상력을 작동시킬 것을 부탁한다.

가장 빛나는 창작의 천상에 오르는 불의 뮤즈여,
무대를 위한 왕국과 연기할 군주들과
거대한 장면을 바라볼 왕들을
보내 주소서.
그러면 용사다운 해리 왕은 그답게

마르스 신의 자태를 취하게 될 것이며 그의 발치에

(끈에 묶인 사냥개들처럼) 기근과 칼과 불이 끓어앉아

명령을 기다릴 것입니다. 그러나 한결같은 양반님네들이

보잘것없는 나무 무대 위에 이 엄청난 내용을

감히 담아내려 한 이들 신들리지 않은 영혼들을

용서하소서. 이 조그마한 둥근 무대가

광대한 프랑스 벌판을 담아 낼 수 있을까요? 아니, 우리가

이 목재 원형 통 안에 아쟁쿠르의 대기를 떨게 한

바로 그 투구들을 가득 채울 수 있을까요?

여러분의 생각으로 우리의 부족함을 채워 주시오.

한 사람을 천 명으로 나누어

상상의 군대를 만들어 주시오.

우리의 왕들을 치장하고

그들을 이곳저곳으로 이동시키며

시간을 뛰어넘어 수년 동안의 치적들을

모래시계로 바꿔 놓는 것은 바로 여러분들의 상상입니다.

이 일을 충당할 수 있도록

저를 이 이야기의 코러스로 받아 주시오, 저는 서곡처럼

여러분들이 인내심을 발휘하셔서

양반답게 들어 주시고

우리의 극을 너그럽게 평가해 주시기를 바라나이다.

O for a muse of fire, that would ascend

The brightest heaven of invention,

A kingdom for a stage, princes to act,

And monarchs to behold the swelling scene.

Then would the warlike harry, like himself,

Assume the port of Mars, and at his heels

(Leashed in, like hounds) should famine, sword and fire

Crouch for employment. But pardon, gentles all,

The flat unraised spirits, that hath dared,

On this unworthy scaffold, to bring forth

So great an object. Can this cockpit hold

The vasty fields of France? Or may we cram

Within this wooden O the very casques

That did affright the air at Agincourt?

Piece out our imperfections with your thoughts.

Into a thousand parts divide one man,

And make imaginary puissance.

Think when we talk of horses that you see them

Printing their proud hooves i'the'receiving earth,

For 'tis your thoughts that now must deck our kings,

Carry them here and there, jumping o'er times,

Turning th'accomplishments of many years

Into an hour-glass. For the which supply

Admit me Chorus to this history,

Who, Prologue-like, your humble patience pray,

Gently to hear, kindly to judge our play. (1.0.1~35)

서사시의 기원 형식을 빌려 앞으로 전개될 작품의 내용이 서사시의 영웅담에 못지않을 것임을 암시하는 코러스는, 과장된 어휘와 동명사의 빈번한 사용을 통해 관객들의 관심과 기대를 전쟁극의 전개에 집중시키며 작품의 정점이 아쟁쿠르 전투가 될 것임을 특히 강조한다. 코러스의 설명에 따르면 이 작품은 헨리의 전쟁 승리로 인한 민족적 자긍심의 고취와 민족주의의 승리를 찬양하는 것을 목표로 할 것이다. 이 헨리 왕의 후예들을 한결같이 양반으로 격상시키는 것은 상투적인 아첨을 넘어 민족적 우월주의의 표현이다. 존스G. P. Jones는 이곳에서 반복적으로 사용된 〈양반들〉, 〈양반답게〉 같은 표현을 놓고 이 작품이 1599년 글로브 극장이 아니라 1601년 1월 초에서 1605년 2월 사이의 어느 시점에 제임스 1세의 왕궁에서 공연된 것이라고 주장한다. 따라서 코러스가 말하는 〈양반들〉이란 진짜 궁정의 귀족 관객들을 지칭하고 있다는 것이다. 그에 따르면, 〈조그마한 둥근 무대〉는 제임스 왕궁의 소연회실을 의미하며, 관객들로 하여금 〈앉아서 들어 달라〉는 코러스의 주문은 왕실의 사설 극장을 염두에 둔 것이다. 과장된 코러스의 언어 표현 역시 아첨에 능한 궁중 조신의 전형적인 그것이라는 것이다. 그에 따르면 이 작품은 또한 직접 제임스 왕 앞에서 공연된 것이 아니라 왕이 사냥으로 오랫동안 궁정을 비운 사이 황태자인 헨리 왕자 앞에서 공연된 것으로 같은 이름의 헨리 왕자에 대한 칭찬과 기대를 겸한 일종의 궁중 가면극이다(93~104). 그러나 5막에서 아일랜드 원정에서 돌아온 에섹스Essex 백작과 엘리자베스 여왕이 묘사되고, 또한 나무로 만든 8각형 원형 건물, 배우들의 초라한 차림, 무대 장면의 조야함 등이 직접적으로 언급되는 점으로 보아 그의 주장에는 설득력이 부족하다.

이 작품에서 코러스는 사실적인 재현의 어려움이 수반되는 서사적 규모의 영웅극에 초점을 두고 있음을 강조함으로써 희극적인 부차적 구성을 전적으로 배제한다. 또한 헨리가 카트린 공주에게 구혼하는 모습을 희극적으로 그리고 있는 5막이 극의 통일성에서 벗어나 있음을 간접적으로 암시하기도 한다. 코러스는 전쟁을 사냥에 비유하여 살육과 방화, 기근이 난무하는 전쟁이 일종의 귀족 스포츠임을 은연중 암시한다. 이런 맥락에서 보면 카트린에 대한 헨리 왕의 구혼은 구혼의 형식을 띠고 있기는 하지만 전쟁 포획물에 대한 소유권 주장에 다름 아니며, 그녀가 시녀 앨리스Alice와 같이 하는 영어 교습(3.5)은 신체 부분을 낱낱이 거론함으로써 마치 사냥개가 포획한 사냥감을 뜯어먹는 과정을 연상시킴으로써 여성의 육체가 남성 폭력의 희생물이 되는 과정을 상징하고 있다. 코러스는 왕궁의 성벽을 인체의 허리에 비유하는데, 성벽에 구멍을 내고 성벽을 허무는 중세의 전쟁은 중세의 로맨스에서 빈번하게 볼 수 있듯이 여성의 몸을 폭력적으로 정복하는 것과 유비 관계를 이루고 있다. 따라서 코러스가 주장하는 영웅극이 코러스가 애써 배제하고 있는 희극적인 결혼 이야기로 마무리되는 것은, 헨리 왕의 영웅적 행동이 어디까지가 공적인 명예심에서 기인한 것이고 어디까지가 개인적인 욕망에서 빚어진 것인지 그 구분 자체를 희석시키는 효과를 가져다준다. 반복적으로 사실

극의 한계를 주장하는 코러스는 관객의 생각과 상상력의 발휘를 호소함으로써 아이러니하게도 그의 의도와는 달리 관객의 비판적 참여를 유도하고 있다.

시공간의 제약을 지닌 연극이 관객의 공감적 상상력에 의존한다는 점은 이곳 코러스의 새로운 주장은 아니며, 이미 「한여름 밤의 꿈」에서 언급된 바 있다. 아테네 장인들의 엉터리 연극을 비판하는 히폴리타 Hippolyta에게 테세우스Theseus 왕은 〈상상력으로 연극의 불완전을 메우면 그 불완전이 문제될 것 없다〉고 말한다. 그러나 셰익스피어가 이곳에서 군이 상상력으로 연극의 불완전을 채워 달라는 주문을 관객들에게 하는 이유는, 당대의 시인이자 정치가인 필립 시드니 경Sir Philip Sidney (1554~1586)의 비판을 의식한 결과이다. 시드니는 연극의 지나친 자유분방함과 장르의 혼합에 대해 비판했다. 그는 고전주의자의 입장에서 당대 영국의 극들에 나타나는 삼일치 법칙의 파괴, 예컨대 1막의 갓난아이가 5막에서 백발노인으로 등장하는 경우 등을 비난하며 비극과 희극의 혼합과 같은 장르의 혼합을 문자 그대로 혈통의 혼합에 비견하여 비판했는데, 셰익스피어의 다분히 변호적인 반응은 이와 무관하지 않다. 그러나 셰익스피어가 관객의 상상력에 호소하는 것은 단지 이러한 소극적인 변호에 그치는 것이 아니라 관객의 상상력을 작가의 위치에 올려놓고 극을 재구성하고 평가하는 적극적인 것으로 격상시킴으로써 이를 통해서 역사극, 나아가 역사극이 그리고 있는 역사 자체에 대한 독자적인 가치 판단을 주문하고 있다는 점에서 의미가 크다.

1막 1장부터 셰익스피어는 이 작품이 코러스가 말하는 것처럼 서사적 영웅극으로 일관하는 깔끔한 구성으로 되어 있지는 않다는 점을 드러낸다. 헨리 왕의 프랑스 원정 이전에 캔터베리 주교와 엘리Ely 주교의 대화를 보여 줌으로써 헨리의 정복 전쟁이 매우 복잡한 정치적 계산의 소산임을 보여 주는 것이다. 다시 말해서 셰익스피어는 인간의 행위가 단일한 동기에서가 아니라 다양한 원인들이 결합된 복합물임을 여러 인물들의 시각의 충돌을 통해서 다각적으로 나타낸다. 성직자들은 헨리의 프랑스 원정에 정당성을 부여하며 이를 부추기는데, 그들이 내세우는 명분은 프랑스의 살릭 법Salic Law, 즉 모계 혈통에 의존한 왕권 계승을 불허한 프랑스의 법이 부당하다는 것이다. 그러나 이들의 행동 뒤에는 하원에서 제출한 교회 재산에 대한 과세를 전쟁이라는 긴급 상황을 통해서 모면하려는 계산이 깔려 있다. 「존 왕」이나 「헨리 8세」에 잘 드러나듯이 고위 성직자들은 정치를 종교의 이름으로 정당화하는 정치가들이며, 이런 점에서 노련한 마키아벨리의 후예들이다. 1막의 성직자들이 극 중에 다시 등장하지 않고 사라져 버리는 것은 전쟁을 통해 자신들의 목적이 달성되었음을 의미함과 동시에, 헨리의 왕권이 전쟁이라는 비상수단을 통해서 종교의 추인을 더 이상 받지 않아도 된다는 사실을 암시한다.

헨리 왕은 프랑스 원정으로 자신의 왕권을 강화하려는 야심을 종교의 지원을 받아 정당화한다. 국내의 정치적 불안과 불만을 해외 원정을 통해서 제압하라는 선왕의 유언(「헨리 4세」 2부, 4.3.340~343)을 헨리 왕은 프랑스 원정으로 실천에 옮기고 있다. 예루살렘 원정이라는 꿈을 실현하지 못하고 죽은 아버지의 과거를 헨리 5세 역시 답습하고 있으며, 카트린과 결혼으로 얻은 아들을 통해서 터키의 이교도들을 정벌하겠다는 그의 꿈역시 염원으로만 남는다. 랭커스터 가문의 왕들이 품은 십자군 원정의 꿈이 하나같이 다 유산되는 것은, 그들의 전쟁이 신앙과 관련된 희생적인 것과는 거리가 멀며 정치적 야심과 개인적 욕망의 결과임을 보여 준다.

셰익스피어는 에드워드 3세의 증손자임을 내세워 프랑스 영토에 대한 소유권을 주장하는 헨리 왕이 교회의 지원을 등에 업고 원정을 결정한 이후에 프랑스 사신을 통해서 프랑스 왕자 도팽Dauphin으로부터 개인적인 모욕을 받지만, 그의 전쟁 결심은 개인적인 모욕과는 거리가 있음을 역시 강조한다. 헨리 자신이 말하듯이 그는 이미 폴스타프 일파와 어울리던 욕망의 노예가 아니다. 그런데도 도팽이 자신에게 한 통의 테니스공을 보내 어린아이 취급하는 모욕을 보인 것은 과거의 자신과 현재의 자신을 분리하지 못하고 혼동한 데서 비롯한 것이다. 그러나 다른 한편 프랑스에 대한 영유권을 주장하는 와중에 이미 프랑스의 답변과는 상관없이 헨리가 독자적으로 전쟁을 계획하고 있음을 보여 줌으로써 셰익스피어는 그가 매우 기만적이며 연극 놀이에 능한 정치가임을 암시한다. 과거의 자신을 버리고 완전히 변했다는 헨리 자신과 엘리 주교의 발언에도 불구하고 헨리가 프랑스 사신에게 말하듯이 그는 여전히 구름 뒤에 숨어 있다가 갑자기 나타나 사람들의 시선을 끌며 놀라게 하겠다는 연극 놀이를 계속하고 있다(1.2.275~280). 폴스타프가 헨리의 마음을 잘못 읽은 결과로 죽음에 이른다면, 도팽은 헨리의 연극 놀이를 잘못 해석하여 죽음에 이른다. 둘 다 연극적 상상력의 한계 때문에 비극을 맞은 인물들이다. 코러스가 헨리 자신이 말하는 헨리의 영웅적인 모습을 강조하는 것과 달리 헨리 주변 인물들의 다양한 반응을 통해서 작가는 헨리의 다면성을 드러내고 처음부터 코러스의 한계를 지적한다. 헨리의 자기 통제력은 정치적 미덕이면서 다른 한편으로는 그의 연극적 기질을 강조하는 속성이며 자신의 속내를 쉽게 드러내지 않는 그의 불투명성의 표상이기도 하다. 셰익스피어의 극작술의 특징이 다면 거울과 같은 것이라면 코러스는 일면의 평면거울이다.

2막의 코러스 역시 1막의 코러스와 마찬가지로 헨리의 프랑스 원정을 앞둔 영국의 일치단결을 강조한다. 그러나 서댐튼Southampton 모반 사건에 대한 코러스의 언급으로, 통일에 대한 강조는 지나친 과장과 시기상조임이 드러난다. 모반 음모 역시 케임브리지 백작 일파가 프랑스의 돈에 매수된 도덕적 타락에 근거한 것으로 그 정치적 의미가 간과되고 있다. 2막의 3분의 2에 해당하는 이스트칩 일파의 희극을 전혀 언급하지 않음으로써 애국심에 대한 코러스의 지나친 강조가 사실은 매우 제한적인 것으로 나타난다. 왕권을 공고히 하기 위한 대외 전쟁에 대한 백성들의 저항은 사실 왕의 사촌인 케임브리지 백작으로부터 피스톨에 이르기까지 폭넓게 퍼져 있다.

이제 영국의 모든 젊은이들은 분기 충천하여

비단 무도복은 옷장에서 자고 있다.

이제 갑옷 장수들이 살판났고, 명예심만이

각 사람의 가슴에 꽉 차 있을 뿐이다.

사람들은 목초지를 팔아 이제 말을 사서

모든 기독교인 왕의 귀감을 따른다.

영국의 머큐리로 발뒤꿈치에 날개를 달고서.

이제 큰 기대가 하늘에 충만하고,

해리와 그의 추종자들에게 약속된

왕관 꽃과 크고 작은 왕관들로

칼끝에서 손잡이까지 칼을 온통 가린다.

날렵한 첩자로부터 이 무서운 준비 소식을

전해 들은 프랑스 사람들은

두려움에 떨고 창백한 책략으로

영국의 목적을 흩트리려 한다.

(……)

그러나 보라, 프랑스가 그대 가운데서 발견한 그대의 틈새

한 무리의 속 빈 사람들, 프랑스 왕은 이자들의 속을

모반의 금화로 채운다. 이들 타락한 세 사람

첫째가 케임브리지 백작 리처드,

둘째가 마샴의 스크룹 경 헨리,

셋째가 노섬벌랜드의 토머스 그레이로

프랑스의 금화가 탐이 나서(아, 진정 죄악이로다)

두려움에 찬 프랑스 왕과 모반을 약속했다.

그들의 손에 은총을 입은 우리의 왕은 틀림없이 죽었으리라,

지옥 같은 모반이 그들의 약속을 지지했다

왕이 프랑스로 항해하기 전 사우샘프턴에 계실 때.

여러분들, 조금만 더 참아 주시오, 그러면 우리가

그 먼 거리를 좁혀서 알찬 연극을 올리겠나이다.

대가는 치러졌고, 모반자들도 수긍했습니다.

왕은 런던에서 출발하셨고 이제 장면은

자, 사우샘프턴으로 옮겨 갑니다, 여러 양반님네들.

이제 극장은 그곳에 있고, 여러분들은 그곳에 앉아 계십니다.

그곳에서부터 프랑스로 우리들이 여러분들을 안전하게
모시고 갔다 오겠습니다. 주문을 걸어 해협을 잠재우고
여러분들을 편안하게 건너가게 해드리겠습니다.
가급적이면 여러분들 중 한 분이라도 우리의 연극으로
비위가 상하지 않도록 할 요량이니까요.
그러나 왕이 등장하실 때까지만, 그때까지만
사우샘프턴으로 우리의 장면을 돌리겠습니다.

Now all the youth of England are on fire
And silken dalliance in the wardrobe lies.
Now thrive the armourers, and honour's thought
Reigns solely in the breast of every men.
They sell the pasture now to buy the horse,
Following the mirror of all Christian kings
With winged heels, as English Mercuries.
For now sits expectation in the air,
And hides a sword from hilts unto the point
With crowns imperial, crowns and coronets
Promised to Harry and his followers.
The French, advised by good intelligence
Of this most dreadful preparation,
Shake in their fear, and with pale policy
Seek to divert the English purposes.

(……)

But see, thy fault France hath in thee found out,

A nest of hollow bosoms, which he fills

With treacherous crowns, and three corrupted men —

One, Richard, Earl of Cambridge, and the second

Henry, Lord Scroop of Masham, and the third

Sir Thomas Gray, knight of Northumberland —

Have for the gilt of France(oh, guilt indeed)

Confirmed conspiracy with fearful France,

And by their hands this grace of kings must die,

If hell and treason hold their promise,

Ere he take ship for France, and in Southampton.

Linger your patience on, and we'll digest

Th'abuse of distance, force perforce a play.

The sum is paid, the traitors are agreed,

The king is set from London, and the scene

Is now transported, gentles, to Southampton.

There is the playhouse now, there must you sit,

And thence to France shall we convey you safe

And bring you back, charming the narrow seas

To give you gentle pass, for if we may

We'll not offend one stomach with our play.

But when the king come forth, and not till then,

Unto Southampton do we shift our scene. (2.0.1~42)

2막의 코러스도 극의 중심 사건이 프랑스 원정의 승리에 있음을 인정하고 아직 무대가 프랑스로 옮겨 가지 않은 채 영국에 머무는 데 조바심이 난 관객들에게 조금만 더 참아 달라고 부탁한다. 1막의 코러스처럼 언어는 여전히 과장되고 서사시적 비유들을 사용하고 있지만, 앞에서와 달리 이곳의 코러스는 관객들에게 상상력을 동원해서 연극의 불완전함을 채워 달라는 부탁은 하지 않는다. 다시 말해서 2막의 전개는 아직 전쟁 장면과는 거리가 멀고 전쟁을 앞둔 상황에서 발생한 서댐튼 모반 사건에 치중될 것임을 코러스는 암시한다. 이런 이유로 왕이 런던을 출발했으니 곧바로 도버 해협을 건너 프랑스 땅으로 무대를 옮기겠다고 전쟁 장면을 기다리는 관객들에게 약속해 놓고, 마지막에 다시 서댐튼에 머물게 됨을 관객들에게 양해를 구하고 있다. 전쟁에 참여하고 싶어 안달이 난 영국의 젊은이들과 마찬가지로 온 영국의 하늘에 승전에 대한 큰 기대가 충만해 있다면, 극 무대에서 이 전쟁의 재현을 다시 경험하고 싶어 안달하는 관객들에게 코러스는 아직 2막에서 무대가 사우샘프턴에 머물게 됨을 변명하는 것이다. 41~42행의 문법적으로 부자연스러운 문장은 〈왕이 등장하실 때까지만, 단지 그때까지만 무대를 서댐튼이 아닌 다른 곳으로 옮기겠습니다〉라고 해야 의미상 정상적인 문장이 된다. 그러나 이 거친 문장은 나중에 끼워 넣은 개작의 결과라기보다는 관객의 기대를 저버린 변명에 대한 코러스의 머뭇거림의 표현이다. 코러스 역시 프랑스의 아르플뢰르Harfleur 성 함락과 아쟁쿠르의 대승을 보고 싶어 하는 관객들의 조바심에 편승하여 프랑스 진영에서의 전투 장면에 극의 초점을 모으고 있으며, 여기에 이르는 길에 방해가 되는 사건들을 가급적 간과하거나 이 방해물들의 의미를 축소하려는 마음을 앞세운다. 이러한 조바심 때문에 코러스는 잉글랜드군의 출정 장소인 사우샘프턴에 집중한 나머지 다른 장소들의 필요성을 머뭇거리는 말로 간과하려 한 것이며, 마지막 2행은 코러스의 이러한 복합 심리를 통해서 극의 충돌 지점을 드러낸다.

코러스는 영국의 젊은이들이 애국심에 불타서 전부 전쟁에 참여하고 싶어 한다고 말하며 민족적 통일을 강조하지만, 현실적으로 이스트칩 일파의 프랑스 원정은 애국심과는 거리가 먼 일종의 약탈 사업의 연장이다. 코러스는 헨리 왕과 그의 추종자들에게 왕관으로 칼을 뒤덮을 영광이 약속되어 있다고 주장하는데, 이 주장은 실제로 전장에서 피스톨에 의해 패러디의 대상으로 전락한다. 아쟁쿠르 전투에서 폴스타프의 아류인 피스톨은 프랑스 군인인 르 페르Le Fer를 포로로 잡아 목을 베겠다고 위협한 후 2백 크라운의 돈을 받고 그를 풀어 준다(4.4.). 「헨리 5세」의 원형 중 하나인 「헨리 5세의 유명한 승리들」(1586) 17장의 에피소드는, 영국 광대인 데릭이 프랑스군의 포로가 되자 칼을 온통 금화로 덮어 주겠다고 속여 프랑스 군인이 칼을 내려놓자 그 칼을 휘둘러 프랑스 군인을 도망치게 만드는 소극이다(17.59~60). 코러스가 말하는 금관으로 덮인 칼은 이 소극을 영웅적인 모습으로 바꿔 놓는다.

헨리의 위업을, 칼에 세 개의 왕관을 걸고 있는 에드워드 3세의 모습에 비유함으로써 코러스는 헨리를 영국의 옛 영광을 되찾는 민족적 영웅으로 극화하고 있다. 그러나 그 영웅적 찬사는 다시 피스톨에 의해서 그 의미가 전복된다. 코러스가 말하는 〈칼을 뒤덮을 왕관과 승리의 영광〉은, 피스톨 같은 군인들에게는 금화를 의미할 뿐이다. 피스톨이 전쟁에 참여한 것은 진중 주보가 되어 음식을 팔아 이익을 챙기기 위함이다 (2.1.88~89). 피스톨 일파가 출정하는 목적은, 명예가 아니라 〈말 진드기처럼 피를 빨아먹는 것〉이다(2.3.43~44). 헨리의 프랑스 전쟁이 왕권의 강화와 명예의 추구라는 추상적 가치와는 달리 실제로는 왕실의 부를 획득하기 위한 약탈 전쟁임을 피스톨의 패러디가 보여 주는 것이다. 이 점은 변장한 헨리 왕과 병사 윌리엄스가 대결 직전까지 언쟁하는 모습에서 더욱 강조된다. 코러스의 주장과 달리 2막 1장은 서댐튼이 아니라 런던의 이스트칩에 머물고 있다. 그곳 퀵클리 부인의 술집에서 폴스타프는 열병에 걸려 죽어 가고 있는데, 피스톨과 님Nym의 설명에 따르면 폴스타프가 병이 난 것은 〈왕이 그의 나쁜 담액들을 폴스타프에게 내보냈기〉(2.1.97) 때문이다. 코러스가 헨리를 〈모든 기독교인 왕의 귀감〉이라고 묘사한 것과는 달리 이스트칩 일파에 비친 헨리의 모습은 자비와는 거리가 먼 것이다. 코러스는 이스트칩 장면을 전혀 언급하지 않음으로써 개심한 헨리의 새로운 모습을 의도적으로 강조하지만, 그 설명과는 달리 셰익스피어는 2막의 시작을 이스트칩으로 설정함으로써 코러스의 묘사와 다른 헨리의 모습을 병치시킨다. 왕을 화려하게 치장하는 것이 코러스가 요구하는 관객의 상상력이라면, 그의 치장을 벗겨 내고 그 실체를 재구성하는 것 역시 관객의 상상력과 사고의 몫이다.

코러스는 왕권의 정통성과 정치적 안정을 강조하기 위해서 사우샘프턴 모반을 왕 주변 귀족들의 탐욕에서 비롯한 사건으로 처리하고 있다. 코러스는 도덕적으로 타락한 귀족들이 프랑스 왕에게 매수되어 헨리 왕을 출정 전에 제거하려는 죄를 범한 것으로 비난하는데, 그 말처럼 번쩍

이는 금화에 대한 탐욕이 진정한 죄라면 탐욕의 죄는 헨리에게도 해당된다. 역사적으로 케임브리지 백작의 반란은 리처드 2세의 후계자로 지목된 에드먼드 모티머를 웨일스 지방으로 끌어들여 그를 왕위에 앉히고, 퍼시 가문의 기반인 스코틀랜드 지방의 봉기를 유도해서 헨리 볼링브루크에게 찬탈당한 왕권을 복원시키겠다는 계획에서 비롯한 정변이었다. 이들이 왕과 그 가족을 모두 살해하여 대를 끊어 놓겠다고 계획했다는 주장은 대역죄를 부과하여 이들을 처형하려는 의도에서 나온 것으로, 국왕 시해 계획은 역사적으로 불분명한 부분이다. 거사의 성공 여부를 확신하지 못한 에드먼드 모티머의 밀고로 발각된 이 모반의 주도자들인 케임브리지 백작과 토머스 그레이 경, 왕의 측근이자 친구인 스크룹 경은 헨리 왕의 동생인 클레런스Clarence 공작이 주도한 20인의 귀족들로 구성된 배심원들에 의해서 모두 사형을 선고받고 토머스 그레이 경은 1415년 8월 2일에, 케임브리지 백작과 스크룹 경은 8월 5일에 각각 참수되었다. 7월 31일 체포된 지 불과 며칠 만의 처형이었다. 같은 해 11월에 소집된 의회에서는 이들의 재판과 처형이 정당했음을 확인하는데, 이것은 이들의 처형에 대한 정당성이 백성들 사이에 의문시되었으며, 재판이 서둘러 진행되었다는 사실을 방증한다. 서댐튼 모반을 연구한 토머스 푸Thomas Pugh는 이 모반 사건을 계속해서 〈신비한, 기괴한, 수수께끼 같고 거의 설명할 수 없는〉(51) 사건이라고 기술하고 있는데, 그만큼 모반의 가담자였던 마치 백작, 에드먼드의 밀고와 음모자들의 자백에만 의존한 일종의 급조된 사건이라는 인상이 짙다. 헨리는 이들의 재판을 서둘러 진행함으로써 그 결과 자신의 출정에 필요한 군자금을 확보하려는 계산된 의도도 가지고 있었다.

케임브리지 백작의 손자인 에드워드 4세 치하에서 처음으로 소집된 의회는(1461년 11월) 케임브리지 백작의 기소와 처형이 정당한 과정을 거치지도 않았고 불법적이었음을 들어 과거의 기소를 모두 취소했다(Pugh 131). 이는 법에 의한 정의 개념이 역사적 상황에 의존하고 있음을 보여 주며, 역사 기술 역시 문학 작품과 마찬가지로 선택과 배제의 과정에 의존하는 서사적 텍스트 기술의 일종임을 의미한다. 이렇듯 셰익스피어가 관객의 상상력에 의한 역사 재현의 참여를 요청하는 것은 곧 역사의 속성을 관객들로 하여금 비판적으로 해석해 달라는 주문이다. 서댐튼 음모 사건의 의미를 애써 축소하고 있는 코러스는 왕의 입장에서 역사를 기술하는 역사가이며, 이런 의미에서 셰익스피어가 아니라 헨리를 대변하는 인물이다.

서댐튼 사건은 장미 전쟁의 시발점이기도 하다. 한 세대 이후 케임브리지 백작의 아들인 요크 공작 리처드가 요크 가문의 반란을 주도했고 결국 1460년 튜크스베리Tewkesbury 전투에서 헨리 6세가 패하여 런던 탑에 갇힘으로써 요크 가문에 왕권이 넘어가게 된다. 「헨리 5세」에 앞서 이미 「헨리 6세」 삼부작과 「리처드 3세」를 관람한 관객들에게 코러스의 의도적인 은폐나 의미 축소는 오히려 의구심을 자아내기에 충분하다. 앤서니 브레넌Anthony Brennan의 지적처럼 〈전 작품에 걸쳐서 코러스는 적을 공격하기에 혈안이 되어 있는 강력한 국가라는 시적 비전에 저항하는 세계를 전혀 모르고 있음을 보여 준다〉(44). 1414년에 있었던 존 올드캐슬 경이 주도한 롤라드Lollard 일파의 반란 또한 통일된 태평성대의 이미지를 해치는 봉기 중 하나이다. 빌려 간 돈을 갚으라고 피스톨과 언쟁하다 칼을 빼 들고 싸우는 님과 피스톨의 결투나, 왕권을 다 내놓으라고 프랑스 왕과 싸우는 헨리의 전쟁이나, 서로 규모나 명분이 다를 뿐이지 본질적으로는 비슷한 것이다. 코러스가 언급하지 않은 이스트칩의 세계는 강력한 왕국에 대한 이상과는 별개의 세계로 계속 남아 있으며, 이런 측면에서 국가 질서에 대한 봉기적인 요소로 남는다.

코러스는 헨리의 영웅적 치적을 그리기 위해서 관객의 기대를 프랑스 전쟁에 붙들어 두고 있지만 정작 3막에서도 전쟁 장면은 없다. 코러스는 오히려 관객의 기대를 불러일으켜 놓고 이를 저버리는, 즉 코러스의 말과 극 행위 간의 괴리를 통해서 극적 아이러니를 가져오는 쪽으로 작용한다. 3막의 코러스 역시 전체 35행에 이르는 서사 중 단지 9행 반에 이르는 분량만을 아르플뢰르 성 포위 장면의 묘사에 할애할 뿐이다. 코러스는 여전히 헨리를 영웅으로 묘사하는 데 치중하지만, 2막에서처럼 그의 모습은 주변 인물들의 다른 반응을 통해서 굴절을 보인다.

이처럼 상상의 날개를 달고 우리의 무대 장면은
생각만큼이나 빠르게 날아 갑자기 달라집니다.
햄프턴 피어에서 잘 정돈된 왕의 군대가 출항하고
아침 태양이 왕의 훌륭한 함대를 비단 깃발로
부채질하고 있음을 여러분들이
보신다고 상상하십시오.
상상의 날개를 펴고 동아줄을 기어 올라가고 있는
배의 소년들을 바라보십시오.
(……)
왕의 위풍당당한 선대는 아르플뢰르를 바로 향하고

있는 것처럼 보이니까요. 따라가세요, 따라가요!

여러분들의 마음을 이 해군의 후미에 붙들어 매시고

한창 힘들 때가 지났거나 아직 여기 이르지 못한

노인들과 어린아이들과 노파들만이 지키고 있는

한밤중처럼 쥐죽은 듯 고요한 고국 잉글랜드를 떠나십시오.

턱에 수염이 한 오라기라도 난 사람치고 그 누가

이 선발되고 엄선된 기마대를 따라

프랑스로 가지 않으려 하겠습니까?

여러분들의 상상력을 거듭해서 발동하시어 포위 장면을 보십시오.

허리띠처럼 성벽을 두른 아르플뢰르를 향하여

죽음의 아가리를 벌리고 포대에 실려 있는 대포들을 보십시오.

프랑스에 갔던 사신이 돌아와서

해리에게 프랑스 왕이 카트린 공주와 함께 지참금으로

몇몇 왜소하고 실속 없는 공국들을 바치겠다는 제안을 했다고

보고하고 있다고 상상해 보십시오.

그러나 왕은 이 제안을 맘에 들어 하지 않고 날렵한 화포병은

이제 불 막대로 그 무시무시한 대포에 불을 붙입니다.

그러자 전면의 것들이 다 박살이 납니다. 계속해서 점잖게 계시고

우리들의 공연을 여러분들의 마음으로 매워 주십시오.

Thus with imagined wing our swift scene flies

In motion of no less celerity

Than that of thought. Suppose that you have seen

The well-appointed king at Hampton Pier

Embark his royalty, and his brave fleet

With silken streamers the young Phoebus feigning.

Play with your fancies, and in them behold

Upon the hempen tackle ship-boys climbing.

(......)

For so appears this fleet majestical,

Holding due course to Harfleur. Follow, follow!

Grapple your minds to sternage of this navy,

And leave your England as dead midnight, still,

Guarded with grandsires, babies and old women,

Either past or not arrived to pith and puissance.

For who is he whose chin is but enriched

With one appearing hair that will not follow

These culled and choice-drawn cavaliers to France?

Work, work your thoughts, and therein see a siege.

Behold the ordnance on their carriages

With fatal mouths gaping on girdled Harfleur.

Suppose th'ambassador from the French comes back,

Tells Harry that the king doth offer him

Katherine his daughter, and with her to dowry

Some petty and unprofitable dukedoms.

The offer likes not, and the nimble gunner

With linstock now the devilish cannon touches

And down goes all before them. Still be kind,

And eke out our performance with your mind. (3.0.1~35)

이미 2막의 코러스가 약속했던, 도버 해협을 건너 프랑스 땅으로 무대를 옮기는 것을 여기서 반복해서 설명하고 있다. 2막 마지막에 프랑스 궁정에 사신으로 파견된 엑서터Exeter의 말을 통해서 우리는 헨리 왕이 이미 프랑스 땅에 상륙했음을 알고 있다. 코러스의 설명을 통해서 우리는 3막의 중심인 아르플뢰르 성에 대한 치열한 공격과 포위가 극 중에서 실현될 것을 기대하지만, 실제로 전투는 전혀 일어나지 않고 포위와 항복이 뒤따를 뿐이다. 코러스의 설명은 여전히 관객의 기대를 저버린다. 3막의 코러스는 2막의 코러스와 마찬가지로, 영국의 젊은이들이 하나도 남김 없이 프랑스 원정에 참여함으로써 정작 잉글랜드에는 노인이나 어린아이들만 남아 있다고 과장하는데, 이 말은 아쟁쿠르 전투를 앞두고 웨스트모어랜드 공작이 〈오늘 전쟁에 참가하지 않고 잉글랜드에 남아 있는 사람들 중에서 만 명에 한 명씩이라도 이곳에 있다면 얼마나 좋겠습니까〉(4.3.16~18) 하고 자신들의 수적 열세를 한탄하는 대목에서 거짓으로 드러난다. 코러스의 말처럼 영국의 원정대가 엄선된 군인들이라면 선발되지 못한 젊은이들이 남아 있기 마련이며, 모든 젊은이들이 다 출정했다면 이는 엄선된 군인이 아니다. 이미 2막 1장과 3장에서 보았듯이 바돌프와 님, 피스톨을 엄선된 군인들이라고 부를 수는 없을 것이다. 이들이 명예를 위해서 초지를 팔아 말을 사서 전투에 참가한 인물들은 더더욱 아니다. 코러스의 애국적 열정과 서사적이고 과장된 언어는 제한된

극의 재현과 현저한 괴리를 보임으로써 관객들로 하여금 그의 묘사와 설명의 신뢰성을 의심하게 한다. 1막의 코러스와 마찬가지로 이곳의 코러스 역시 관객들로 하여금 최대한 상상력을 발휘해서 연극의 한계를 극복해 달라고 부탁하는데, 〈여러분들의 상상력을 거듭해서 발동해〉 달라는 그의 요청은 사실 작가의 연극적 상상력과 다른 것이 아니다. 작가의 상상력에 버금가는 관객들의 상상력을 통해서 역사적 사실을 재구성하는 작업은 역사에 대한 재해석 과정과 맞물려 있으며, 역사의 재구성을 통해서 셰익스피어는 그의 역사극 안에서 코러스로 상징되는 기존 역사 서술의 한계를 들추어내고 있다.

코러스의 서사·설명과 극 행위 사이의 간극은 역사적 사실이나 행동들이 사실은 언어적 구성에 불과하며, 이 언어적 구성을 해석자(관객)의 공감적 상상력이라는 용광로를 통해서 구체화하고 재구성하지 않는 한 재현 불가능한 죽은 것임을 셰익스피어는 암시한다. 따라서 코러스가 계속 관객들을 한결같이 〈양반들〉이라고 추켜세우는 것을 단지 아첨에 불과하다고는 볼 수 없다. 헨리 왕은 전투에 참여한 자신의 병사들을 모두 〈귀족 양반들〉이라고 부르는데, 셰익스피어는 헨리의 병사들이 벌이는 과거의 역사적 전투에 연극을 통해서 동참하고 있는 자신의 관객들 역시 〈양반들〉이라고 부른다. 셰익스피어는 헨리의 원정과 이를 재구성하는 자신의 작업을 유사한 것으로 생각한 것이다. 따라서 3막 1장에서 헨리가 〈사랑하는 친구들이여, 다시 한 번, 한 번 더 결전장으로 나아가자〉고 외치는 소리는 역사극의 열기가 식어 가는 시점에서 다시 역사극에 도전하는 작가의 외침처럼 들린다. 34행에 이르는 3막 1장 헨리의 격문은 시어와 이미지, 문체에 있어서 이곳의 코러스뿐만 아니라 1막의 코러스와 매우 흡사하다. 코러스는 헨리의 대변인이다.

　그러나 코러스와 헨리의 언어는 곧이어 3막 2장에서 이스트칩 일파에 의해서 희화화된다. 술에 절어 코가 붉은 바돌프가 동료인 님과 피스톨에게 다시 결전장으로 나아가자고 외치는 것은 헨리의 언어를 비아냥거리는 〈의사*pseudo*〉 서사시이며, 그들의 참전 목적이 약탈과 축재에 있음을 우리가 알고 있는 이상 이들의 외침은 최고조에 오르려는 서사시의 뮤즈를 지상의 현실에 붙잡아 두기에 충분하다. 「헨리 4세」 2부에서 돼지새끼로 묘사된 바 있는, 폴스타프의 시동 소년은 전쟁터가 아니라 런던의 술집을 그리워하며 〈안전하게 술 한 통 마실 수 있다면 내 모든 명성을 다 주겠다〉고 말한다. 이 말은 1485년 보스워스Bosworth 전투에서 리처드 3세가 왕국을 내줄 테니 말 한 필 달라고 했던 외침을 패러디한 것으로, 코러스가 말한 애국적 열기와 전투장의 현실은 차이가 있음을 보여 준다. 피스톨 일당은 전쟁의 영웅적인 모습을 파괴하며 적나라한 현실을 들추어내는 브레히트 서사극의 인물들이다. 피스톨 일파가 통일된 잉글랜드에 저항하는 요소로 남아 있다면 아일랜드, 스코틀랜드, 웨일스, 잉글랜드를 각각 대표하는 맥모리스Macmorris, 제임스James, 루엘린Llewellyn, 가워Gower 역시 하나된 잉글랜드와는 거리가 있는 장교들이며, 헨리 역시 자신의 원정 기간 동안 스코틀랜드의 침입을 걱정하고 있다. 루엘린이 맥모리스의 민족적 자존심을 건드리자 그가 불끈하여 언쟁하며, 가워가 이들을 말리는 것(3.3)은 앞서 2막 1장에서 피스톨과 님이 칼을 빼 들고 서로 싸우자 바돌프가 이들을 말리는 상황을 되풀이한 것이다. 물론 루엘린이 전쟁에 참여하지 않고 서성이는 피스톨 일파를 때리며 전쟁에 참여시키는 것은 마치 율리시스가 전쟁과 장군들의 행동을 비난하는 테르시테스의 등짝을 채찍으로 후려치며 강요된 단결을 도모하는 것과 마찬가지이다. 위기의 상황에서 영국의 단결과 통일을 해치는 봉기적인 요소들은 구체적인 힘을 발휘하지 못하고 일단은 잉글랜드 주도하에 민족적 단결을 보인다.

그러나 루엘린, 맥모리스의 사투리가 보여 주듯이 잉글랜드의 흠 없는 통일은 케임브리지 백작의 반란만큼이나 사실과 요원하다. 1599년의 에섹스 백작의 아일랜드 원정 실패가 증명하듯이 아일랜드는 여전히 잉글랜드의 변방이자 저항과 〈야만〉의 지점으로 남아 코러스가 말하는 민족 통일을 거부하고 있다. 따라서 헨리 지도하에 전쟁을 통해서 잉글랜드, 아일랜드, 스코틀랜드, 웨일스가 하나의 단일 민족 국가로 재구성되는 것은 현실과는 거리가 먼 잉글랜드의 염원에 불과하다. 조너선 돌리모어Jonathan Dollimore와 앨런 신필드Alan Sinfield의 주장처럼 헨리 왕의 프랑스 정복과 그로 인한 프랑스 왕권의 계승 약속은 잉글랜드가 지닌 가장 큰 난제인 아일랜드 정복의 꿈을 전치한 일종의 민족적 환상이다(225). 사실 헨리의 아르플뢰르 성 포위와 점령에서 드러나는 것은 영국군의 일치단결과 용맹보다는 프랑스의 자만과 오판에 더욱 근거하고 있다. 헨리가 프랑스 왕의 사신인 몽주아Montjoy에게 털어놓듯이 그의 군인들은 질병과 배고픔으로 더없이 약해져 있으며, 피스톨 일파가 얘기하듯이 전쟁터보다는 런던의 술집을 그리워하고 있어 명예심에 불탄 젊은이들과는 거리가 멀다. 프랑스의 군대 장관과 오를레앙Orleans 공의 빈정거리는 대화에서 드러나는 것처럼 잉글랜드의 군인들은 고기를 먹지 못해 죽을 지경이며, 〈먹고 싶은 욕망만 가득하지 싸울 마음은 전혀 없다〉(3.8.137~138). 루엘린이 피스톨의 허장성세를 용감한 군인의 표상으로 오해할 정도로 성 밖 다리 전투에서 피스톨이 용맹을 떨쳤다고 말하는 것은 전쟁을 일종의 과장된 말놀이 정도로 희화화하는 것이다. 아르플뢰르 성의 성주가 헨리에게 항복하는 것은 그의 위용 때문이 아니라 자신들이 기다리는 도팽의 원병이 도착하지 않기 때문이다. 프랑스의 귀족들이 전투를 앞두고 서로 자신의 무구와 말이 훌륭하다고 말다툼을 벌이고 있는 데서 이들의 패배가 점쳐진다.

〈모든 기독교인 왕의 귀감〉인 헨리가 아르플뢰르 성의 항복을 강요하며, 그러지 않을 경우 처녀들과 어린아이들을 무자비하게 다 처형하겠다고 위협하는 것은 1막의 코러스가 〈기근과 칼과 불이〉 용처를 기다리고 있다고 묘사한 사냥개 같은 전쟁 영웅의 실상을 구체화한 것이다. 이것은 자비로운 기독교인 왕의 모습과는 거리가 있다. 항복하여 자비를 빌지 않으면 아르플뢰르 성을 잿더미로 만들고 처녀들을 다 유린하겠다고 호언하는 헨리의 모습은, 크리스토퍼 말로의 「탬벌린 대제」에서 삼색 깃발로 자신의 분노의 정도를 나타내며 검은 깃발이 올라가면 온 성읍을 불태워 파괴하고 백성들을 도륙하겠다고 위협하는 탬벌린의 〈힘찬 시행들〉을 모방한 것이다. 또한 헨리는 일단 자신의 공격 명령이 떨어진 후에는, 병사들로 하여금 살육과 약탈을 억제하도록 하는 것은 바닷속 괴물 리바이어던으로 하여금 해안으로 나오라고 소환장을 보내는 것만큼이나 무용한 일(3.4.24~27)이라고 인정한다. 고삐 풀린 사냥개들 같은 자신의 군대를 통제하는 데 한계를 드러냄으로써 질서 정연한 왕의 군대에 내재한 무질서와 폭력적 저항의 잠재성, 이에 대한 헨리의 두려움이 무의식중에 드러난다. 비록 바돌프와 님의 도둑질과 이로 인한 그들의 처형으로 겉으로는 군대의 질서와 통일이 유지되는 것 같지만, 군인들끼리의 언쟁과 피스톨의 생존과 그가 전쟁 후 계속할 거짓과 불법적인 생활은 여전히 이러한 봉기적인 요소가 왕의 억제의 고삐 밖에 존재하고 있음을 알려 주는 징표들이다. 바돌프가 교회에서 십자가가 새겨진 〈성상패*pix*〉를 훔친 죄로 교수형을 받는 것은 홀린쉐드의 역사서와 달리 왕의 심판에 의한 것이 아니라 엑서터 공작에 의한 것으로 극 중에서 그려져 있는데, 이것은 상대적으로 헨리의 무자비함을 덜어 주는 효과를 가져온다. 그러나 셰익스피어는 원재료와 달리 바돌프가 훔친 성물을 성상패가 아니라 십자가가 새겨진 〈성물함*pax*〉으로 교묘하게 바꿔 놓음으로써 전쟁으로 〈평화*pax*〉를 훔친 왕의 죄와 〈성물〉을 훔친 죄로 교수형을 당한 바돌프의 경우를 대비시켜 영웅시되는 왕의 모습을 관객들로 하여금 상상력을 통해서 재해석하도록 하고 있다.

4막의 코러스는 이미 1막의 코러스가 제시했던 대로, 이 작품의 정점이 되는 아쟁쿠르 전투를 그린다. 셰익스피어는 앞서 「헨리 6세」 1부의 프랑스 전투 도중 탤벗 부자의 영웅적인 죽음을 연극에서 재현함으로써 관객들로 하여금 영웅적 행동을 재체험하도록 한 바 있다. 브레난의 표현처럼 이곳에서도 아쟁쿠르 전투를 통해서 애국심을 다시 불러일으키는 의식을 집전하는 성직자의 역할을 코러스에게 부여한다(47). 3막 7장에서부터 4막 8장에 이르기까지 전 작품의 3분의 1에 해당하는 1,175행에 이르는 아쟁쿠르 전투 장면의 묘사는 이 작품의 중심이 여기에 있으며 관객의 관심을 이곳으로 몰아가는 코러스의 의도와도 부합된다. 그러나 코러스가 아쟁쿠르 전투의 위대함과 영웅성을 강조하면 할수록 이를 극 중에서 재현하는 현실적인 한계는 강조되고, 그럴수록 다시금 관객의 상상력에 대한 의존이 커짐으로써 극적 행위와 코러스의 서사 간의 괴리로 인해 관객의 기대가 상실되는 효과 또한 커진다.

　　　기어오는 웅얼거림과 미간을 좁히게 하는 어둠이
　　　우주라는 넓은 항아리를 채우는 시간을
　　　자 이제 추측해 주십시오.
　　　이 막사에서 저 막사로 밤이라는 못된 자궁을 통해
　　　양쪽 군대의 웅성거림이 조용하게 들립니다.
　　　부동자세의 보초들이 다른 파수병의 은밀한
　　　속삭임들을 알아들을 정도입니다.
　　　(······)
　　　왕이 몸소 나서서 모든 군사들을 방문하여
　　　점잖게 웃으며 아침 인사를 건네며
　　　이들을 모두 형제요 친구이자 동포라고 부르고 있습니다.
　　　얼마나 무서운 적군이 자신을 둘러싸고 있는지
　　　왕의 용안에는 조금의 기색도 보이지 않고,
　　　뜬눈으로 밤을 지샜지만 조금도 피곤한 기색도 없이
　　　쾌활한 모습과 위엄 있는 자태로 홍조를 띤 채
　　　무거운 마음을 짓눌러, 전에는 한숨지으며 겁에 질렸던
　　　못난이들이 왕을 바라보고서
　　　그의 모습에서 위안을 얻습니다.
　　　태양 같은 보편적인 너그러움을
　　　왕의 자비로운 눈은 각 사람에게 주어
　　　차가운 두려움을 녹이고,

이 모자라는 사람이 감히 표현하자면

비천한 자나 존귀한 자나 한결같이

〈밤에 해리의 작은 성은〉을 바라봅니다.

자 우리의 무대는 전장으로 날아갑니다.

그곳에서 (아 애석하도다!) 우리들은 우스꽝스러운 싸움에

잘못 사용된 네다섯 개의 볼품없는 무딘 연습용 칼로

아쟁쿠르라는 이름을 훼손하게 될 것입니다.

실상을 추측하시면서 앉아서

이 우스꽝스러운 모조품들로 구경하십시오.

Now entertain conjecture of a time

When creeping murmur and the poring dark

Fills the wide vessel of the universe.

From camp to camp, through the foul womb of night,

The hum of either army stilly sounds,

That the fixed sentinels almost receive

The secret whispers of each other's watch.

(……)

For forth he(the royal captain) goes and visit all his host,

Bids them good morrow with a modest smile,

And calls them brothers, friends and countrymen.

Upon his royal face there is no note

How dread an army hath enrounded him,

Nor doth he dedicate one jot of color

Upon the weary and all-watched night,

But freshly looks and overbears attaint

With cheerful semblance and sweet majesty,

That every wretch, pining and pale before,

Beholding him, plucks comfort from his looks.

A largess universal like the sun

His liberal eys doth give to everyone,

Thawing cold fear, that mean and gentle all

Behold, as may unworthiness define,

'A little touch of Harry in the night'.

And so our scene must to the battle fly,

Where (O for pity!) we shall much disgrace,

With four or five most vile and ragged foils

Right ill disposed in brawl ridiculous,

The name of Agincourt. Yet sit and see,

Minding true things by what their mockeries be. (4.0.1~53)

4막의 코러스가 53행에 걸쳐서 묘사하는 것은, 영국인들에게 애국심의 상징과 같은 아쟁쿠르 전투 장면이 아니다. 그보다는 전투 전날 밤 참담한 잉글랜드 병사들의 사기를 북돋아 주는 헨리의 역할을 신성시하고 부각하는 데 초점을 맞추고 있다. 그러나 여기서도 코러스가 얘기하는 것과 다른 헨리의 모습을 극 중에서 보게 된다. 이러한 이중성은 이 작품에서 끝까지 지속되는 일종의 구성 원리이며, 관점의 충돌을 가져오며 이로 인해서 아이러니를 초래한다. 이 아이러니로 인해서 코러스가 강조하는 헨리의 신성시된 영웅상과 민족적 단결, 애국심은 각각 그 반대의 의미 영역에 근접하는 변화를 보인다. 그 변화의 중심에 관객의 생각과 상상력이 자리하고 있다. 코러스의 표현과 달리 전장을 둘러보는 밤의 헨리는 태양처럼 자신을 뜨겁게 드러내는 것이 아니라 그 해를 가린 구름처럼 〈해리 르 루아Harry le roi〉로 이름을 바꾸고 변장을 하고 다닌다. 「헨리 4세」 1부에서 폴스타프와 어울리던 그가 독백을 통해서 자신을 구름 뒤에 숨은 태양에 비교하던 것과 마찬가지로 이곳에서도 헨리 왕은 여전히 구름 뒤에 숨어 과거의 놀이를 계속하고 있으며, 1막 1장에서 성직자들이 말하던 늙은 아담을 죽인 새로운 아담으로 변모한 것과 달리 여전히 과거의 자취를 보이고 있다. 특히 변장을 통해서 신분을 감추는 극적 장치는 셰익스피어에게서 흔히 희극의 갈등 해결을 위한 것으로, 헨리의 서사적 영웅극의 숭고성을 반감하는 것이다.

변장하고 막사를 돌아다니다 헨리 왕은 마이클 윌리엄스 사병과 마주친다. 전장에서 죽은 영혼들에 대해서는 왕에게 책임이 있다는 그의 항변에 헨리는 사실 옹색한 변명으로 일괄할 뿐이다. 존 베이츠John Bates 사병 역시 앞서 피스톨 일파의 소년과 마찬가지로 왕도 전쟁터보다는 런던에 머물기를 바랄 것이라면서 자신들도 어떤 식으로든 전쟁터를 떠나고 싶다고 말한다. 왕과의 접촉으로 말미암아 병사들이 용기백배해 있다는 코러스의 말은 과장이며 현실과는 거리가 있음이 드러난다. 왕이 하늘에서 내려온 태양신처럼 은총의 햇빛으로 굶주리고 겁에 질린 병사들을 위무할지라도 병사들은 왕을 중심으로 하나 되는 것이 아니라 잠재적인 봉기 세력으로 남아 있다. 헨리 왕은 아버지 헨리 볼링브루크가 리처드 2세의 왕위를 찬탈한 죄가 결전의 날 자신에게 임하지 않게 해달라고 하느님께 기도하는데, 헨리 왕의 짧은 독백은 이 작품에서 이 대목이 유일하다. 이러한 독백은 그 역시 죄의식에서 자유롭지 못함을 나타낸다. 헨리는 윌리엄스에게 장갑 가득 금화를 채워 줌으로써 그의 불만을 돈으로 사버리지만, 찬탈의 죄가 그의 가문을 계속 괴롭히는 것과 마찬가지로 윌리엄스의 저항심과 불만이 완전히 해소되었다고 보기는 어려울 것이다. 헨리는 결전 전날 자신과 함께 피를 흘리는 병사들에게 〈우리들 행복한 소수이자 형제들〉이라고 부르며 왕과 형제가 됨으로써 모두 양반의 지위를 얻게 될 것이라고 약속했지만(4.3.60~63) 전쟁이 승리로 끝나자 곧바로 윌리엄스를 〈저기 저 녀석〉(4.7.106)이라고 부르며 신분의 차이를 분명히 한다. 또한 잉글랜드군의 사망자 명단을 보고받는 자리에서도 요크 공작과 서포크 백작, 리처드 케일리Richard Keighley 경, 데이비 갬 Davy Gam 기사는 이름을 거론하지만, 나머지 스물다섯 명의 평민 희생자들은 이름 없이 단지 숫자로 언급될 뿐이다(4.8.95~98). 그럼으로써 혈통이 아니라 업적에 의해서 자신의 신분을 정립한다는 다분히 부르주아적인 사고방식을 보이던 헨리의 평등주의와 여기에 근거한 민족적 단결과 애국심 고취가, 사실은 희생을 강요하기 위한 수사에 불과했음을 스스로 드러낸다.

코러스와 헨리가 표방하는 영웅주의는 루엘린과 가워의 희화적인 대화를 통해서 비판된다. 루엘린은 왕과 같은 웨일스 출신임을 내세워 애국심을 자랑하며 피스톨 일파를 때려 가면서까지 결전장으로 몰던 원칙주의자 보병 장교라는 점에서, 그가 영웅주의를 비판했다는 점은 그 의미가 크다. 더욱이 루엘린과 가워가 대화를 나누는 시점은 프랑스군의 재공격 나팔 소리를 듣고 헨리가 프랑스군 포로들이 공격해 오는 군대와 합류하지 못하도록 전원 살해 명령을 내린 직후이다. 〈기독교인 왕의 귀감〉인 헨리는 아르플뢰르 성주에게 위협했던 것과 마찬가지로 전쟁에서는 살육의 사냥개로 변한다. 프랑스의 입장에서 헨리 5세를 평가한 데즈먼드 시워드Desmond Seward의 표현을 따르자면 헨리의 원정은 대량 학살과 방화, 간음, 약탈 전쟁이며, 헨리는 신의 징벌자가 아니라 악마의 대리인이었다. 헨리는 프랑스의 귀족들을 성에서 축출했을 뿐만 아니라 백성들도 고향을 떠나도록 이주시켰다. 헨리의 정벌은 정복자 윌리엄 William the Conquerer(재위 1028~1087)의 브리튼 정벌을 뒤집어 놓은 것이다(Seward 18~20). 헨리는 잉글랜드에서는 영웅이지만, 프랑스에서는 악마의 화신이다.

이러한 상반된 시각을 루엘린과 가워의 대화는 매우 조심스럽게 보여 준다. 셰익스피어는 코러스를 통해서 헨리를 영웅화하는 작업을 진행하며 다시 루엘린의 웨일스 사투리 발음이 가져다주는 희극적 효과를 통해서 이를 비신화화하는 작업을 진행함으로써, 〈웃음거리〉라는 주변 형식으로 중심부의 언어를 해체하는 이중성을 보인다. 앞서 3막 7장에서 치열한 다리 전투에서 승리한 엑서터 공작을 두고 아가멤논처럼 위대하며, 떠버리 군인 피스톨을 마크 앤서니처럼 용맹스럽다고 칭찬한 바 있는 루엘린은 이번에는 헨리를 알렉산드로스 대왕Alexandros the Big에 비유한다. 그는 알파벳 b 발음을 웨일스식으로 p로 발음함으로써 알렉산드로스 대왕을 〈알렉산드로스 돼지Alexandros the Pig〉로 변형시키는데, 이 돼지 알렉산드로스에 헨리 왕을 비유하면서 헨리마저 돼지로 전락시켜 버린다. 그는 알렉산드로스가 술에 취해 동료 장군이자 의형제인 친구 클레이토스Kleitos를 살해한 것과 마찬가지로, 헨리가 멀쩡한 정신에서 분별력을 발휘해서 뚱보 기사인 폴스타프 경을 내친 점이 유사하다고 주장하며 이 두 사람을 동궤에 놓는다. 퀵클리 부인이 폴스타프가 헨리의 내팽개침으로 인해서 상심해서 죽었다고 말한 점에 비추어 루엘린은 헨리의 냉혈을 비난하고 있다. 전통적으로 알렉산드로스의 친구 살해는 자제력이 부족하고 성급한 성격을 상징하는 공통 화제로 사용되어 왔다. 프랑스 포로들이 소년들만이 막사를 지키고 있는 틈을 타서 이들을 살해하고 막사에 불 지르고 왕의 물건들을 탈취했을 때 헨리는 이들을 남김없이 살해하라는 명령을 내렸지만, 이미 그 이전에 그는 포로들을 살해하라는 명령을 내린 바 있다. 헨리의 성급하고 무자비한 처사를 루엘린은 알렉산드로스 돼지에 비견하여 비판하고 있다.

루엘린의 희화적인 풍자 속에는 성 아우구스티누스Augustinus가 그의 『하느님의 나라City of God』에서 전하는 알렉산드로스와 해적 간의 대화가 암시되어 있다. 알렉산드로스에게 사로잡힌 해적은 알렉산드로스가 도둑질을 비난하자 자신은 배 한 척으로 도둑질을 하기 때문에 도둑이라 불리지만, 대왕은 군대를 동원해 도둑질을 하기 때문에 영웅으로 불릴 뿐이라고 대답하는데, 아우구스티누스는 이 대화에 빗대어 부당한 정복을 도둑질로 비난하고 있다(Robert Merrix 332). 메릭스도 지적하고 있듯이 알렉산드로스와 헨리를 비교하는 것은, 교회 성물을 훔친 죄로 사형을 당하는 바돌프와 헨리의 죄악을 은연중에 연결시키는 것이다(332). 알렉산드로스에 대한 루엘린의 비신화화는 죽음을 생각하는 햄릿에 의해서 더욱 구체화된다. 변신의 이미지를 통해서 삶의 일회성을 명상하는 햄릿은 알렉산드로스도 죽어서 썩은 후에는 흙이 되어 술통 마개로 쓰일 뿐이라고 생각한다. 이러한 상상력의 확장은 코러스의 영웅 사관을 뒤집는 것으로 희극적인 것과 비극적인 요소가 서로 맞닿아 있음을 셰익스피어는 지속적으로 보여 준다.

헨리는 4막 1장의 유일한 독백을 통해서, 왕이 누리는 의식을 제외하면 국왕과 보통 사람이 다를 것 없고 오히려 보통 사람에 비해서 국왕이라는 직분 때문에 누리는 고통과 불행이 더욱 크다고 자기 연민에 빠짐으로써 관객의 동정심에 호소한다. 헨리의 이러한 연극적인 기질은 아버지 헨리 볼링브루크로부터 물려받은 것으로, 헨리 4세 역시 반란에 대한 불안에 잠 못 이루며, 태평하게 단잠에 빠진 시골 촌뜨기보다 국가를 위해 잠 못 이루는 왕의 처지가 못하다는 자기 연민에 찬 연극적 성향을 보인 바 있다. 헨리 5세가 〈배는 채우고 마음은 비운 비천한 노예가 거친 빵을 목구멍까지 채운 채 세상모르고 잠에 빠져 지옥의 자식인 악몽을 모르고 쉬는 것〉(4.1.241~244)과 달리 왕은 온갖 치장과 의식에도 불구하고 밤을 새우며 평화를 유지하기 위해 애쓰기 때문에 피곤에 떨어진 노예보다 왕의 처지가 못하다고 말할 때 그는 코러스의 입장에서 왕을 중심으로 한 민족적 단결과 애국심을 강조한다. 그러나 코러스가 헨리의 위대함을 강조하기 위해 애쓰는 것은 왕에게 성유를 바르고 그에게 왕관을 씌우고 홀을 들게 하고 황금과 진주로 장식된 관복을 입히고 그를 보좌에 앉히는 것과 같은 의식이다. 1막의 코러스는 관객에게 각자 상상력을 발휘해 왕과 귀족들을 치장해 줄 것을 부탁한 바 있다. 코러스와 마찬가지로 헨리 역시 아쟁쿠르 결전을 앞두고 자신과 피를 나누게 될 형제들에게, 전쟁에서 승리하면 10월 25일 성 크리스팽Saint Crispian의 날에 그들 각자는 잉글랜드의 성자로 여겨지게 될 것이며 고국에 남아 있는 귀족들과 달리 이들 병사들에게 진정한 귀족의 칭호를 수여하고 명예를 가져다줄 것이라는 점을 강조한다. 물론 이런 의식과 명예가 피스톨 일파나 베이츠, 윌리엄스 같은 사병들에게는 의미 없는 것이지만 헨리는 독백을 통해 코러스가 애써 부각시키고, 자신이 병사들을 고무하기 위해서 힘주어 강조한 의식의 가치를 부정함으로써 관객들로 하여금 코러스가 묘사하는 자신에 대한 모습과는 다른 모습을 목격하도록 한다. 변장한 헨리는 밤중에 병사들과 직접 만나 대화를 나눔으로써 그들이 국가와 대의명분을 위해서 기꺼이 개인적인 목숨을 바칠 준비가 되어 있기는커녕, 왕에게 기본적으로 불신을 가지고 있음을 확인한다. 그들은 왕이 자신들을 전쟁과 죽음의 위험으로 내몰았고, 자신들의 죽음은 아랑곳하지 않을 것이며, 왕은 포로가 되더라도 보석금을 내고 풀려날 것이라고 생각하고 있었다. 관객들은 극 중에서 〈해리의 극히 작은 일부분〉을 통해 코러스가 강조하는 헨리의 모습과는 다른 모습과 직면한다. 이런 의미에서 이극의 정점인 4막은 서사적인 전투 장면을 기대하는 관객들에게는 실망의 정점이며, 코러스와 극 행위 간의 간극으로 인해 가장 아이러니컬한 대목이다.

셰익스피어는 두 개의 상반된 시각을 동시에 제공하고 있으며, 이로 인해서 극적인 아이러니를 가져온다. 이미 잘 알려진 신화에서 제재를 취하는 그리스 비극과 마찬가지로 이미 알려진 역사적 사실을 재현하는 역사극의 경우 아이러니는 작품의 구성과 관객의 반응 등 다양한 층위에서 드러나고 있다. 코러스는 4막의 마지막 대사에서 관객들로 하여금 〈모조품들〉, 즉 연극적 모방으로부터 〈실상〉을 추측해 달라고 부탁하는데, 코러스가 연극과 실제의 대립 혹은 그들의 차이를 강조하는 것은 모방, 즉 텍스트화된 서사 담론과 현실의 괴리와 해석의 문제를 무의식적으로 전면에 내세우는 셈이다. 관객의 상상력을 통한 적극적인 참여는 해석의 차원을 넘어 재창조의 차원에까지 이른다. 이렇듯 관객의 몫을 남겨 두는 것은, 특정한 시기를 집중적으로 다룰 수밖에 없는 역사극의 한계를 극복하는 셰익스피어의 전략이기도 하다. 자신의 책임을 다른 사람이나 신에게 돌리는 헨리는 작가 셰익스피어와 닮아 있으며, 또한 헨리는 매우 연기술에 능한 연극적인 인물이다. 이러한 헨리의 연극적 기질 때문에 관객들은 그의 실체를 파악하기 어렵다. 그런 만큼 관객들은 상상력과 사고를 작동시켜 코러스, 헨리 자신, 병사들이 말하는 헨리의 모습을 짜맞춰 하나의 전체로 재구성해야 한다.

5막의 코러스는 시간을 압축적으로 다루고 있으며 아쟁쿠르 전투 이후 5년에 걸친 헨리의 2차 원정과 강화 조약 체결 과정을 구체적으로 언급하지 않고, 사건의 연결 고리를 제공하는 전형적인 코러스의 기능만을 보인다. 코러스는 여전히 영웅적 어조로 헨리의 공정함과 개심을 강조하지만, 탬벌린의 세계 정복의 꿈과 우주를 향해 비상하는 그의 정신이 즈노크라테Zenocrate와 왕관을 차지하는 것으로 귀착되듯이, 헨리와 카트린 공주의 결혼으로 끝나는 작품의 결말은 희극적이며 코러스가 줄곧 내세우는 영웅극과는 거리가 있다.

이 이야기를 읽지 않은 분들에게는 제가 읽어 드릴 것을
약속드리며, 읽으신 분들께서는 그 거대한 실제 삶으로 인해서
이곳에서 다 보여 드릴 수 없는 사건의 진행과 사람의 수효와

시간의 제약을 받아 주실 것을 겸손히 간구하나이다.

자 이제 우리들은 왕을 칼레로 모셔 갑니다.

거기 계신다고 상상하시고, 그곳에서 보셨으면 여러분들의

생각의 날개를 타고 바다를 가로질러 멀리

모셔 가십시오. 자 영국의 해안이 남자들과

부인네들과 아이들로 가득 들어찬 것을 보십시오.

그들의 환성과 박수 소리가 포효하는

바닷소리를 잠재울 정도입니다.

바다는 왕을 앞서가는 힘찬

길꾼처럼 왕의 길을 예비하는 것 같습니다. 자 이제 왕이

상륙하시어 런던을 향하여 장엄하게 출발하십니다.

생각은 걸음이 빠르니 이제 여러분들은

왕이 블랙히스에 계신다고 상상해 주시길 바랍니다.

(……)

자 이제 생각의 기운찬 화덕과 대장간 안에서

바라보십시오. 런던이 시민들을 쏟아 내고

최고의 옷을 차려입은 시장과 그의 시의원들

고대 로마의 원로원들처럼

자신들의 발뒤꿈치를 개미 떼처럼 따르는 평민들과 함께

그들의 정복자 카이사르를 나아가 맞아들이는 모습을.

조금 격이 낮지만 그래도 마찬가지로 환영받을 비유를 하자면,

우리의 자혜로운 여왕 폐하의 장군께서 이제

(조만간) 칼끝에 반란자의 목을 걸고서

아일랜드 원정에서 돌아오실 때

그 엄청난 시민들이 평화로운 도시를 뛰쳐나가

장군을 환영하는 것과 흡사하다고 할까요? 더욱 온당한 이유에서

런던 시민들은 이 해리를 환영했지요.

자 이제 왕은 런던에 계십니다.

그러나 프랑스의 애도가 계속되어

왕은 여전히 고국 잉글랜드에 계시고

프랑스 왕을 대신해서 신성 로마 제국의 황제께

둘 사이에 평화 조약을 맺도록 오고 계십니다. 그래서

해리가 프랑스로 다시 돌아갈 때까지는

무슨 일이 일어났건 간에 모든 사건들을 생략하겠습니다.

자 이제 프랑스로 왕을 모셔 갑니다. 제가 그 중간 시간들을

메워서 여러분들께 그 시간들이 지나갔음을 상기시켜 드렸습니다.

자 생략을 용서하시고, 눈을 들어

생각을 좇으시고 곧장 프랑스로 다시 돌아가십시오.

Vouchsafe to those that have not read the story

That I may prompt them, and of such as have,

I humbly pray them to admit th'excuse

Of time, of numbers, and due course of things

Which cannot in their huge and proper life

Be here presented. Now we bear the king

Toward Calais. Grant him there. There seen,

Heave him away upon your winged thoughts

Athwart the sea. Behold the English beach

Pales-in the flood with men, with wives, and boys,

Whose shouts and claps out-voice the deep-mouthed sea,

Which, like a mighty whiffler 'fore the king,

Seems to prepare his way. So let him land,

And solemnly see him set on to London.

So swift a pace hath thought that even now

You may imagine him upon Blackheath,

(......)

But now behold

In the quick forge and working-house of thought,

How London doth pour out her citizens,

The mayor and all his brethren in best sort,

Like to the senators of th'antique Rome,

With the plebeians swarming at their heels,

Go forth and fetch their conquering Caesar in —

As, by a lower but by loving likelihood

Were now the general of our gracious empress,

(As in good time he may) from Ireland coming,

Bringing rebellion broached on his sword,

How many would the peaceful city quit

To welcome him? Much more, and much more cause,

Did they this Harry. Now in London place him —

As yet the lamentation of the French

Invite the king of England's stay at home,

The emperor's coming in behalf of France

To order peace between them — and omit

All the occurrences, whatever chanced,

Till Harry's back return again to France.

There must we bring him, and myself have played

The interim, by remembering you 'tis past.

Then brook abridgement, and your eyes advance

After your thoughts, straight back again to France. (5.0.1~45)

코러스는 헨리를 갈리아 원정에서 돌아오는 카이사르의 개선에 비유하는 등 여전히 그를 영웅화하느라 분주하다. 그는 1막의 코러스와 마찬가지로 이곳에서도 여전히 무대 조건의 제약으로 사실적으로 재현할 수 없는 연극의 한계를 지적함으로써 예술의 범위를 넘어서 있는 헨리의 크기를 부각시킨다. 코러스는 1417년에서 1422년까지 계속된 헨리의 2차 프랑스 출정에 이르기까지의 대소 사건들을 다 생략함으로써 그 간극을 자신의 역할로 메우고 있다고 말하는데, 이 점에서는 전형적인 설명 역할을 하고 있다. 그러나 그 설명 역은 매우 선택적이고 제한적인 것으로 2막에서와 마찬가지로 5막의 시작은 헨리가 아니라 피스톨과 루엘린의 희극이다. 이들의 희극은 이제 전쟁이 끝난 후 평화 협정과 결혼으로 이어지는 이 작품의 희극적 분위기를 예비한다. 루엘린은 자신에게 도전해 온 피스톨에게, 웨일스의 성자인 성 데이비Saint Davy의 날(3월 1일)을 기념하여 자신의 모자에 꽂은 부추를 먹으라고 요구하며 피스톨의 머리를 방망이로 때리고 억지로 부추를 먹이는데, 이는 허풍선이 군인인 피스톨을 군인의 명예로 징벌하는 것이다. 그러나 다른 한편으로는 가위의 말처럼 소매치기요 포주이자 사기꾼인 피스톨을 마크 앤서니처럼 용맹한 군인으로 오인한 루엘린의 자책이 가미된 복수이다. 루엘린은 피스톨 일파 중 유일하게 남아 있는 피스톨을 징벌함으로써 헨리의 정치 질서로부터 봉기적인 요소들을 제압하고 제거하는 쪽으로 기여하지만, 폭력을 사용해서 봉기적인 요소들을 진압하고 있다는 사실은 그가 본질적으로 평화와는 거리가 먼 인물임을 나타낸다.

헨리가 전쟁을 통해서 추구하는 평화와 왕권의 안정은 아이러니하게도 그 목적을 해치는 잠재적인 힘으로 남아 영국을 계속된 내란으로 내몬다. 전쟁으로 집중시킨 폭력적인 힘을 맥베스나 코리오레이너스가 억제하지 못하고, 결국 계속되는 그 힘에 의해서 파괴되는 것과 마찬가지이다. 피스톨의 머리에 상처를 낸 루엘린이 상처를 치료하라고 그에게 동전 한 닢을 건네주는 것은, 앞서 왕에 대한 불만을 토로한 윌리엄스의 장갑에 금화를 가득 채워 줌으로써 전쟁의 희생을 강요하고 그의 마음을 매수한 헨리의 행동을 모방한 것이다. 루엘린의 폭력은 피스톨의 허장성세를 잠재우기는커녕 머리의 상처를 무공 훈장으로 자랑하여 다시 런던에서 포주 생활과 소매치기 생활을 계속할 그의 처지를 돕고 있다. 「자에는 자로」에서 안젤로가 아무리 법을 엄격하게 집행해도 매춘이 그치지 않듯이, 질서에 대한 봉기적인 요소들은 불법의 형태로 남아 상존한다. 피스톨이 〈방망이로 얻어터진 이 상처에 반창고를 붙이고 갈리아 전쟁

의 상처라고 소리치겠다〉(5.1.77~78)며 운을 맞춰 노래하는 것은 코러스
가 말한 바, 즉 카이사르의 개선에 비견되는 헨리의 개선을 패러디한 것
이다.

헨리가 카트린에게 구혼하는 장면(5.2)에서는 전쟁을 줄곧 사냥개를
동원한 사냥에 비유하는 것, 혹은 성벽을 뚫고 성을 점령하는 것을 처녀
의 허리를 차지하고 유린하는 것에 비유하며 작품의 이미지를 희극적으
로 연장하고 있다. 그러나 이 희극적 요소는 지금껏 강조되어 온 헨리의
영웅상과는 거리가 먼 것이다. 헨리는 카트린이 자신의 평화 협정 요구
조건들 중 가장 우선하는 조건임을 분명히 함으로써(5.2.96~97) 그녀를
자신의 전리품으로 여기고 있음을 보여 준다. 헨리는 카트린에게 구혼하
며 계속 산문을 사용하는데, 이는 앞서 4막에서 변장하고 병사들과 산문
으로 대화 나누는 연기를 하던 것과 마찬가지로 일종의 연극 놀이다. 루
엘린과 맥모리스, 제임스의 사투리를 통해서 희극적 효과를 가져왔던 셰
익스피어는 헨리의 구혼 장면에서도 불필요하게 프랑스어와 영어를 혼
합시켜 놓음으로써 희극적 효과를 노린다. 피스톨이 생계를 유지하기 위
해서 포주가 되는 것과 달리 헨리는 전쟁을 통해서 스스로 포주가 된다.
요크 공작이 헨리 6세로부터 왕이 살아 있는 동안에는 왕권을 보장하지
만 그 후에는 자신에게 왕권을 이양할 것을 약속받는 것과 마찬가지로
헨리는 프랑스 왕으로부터 사후 왕권 이양 약속을 받아 내는데, 이 조건
을 제외하고는 7년에 걸친 헨리의 프랑스 전쟁은 전쟁 이전과 달라진 것
이 없다. 더욱이 헨리는 1422년 8월 31일 프랑스 땅에서 탈장으로 서른
세 살의 나이에 죽음을 맞이해, 결국 같은 해 10월 21일에 죽은 프랑스
왕 샤를 6세의 왕위 계승 약속은 아무런 의미를 갖지 못하게 되었다. 결

과적으로 헨리의 전쟁은 무용한 것이었으며, 전쟁에 매달린 나머지 자신의 사후를 대비하지 못함으로써 영국을 장미 전쟁으로 내몬 책임이 크다.

결언의 코러스는, 지금껏 헨리를 국가적 영웅으로 신성시하던 것과는 달리 관객의 관심을 헨리 이후의 역사로 확장시킴으로써 헨리의 한계를 분명히 한다. 통상적으로 결언의 코러스는 관객에게 작품에 대해 너그럽게 이해해 달라고 부탁하는데, 그에 반해 여기에서는 작가의 한계를 비판하며, 앞서 상연된 「헨리 6세」 삼부작과 이 작품을 연결시킴으로써 헨리를 보다 긴 역사적 시각으로 끌어들인다.

이렇게 지금까지 거칠고 무능한 펜을 가지고
우리들의 작가는 겸손하게 이야기를 끌어왔습니다.
좁은 공간에 위대한 인물들을 가두고
그들의 영광에 찬 긴 이야기를 거칠게 왜곡하면서 말입니다.
짧은 생애지만 그 잠깐 동안에 가장 위대하게 이 영국의 별은
살았습니다. 행운의 여신이 그의 칼을 만들었고
그 칼로 그는 세상에서 가장 훌륭한 정원을 이루었으며
이를 아들인 군주에게 넘겨주었습니다.
강보에 쌓여 프랑스와 영국의 왕위에 오른
헨리 6세는 아버지를 계승했지만
그의 왕좌를 다스릴 사공이 너무 많아
프랑스를 잃고 영국은 피를 흘렸습니다.
이건 우리 무대가 종종 보여 드린 것이지요.
그것들을 위해 여러분의 관대한 마음으로 이 작품도 받아 주세요.

Thus far with rough and all-unable pen

Our bending author hath pursued the story,

In little room confining mighty men,

Mangling by starts the full course of their glory.

Small time, but in that small, most greatly lived

This star of England. Fortune made his sword

By which the world's best garden he achieved,

And of it lest his son imperial lord.

Henry the Sixth, in infant bands crowned king

Of France and England, did the king succeed,

Whose state so many had the managing

That they lost France and made his England bleed,

Which oft our stage hath shown — and for their sake,

In your fair minds let this acceptance take. (1~14)

코러스가 말하는 작가의 무능이 귀족들의 취향이나 관객 일반의 기호 앞에 머리를 조아린 태도 때문인지, 무대 위에 영웅의 전 생애를 담아야 하는 한계 때문인지는 모호하다. 그러나 코러스의 비난을 통해서 셰익스피어는 영웅들의 전 생애를 중간중간 삽화적으로 다루어야 하는 역사극과 이를 전체적으로 기술하는 서사시나 로맨스와의 차이를 분명히 인식하고 있음을 드러낸다. 기습 공격으로 사냥감을 물어뜯어 난도질하는 사냥개처럼 역사극의 역사 재구성을 역사에 대한 난도질이요 왜곡이라고 생각하는 작가는, 거대한 사료를 취사 선택해서 극적으로 이를 재구성하는 자신의 거친 펜을 사냥개의 이빨에 비유한다. 사냥에 비유된 영웅들의 전쟁은 이제 작가의 역사극 쓰기 과정으로 옮겨지고 있다. 이 공격적인 역사 재구성은 따라서 기존의 사실을 그대로 전달하며 권력에 절하는 것과는 거리가 있다. 작가의 펜은 〈거칠다〉. 코러스가 헨리를 빛나는 별이라고 부른다면, 짧은 기간 동안 화려하게 빛난 그 별은 영원한 별이 아니라 유성이다. 행운의 여신이 헨리로 하여금 대업을 가능케 한 그의 칼을 만들어 주었다면, 앞서 피스톨과 루엘린의 대화에서 분명하게 드러나듯이 그 행운의 여신은 손수건으로 눈을 가린 채 수레바퀴를 계속 돌리고 있는 변화와 덧없음의 상징이다(3.7). 행운의 여신이 만들어 준 헨리의 칼은 자신의 아들과 영국을 내란의 피로 적시게 만든 칼이 된다. 역사를 끊임없는 변화의 과정으로 파악하고 있는 셰익스피어는 마지막 순간에 코러스로 하여금 헨리의 신격화 과정을 해체하여 헨리에 대한 다른 시각을 제공한다. 이것은 역사적 사실을 전체적인 역사의 과정 안에서 재해석하는 상상력의 작용으로 가능한 것이다.

III

「헨리 5세」의 코러스는 삽화적인 극 구성을 연결하여 극적 통일성을 가져다주는 전통적인 해설자 및 연출자의 기능과는 거리가 있다. 이곳의 코러스는 극적 사건이 진행되고 있는 15세기 초반 중세적인 인물이 아니라 16세기 후반 극을 관람하는 관객들과 동시대 인물로 극과 현실을 오히려 차별화함으로써 극적 환상을 파괴하는 역할을 하고 있다. 코러스는 1599년 에섹스 백작의 아일랜드 원정이나, 엘리자베스 여왕을 언급할 뿐만 아니라 「헨리 5세」에 앞서서 자주 상연된 「헨리 6세」 삼부작과 「리처드 3세」, 더 나아가 극 중에서 「헨리 4세」 1, 2부에 대해서 언급함으로써 자신을 동시대 관객의 일부로 자처하고 관객들과 친밀감을 강조함으로써 자신과 마찬가지로 헨리 5세를 영웅시하고 그가 대변하는 민족주의 찬양에 동참하도록 유도한다. 헨리가 프랑스 원정에 동원되는 군인들을 피를 통한 형제라고 칭하며 무공을 세워 귀족의 반열에 오르라고 선동하고 있다면, 코러스는 극 중 재현을 통해서 과거의 역사와 영광에 동참함으로써 헨리의 병사들과 마찬가지로 영국의 영광을 되살리고 그 영광스러운 과거에 동참하라고 촉구하는 역할을 하고 있다. 코러스는 헨리를 영웅시하는 역사 기술의 입장에서 헨리를 대변하는 인물이다.

그러나 셰익스피어는 코러스의 설명과 극적 행위의 전개가 보여 주는 괴리를 통해서 오히려 관객들로 하여금 코러스의 설명에 의문을 제기하게 한다. 작가는 코러스가 설명하는 것보다 그가 설명하지 않는 것들, 코러스가 생략하는 부분과 침묵하는 부분을 통해서 잉글랜드의 단결과 통일, 애국심이 현실이라기보다는 다분히 그랬으면 하는 염원의 투영물에 불과함을 암시한다. 이질적인 언어의 충돌, 단일한 질서를 파괴하는 반란 사건, 병사들의 불만, 피스톨 일파의 일탈 등을 통해서 작가는 코러스가 강조하는 민족적 통일과 단결이 허구임을 아래로부터, 특히 하층민들의 육체적 고통과 육체의 현존을 통해서 파헤치고 있다. 역사를 궁극적으로 이야기로 간주하며, 이 이야기는 동시에 인위적 구성물임을 은연중에 강조하고 있는 셰익스피어는 질서와 조화의 대명제 아래 깔끔하게 정리되는 단선적인 역사 해석을 부정하고 있다. 특히 마지막 14행의 소네트 형식으로 된 결언에서 코러스는 헨리 5세의 업적을 헨리 6세와 연결시킴으로써 자신이 지금껏 강조해 왔던 헨리에 대한 신격화 작업에 회의적인 시선을 던진다.

역사는 끊임없는 변화의 연속이며, 이 변화 앞에서 아무리 위대한 업적도 순간에 지나지 않는다. 시간의 변화 속에서 그 위대함이 때로 재앙의 근원이 되기도 한다. 「줄리어스 시저」(1599)나 「햄릿」(1599~1601)과 거의 동시기 작품인 「헨리 5세」(1599)에서 셰익스피어는 이들 작품에서처럼 의도된 행위와 그 결과가 빚어내는 예측 못한 뒤틀림, 즉 극적 아이러니를 통해서 역사에 대한 획일적인 판단을 보류하고 있다. 극 중에서 코러스가 줄곧 강조하는 연극의 한계는 역사적 현실을 재현하는 연극의 한계 인식과 동시에 역사적 현실에 대한 해석의 어려움을 토로하는 것이다.

이 작품은 국가적 영웅의 탄생을 다분히 국수주의적인 입장에서 그리면서 동시에 이를 비판적으로 보는 다양한 시각을 제공한다. 이들 관점의 충돌을 통해서 극적 아이러니를 불러일으키는 것이다. 그중 코러스의 서사와 극 중 행위의 불일치는 일차적인 것이다. 코러스가 역사적 사건을 극으로 재현하는 한계를 인정하며 관객의 상상력을 동원한 비판적 참여를 유도하는 것은 극적 환상을 파괴하는 행위이며, 이로 인해서 코러스가 강조하는 영웅극은 극장 안에서 해체되고 있다. 이런 의미에서 「헨리 5세」는 문제극의 특성을 다분히 지니고 있으며, 「트로일로스와 크레시다」에 매우 근접한 작품 즉, 문제극으로 가는 길목에 있는 작품이다.

참고 문헌

Barton, Anne. "The King Disguised: Shakespeare's *Henry V* and the Comical History". *The Triple Bond*, eds. Joseph G. Price and Arthur Colby Sprague. University Park: Pennsylvania State University Press. 1975. 92~117.

Battenhouse, Roy W. "*Henry V* as Heroic Comedy". *Essays on Shakespeare and Elizabethan Drama in Honor of Hardin Craig,* ed. Richard Hosley. Columbia: University of Missouri Press. 1962. 163~182.

Brennan, Anthony. "That Within Which Passes Show: The Function of the Chorus in *Henry V*". *Philological Quarterly* 58:1 (1979). 40~52.

Brennan, Anthony. *Henry V: Harvester New Critical Introduction to Shakespeare.* London: Harvester Wheatsheaf. 1992.

Dollimore, Jonathan and Alan Sinfield. "History and Ideology: The Instance of *Henry V*". *Alternative Shakespeare,* ed. John Drakakis. London: Methuen. 1985. 206~227.

Gilbert, Allan. "Patriotism and Satire in *Henry V*". *Studies in Shakespeare*, eds. Arthur D. Matthews and Clark Emery. Coral Gables: University of Miami Press. 1953. 40~64.

Grennan, Eamon. "'This Story Shall the Good Man Teach His Son': *Henry V* and the Art of History". *Papers on Language and Literature* 15:4 (1979). 370~382.

Hall, Joan Lord. *Henry V: A Guide to the Play*. Westport: Greenwood Press. 1997.

Hammond, Antony. "'It must be your imagination then': The Prologue and the Plural Text in *Henry V* and Elsewhere". *Fanned and Winnowed Opinions: Shakespearean Essays Presented to Harold Jenkins,* eds. John Mahon and Thomas Pendleton. London: Methuen. 1987. 133~150.

Jones, G. P. "'*Henry V*': The Chorus and the Audience". *Shakespeare Survey* 31 (1978). 93~104.

Law, Robert A. "The Choruses in *Henry the Fifth*". *University of Texas Studies in English* 35 (1956). 11~21.

Merrix, Robert P. "The Alexandrian Allusion in Shakespeare's *Henry V*". *English Literary Renaissance* 2:3 (1972). 321~333.

Pitcher, Seymour M. *The Case for Shakespeare's Authorship of "The Famous*

Victories". New York: State University of New York Press. 1961.

Pugh, Thomas B. *Henry V and the Southampton Plot of 1415*. Southampton: The University Press. 1988.

Pugliatti, Paola. "The Strange Tongues of *Henry V*". *The Yearbook of English Studies* 23 (1993). 235~253.

Quinn, Michael, ed. *Shakespeare Henry V: A Casebook*. London: Macmillan. 1969.

Robinson, Marsha S. "Mythoi of Brotherhood: Generic Emplotment in *Henry V*". *Shakespeare's English Histories: A Quest for Form and Genre,* ed. John W. Velz. Binghamton: Medieval and Renaissance Texts and Studies. 1996. 143~170.

Ross, A. E. "Hand-Me-Down-Heroics: Shakespeare's Retrospective of Popular Elizabethan Heroical Drama in *Henry V*" in Velz. 171~203.

Salomon, Brownell. "The Myth Structure and Rituality of *Henry V*". *The Yearbook of English Studies* 23 (1993). 254~269.

Seward, Desmond. *Henry V as Warlord*. London: Penguin Books, 2001.

Shakespeare, William. *King Henry V: The New Cambridge Shakespeare,* ed. Andrew Gurr. Cambridge: Cambridge University Press. 1992.

Walch, Gunter. "'*Henry V*' as Working-House of Ideology". *Shakespeare Survey* 40 (1987). 63~68.

5. 「헨리 6세」 1부

플롯은 세워졌다

I

「헨리 6세」 1부(c.1590~1592)는 저자와 집필 시기의 규정 등에 있어 여전히 논란이 많은 작품이다. 소위 통합론 평자들integrators은 「헨리 6세」를 셰익스피어의 단독 작품으로 간주하며, 분리론 평자들disintegrators은 토머스 내쉬Thomas Nashe나 조지 필George Peele, 또는 로버트 그린Robert Greene 같은 동료 극작가들과의 공동 작품으로 파악한다. 본래 다른 작가의 작품이었던 것을 셰익스피어가 개작한 극이라 주장하는 도버 윌슨 역시 후자에 속한다. 분리론 평자들은 대체로 1부가 2부, 3부보다 나중에 쓰였다고 주장한다.

리오 커쉬바움Leo Kirschbaum은 1952년 「헨리 6세의 원저자」라는 글에서 1부가 셰익스피어의 작품이 아니라고 보는 이들은 심미적 기준에 근거해 그런 주장을 내세우면서도 정작 작품을 철저하게 읽지는 않았다고 비판했다. 「헨리 6세」 1부는 삼부작의 첫 작품으로서 셰익스피어의 단독 작품임을 의심할 바 없다는 것이다(822). 틸야드와 그의 영향 아래 있는 평자 태반이 이런 입장을 고수한다. 셰익스피어의 영국 역사극 여덟 편에서 신의 섭리의 구현이라는 〈거대한 규모의 유형〉(Tillyard 149)을 찾은 틸야드는 셰익스피어의 타고난 고전 작가로서의 〈구성력 *architectonic power*〉(Tillyard 161)을 높이 평가한다. 그에 의하면 1부는 제1사부작의 첫 작품으로서 거장다운 뛰어난 구조를 지닌 작품이다. 〈이 작품의 으뜸가는 매력은 셰익스피어가 그것을 단일 작품으로 형상화하는 동시에 거대한 구조의 유기적 일부로 착상한 강력한 힘에 있음을 의심할 여지가 없다〉(Tillyard 173)고 논하며 그는 1부의 주제와 극적 구조의 유기적 결합을 주장했다. 틸야드는 로버트 로Robert. G. Law 교수로부터 셰익스피어의 사극들이 서로 느슨히 연결된 독립된 작품일 따름이라고 논박을 받았을 때에도 작가의 일련의 역사극들이 영국을 주인공으로 한 거대한 서사적 구조를 지닌 작품이라는 자신의 주장을 견지했다(Tillyard Essays Literary and Educational 40). 역사극에 구현된 신의 섭리라는 관점을 부인하는 입장에 선 앨버트 해밀턴Albert C. Hamilton도 작품의 구조적 통일성을 들어 1부가 셰익스피어의 단독 작품이며 삼부작 중에서 가장 먼저 쓰인 작품임은 인정했다(18~19, 28). 통합론 평자들의 주장은 앤드루 케언크로스Andrew Cairncross에 의해 가장 확실하게 정리된다. 그는 분리론 평자들의 주장을 전적으로 배격하면서 1부가 〈독창적인 형식으로 매우 대중적인 작품을 창조하기 위한 의도 아래 소재를 배열했다는 점에서 독창적인 한 사람의 작품이라는 표식을 확실하게 지니고 있다〉(53)고 단언했다. 1부는 셰익스피어의 단독 작품일 뿐 아니라 제2사부작의 일부로 의도한 흔적이 도처에 역력하다는 것이다(35).

194

한편, 에드먼드 체임버스Edmund K. Chambers와 윌슨 등은 1부를 셰익스피어와 동시대 극작가의 합작 내지 다른 극작가의 작품을 개작한 것으로 보는 입장을 견지했다. 특히 윌슨은 삼부작을 전체로 보아야 한다는 틸야드의 주장에 동의하면서도 1부를 2부의 서문으로 간주해야 한다고 주장했다(11). 그는 1부에 나타난 극 언어의 빈약, 내부적 사실의 모순 등을 분석하고 작중의 탁월한 부분은 셰익스피어의 공으로, 그렇지 않은 부분은 공저자의 탓으로 돌리는 전략을 구사함으로써 민족 시인으로서의 셰익스피어 위상 높이기에 주력한다. 나아가 그는 이 극의 얼개를 엮은 작가는 그린, 1막을 쓴 작가는 내쉬라고 논하면서 결론적으로는 무대 상연을 위해 그린과 내쉬와 필이 공저한 것을 셰익스피어가 개작했을 가능성을 타진했다(44). 체임버스나 피터 알렉산더Peter Alexander 같은 서지학자들도 꾸준히 제기해 왔던 관점이었으나 1940년대 중반 이후로는 틸야드의 영향에 가려 수장되다시피 했던 윌슨의 주장은 근래 들어서 게리 테일러Gary Taylor 같은 옥스퍼드 셰익스피어 편집자들에 의해 재평가받기 시작했다. 테일러는 「헨리 6세」에서 1부는 2부와 3부의 성공에 힘입어 나중에 기획된 작품이며 셰익스피어와 내쉬, 그리고 익명의 두 극작가들의 합작이라는 주장을 문체와 시어의 정세한 분석을 통해 뒷받침한다. 그에 따르면 1부의 1막은 확실하게 내쉬의 작품이며 3막과 5막, 2막 일부와 4막 일부는 각각 다른 극작가에 의해 쓰인 것이다. 작품의 내적 통일성에 집착하는 모더니즘 미학의 이데올로기에서 벗어날 것을 촉구하면서 테일러는 틸야드를 넘어 윌슨에게로, 합작 이론을 정설로 했던 19세기 셰익스피어 비평가들의 입장으로 되돌아간다(157~186).

테일러는 1부가 「헨리 6세」 삼부작 중 가장 나중 작품이며 앞서 2부와

3부의 성공에 고무된 스트레인지 경의 극단이 급조한 작품이라고 추정한다. 그의 주장은 셰익스피어의 전체적 어휘 분석, 동사 굴절 어미의 철자상의 특징 따위의 미세한 분석에 근거하고 있어 필자로서는 이를 반박할 능력이 없다. 그러나 문법이나 문체가 단일하지 않다는 사실은, 반드시 네 명의 작가가 있었다는 주장으로 귀결될 수밖에 없는 것일까. 혹시 당대의 배우나 서기들이 셰익스피어의 작품을 나눠 필사하는 과정에서 생긴 특질로 볼 수는 없는 것일까. 이런 점에 대해서 윌슨이 따로 설명한 바 없다는 점은 못내 석연찮다. 다시 말해 윌슨의 주장처럼 작품의 통일성 부정에서 출발한 테일러의 주장은 여전히 많은 부분을 추측에 의존하고 있다. 따라서 데이비드 베빙턴David Bevington이 주장하듯이 「헨리 6세」 삼부작은 자연적인 순서에 따라 셰익스피어가 모두 썼을 가능성이 가장 확실하다(487). 셰익스피어 극의 구성과 기원에 관한 권위자 토머스 볼드윈Thomas W. Baldwin도 제1사부작은 연속적으로 구성된 작품이라고 논하면서, 「헨리 6세」 1부와 2부, 3부와 「리처드 3세」가 각각 짝을 이룬다고 설명했다(381). 그에 의하면 1부에서 발견되는 불일치는 세목에만 해당되는 것으로 결코 근본적인 것은 아니며, 1부는 자체로서 통일된 하나의 작품으로서 계획됐다고 봐야 한다(357~358).

「헨리 6세」 1부가 셰익스피어의 단독 작품인가 아닌가라는 쟁점에서 부각되는 점이라면 작가론의 문제와 작품 구성에 대한 평가가 맞물려 있다는 사실일 것이다. 통합론 평자들이 대체로 작품 구성상의 유기적 통일을 주장하는 반면 분리론 평자들은 셰익스피어의 작품으로 보기 어려운 구성상의 비통일성과 역사적 사건의 삽화적 나열을 지적한다. 이 글의 목적은 그 구성상의 특질을 살핌으로써 「헨리 6세」 1부가 셰익스피어의 단독 작품으로 간주하기에 무리 없을 만큼 잘 짜여 있음을 논증하는 것이다.

셰익스피어의 초기 역사극은 5막이라는 극 구성보다는 장면에 따라 진행되며, 그 장면의 대조와 병치, 병행과 반복 등을 통해 역사적 사건의 진행 과정을 관객이나 독자에게 다양한 각도에서 재현해 보이는 것을 특징으로 한다. 비극이나 희극과는 달리 역사극은 보통 이미 알려진 과거의 역사적 사건을 다루는 만큼 그 사건이 어떻게 발생하고 진행되었으며, 미래에 결국 어떤 영향을 미쳤는지를 인과 관계에 따라 무대에 재현하는 방식으로 구성돼 있다. 따라서 하나의 역사적 사건을 다양한 각도에서 동시적으로 보여 주는 병행적 장면 구성은 역사를 신의 섭리가 구현되는 거대한 배경이 아닌 인간의 세속적이고 정치적인 동기가 만들어 내는 현실 정치의 장으로 이해하는 셰익스피어의 역사관을 반영하는 것이라 할 수 있다. 역사의 종말을 설정하는 기독교적 역사관이 정적이고 직선적이라면, 다양한 이해관계의 충돌이 발생하는 인간 중심의 세속적 역사관은 동적이며 변화무쌍하다. 단편적인 장면들의 반복과 대조는 단일한 역사적 사건이나 인물을 다양하게 바라볼 수 있는 관점을 제공하고, 여러 층위의 관점과 이해의 충돌이 빚어내기 마련인 극적 아이러니 역시 보여 준다. 셰익스피어의 초기 영국 역사극에서 극적 아이러니는 일종의 구성 원리로 작용할 정도로 큰 비중을 차지한다. 중심 사건이나 인물이 극 중의 행위를 이끌어 가는 아리스토텔레스의 직선적 구성과는 달리 단편적 사건을 중심으로 한 장면의 반복과 대칭, 병행으로 이루어진 셰익스피어의 구성은 브레히트의 서사극처럼 관객에게 역사적 현실에 대한 환상이 아닌 인식의 충격을 제공하려는 작가의 목적과 의도를 반영하는 것이라 할 수 있다. 브레히트가 셰익스피어의 초기 역사극에서 자신의 서사극의 원형을 발견한 것도 무리는 아니다.

「헨리 6세」 1부는 셰익스피어의 단독 작품이며 그의 역사극 중 순서상으로 가장 먼저 쓰였다. 셰익스피어는 이 작품에서 영국의 국론 분열과 내란 위기라는 주제를 장면의 반복적 병치 구조를 통해 구체화하고 있다. 1부가 구조적으로 느슨하고 플롯이라 할 만한 게 없다는 기존의 주장과 달리 외려 2, 3부와의 관계 속에서 의도적으로 구성된 작품이다. 작품의 유기적 구성을 읽어 내는 것은 1부가 전적으로 셰익스피어의 작품임을 간접적으로 증명하는 작업이 될 것이다. 장면의 병치와 반복으로 인물의 성격보다 사건을 중심으로 전개되는 서사극적 구성은 아리스토텔레스가 말하는 단일한 사건을 중심으로 한 플롯과는 일정 거리를 유지하는, 셰익스피어 역사극만의 독특한 구성 방식이다. 이런 서사극적 구성은 작가의 초기 역사극이 중세 종교극과 관련 깊을 뿐 아니라 극적 아이러니를 구성 원리로 하고 있다는 사실 역시 증명한다. 셰익스피어의 초기 영국 역사극에 대한 비평적 관심은 여전히 그의 정치관이나 역사관 같은 주제 연구나 비극적 인물의 전형이 어떻게 역사극에서 발전해 왔는지를 구명하는 작업에 집중돼 있다. 구성적 측면을 살핀 연구도 간헐적으로는 있었으나 1부의 구성을 「헨리 6세」 삼부작 전체의 서사적 구조 속에서 파악한 작업은 거의 없다.

II

「헨리 6세」 1부가 2부의 치밀함에 비해 그 구성이 다소 느슨한 것은 사실이다. 그러나 역사적 사건의 시간적 순서를 무시하고 엉킨 사건들을 재구성하여 압축하는 작가의 극작 과정은 1부에도 잘 나타나며, 그로 인해 구성적 통일성만큼은 분명히 드러난다. 사료의 재구성 과정은 영국의 내분이 가져올 국내외의 혼란을 셰익스피어가 구체화하는 방식이다.

틸야드 이전의 평자들, 특히 분리론 평자들의 1부 극 구성에 대한 평가는 대체로 부정적이었다. 존 헨먼John Henneman은 1부의 구성이 전체적으로 매우 빈약하다고 평가했으며, 인물이나 플롯의 발전의 거의 없다고 논지했다(293). 셰익스피어가 창작에 참조한 자료와 작품의 관계를 연구한 제프리 불러Geoffrey Bullough 역시 이 작품은 〈연대기극이라기보다는 역사적 주제에 대한 일종의 환상곡〉(25)이라며 구성의 무질서를 비판했다. 그러나 그는 기존의 역사적 소재가 작가에게 주는 저항을 고려하자면 꽤 잘 계획된 작품임에는 틀림없다고 인정했다(38). 구성적 문제에 가장 먼저 주목한 평자들 중 한 사람인 필립 브록뱅크Philip Brockbank도 극적 구성 자체보다는, 끊임없이 교차하는 현란한 장관을 통해 내분의 여러 양상을 구체화한 측면에 주목해서 「헨리 6세」 1부를 평가한다(83). 그는 1부를 일련의 성격적 주제를 삽화적으로 보여 주는 중세 종교극의 파편적 구조와 연결시킨다. 이러한 관점은 마이클 해터웨이Michael Hattaway나 엠리스 존스Emrys Jones의 견해와도 상통하는 것이다(Hattaway 9~11, Jones 31~55). 그러나 브록뱅크의 부정적 평가는 셰익스피어의 역사극 구성을 아리스토텔레스의 플롯 구성에 준거해 평가한 결과일 따름이다. 브레히트의 서사극처럼 셰익스피어의 초기 역사극은 다양한 각도에서 주제를 부각시키는 구성 방식을 취함으로써 작중의 사건과 인물을 입체적으로 조명하고, 여러 시각들의 충돌이 이끌어 내는 극적 아이러니를 효과적으로 게시한다. 삽화적인 사건들은 그 자체로서뿐만 아니라 다른 사건이나 인물의 성격과 연계돼 전체를 이루는 일부로서도 의미를 지닌다. 헤리워드 프라이스Hereward T. Price는 셰익스피어 역사극의 이런 성격을 충실하게 설명한 이다. 그의 논고는 플롯과 디자인을 인위적으로 구별하는 오류를 범하고 있긴 하지만 1부가 지닌 구성의 견고성을 구체화해 설명하는 탁월함을 보인다. 그에 따르면 「헨리 6세」 1부는 인물과 상황의 반복과 대조로 묶인 작품이며, 플롯을 가지고 있지는 않다 하더라도 엄격하게 통제된 디자인이 있다(35). 여기서 프라이스는 인물과 사건을 이끌어 가는 극적 행위로서의 플롯과 사건의 배열인 디자인을 구별하고 있는데, 이는 그가 여전히 신비평적 틀 안에서 작품을 보고 있다는 증거이다. 그러나 그는 셰익스피어의 프리즘 같은 다면적인, 혹은 다성적인 구성을 주장함으로써(36) 역사극이 제공하는 시각의 다양성을 강조했다. 이런 측면에서 「헨리 6세」 1부는 역사극의 신기원을 이루는 작품이다(37). 영국의 역사극이 1580년대 후반과 1590년대 초반 셰익스피어에 의해 비로소 하나의 장르로 정착했다는 점에서 프라이스의 이런 평가는 과장이 아니다.

돈 릭스Don Ricks는 프라이스의 평가를 그대로 계승한다. 그는 플롯의 구성에 치중한 「헨리 6세」 2부와 비해 1부는 작가가 디자인에 대한 일차적 관심을 보인 작품이라고 설명한다(101). 인과 관계로 이루어진 지속적 행위가 결여돼 있다는 점을 들어 1부에는 플롯이 없다고 설명하는 점에서(43) 그 역시 프라이스처럼 인물의 성격에 의한 사건의 구성과 발전을 플롯으로 간주한다는 것을 알 수 있다. 그에 따르면 「헨리 6세」 1부는 장면의 병치와 대조를 통한 구조적 관계라는, 플롯과는 구별되는 유형의 탄생을 보여 주는 극이다(60~61). 이 지점에서 그는 「헨리 6세」 1부가 인물이 아닌 사건을 중심으로 한 극이라고 주장하는 셈이다. 그러나 프라이스의 오류에서와 마찬가지로, 플롯과 디자인을 구분하는 것은 큰 의미가 없다. 작품의 구조 분석을 통해서도 그의 주장은 쉽게 반박될 수 있는 것이다. 1부에서 셰익스피어의 관심이 역사적 사건의 변화와 전개에 더 집중되어 있다 한들 사건의 발전 자체가 인물의 성격과 별개로 전개된다면 셰익스피어가 새로운 역사극을 창조했다는 주장 자체가 그 정당성을 상실하게 되기 때문이다.

1부에서 셰익스피어의 관심은 영국 귀족들의 내분이 어떠한 부정적 결과를 국내외적으로 가져오는지를 구조적으로 보여 주는 데 있다. 자연히 1부의 구성은 영국과 프랑스를 두 축으로 하여 양자를 오가면서 교차적으로 전개된다. 얼핏 혼란스러워 보이기 십상인 사건의 전개는 반복과 병행, 대조와 병치를 통해 중심 주제를 강화시켜 나가고, 이로부터 극적 아이러니를 끌어낸다. 1막 1장의 장면은 그런 의미에서 매우 상징적이다. 1422년 8월 31일 사망한 헨리 5세의 장례식에 모인 영국의 귀족들은 프랑스에서의 반복적인 패전 소식에 장례를 치르다 말고 다들 흩어진다. 아직 어린 헨리 6세는 장례식에 참석하지도 않았다. 이는 그가 채 한 살배기도 되지 않은 갓난아이라는 역사적 사실을 떠나, 영국의 정치가 귀족의 권력 다툼에 의해 지배되고 왕은 국외자에 지나지 않게 될 것임을 상징적으로 예시하는 대목이다. 장례라는 의식이 과거와의 화해요 사회적 단결을 위한 절차라는 점에서, 헨리 5세의 장례가 온전히 치러지지 못한 것은 영국이 과거를 청산하고 현재와 맞서는 데 실패함을 뜻한다. 사촌 간인 왕의 섭정 글로스터Gloucester와 윈체스터Winchester 주교의 자존심 싸움은 내분의 한 가닥이자 프랑스 점령지 상실의 이유다. 베드퍼드Bedford가 둘의 싸움을 만류하면서 영국의 보전을 선왕에게 기도하는 순간에 등장한 전령은 샹파뉴Champagne와 오를레앙을 비롯한 선왕의 점령지들을 줄줄이 잃었음을 알린다. 극의 처음부터 셰익스피어는 기대나 희망이 정반대의 결과를 가져오는 극적 아이러니를 강조해 보여 주는 것이다. 장면과 상황 및 인물 행동의 반복과 대조를 통해 야기된다는 점에서 셰익스피어의 극적 아이러니는 구조적인 아이러니다.

전령의 보고에 엑서터 백작은 무슨 음모와 배신이 있었기에 그 많은 점령지들을 일시에 잃었는지 되묻는다. 〈음모가 아니라 병력과 군자금 부족〉(1.1.69) 때문이었다는 전령의 답은 영국 귀족들의 현실감 부족을 단적으로 드러낸다. 시작부터 과거 지향적 인물과 현실적 인물 간의 대립, 이상과 현실 간의 대립이 세대의 대조를 통해 첨예하게 드러난다.

음모가 아니라 병력과 군자금 부족 때문이지요.
병사들 사이에서 이런 불만이 떠돌고 있습니다.
여기 본국에 계신 귀족들은 파당을 지어
원정 나간 병사들이 전쟁을 치르고 있는 마당에
장군의 자질이나 평하고 있다고요.
비용을 적게 들이고 장기전을 치르기를 원하는 분이 있는가 하면
다른 분은 빨리 날아오르고 싶지만 날개가 없고
또 다른 분은 전혀 비용을 치르지 않고
그럴듯한 말로 속여 휴전을 얻어 내고자 한다고요.
영국의 귀족들이여, 잠에서 깨어나세요, 깨어나요!

최근에 얻은 영예들을 게으름으로 흐리지 마십시오.
여러분 문장에 새겨진 장미 문양은 잘려 나갔습니다.
영국의 문장에서 절반은 잘려 나갔다니까요.

No treachery, but want of men and money.

Amongst the soldiers this is muttered,

That here you maintain several factions,

And whilst a field should be dispatched and fought,

You are disputing of your generals:

One would have lingering wars with little cost;

Another would fly swift, but wanteth wings;

A third thinks, without expense at all,

By guileful fair words peace may be obtained.

Awake, awake, English nobility!

Let not sloth dim your horrors new-begot:

Cropped are the flower-de-luces in your arms;

Of England's coat one half is cut away. (1.1.69~81)

전령은 영국 귀족들이 당파 싸움에 휩싸여 장군의 자질이나 평가하고
있는 사이에 선왕 헨리 5세가 애써 얻은 프랑스의 점령지들을 잃은 현실
을 강하게 비난한다. 전령의 등장 전에 이미 선왕의 관을 앞에 두고 싸우
는 귀족들의 모습으로써 그 비판의 타당함은 증명된 터이다. 첫째 전령
의 말이 끝나자마자 그것이 사실임을 입증이라도 하듯이 둘째 전령이 등

장해 프랑스의 샤를 왕이 렝스Reims에서 왕위에 올랐고 귀족들이 그의 편에 가담했음을, 이어 등장한 또 다른 전령은 탤벗이 포로로 잡혔음을 알린다. 구조적으로는 영국과 프랑스를 두 축으로 하여 전개되지만 주제적으로는 하나로 묶인다는 것을 쉽게 알 수 있다. 작가의 초기 역사극은 사건의 진행을 극 중 행위가 아닌 전령의 말을 통해 관객에게 전달하는 세네카식의 전통을 취하고는 있지만, 그것이 작가의 후기 역사극, 예컨대 「헨리 4세」 2부 〈소문〉의 서곡이나 「헨리 5세」 코러스에서도 반복된바, 기교의 미숙보다는 역사극의 서사적 특징이라 봐야 옳을 것이다.

전령의 설명에 의하면 탤벗이 등을 찔려 생포된 것은 명예를 존중해야 할 가터Garter 기사 존 폴스타프 경이 도망한 결과다. 작가는 왕실의 정치적 내분과 전장의 군사적 분열이 서로 병행하여 파괴적 결과를 초래하는 양상을 대칭적으로 보여 준다. 프랑스 점령지가 상실되고 탤벗이 포로로 잡혔다는 소식에 장례식이 중단되고 귀족들이 서둘러 흩어지자 헨리 5세의 검은 관은 무대 위에 그대로 방치된다. 작가는 헨리 5세의 영광은 이미 과거의 유물에 불과하다는 것을 시각적으로 보여 준다. 탤벗의 소식에 군사를 모아 프랑스로 향할 계획을 세우는 베드퍼드 백작을 통해 프랑스에서의 영국군의 운명과 점령지의 향방이 탤벗에게 달려 있다는 사실을 알 수 있다. 무대에 혼자 남은 윈체스터 주교는 어린 왕을 이용해 자신이 통치의 수장이 되겠다는 야심을 독백하고, 국가적 혼란 중에도 자신의 야욕을 다짐하는 그의 모습은 귀족들의 내분이 거세어질 것을 암시한다. 작가는 극의 초반부터 모든 인물들을 무대에 등장시켜 그들 간의 잠재적 갈등과 극적 행위의 발전 방향을 예시해 주고 있다.

영국의 내분과 혼란에 대한 외적 상징이 바로 프랑스의 잔 다르크이다. 그 자신의 말대로 하늘로부터 〈영국의 징벌자가 되라는〉(1.2.129) 계시를 받은 그녀는 오를레앙의 패전으로 실의에 차 있는 프랑스 군사들에게 끝까지 싸울 것을 독려하며 과거 영국의 영광은 거품과 같음을 매우 설득력 있는 언어로 설파한다.

> 영광은 물속의 파장 같아서
> 쉬지 않고 원을 넓혀 가다가
> 마침내는 너무 넓어져 아무것도 없게 되지요.
> 헨리의 죽음과 더불어 영국의 파장은 끝이 났습니다.

> *Glory is like a circle in the water,*
> *Which never ceaseth to enlarge itself*
> *Till by broad spreading it disperse to nought.*
> *With Henry's death the English circle ends.* (1.2.133~136)

수면 위에 일다 사라지는 파장에 영광을 비유하는 그녀의 말은 하늘에서처럼 지상에서도 전쟁의 신 마르스의 운행은 알 수 없다는 샤를 왕의 말과 함께 흥망성쇠를 반복하는 역사의 흐름을 지적한 것이다. 그녀의 현실적 발언은, 사건의 빈번한 교차를 통해 역사를 동적인 것으로 파악하는 셰익스피어의 관점을 반영하기도 한다. 지난날의 영웅주의에 사로잡혀 있는 영국의 귀족들이나 탤벗과 대조적으로 현실에 뿌리박고 있는 그녀의 언어는 과거 로맨스의 언어와는 다른 역사극의 새 언어를 찾고 있는 작가의 모색을 나타낸다는 점에서도 중요한 의미를 지닌다. 영국의 내분을 그리는 1막 1장과 1막 3장 사이에 위치한 1막 2장은 잔 다르크를 중심으로 한 프랑스의 단결을 보여 줌으로써 영국의 혼란상을 대조적으로 부조한다.

1막 3장은 1막 1장의 연속으로 내분의 심화를 보여 주는 장이다. 런던탑에 보관된 무기를 점검하려는 글로스터의 계획을 관리 책임자인 윈체스터 주교가 막음으로써 양 진영의 싸움이 본격화된다. 푸른색 복장을 한 글로스터의 하인들과 갈색 복장을 한 윈체스터의 하인들이 런던탑 앞에서 대립하는 장면은 곧 장미 전쟁으로 발전할 귀족들의 본격적인 내분과 대립 및 내쟁의 전조요 축소판이다. 셰익스피어는 1막 1장과 1막 3장의 연속성을 강조하기 위해 역사상으로는 1424년에 일어난 사건을 1422년의 사건과 함께 처리하고, 윈체스터의 정치적 야심을 강조해 보이기 위해 1427년에야 추기경이 된 그를 작품 속에서 미리 승격시켜 글로스터에 필적하는 지위와 힘을 지닌 인물로 만들어 낸다. 윈체스터의 성격 묘사는 사료에 근거했다고 보기에는 무리가 있다. 차라리 작가가 후에 극화한 울시Wolsey 추기경의 전신 격이라 봐야 옳을 것이다. 거리에서의 싸움 장면 역시 이후 「로미오와 줄리엣Romeo and Juliet」이나 「줄리어스 시저」에서 다시 나타난다. 정치적 혼란에 대한 징표이자 비극적인 암시로서 기능하는 이들의 싸움은 그로써 상점의 유리창이 깨지거나 하여 생업에 막대한 지장을 받는다고 불만을 토해 내는 런던 시장의 출현으로 가까스로 진화되지만 그 불씨를 여전히 안고 있다. 후에 「헨리 6세」 2부와 3부에서는 자중지란의 악영향을 규탄하는 방식으로 반복되는 데 비해, 여기서의 런던 시장의 불평은 정치적 혼란이 개인적인 삶의 영역에 미치는 영향을 강조하는 것이다.

1막 4장에서 2막 2장까지 이어지는 5개의 장은 모두 오를레앙을 배경으로 한다. 탤벗에게 빼앗겼던 오를레앙을 잔 다르크의 활약으로 프랑스가 탈환하는 장면은 극의 주된 사건이 탤벗과 잔 다르크의 대립을 중심으로 전개될 것임을 암시적으로 나타낸다. 해 질 무렵 적진의 동태를 살피기 위해 탤벗과 함께 망루에 올랐던 솔즈베리와 가그레이브 Gargrave가 프랑스 진영에 설치된 대포에 맞아 전사하는 1막 4장의 대목은 헨리 4세 시대의 영웅주의를 좇는 과거의 인물들이 현실적인 프랑스군에 의해 우스꽝스럽게 패배당하는 모습을 소극적으로 보여 준다. 관객은 포로로 사로잡혔던 탤벗이 광장에 끌려 나가 겪은 수모를 대신 복수하겠다고 다짐하는 순간 프랑스 포수의 어린 아들이 쏜 대포에 맞아 죽는 솔즈베리의 모습을 통해 1막 1장에서 그러했듯 기대와 희망이 계속 전복되는 극적 아이러니를 경험하게 된다. 솔즈베리의 복수를 다짐하며 탤벗 역시 잔 다르크와 대결하지만 호언장담과는 달리 〈갑옷 입은 여자〉이자 〈마녀〉요 〈거만한 창녀〉인 그녀를 그는 제압하지 못한다.

　　도공의 돌림판처럼 내 생각이 회오리치는구나.

　　내가 어디에 있는지, 무슨 일을 하고 있는지도 모르겠군.

　　마녀가 한니발 장군처럼 무력이 아니라 공포의 힘으로

　　우리 군대를 후퇴시키고 자기 마음껏 정복한다.

　　마치 연기 쏘인 벌들과 소란한 역한 냄새에 질린 비둘기들이

　　벌통과 새장에서 몰려 나가는 것처럼.

　　저들이 우리들을 그 잔인함 때문에 영국의 맹견들이라 불렀거늘

　　이제는 우리들이 강아지처럼 울부짖으며 달아나고 있다니.

My thoughts are whirled like a potter's wheel;

I know not where I am, nor what I do;

A witch, by fear, not force, like Hannibal,

Drives back our troops and conquers as she lists:

So bees with smoke and doves with noisome stench

Are from their hives and houses driven away.

They call'd us for our fierceness English dogs;

Now, like to whelps, we crying run away. (1.5.19~26)

여기서 탤벗은 여성성을 거부하고 남성처럼 갑옷을 입고 전쟁에 뛰어든 잔 다르크를 인간이 아닌 지옥의 마녀나 아마존 전사로 타자화함으로써 그의 내부에 깃든 여성성에 대한 공포를 드러낸다. 또한 그는 그녀를 제압하지 못하는 것을 마녀의 마성 탓으로 돌려 자신의 무력함을 정당화하고 자위한다. 헨리 5세의 총신들과 마찬가지로 탤벗은 지난날 영국의 기사도적 영웅주의의 화신이자 무기력한 과거의 유산으로서 잔 다르크가 대변하는 프랑스의 새로운 현실에 대처하지 못하는 시대착오적인 인물이다.

물론 셰익스피어가 잔 다르크를 처녀와 창녀라는 이중적 이미지로 그려 냄으로써 그녀에 대한 영국의 편견을 고스란히 드러내는 것은 사실이지만, 그녀의 현실적 언어를 통해 과거에 집착하는 탤벗과 영국 귀족들의 한계를 비판하는 것 또한 사실이다. 탤벗과 영국의 귀족들이 잔 다르크를 마녀와 창녀라 비난한다면 프랑스의 장군들은 탤벗을 〈지옥의 악마〉(2.1.46)라 비난한다. 이처럼 셰익스피어는 「헨리 6세」 1부에서 어느 한 인물에 초점을 맞추지 않고 병치와 대조로써 관점을 분배하여 관객의 시각을 다양화하는 전략을 구사한다. 이 과정에서 셰익스피어는 신의 뜻에 의한 역사의 전개라는 형이상학적 유형에 관심을 두지 않는다. 그는 인간의 행동과 동기를 중심으로 하여 역사를 해석한다. 셰익스피어가 자신의 초기 역사극을 기독교적 관점의 도덕극으로 의도하지 않았다는 것은 그가 신의 섭리로서의 역사의 진행을 무대에 단선적으로 재현하지 않았다는 뜻이며, 장면의 반복과 교차를 통해 인간 이해의 충돌과 그것이 빚어내는 극적 아이러니를 그려 내는 데 집중했다는 의미다. 극적 아이러니는 인물들의 이해관계가 구체화되는 「헨리 6세」 2부와 3부에서 더욱 심화된다. 장면 중심의 구성은, 단일한 사건이나 인물을 중심으로 하는 아리스토텔레스식의 플롯 구성으로는 급변하는 역사적 사건을 재현하는 데 한계가 있음을 반증한다. 이런 의미에서 셰익스피어의 초기 역사극은 서사극적인 성격을 강하게 지니는 셈이다.

2막 1장 마지막에서 오를레앙을 재점령한 영국군의 병사가 탤벗의 이름을 외치자 프랑스의 병사들이 가진 것을 모두 버리고 도망가는 장면은 탤벗의 외양과 실재를 대조시킨 2막 3장을 예비하기 위한 것이며, 2막 2장에서 버건디Burgundy 백작이 샤를 왕과 잔 다르크를 통정 관계로 묘사하는 장면은 얼핏 사족으로 보이나 오베르뉴Auvergne 백작 부인의 초대를 받은 탤벗을 통해 전쟁과 사랑 싸움의 유비 관계를 강조하려는 작가의 계산에서 비롯한 것이다. 삽화적으로 보이는 장면들은 사실 매우 유기적으로 긴밀하게 연결돼 있다. 〈귀부인들이 면회를 원할 때 전쟁은 평화로운 장난으로 변한다〉(2.2.44~45)는 버건디의 말처럼 사랑 놀음을 전쟁에 비유한 오비디우스의 전통에 비출 때 2막 3장은 탤벗의 진정한 영웅주의를 돋보이게 하는 장이며, 작품의 전개에 있어서도 주제적으로 중요한 장이다. 소위 미인계로 탤벗을 생포하여 명성을 얻으려는 오베르뉴 백작 부인은 프랑스의 징벌자인 탤벗의 왜소한 외모에 실망해 그의 외양을 그의 전부로 착각한다. 그러나 이미 오베르뉴 백작 부인의 계획을 간파하여 병력을 숨겨 놓은 탤벗은 〈나는 나의 그림자에 불과하다〉(2.3.50)고 말한다. 셰익스피어 시대에 〈그림자〉라는 단어가 배우를 지칭한다는 것을 상기하면, 작가가 여기서 탤벗의 역할을 하는 배우와 그의 본모습이 별개임을 암시하는 한편, 전형적인 충신이자 왕의 기사로서 자신의 본질이 다른 곳에 있다고 주장하는 탤벗의 자기 부정적인 영웅주의를 부각시키고 있다는 것을 간파하기는 어렵지 않다. 데이비드 리그스 David Riggs의 주장처럼 이 작품에서 탤벗의 주된 역할은 최후의 대변자로서 영국 귀족들의 몰락을 장엄한 의식을 통해 보여 주는 것이다. 〈나는 나의 그림자에 불과하다〉는 그의 말은 철저하게 인간 관계를 부정하는 리처드 글로스터의 〈나는 단지 나 홀로일 뿐이다〉(3부 5.6.83)라는 말과 좋은 대조를 이룬다. 자신을 절대적인 신의 위치에 두는 후자와 달리 전자는 봉건 계서 관계 안에서 자신을 부정함으로써 자신의 의미를 찾는다. 전자와 달리 후자는 탐욕적인 개인주의의 등장을 알리는 신호탄이다. 「리어 왕」의 에드먼드나 「오셀로」의 이아고의 출현처럼 셰익스피어의 초기 역사극에서 리처드의 출현은, 봉건 질서가 홉스식 근대적 개인주의의 힘에 밀려 교체되는 순간을 드러내 보여 주는 하나의 징표다. 여기에서 셰익스피어의 성격비극적 인물들이 탄생한다.

허셜 베이커Herschel Baker는 2막 3장을 전체적인 주제나 구성과 동떨어진 가벼운 일화라고 주장한다(590). 그러나 그는 앞서 버건디가 탤벗과 백작 부인의 만남을 장난으로 간주한 견해를 문자 그대로 따르는 셈이다. 그의 주장과 달리 이 장면은 전쟁의 일종인 사랑 놀음이 국가적 재앙으로 이어질 가능성을 미리 드러내는 예형(預形)이다. 탤벗의 일화를 통해 작가는 헨리와 마거릿Margaret의 결혼, 요크의 에드워드와 엘리자베스 그레이Elizabeth Grey의 탐닉적인 결혼이 통치의 무질서로 이어져 내란을 초래할 것임을 예시한 셈이다. 탤벗과 백작 부인의 만남은 햄릿이 연출한 극중극처럼 극 속의 극으로 준비된 것이다. 마크 로즈Mark Rose의 설명처럼 삼손과 델릴라를 모티프로 취하는 샤를 왕과 잔 다르크, 헨리와 마거릿의 관계와는 달리 탤벗과 백작 부인의 관계는 셰익스피어의 전체적인 대칭 구조에 대한 감각을 잘 보여 주는 삽화다(129). 백작 부인의 음모에 역으로 음모를 계획함으로써 그녀의 덫에서 빠져나오는 탤벗의 모습은 사료 더미에서 작품의 구조적 통일을 끌어내는 플롯의 구성자인 셰익스피어의 또 다른 모습과 연결된다(Burckhardt 52).

탤벗의 영웅적인 모습과 대조적으로 이어지는 2막 4장은 장미 전쟁의 기원을 찾기 위한 셰익스피어의 순전한 창작으로, 워릭의 표현처럼 장차 엄청난 결과를 가져올 내란의 시발이자 「헨리 6세」 삼부작 전체와 연결될 핵심 장면이다. 템플Temple 법학원에 모인 귀족들이 왕권의 정통성 문제를 놓고 벌이는 법리 논쟁에서 시작해 장미 전쟁으로 발전하는 내분은 삼부작 전체를 관류하는 주제이다. 합법적인 왕위 계승권을 두고 벌어지는 랭커스터가와 요크가의 논쟁은 삼부작 전체에 걸쳐 계속 제기되는 심판의 문제와도 밀접한 관계에 있다. 그러나 다른 심판의 경우와 마찬가지로 여기서 벌어지는 법리 논쟁 역시 법으로는 판결이 불가능하다. 서픽Suffolk의 말처럼 자신의 욕망에 맞춰 법을 왜곡시켜 끌어들임으로써 자의적인 판결을 내리는 것이 전부다. 워릭은 판결의 어려움을 높이 나는 두 마리의 매에 비유하는데, 이는 정치적 야심과 음모를 매사냥에 견준 이미지로서 1부와 2부를 이어 주는 중요한 고리 역할을 한다.

두 마리의 매 중 어느 것이 더 높이 나는지

두 마리의 개 중 어느 것이 더 잘 짖는지

두 개의 칼날 중 어느 것이 더 잘 드는지

두 마리의 말 중 어느 것이 더 순한지

두 명의 소녀 중 누가 더 쾌활한지는

어느 정도 가름할 수 있지만

법의 이 엄밀하고 까다로운 구분에 있어서는

나는 도요새처럼 진정 바보일 뿐이다.

Between two hawks, which flies the higher pitch;

Between two dogs, which hath the deeper mouth;

Between two blades, which bears the better temper;

Between two horses, which doth bear him best;

Between two girls, which hath the merriest eye —

I have perhaps some shallow spirit of judgement;

But in these nice sharp quillets of the law,

Good faith, I am no wiser than a daw. (2.4.11~18)

다소 진부하고 고답적이며 수사적인 그의 언어를 통해 작가는 〈엄밀하고 까다로운 법의 구분〉 자체가 일종의 말장난에 불과함을 암시한다. 리처드 플랜태저넷Richard Plantagenet과 서머싯Somerset 백작은 누가 정당한지 흰 장미와 붉은 장미의 숫자로 가리기로 약속해 놓고 정작 결과에는 관심 없이 서로 다투다 헤어질 뿐이다. 1막 1장 장례식 장면에 나타났던 의식 중단의 상황이 여기서도 반복되고 있다. 법률 논쟁은 법학원의 정원이 상징하는 질서 정연한 통치와는 무관하며, 정치적 야심을 위한 구실에 불과하다. 현재의 왕이 적법하다고 주장한 서머싯이 그 근거를 묻는 리처드의 반문에 〈당신의 흰 장미를 붉은 피로 물들일 계획을 가진 나의 칼집이 여기 있소이다〉(2.4.60~61)라고 답하는 데서 알 수 있듯이 법은 힘과 무력에 의해 지배될 뿐이다. 워릭의 예언처럼 이 분쟁은 수많은 목숨을 죽음으로 이끌게 된다.

내가 예언하거니와 오늘
법학원의 당파 싸움으로 번진 이 분쟁이
붉은 장미와 흰 장미 사이에서
수많은 영혼들을 죽음의 어두운 밤으로 내몰게 될 것이다.

And here I prophesy: this brawl today,
Grown to this faction in the Temple Garden,
Shall send, between the red rose and the white,
A thousand souls to death and deadly night. (2.4.124~127)

그의 이 예언은 2부에서의 글로스터 백작의 꿈처럼 장차 일어날 역사적 사건을 관객에게 미리 고지하는 셰익스피어의 극적 장치다. 볼프강 클레멘Wolfgang Clemen의 설명처럼 예언이나 꿈, 징조 등은 공통된 동기로 앞선 장면과 뒤선 장면들을 한데 묶어 주는 일종의 통합적인 요소로서 「헨리 6세」와 「리처드 3세」에서 보다 중요한 구조적 의미를 지니고 나타난다(25~35). 예언이나 꿈을 통해서 관객들은 이미 역사적 사실이 된 극 중의 사건들의 발생과 진행 과정을 긴장감 있게 지켜볼 수 있게 된다.

2막 4장의 논쟁의 배경을 셰익스피어는 2막 5장에서 역사적으로 제시한다. 일종의 플래시백인 셈이다. 2막 4장과 2막 5장이 같은 이야기를 다루고 있으나 그 배경이 논쟁 이후에 제시된다는 점에서 극적 긴장은 강화된다. 이 부분에서 셰익스피어는 런던탑에 갇혀 있다가 임종 시에 후계자로 리처드를 지목하는 에드먼드 모티머와 그 사촌 존 모티머를 혼동하고 있다. 그러나 이는 셰익스피어보다는 연대기 작가들의 실수에 일차적으로 기인한다고 봐야 할 것이다. 에드먼드 모티머는 임종 시에 리처드 플랜태저넷을 후계자로 지목하고 그에게 왕권을 둘러싼 역사적 배경을 설명해 준다. 즉 리처드 2세의 서거 후 에드워드 3세의 넷째 아들 곤트의 장남 볼링브루크가 왕위에 올랐으나 사실 정통한 계승자는 셋째 아들 클레런스 공작 라이어넬Lionel Duke of Clarence의 딸의 아들인 모티머 자신이어야 마땅했다. 그는 그를 왕으로 옹립하려던 퍼시 가문의 반란이 실패함에 따라 런던탑에 갇히는 신세가 되었다. 그리고 헨리 5세 때 다시 그를 왕으로 세우려던 리처드의 아버지 케임브리지 백작의 반란이 실패함으로써 케임브리지 백작은 처형되고 작위는 박탈되었다. 리처드 플랜태저넷이 서머싯으로부터 평민이라고 경멸을 받는 것은 바로 이 때문이다. 모티머는 여기까지 설명한 후 현실적으로 랭커스터 가문이 왕권을 쥐고 있음을 인정하면서 조카인 리처드에게 신중할 것을 당부한다. 잃어버린 가문의 명예를 되찾는 것이 리처드의 일차적 목적이 되는 이 장면에서부터 극은 명예와 왕권에 대한 야망을 구체화하기 시작하는 그의 술책과, 이에 맞서는 인물들의 대립을 중심으로 진행되기 시작한다. 영국 귀족들의 내분은 리처드의 야망 실현을 위한 기회로 작용한다.

내분의 격화를 보여 주는 3막 1장은 1막 3장의 반복이다. 왕 앞에서도 그칠 줄 모르는 글로스터와 윈체스터의 다툼과 갈등은 무기 휴대를 금지한 런던 시장의 포고령에 이번에는 돌을 집어 던지며 피투성이가 될 때까지 싸우는 하인들의 모습과 겹쳐 그려져 있다. 귀족들을 기도로 화해시킬 수만 있다면 기꺼이 그렇게 하겠다고 말하는 헨리 왕은 신의 섭리에 의존할 뿐이며, 왕의 권위를 행사하는 데 있어서는 더없이 유약하다. 그의 말대로 〈내쟁은 나라의 내장을 갉아먹는 사악한 뱀이다〉(3.1.72~73). 헨리의 발언은 워릭의 예언처럼 비극이나 역사극에서 반복되는 주제다. 「헨리 6세」 1부는 그 시작을 알리는 작품인 격이다. 내분의 한 축이 글로스터와 윈체스터의 갈등이라면, 다른 축은 리처드와 서머싯 백작의 갈등이다. 헨리 왕의 대관식이 프랑스에서 거행됨에 따라 영국의 내분은 프랑스로 옮겨 가고, 거기서조차 그칠 줄 모르는 그들의 분쟁은 프랑스의 점령지 상실과 탤벗의 죽음으로 이어진다. 이때 코러스 격인 엑서터 백작은 내분이 가져올 혼란을 예견한다. 셰익스피어는 워릭의 예언과 헨리의 발언을 좇는 엑서터의 예견으로 작품의 주제를 반복적으로 강조한다.

귀족들 간에 일어난 이 최근의 내분은

가식적인 사랑이라는 재 밑에서 불붙어 있다가

마침내는 활활 타오를 것이다.

고름 생긴 사지가 조금씩 썩어 가다

마침내는 뼈와 살과 근육이 다 떨어져 나가듯

이 비열하고 적의에 찬 불화는 그렇게 커갈 것이다.

헨리 5세 시절에

젖먹이 아이들의 입에서조차 회자되던

그 끔찍한 예언이 두렵기만 하구나.

몬머스에서 태어난 헨리가 모든 것을 얻고

윈저에서 태어난 헨리가 모든 것을 잃게 되리라는 그 예언.

이제 너무나 분명해져서 엑서터는 그 불행한 예언의

때가 오기 전에 죽기를 바랄 뿐이다.

This late dissension grown betwixt the peers

Burns under feigned ashes of forged love

And will at last break out into a flame:

As festered members rot but by degree,

Till bones and flesh and sinews fall away,

So will this base and envious discord breed.

And now I fear that fatal prophecy

Which in the time of Henry named the Fifth

Was in the mouth of every sucking babe;

That Henry born at Monmouth should win all

And Henry born at Windsor lose all:

Which is so plain that Exeter doth wish

His days may finish ere that hapless time. (3.1.190~192)

내분이 멀쩡한 사지까지 썩게 하는 고름처럼 나라를 병들어 죽게 할 것이라는 엑서터의 독백은 「코리오레이너스」에서 메네니어스 Mennenius가 정체를 몸에 비유했듯 통상 국가를 유기체에 비견했던 르네상스의 정치 담론에 근거한 것이다. 그는 따라서 이 독백으로 위계질서에 입각한 현 질서의 중요성을 강조한 셈이다. 셰익스피어는 헨리 5세가 이룩한 업적이 헨리 6세에 의해 물거품이 되고 말 것이라는 엑서터의 예언을, 앞서 헨리 5세의 죽음을 물의 파장으로 비유했던 잔 다르크의 발언과 연결시키고 있다. 이런 비유와 이미지의 중첩적, 반복적 사용과 통일성 앞에서, 여러 작가의 합작이라는 주장은 설득력을 잃는다.

3막 4장 파리에서 열린 헨리 6세의 대관식도 1막 1장 헨리 5세의 장례식처럼 온전하게 치러지지 못한 채 중단된 의식이 되고 만다. 잔 다르크의 설득으로 프랑스에 가담한 버건디 백작의 배신도 모른 채 대관식에서 자신의 무공을 자랑하는 탤벗의 모습 위로 그의 죽음의 예감이 겹쳐지면서 관객은 극적 아이러니를 느끼게 된다. 앞서 폴스타프의 배신으로 포로가 되었던 탤벗은 이번에는 버건디의 배신으로 죽음에 이른다. 셰익스피어는 유사한 사건의 반복으로 주제의 통일을 끌어낸다. 한쪽에서 대관식이 거행되는 동안 다른 한쪽에서는 버건디의 배신을 얻어 낸 도팽과 잔 다르크가 영국군을 공격하기 위한 준비에 총력을 기울이고 있다. 이런 장면들의 대조적 병치는 극적 아이러니를 끌어낸다. 대관식에서 탤벗을 슈루즈베리 백작으로 봉하고 왕이 퇴장하자 버넌과 바셋Basset이 각각 자신들의 주인인 요크와 서머싯을 대신해 결투를 다짐하는 모습은, 프랑스까지 옮겨 온 영국 귀족들의 내분이 탤벗을 죽게 만들리라는 것을 상징적으로 보여 준다. 앞서 글로스터의 하인들과 윈체스터의 하인들이 각각 푸른 옷과 갈색 옷을 입고 싸웠던 것처럼, 버넌과 바셋은 각각 흰 장미와 붉은 장미 문양을 달고 싸움으로써 본격적으로 장미 전쟁의 시작을 알린다. 이러한 장미 전쟁의 배경 안에서 헨리의 대관식은 무의미한 것이 된다. 대관식에서 벌어진 요크와 서머싯의 싸움에 대해 도대체 장미 색깔 따위가 무슨 의미가 있냐며 무심결에 붉은 장미를 택한 헨리는 오히려 요크의 분노만 살 뿐이다. 자신의 배신을 알리는 버건디의 무례한 편지와 요크와 서머싯의 싸움으로 대관식은 어느덧 헨리 5세의 장례식과 마찬가지로 잊힌 행사가 되고 만다. 이는 2부 1막의 헨리와 마거릿의 결혼 선포식에서 결혼 조건을 알리는 편지를 읽다가 글로스터가 경악하는 대목, 귀족들의 불만으로 선포식이 실망과 분노의 장으로 돌변하는 대목에서 그대로 반복된다. 홀로 남은 엑서터는 다시 3막 1장 끝에서처럼 내분의 위험을 알리는 코러스 역할을 담당한다.

귀족들의 이 언쟁과 불화
궁정에서의 서로 간의 이 우격다짐
총신들의 파당 싸움을 목격하는 사람은
아무리 얼간이라도 이것이
사악한 결과를 예고하고 있음을 알고 있다.
어린아이의 손에 홀이 쥐여 있을 때 사태는 심각하다.

그러나 적의가 동족들의 내분을 가져올 때는 더욱 심각하다.
거기에서 파멸이 오고, 거기에서 파괴가 시작된다.

But howsoe'er, no simple man that sees
This jarring discord of nobility,
This shouldering of each other in th court,
This factious bandying of their favorites,
But that it doth presage some ill event.
'Tis much when scepters are in children's hands,
But more when envy breeds unkind divisions;
There comes the ruin, there begins confusion. (4.1.185~192)

내분의 위험을 반복하여 경고하는 엑서터는 작중 인물이라기보다는
도덕적인 척도로, 중세 도덕극에서 의인화되는 인물이라는 인상을 강하
게 준다. 셰익스피어는 그를 통해서 자신이 다루고 있는 작품의 주제가
영국의 내분이 가져올 소용돌이임을 거듭 강조하고 있으며, 중복적인 장
면의 병행으로 이 주제를 전면에 내세우려는 의도를 나타내고 있다.

수적 열세에도 불구하고 배신자를 징벌하기 위해 출격한 텔벗은 요
크와 서머싯의 증원 병력을 기다리지만, 정작 둘은 서로에 대한 적의
로 원군 파견을 미룸으로써 텔벗을 죽음으로 내몬다. 루시 경의 표현대
로 〈프랑스 군대가 아니라 영국의 내분이 고귀한 텔벗을 함정에 빠뜨렸
다〉(4.4.36~37). 이는 앞서 군대와 군자금이 부족해 프랑스의 점령지를
줄줄이 잃었다는 1막 1장의 첫 번째 전령의 보고와 맥락을 같이한다. 헨

리 5세의 영광이 내분으로 사라지리라는 엑서터의 경고는 그 연장선상
에 있는 루시 경의 독백에서도 되풀이된다.

> 이처럼 내분의 독수리가 위대한 장군들의
>
> 가슴을 파먹고 있는 동안
>
> 잠자는 태만이 아직 시체가 식기도 전인
>
> 정복자, 기억 속에 항상 살아 있는 사람
>
> 헨리 5세의 점령지들을 배신으로
>
> 상실하게 만들고 있구나. 귀족들이 서로 다투는 동안
>
> 목숨과 명예와 땅과 모든 것을 빠르게 잃고 있다.

> *Thus while the vulture of sedition*
>
> *Feeds in the bosom of such great commanders,*
>
> *Sleeping neglection doth betray to lose*
>
> *The conquest of our scarce-cold conquereor,*
>
> *That ever living man of memory,*
>
> *Henry the Fifth. While they each other cross,*
>
> *Lives, honors, lands, and all hurry to loss.* (4.3.47~53)

귀족들이 정치적인 이해관계를 좇아 왕궁에서 장군의 자질이나 평하
는 동안 병사들은 전장에서 죽어 간다는 1막 1장 전령의 불평과 마찬가
지로 내분의 독수리가 나라와 장군들의 가슴을 파먹는 동안 병사들의 목
숨과 점령지가 모두 적의 손에 넘어간다는 그의 한탄은 탤벗의 죽음이

직접적으로 귀족들의 내분 때문임을 강조하는 셈이다. 탤벗이 아들 존의 시체를 팔에 안고 죽는 장면은 비겁하게 탈주하는 폴스타프, 목동인 아버지를 부정하는 잔 다르크와 좋은 대조를 이룬다. 작가는 3부 2막 5장에서 이 장면을 되풀이하여, 아들의 시체를 안고 통곡하는 아버지와 아버지의 시체를 안고 통곡하는 아들의 모습으로 내란의 참상을 그려 낸다.

탤벗의 시체를 찾으러 잔 다르크의 진영에 온 루시는 생전에 그가 지녔던 모든 칭호를 열거하며 그의 무훈과 명예를 추도하는 일종의 의식을 집행한다.

전쟁터의 위대한 헤라클레스,

슈루즈베리 백작인 용맹한 탤벗 경

그의 혁혁한 무공으로

워시퍼드, 워터퍼드, 발랑스의 백작으로 책봉된

굿리그와 어치필드의 탤벗 경,

블랙미어의 스트레인지 경, 알턴의 버둔 경,

윙필드의 크롬웰 경, 셰필드의 퍼니발 경,

세 차례나 연승한 팔콘브리지 경,

성 마이클 기사단의 기사, 황금 양털 기사단의 기사에 버금가는

성 조지 기사단의 기사,

헨리 6세의 이름으로 프랑스 땅에서 치러지는 모든

전쟁의 총사령관은 어디에 있습니까?

But where's the great Alcides of the field,

Valiant Lord Talbot, Earl of Shrewsbury,

Created, for his rare success in arms,

Great Earl of Washford, Waterford and Valence,

Lord Talbot of Goodrig and Urchinfield,

Lord Strange of Blackmere, Lord Verdun of Alton,

Lord Cromwell of Wingfield, Lord Furnival of Sheffield,

The thrice-victorious Lord of Falconbridge —

Knight of the noble order of Saint George,

Worthy Saint Michael and the Golden Fleece,

Great marshal to Henry the Sixth

Of all his wars within the realm of France? (4.7.60~71)

  루시의 열거법은 탤벗의 위엄과 가치를 강조하고 그의 영웅주의를 찬
양하는 일종의 기념 연설이다. 그러나 이 작품의 모든 의식이 중단되듯
이 이 역시 〈당신이 이 많은 칭호로 과장하는 그자는 악취를 풍기고 파
리 떼에 뜯기며 우리 발아래 놓여 있소〉(75~76)라며 그의 영웅주의 언어
를 비웃는 잔 다르크의 현실주의 언어에 의해 중지된다. 영국 귀족들의
내분의 외곽에서 벌어진 탤벗과 잔 다르크의 싸움, 곧 영웅주의와 현실주
의, 과거와 현재의 싸움은 전자의 몰락을 상징하는 탤벗의 죽음으로 끝
을 맺는다. 셰익스피어는 상이한 극 언어의 대립으로 이를 표현해 내고
있다.
  루시는 탤벗의 시신을 거두며 그의 재로부터 장차 프랑스를 두려움으
로 내몰 불사조가 탄생하리라 예언하지만 아이러니하게도 오히려 화형

을 당한 잔 다르크의 재로부터 이후 영국을 혼란으로 내몰 마거릿이 탄생한다. 작품을 아우르는 기대의 굴절은 여기에서 다시 나타나고 있다. 알렉산더 리가트Alexander Leggatt의 설명처럼 정서적 고양을 강조하기 위해 이행 연구의 영웅시로 쓰인 탤벗과 그의 아들의 죽음은 이 작품의 정서적 정점이며(12), 비극에서의 주인공 죽음처럼 진정한 결말을 구성한다(19). 탤벗과 아들 존의 죽음은 이어지는 2부나 3부에서 전혀 언급이 없다. 바꿔 말하면 기사도적 영웅주의의 마감을 의미하는 것이다. 이들의 비극은 3부 2막 2장에서 헨리 왕이 요크 백작에게 왕권을 약속하고 아들 에드워드 왕자의 계승권을 박탈하는 장면과 대비된다. 리가트가 주장하는 것처럼 때로 동떨어진 듯 보이는 이 작품의 삽화들은 상호적인 울림을 지니고 중심 생각의 차원에서 역사의 의미를 끌어내며 이미지의 연관에 기초한 일관된 구조를 형성한다(22). 이러한 리가트의 시각은 작품의 구조적 통일성을 먼 것과 가까운 것을 동시에 파악하는 셰익스피어의 탁월한 능력에 돌린 틸야드의 시각(Tillyard Essays Literary and Educational 40)을 따른 것이다.

셰익스피어는 잔 다르크와 마거릿의 관련성을 강조하기 위해 1430년 요크의 군대에 포로로 잡힌 잔 다르크와 1444년 헨리의 청혼을 받은 마거릿을 동시적으로 처리하고 있다. 잔 다르크가 사로잡히는 시점에 마거릿도 서픽의 포로가 된다. 여기서 서픽은 오히려 자신이 마거릿의 사랑의 포로가 되었음을 방백을 통해 실토한다. 이미 결혼한 몸인 그는 헨리와 마거릿의 결혼을 성사시켜 자신의 정치적 욕망을 채우기로 결심한다. 아르마냑 공작Earl of Armagnac의 딸과 미리 결혼을 약속했던 헨리는 서픽의 덫에 걸려 그가 전하는 이야기만으로 「십이야」의 오르시노

Orsino 공작처럼 사랑의 고통을 느끼면서 유희한다. 왕의 결혼을 성사시키기 위해 다시 프랑스로 건너가는 서퍽이 그 자신을 그리스로 가는 젊은 파리스 왕자에 견주는 데서 알 수 있듯이 마거릿은 트로이의 헬레네처럼 영국의 분열과 혼란을 가중시킬 인물로 암시돼 있다. 프랑스와의 휴전으로 전쟁은 영국의 왕궁으로 옮겨 오고, 잔 다르크와 치렀던 전쟁을 영국은 왕궁에서 마거릿과 치르게 된다.

5막 5장의 이 마지막 장면은 2부와의 매개를 형성하며 작품의 주제가 계속될 것임을 시사한다. 5막 5장은 주제의 발전에 있어 2막 3장의 반복이다. 탤벗이 오베르뉴 백작 부인의 음모에서 쉽게 벗어난 것과 달리 헨리는 서퍽이 마거릿을 미끼로 놓은 덫에 쉽게 빠짐으로써 정반대의 결과를 초래한다. 에드워드 베리Edward Berry의 주장대로 1부의 모든 길은 탤벗과 오베르뉴 백작 부인의 만남으로 통한다(28). 2막 3장과 5막 5장은 반복을 통해 도덕적 질서와 무질서를 대조적으로 배치하여, 후자로부터 빚어지는 정치적 혼란까지 보여 준다. 〈이제 마거릿은 왕비가 되어 왕을 지배하겠지만, 나는 왕과 왕국을 지배할 것이다〉(5.5.107~108)라는 서퍽의 극 마지막 독백은 2부에서 마거릿과 그의 역할이 상당히 비중 있게 다뤄질 것임을 관객이나 독자에게 고지하는 것이다. 헨리가 아르마냐크 공작의 딸과의 혼약을 깨고 마거릿과 결혼함으로써 귀족들의 불만과 갈등을 야기하고 외교에 있어 정치적 우를 범하는 장면은 3부 3막 2장에서 에드워드가 프랑스 루이 왕의 처제 보나Bona 부인과의 혼약을 깨고 엘리자베스와 결혼하여 워릭의 분노를 사고 내란을 심화시키는 장면으로 되풀이된다. 셰익스피어가 처음부터 삼부작을 기획했던 것은 아닐지언정 적어도 작품을 집필하는 과정에서 삼부작을 유기적으로 연결하려 했다는 사실은 전체적인 반복 구조를 통해 확인할 수 있다.

III

「헨리 6세」 삼부작 전체에 걸쳐 유사한 상황이나 사건을 반복적으로 제시함으로써 셰익스피어는 극적 대조나 비교의 효과를 통한 전체적인 통일을 기도한다. 탤벗과 오베르뉴 백작 부인의 장면은 헨리와 마거릿, 에드워드와 엘리쟈베스의 관계를 조명하기 위한 일종의 척도며, 독립적인 소극이 아니라 작품의 핵심적인 극중극이다. 1부에서 셰익스피어의 주된 관심이 인물의 성격 발전보다는 사건의 전개에 더 집중되어 있는 것은 사실이다. 도덕극의 우의적 인물인 엑서터나 루시가 반복적으로 내란의 위험을 예언하고 경고하는 것은 주제적인 통일성 확보에 기여하는 바가 크다. 영국의 내분과 혼란을 드러내는 글로스터와 윈체스터의 갈등, 리처드와 서머싯의 갈등, 헨리와 마거릿의 결혼은 일종의 부차적 플롯으로서 탤벗과 잔 다르크의 대립이라는 중심 플롯과 병행하여 전개된다. 헨리 5세의 죽음을 두고 영광이라는 파장은 점점 그 범위를 넓혀 가다 결국은 아무것도 남기지 않고 사라지는 법이라 설파했던 잔 다르크의 말처럼 셰익스피어는 사건을 중심으로 한 동적인 역사의 흐름을 빈번한 장면의 반복과 교차, 대조를 통해 제시하고 있다. 영국의 내분은 영국과 프랑스를 오가며 전개되고, 병렬적인 장면 구성은 이러한 혼란의 양상을 되풀이해 보여 주는 구성의 일부다. 셰익스피어의 장면 구성은 과거에 영국이 누렸던 영광의 상실이라는 주제를 그 정도를 더해 가며 반복적으로 보여 주기 위한 의도에서 비롯한 것이다. 「헨리 6세」 1부는 아리스토텔레스의 플롯 구성과는 달리 푸가처럼 돌 위에 돌을 올려놓은 것 같은 극적 구성을 보인다. 그로써 작가는 역사적 인물과 사건을 보는 관점의 다양화를 꾀하며, 여러 시각의 충돌이 빚어내는 극적 아이러니를 일종의 구조적 아이러니로 발전시킨다. 극적 아이러니는 1부의 여러 사건들을 한데 묶어 주는 보이지 않는 구성상의 끈인 셈이다.

이러한 장면 구성은 「헨리 6세」 삼부작이 유기적으로 얽힌 하나의 통일된 작품임을 증명한다. 반복되는 언어와 이미지를 통해 삼부작이 단일한 작가에 의해 의도적으로 연결된 하나의 작품임을 분명히 알 수 있다. 셰익스피어의 초기 역사극은 그 자체로서 완결성을 지니는 작품들이다. 초기 역사극의 인물들을 비극의 주인공들과 비교하려는 시도는 그 자체로서 이미 문제점을 지닌다. 역사극을 서사적 관점에서 평가할 때에는 아리스토텔레스식의 플롯 구성이 작품의 다양한 관점을 단일한 시각으로 단순화할 위험을 내포한다는 것을 파악하기란 어렵지 않기 때문이다.

참고 문헌

Baker, Herschel. *"Henry VI, Parts 1, 2, and 3"*. *The Riverside Shakespeare*, eds. G. B. Evans et al. Boston: Houghton Mifflin. 1974. 596~704.

Baldwin, T. W. *On the Literary Genetics of Shakespeare's Plays 1592~1594*. Urbana: University of Illinois Press. 1959.

Berry, Edward I. *Patterns of Decay: Shakespeare's Early Histories*. Charlottesville: University Press of Virginia. 1975.

Blanpied. John W. "'Art and Baleful Sorcery': The Counterconsciousness in *Henry VI, Part I*". *Studies in English Literature 1500~1900* 15:2(1975). 213~227.

Brockbank, Philip. "The Frame of Disorder: *Henry VI*". *Early Shakespeare*, eds. John Russell Brown and Bernard Harris. London: Edward Arnold. 1961. 72~99.

Bullough, Geoffrey. *Narrative and Dramatic Sources of Shakespeare*. Vol. 3. New York: Columbia University Press. 1960.

Burckhardt, Sigurd. *Shakespearean Meaning*. Princeton: Princeton University Press. 1968.

Clemen, Wolfgang. "Anticipation and Foreboding in Shakespeare's Early Histories". *Shakespeare Survey* 6 (1953). 25~35.

Hamilton, Albert C. *The Early Shakespeare*. San Marino, California: The Huntington Library. 1967.

Henneman, John B. "The Episodes in Shakespeare's *Henry VI*". *PMLA* 15 (1900). 290~320.

Jones, Emrys. *The Origins of Shakespeare*. Oxford: Clarendon Press. 1997.

Kirschbaum, Leo. "The Authorship of *1 Henry VI*" *PMLA* 67(1952). 809~822.

Leggatt, Alexander. "The Death of John Talbot". *Shakespeare's English Histories: A Quest for Form and Genre*, ed. John W. Velz. Binghampton: Medieval and Renaissance Texts and Studies. 1996. 11~30.

Price, Hereward T. *Construction in Shakespeare*. Michigan: University of Michigan Press. 1951.

Ricks, Don M. *Shakespeare's Emergent Form: A Study of the Structures of the Henry VI Plays*. Logan: Utah State University Press. 1968.

Riggs, David. *Shakespeare's Heroical Histories; Henry VI and Its Literary Tradition*. Cambridge: Harvard University Press. 1971.

Rose, Mark. *Shakespearean Design*. Cambridge: Harvard University Press. 1972.

Shakespeare, William. *The Complete Works of Shakespeare*, ed. David Bevington. New York: Longman. 1997.

Shakespeare, William. *The First Part of King Henry VI*, ed. Andrew S. Cairncross. London: Methuen. 1962.

Shakespeare, William. *The First Part of Henry VI*, ed. Lawrence Ryan. New York: Signet Classic. 1986.

Shakespeare, William. *The First Part of King Henry VI*, ed. Michael Hattaway. Cambridge: Cambridge University Press. 1990.

Shakespeare, William. *Henry the Sixth, Part 1*, ed. John Dover Wilson. Cambridge: Harvard University Press. 1952.

Taylor, Gary. "Shakespeare and Others: The Authorship of *Henry the Sixth, Part One*". *Medieval and Renaissance Drama in England* 7 (1995). 145~205.

Tillyard. E. M. W. *Essays Literary and Educational*. New York: Barnes and Nobles. 1962.

_____. *Shakespeare's History Plays*. New York: Barnes and Nobles. 1944. 1964.

6. 「헨리 6세」 2부
셰익스피어의 건축가다운 구성력

「헨리 6세」 2부는 1부의 연장선상에서 심화되어 가는 중세 영국의 내란을 다루고 있다. 삼부작 중에서 2부가 가장 극적 구성이 뛰어나다는 점에 있어서는 대체로 비평적 합의가 이루어졌다. 새뮤얼 존슨Samuel Johnson은 「헨리 6세」 삼부작이 동일한 사건을 다룬 탓에 극 행위가 다양하지 못하다고 지적하며 불만을 표했으나, 2부만은 훌륭하다고 평한다(192). 틸야드 역시 전체적으로 매우 탁월한 구성을 보이는 작품이라 진단하며 존슨의 의견에 동의한다(176). 그에 따르면 1부의 구성이 사건을 스타카토식으로 개별적으로 제시하고 있는 것과 달리 2부는 하나의 사건이 다른 사건 속으로 녹아내려 사건들 그 자체로 중요하다. 구성이 매우 잘 갖춰져 있다고 주장하는 틸야드는 2부가 제1사부작 중에서 가장 훌륭한 작품은 아닐지 몰라도 가장 조화로운 작품이라고 주장한다(174, 188). 제임스 콜더우드James L. Calderwood 역시 「헨리 6세」 2부를 작품에 나타난 덫, 눈(시야), 상승, 손의 이미지를 중심으로 분석함으로써 그 뛰어난 플롯 구성을 확인했다. 그는 틸야드가 말한 탁월한 구성을 이미지 재현을 중심으로 하여 미시적 관점에서 분석하면서, 영국의 혼란이 어떻게 생겨나는지 상술한다. 그는 「맥베스」나 「리어 왕」에서 나타나는 바와 같은 이미지와 인물·구성·주제 간의 유기적 관계를 이 작품에서 기대하는 것은 물론 과욕이며 작중의 많은 부분이 여전히 장식적이며 지엽적인 것은 사실이지만, 그럼에도 불구하고 후기의 발전을 예고하는 씨앗이 충분히 보인다는 점을 강조한다(481~493). 에드워드 베리 또한 후기 역사극의 기준에 비춰 느슨하긴 하지만 2부의 구성은 1부에 비해 명확함에 있어 큰 진전을 보인다고 주장한다. 그는 주장하기를 극 구성이 중심인물들의 대조 유형에 의존하는 점에 있어 이 작품은 「리처드 2세」와의 연결을 암시한다는 것이다(34). 「헨리 6세」 삼부작 전체를 일종의 도덕극으로 간주하는 리스도 2부에서 작가가 멀리서 인생을 관망하는 태도를 보임으로써 사료에 함몰되지 않고 객관적 거리를 유지하고 있다고 높게 평가한다(192). 센 굽타는 2부가 1부보다 인물 설정에 있어 훨씬 다양하며, 후자가 바퀴처럼 순환적 진행을 보인 것과 달리 전자는 파도처럼 굴곡을 그리며 앞으로 진행된다고 주장했다(75~76). 2부의 구성에 대한 이런 긍정적인 평가들은 돈 릭스의 다음의 설명으로 종합된다.

> 「헨리 6세」 1부와 마찬가지로 잘 짜인 구성을 보이는 「헨리 6세」 2부는 거기서 나아가 대단히 튼튼한 플롯을 보여 준다. 극 행위는 1부에서처럼 자유롭게 사용된 대조의 유형에 의해 주제상의 구조를 갖춘 대체로 무관한 일련의 사건들로 이루어져 있지 않다. 그보다 일련의 사건들이 서로 복잡하게 연결되는 것으로 주도면밀하게 계획되어 있다. 이 사건들은 매우 유기적으로 극의 주제와 형태를 이룬다. (67)

(……)

복잡하지만 분명하게 구상된 「헨리 6세」 2부의 플롯은 목표를 향해서 재빠르게 나아간다. (69~70)

(……)

「헨리 6세」 1부에서 단지 엿보이는 데 그쳤던 구조상의 기술이 이곳 2부에서 실현되었다. 1부처럼 2부는 각각의 사건들이 내란이라는 주제와 직결되는 구성을 지니고 있다. 그러나 동시에 각각의 사건은 가장 엄밀한 의미에서 플롯, 즉 극이 전달해야 하는 이야기에 기여하고 있다. 사건은 사건을 낳고 인물은 인물에 화답하며 급속한 가속도로 이기적인 분쟁은 법의 와해로 바뀌고 사회는 붕괴되어 무정부 상태로 변화한다. (80~81)

위 인용문에 사용된 〈잘 짜인〉, 〈유기적으로〉 등의 표현에서 알 수 있듯이 다분히 신비평적인 태도를 지닌 릭스는 틸야드와 마찬가지로 사건과 인물의 결합을 통해 2부가 매우 탄탄한 플롯을 보인다고 극찬을 아끼지 않는다. 그는 1부가 사건의 대조를 통해 주제를 부각시켜 나가는 기계적 반복에 의존한 반면, 2부는 극적 구성의 발전을 보인다고 주장함으로써 플롯과 디자인을 구분한다. 그러나 사건의 배열에 초점을 맞춘 디자인이라는 그의 개념과 극적 행위를 강조한 플롯 개념은 엄밀히는 동일한 것으로 사실 분리할 수 없는 것이다. 릭스는 2부의 장점을 강조하기 위해 1부를 극이 아닌 연대기의 일종으로 폄훼하는 우를 범하고 있다. 이는 사건의 배열이 가져오는 구조적 유형은 디자인으로, 작중 인물이 이끄는 극적 행위의 발전은 플롯으로 본 헤리워드 프라이스의 구분을 따른 것으로, 지나치게 인위적이며 실제적 의미를 지니지 못한다.

셰익스피어 극의 구성을 전체적으로 연구한 마크 로즈가 보여 주었듯이 중심 장면에 대한 작가의 감각을 의미하는 디자인은 플롯 구성과 다른 것이 아니다(126). 로즈의 의견을 따르자면 2부는 중심 장면이 강조된 셰익스피어의 첫 작품이다(129). 해밀턴도 2부에 대해 작가가 형식을 확고히 장악하여 역사의 다양성을 보여 주며, 사건이 인물을 끌어가는 구성이 아니라 인물이 사건을 끌어가는 구성으로 되어 있다고 평가한다(37, 44). 셰익스피어의 원전을 연구한 제프리 불러 역시 1부의 대립 구조는 여전히 유지되고 있지만 2부를 정연한 작품이라고 칭찬하였으며, 셰익스피어의 본격 비극에서 볼 수 있는 인물의 성격 발전이 이미 역사극에서도 드러나고 있다는 사실을 주목한다(99). 로만 디보스키Roman Dyboski 역시 이 작품에 대해 사료들을 극적으로 다루는 데 있어 현저한 성공을 보인 작품이라고 설명한다(8). 불러와 마찬가지로 셰익스피어의 원전을 연구한 케네스 뮈어Kenneth Muir는 2부의 구조적 탄탄함을 논하면서 이 작품의 약점은 구성이나 성격 묘사에 있는 게 아니라 성격에 언어와 문체를 미처 부합시키지 못한 데 있다며 극 언어의 한계를 지적한다(30). 「헨리 6세」 삼부작에 줄곧 원저자 문제를 제기해 왔던 도버 윌슨은 작가의 극 시인으로서의 강점이 한껏 드러난 2부 3막이 극의 전환점이라 강조했다(22). 또한 「헨리 6세」 삼부작을 연대기극이 아닌 역사에 대한 작가의 환상곡으로 보는 필립 브록뱅크는 2부의 중심 사건이 글로스터 백작의 살해와 그 결과의 전개라고 본다. 브록뱅크에 따르면 2부에서 셰익스피어는 도덕극의 구성과 영국 세네카극의 기법들을 극 중 인물들에 대한 관심과 함께 적극 활용하고 있다(210~211).

지금까지 살펴본 것처럼 평자들은 2부의 플롯 구성이 「헨리 6세」 삼부작 중 가장 탁월하다는 점에 대해서는 의견 일치를 보인다. 그러나 구체적 분석에 들어가면 작중 사건의 삽화적 독립성을 강조한다거나, 2부를 「헨리 6세」 전작과는 별개의 작품으로 간주한다거나 하여 2부와 삼부작 전체의 관련성을 간과하는 한계를 보이는 것은 여전하다. 에드워드 베리의 지적처럼, 한층 완숙한 역사극과 달리 「헨리 6세」는 개별적으로 공연하거나 독해할 때 상당한 손상을 입는 작품이다(28). 메릴린 로빈슨 Marilynne Robinson이 설명했듯이 2부의 중심을 이루는 글로스터의 살해는 제1사부작의 구성상 중심점이므로(68) 전체적인 조망이 필요하기도 하다.

2부는 1부의 끝과 맞물려 시작한다. 무대의 한쪽 문에선 프랑스에서 온 마거릿과 서퍽이, 다른 한쪽 문에선 왕과 글로스터 백작 및 대신들이 주악과 함께 동시에 등장한다. 시작부터 무대 위의 배치는 귀족들의 편 가르기를 확연히 보여 준다. 1부에서 포로로 잡힌 탤벗과 영국의 패전 소식을 알리는 전령들의 잇단 등장으로 헨리 5세의 장례식이 중단된 것처럼, 헨리의 결혼 발표 역시 결혼 조건을 알리는 편지를 읽던 험프리 백작이 대경실색함으로써 혼란에 빠져 중단된다. 결혼 지참금으로 앙주 Anjou와 메인Maine 지방을 레니에Reignier 왕에게 내주고 왕비를 데려왔다는 소식에 글로스터는 가슴이 답답하고 눈이 침침할 정도로 놀라 편지를 떨어뜨린 채 더 읽어 나가지 못한다. 글로스터의 경악은 선왕의 위업을 개인적 욕망의 만족을 위해 가볍게 처리한 왕의 경솔함에 대한 좌절에서 비롯한 것이다. 글로스터가 읽다 만 편지를 왕의 명령으로 윈체스터가 이어 읽게 됨으로써 셰익스피어는 1부에서의 둘의 반목이 2부에서도 이어질 것을, 이런 중심인물들의 갈등과 내쟁이 극의 중심 사건으로 작용할 것을 미리 고지해 준다. 글로스터는 이 혼인이 영국 귀족들의 명예를 앗아 가는 것은 물론 프랑스에 있는 모든 점령지의 상실로 이어질 〈치명적인 결혼〉(1.1.99)이 될 것이라 예언한다.

셰익스피어는 극의 시작부터 글로스터를 왕의 섭정답게 영국의 명예와 국가적 이익을 우선시하는 애국적인 인물로 부각시킨다. 그러나 윈체스터 주교는 험프리 백작이 왕의 결혼 발표에 경악한 진짜 이유는 왕 다음가는 왕위 계승자인 그의 꿈이 이 결혼으로 무산될 지경에 처했기 때문이라며 그의 분개를 지극히 개인적 동기에서 비롯한 것으로 다른 귀족들에게 납득시킨다. 성직자보다는 군인에 가까운 주교를 두고 다시 서머싯 백작은 험프리의 자만심과 섭정의 자리가 자신에게는 슬픔이지만, 오만한 주교 역시 글로스터가 제거되면 섭정 자리를 차지할 야심가임을 지적한다(1.1.172~177). 이처럼 자신의 이해관계에 따라 행동하는 인물들로 제시된 영국 귀족들을 통해서 우리는 프랑스와의 전쟁이 영국의 왕실로 옮겨졌음을 쉽게 알 수 있다. 셰익스피어는 어느 한 인물이나 사건에 초점을 두지 않고 다양한 인물들의 반응과 사건에 집중함으로써 관점을 다각화한다. 귀족들의 내분을 비켜서서 말없이 지켜보는 리처드 플랜태제넷, 즉 요크공작은 이를 자신이 왕권을 잡을 기회로 본다. 기도서나 탐독하는 헨리의 지배가 영국의 위신을 땅에 떨어뜨렸다고 비난하는 그는 왕권에 대한 자신의 야심과 애국심을 뒤섞어 왕권 찬탈이라는 음모를 정당화하는 자기기만을 범하는 복잡한 인물이다.

작품의 전반부의 무게 중심이 글로스터에 있다는 사실은 1막 2장에서 이어지는 그와 엘리너 코범Cobham의 등장으로 알 수 있다. 섭정의 징표인 지팡이가 둘로 부러지는 꿈을 꾼 글로스터는 침울함에 빠진다. 윈체스터 주교가 부러뜨린 그의 지팡이 끝에 각각 서퍽 백작과 서머싯 백작이 달려 있는 글로스터의 악몽을 통해 작가는 그의 살해와 그를 뒤따를 서퍽과 서머싯의 살해를 암시하고 있다.

이 작품에서 꿈은 마치 예언처럼 미래의 사건을 알리는 장치다. 엘리너는 남편의 악몽과는 달리 웨스트민스터 사원의 왕의 자리에 앉은 자신에게 왕과 왕비가 왕관을 씌워 주는 꿈을 꾸었으니 땅만 쳐다보지 말고 팔을 들어 〈영광스러운 황금을 잡으라〉(1.2.11)며 글로스터를 부추긴다. 엘리너는 여기서 맥베스 부인처럼 야심의 화신으로 그려진다. 윈체스터 주교가 비난하는 글로스터의 정치적 야심을 셰익스피어는 엘리너의 야심으로 돌림으로써 〈선한 글로스터〉의 모습을 유지시키는 전략을 구사한다. 야욕을 채우려는 아내의 음모가 자신과 그녀를 명예의 꼭대기에서 치욕의 발치로 나뒹굴게 만들 것이라 비난하자 이에 그녀는 남편의 무력함을 비난한다. 자신이 남자라면 방해물들을 다 처형하고 그 잘린 목들을 밟으며 왕좌로 나아갈 것이라 말하는 그녀의 모습은 맥베스 부인처럼 아마존 전사를 닮아 있다. 그녀는 잔 다르크나 마거릿 같은 남성적인 여성으로, 요크처럼 역사를 신의 섭리가 아닌 인간 의지의 결과물로 파악하는 〈자연주의자〉이며, 에드먼드나 이아고의 어머니와 같은 존재다. 왕과 마거릿의 결혼이 영국을 혼란에 빠뜨릴 것을 예견한 글로스터가 정작 자신의 결혼이 그에게 수치와 죽음을 가져올 계기가 될 것은 알지 못한 점은 아이러니하다.

메릴린 윌리엄슨Marilyn Williamson의 지적처럼 셰익스피어는 두 명의 선한 남자들인 헨리와 글로스터의 유사성을 강조하고 있다. 둘 다 야심만만한 여자와 결혼함으로써 자신들을 집어삼키는, 보다 큰 세력 다툼을 제어하지 못했다는 것이다. 이들의 결혼은 파쟁에 휩싸인 귀족들의 분열을 심화시킴과 동시에 이를 파당들에 의해서 이용당하고 있지만, 무기력한 남편의 공적 결함을 드러내는 표징이기도 하다(Williamson 48). 헨리와 마거릿의 결혼은 글로스터와 엘리너의 관계의 반복이다. 그 결혼이 야욕에 찬 귀족들에게 이용당하는 점 역시 마찬가지다. 헨리의 결혼을 비난하면서도 정작 자신의 결혼의 문제점은 인식하지 못한다는 점에서 글로스터가 지닌 판단력의 한계는 분명하게 드러난다. 정치적 야심을 아내의 욕망에 기인한 것으로 애써 부정하며 자신의 도덕적 순수성을 강조하는 글로스터는 요크나 서픽 같은 인물들이 활동하는 현실 정치의 세계에서는 과거의 인물에 불과하다. 글로스터는 1부에서 탤벗이 상징했던 이상적인 영웅주의를 대체하고 있다. 양자의 문제는 지나치게 〈이상적〉이며 과거 지향적이라는 점이다.

남편의 무력함을 탓하면서 〈비록 여자이긴 하나 행운의 여신의 굿에서 내 역할을 하는 것을 게을리하진 않겠다〉(1.2.66~67)고 다짐한 엘리너는 신부 존 흄John Hume을 시켜 마녀 마저리 주르데인Margery Jourdain과 마법사 로저 볼링브루크를 불러들이고 자신의 미래를 점치게 한다. 주도적으로 운명을 개척하려는 그녀는 자신이 변덕스러운 행운의 여신이 펼치는 놀이의 한 배역에 불과함을, 사실은 서픽과 윈체스터 주교가 연출한 연극의 배역에 불과함을 알지 못한다. 이 대목에서 작가는 신부 흄이 연출하는 마법이 일종의 연극 놀이임을 보여 준다. 그러나 그는 마법과 연극의 동일성을 강조하는 순간에조차 그 행위자를 가톨릭 신부로 연출해 놓음으로써 자신의 극과 마법을 분리시켜 연극이 눈속임에 불과하다는 청교도Puritan들의 공격과 비난을 교묘히 피해 가는 전략을 구사한다. 볼링브루크의 말대로 그들의 마술은 마귀를 쫓는 축귀 의식이며 그것은 신부들의 특권이었다.

엘리너는 맥베스가 헤카테Hecate와 마녀들을 찾아가 행한 마법과 매우 흡사한 마법을 통해 왕의 앞날을 알아보려 한다. 볼링브루크와 주르데인이 불러낸 귀신은 맥베스의 마녀들처럼 〈헨리가 폐위시킬 백작이 아직 살아 있다. 그러나 그보다 오래 살 것이고 갑작스러운 죽음을 맞이할 것이다〉라며 누가 누구를 폐위시킬 것인지, 누가 누구보다 오래 살 것인지 알 수 없는 답만을 내놓는다. 귀신의 모호한 말은 이중적 해석을 가능케 하는 협잡꾼의 말로서, 해석하는 사람에 따라 그 뜻이 결정될 뿐이다. 헨리가 폐위시킬 백작이라면 글로스터지만, 헨리를 폐위시킬 백작이라면 그것은 요크나 리처드가 될 수 있다. 마찬가지로 급사할 사람은 글로스터도 헨리도 심지어는 요크도 될 수 있는 것이다. 귀신은 또한 서퍽은 물가에서 죽을 것이며 서머싯은 성을 피하는 것이 안전하다고 예언한다. 작중에서 구체화될 그들의 운명을 미리 보여 주는 이 예언은 글로스터의 꿈처럼 예시적 기능을 한다. 이층 난간에서 흄과 함께 이 마법을 지켜보던 엘리너는 그런 그녀의 모습을 지켜보던 요크와 버킹엄Buckingham에 의해 대역죄로 기소된다. 그러나 사실 그녀의 죄라고는 마법사를 부려 왕과 귀족들의 미래를 알아본 것밖에 없다. 요크와 그 일파의 해석일 따름인 대역죄라는 죄명을 그대로 수용하는 헨리와 글로스터 역시 법에 의한 정의를 행사하는 인물들이라 할 수 없다. 글로스터는 사흘간의 공개 참회와 종신 추방을 선고받은 아내에게 〈법이 저주를 내린 사람을 의롭다 할 수는 없다〉(2.3.28)며 정의의 화신을 자처하면서도 이것이 요크 일파와 왕비의 음모에 의한 것임은 알아차리지 못한다.

엘리너에 대한 과도한 처벌을 셰익스피어는 다른 장면과의 병치를 통해 구조적으로 보여 준다. 작품의 전반부에 반복되고 있는 여러 심판들은 헨리의 통치 아래의 영국에서 정의와 법의 지배가 얼마나 왜곡돼 있는지를 드러내는 사건들이다. 엘리너의 체포와 재판 사이에 삽입돼 있는 손더 심프콕스Saunder Simpcox 부부의 사기 사건은 재판에 대한 패러디이자 왕과 글로스터의 한계에 대한 풍자다. 심프콕스는 타고난 장님인 자신이 세인트올번스Saint Albans 교회에서 기적적으로 시력을 되찾았다면서 마침 사냥 나온 왕의 환심을 사려 찾아온다. 여기에 그는 젊은 시절 자두를 먹고 싶다는 마누라의 성화에 못 이겨 나무에 올랐다가 떨어져 절름발이가 되고 말았다는 거짓말도 보탠다. 그의 말이 사실이 아님을 간파한 글로스터는 〈교활한 녀석이군! 하지만 안 통하지〉(2.1.104)라고 혼잣말을 한다. 글로스터는 심프콕스로 하여금 자신의 의복 색상을 알아맞히게 하고는 갓 눈을 뜬 사람이 어떻게 색을 구분하느냐 추궁함으로써 그의 언행이 거짓임을 폭로한다.

심프콕스의 사기가 연기이자 연극이라면 엘리너가 관람했던 마법 역시 거짓이며 연극이다. 심프콕스의 기적을 바로 믿고 하느님을 찬양한 헨리와 달리 그것이 거짓임을 간파한 글로스터는 그들 부부가 고향 버윅Berwick에 당도할 때까지 태형을 가하라는 과도한 판결을 내린다. 높은 나무에 오른 것에 대해 비싼 값을 치른 심프콕스가 육체적 불구라면, 아내의 야심으로 추락의 덫에 걸린 글로스터와 헨리는 정신적 불구다. 이 작품의 극적 아이러니는 심판자들이 자신 역시 심판의 대상임을 인식하지 못하는 데서 발생한다.

심프콕스 부부가 매를 맞으며 쫓겨나자마자 엘리너의 체포 소식이 전해짐으로써 셰익스피어는 이 두 사건이 주제적으로 연결된 것임을 내보인다. 아내가 마법과 역모에 연루됐다는 소식을 듣고 〈그녀를 법과 치욕의 먹잇감으로 내준다〉(2.1.197)며 법에 의한 심판을 신뢰하는 글로스터는 정작 그 법이 음모자들의 자의적 해석에 의한 판결이라는 사실은 알아차리지 못한다. 그가 사용한 〈먹잇감〉이란 단어는 3막 2장 글로스터의 재판을 지켜보는 헨리가 자신의 입장을 도살장으로 끌려가는 양을 두 손 놓고 보고만 있는 무력한 목동에 비유하는 대목에서 되풀이된다. 앞서 1부에서 본 바와 같이 유약한 왕실과 귀족의 정권 싸움이 난무하는 왕국에서 법의 지배는 힘에 의해 좌우된다. 버킹엄의 보고를 받고 런던에 가서 〈정의의 공평한 자로 시비를 달아 보겠다〉(2.1.203)고 다짐하는 왕은 사실 최종 판결만을 내릴 뿐 심판자로서 범죄 사실의 성립 여부까지 조사하는 체계적인 행동을 취하진 않는다. 서픽과 마거릿이 권력자(서픽 백작과 보포르Beaufort 주교)의 불의와 경제적 약탈을 하소연하는 청원자들의 호소문을 찢어 버리는 장면이 상징적으로 보여 주듯이, 헨리의 영국에서 정의가 실종된 모습은 글로스터 살해로 구체화된다. 그의 죽음으로 민중들이 봉기하고 이를 이용하는 요크의 내란이 시작된다.

앞의 두 재판이 정의 실행과는 거리가 멀다는 사실을 거듭 강조하기 위해 작가는 이어 런던의 갑옷 제조공인 토머스 호너Thomas Horner와 그의 도제 피터 섬프Peter Thump의 결투를 희화적으로 보여 준다. 호너는 요크 백작이 정통한 왕위 계승자며 헨리 왕은 찬탈자라고 말했다는 죄로 피터에 의해 기소된다. 다른 고발자들의 청원은 무시했던 서픽과 왕비는 정치적 이용 가치 때문에 이 고발의 중대성을 과장한다. 요크나 서머싯이 글로스터 후임으로 프랑스 총독 자리에 임명될 상황에서 서픽은

이 분쟁을 이용해 서머싯을 총독으로 만들어 자신의 세력을 강화하려는 계획을 세운다. 글로스터는 소송이 판가름도 나지 않은 상황에서 고발 사실 자체만으로 요크를 지지하던 태도를 바꿔 서머싯을 프랑스 총독으로 임명하고, 호너와 피터에게는 중세 기사도 전통에 따라 결투로 시비를 가릴 것을 명한다. 셰익스피어는 결투로 시비가 가려지기도 전에 요크가 프랑스 총독에 적절치 못하다고 판단하는 글로스터의 모습을 통해 법의 집행자로서 부적절한 그의 됨됨이를 시사하고 있다.

결투로 시비를 가려야 하는 호너와 피터의 심판은 정치 집행에 대한 희화이다. 동시에, 기사들의 마창 시합처럼 끝에 모래주머니가 달린 기다란 막대를 들고 싸우는 그들의 모습에서 알 수 있듯이, 결투라는 형식으로 집행되는 귀족들의 심판에 대한 풍자이기도 하다. 승리를 자신하던 호너는 술에 취한 나머지 싸우기도 전에 패배하고 만다. 그러나 그가 패배하고 나서 죄를 고백한 것이 유죄 입증의 근거가 될 수는 없다. 로빈슨의 주장처럼 그는 결투에 져서 살해될 위험에 처한 상태에서 공포에 질려 죄를 고백하고 있을 뿐이다(105). 죽기 전 그가 〈내 대역죄를 고백하니, 피터여 멈추라, 멈춰〉(2.3.95)라고 외치는 데서 알 수 있듯이 그는 죽음에 대한 공포에 사로잡혀 있다. 요크가 피터에게 〈하느님과 네 주인의 길에 독한 포도주를 뿌려 놓은 것에 감사해라〉(2.3.96~97)라고 말하는 것으로 파악되듯 이 승리는 선한 사람을 보호하는 신의 뜻이라기보다는 부당한 법의 집행 자체에 대한 일종의 소극이며, 잭 케이드Jack Cade의 반란과 마찬가지로 요크와 관계된다는 점에서 사회에 만연한 무정부적 충동의 발산이다. 피터의 승리를 호너의 만취 탓이라 지적한 요크의 이 발언은 피터의 무죄와 참됨을 하느님의 섭리로 돌리는 헨리의 믿음이 얼마나 현실에서 동떨어진 것인가를 여실히 드러낼 뿐이다. 각각 별개로 보이면서도 모두 요크에 의해 주도되거나 그에 관련된 이 사건들은 글로스터의 몰락을 전조하는 한편으로 헨리의 영국에서 정의의 행사가 얼마나 왜곡돼 있는지를 드러내 보여 주고 있다.

셰익스피어는 엘리너와 호너의 재판에 앞서 요크가 네빌Neville가 사람들에게 자신이 정통한 왕위 계승자임을 주장하는 장면을 배치함으로써 이어질 재판들이 그의 정치적 야심에서 비롯한 것이며 그런 만큼 공정성이 문제시된다는 사실을 구조적으로 보여 준다. 2부 2막 정원 장면은 1부 2막 4장 템플 법학원 장면의 반복으로, 요크가 솔즈베리와 워릭에게 자신이 헨리보다 더 적법한 후계자임을 설파하는 대목이다. 에드워드 3세의 4남인 곤트의 존보다 3남인 클레런스 백작의 자손인 자신이 더 왕위 계승 서열이 높다는 주장에 워릭 역시 쉽게 동의한다. 자기 정원의 은밀한 산책로에서 공모자들을 설득하는 이 장면은 카시우스Cassius 일파가 브루투스Brutus의 정원에서 독재자 카이사르를 살해하도록 브루투스를 설득하는 「줄리어스 시저」의 장면과 매우 유사하다.[9] 솔즈베리와 워릭이 협조와 충성을 맹세하자 요크는 서퍽의 오만과 보포르 주교의 자만, 서머싯의 야심, 버킹엄 일파의 행동을 묵과하면서 이들이 모두 〈양 떼의 목자, 미덕에 찬 군주, 선한 험프리 백작을 유인해 덫에 걸려들게 할 때까지〉 조용하고 은밀하게 행동할 것을 당부한다. 요크는 글로스터 백작의 제거라는 음모가 귀족들에 의해 다양하게 진행되고 있음을 알리면서 이들의 공모를 소극적으로 묵인하는 모습을 보인다. 글로스터의 제거가

9 「헨리 6세」 2부와 「줄리어스 시저」의 전체적인 구조의 유사성에 관해서는 Emrys Jones, *Scenic Form in Shakespeare*, Oxford: Clarendon Press, 1971, pp. 106~107 참조.

그들 공모자들의 죽음을 몰고 올 것을 확신하기 때문에 때를 기다리는 것이다. 셰익스피어는 요크의 이런 흉산과 계획을 엘리너와 호너의 재판 직전에 밝힘으로써 이 심판들이 그의 계획인 한편 귀족들의 당쟁의 발로임을 알린다. 이 재판들이 공평이나 정의의 실현과 거리가 있는 것은 당연한 셈이다.

엘리너의 재판은 글로스터 제거를 위한, 글로스터의 재판은 헨리의 제거를 위한 〈서곡〉(3.1.151)이다. 길거리에서 〈어리석은 군중들〉(2.4.21)의 조롱을 받으며 추방되던 날 그녀는 남편에게 서펵과 요크, 보포르의 덫이 그를 옭아맬 것을 경고하지만 자신의 결백에 대한 자신감에서 글로스터는 이를 무시한다. 헨리가 하느님의 보호와 자신의 선의만을 맹신하는 것처럼 글로스터는 죄가 있어야만 벌을 받는다며 법의 지배에 맹종을 보이나 그 말이 끝나기가 무섭게 그는 의회에 참석하라는 전갈을 받는다. 엘리너의 체포 직전 세인트올번스에 사냥 나온 왕에게 소환됐던 것처럼 이번에는 그 자신이 체포될 처지에서 소환된 것이다.

1477년 베리 세인트 에드먼즈Bury St. Edmunds에서 소집된 의회에서 왕비와 서펵, 주교, 요크, 버킹엄, 서머싯 등은 이구동성으로 정치적 야심과 오만, 과도하게 엄격한 법 집행, 프랑스 왕으로부터의 뇌물 수수와 군사들의 봉급 착복, 〈알려지지 않은 죄들〉(1.3.64)과 구체적으로 밝혀지지 않은 〈보다 무거운 범죄〉(134)를 들어 글로스터를 고발하고 체포한다. 서펵이 주장한 〈보다 무거운 범죄〉란 문맥상 왕권을 넘본 대역죄다. 그러나 글로스터의 성격과 행동으로 보면 그가 왕권 찬탈을 기도했다고 간주하기는 힘들다. 결론 없는 법적 논쟁에 불과했던 요크의 왕위 계승권 논쟁이 결국 무력에 의해 결정된 것처럼 서펵 일파의 글로스터 고발 역시 범죄의 사실에 입각한 것이라기보다는 다수의 힘의 논리에 입각한, 인민 대란의 성격을 띠는 것으로서 정의와는 거리가 멀다 봐야 할 것이다. 글로스터는 자신의 기소를 미덕의 죽음으로 의인화한다.

미덕은 사악한 야심으로 숨이 막히고
자비는 증오의 손에 의해 이곳에서 쫓겨나고 있습니다.
부당한 위증 교사가 성행하고
공평한 정의는 폐하의 왕국에서 추방되었습니다.

Virtue is choked with foul ambition
And charity chased hence by rancour's hand;
Foul subornation is predominant
And equity exiled your Highness' land. (3.1.143~146)

셰익스피어는 여기서 중세 도덕극적인 요소를 도입해 글로스터의 죽음이 정의와 미덕의 죽음으로 이어지는 상징적 사건임을 강하게 시사한다. 자신이 염려한 하극상이 주인을 고발하고 살해한 피터의 사건에서 이미 드러난 바였음에도 그 결과에 일조했다는 점에서 아이러니하게도 글로스터의 판단력의 한계는 분명해진다. 콜더우드의 지적처럼 요크의 왕권에 대한 야망과 관련해서 주로 쓰이고 있는 손과 손에 든 무기의 이미지는 요크의 행동과 결단력을 강조하는 상징이기도 하지만, 무력에 의존해야 하는 그의 권력이 근본적으로 왕권을 책임과 자비보다는 무력의 행사로 간주하는 한계를 상징하는 것이기도 하다(492). 글로스터의 죽음과 함께 케이드의 반란과 요크의 내전이 본격화된다는 점에서 그의 예언은 정확하며, 이런 의미에서 그의 죽음은 베리가 말한 정서적인 정점이다(41).

글로스터의 무죄를 확신하고 그가 〈젖먹이 양이나 선량한 비둘기처럼〉(3.1.71) 악을 꿈꿀 수 없는 인물임을 알면서도 헨리는 마치 도살장에 끌려가는 송아지를 울부짖으며 보고 있을 수밖에 없는 어미 소처럼 속수무책인 자신의 무력함을 한탄한다. 그는 글로스터의 얼굴에서 〈명예와 진리와 충성의 지도〉를 보지만 정작 그의 무죄를 규명할 책임은 회피한 채 자리를 떠나면서 귀족들의 처분에 의지할 뿐이다(3.1.195~196). 무고한 신하의 죽음을 방치함으로써 헨리는 글로스터의 말처럼 〈다리가 몸을 지탱할 정도로 튼튼해지기도 전에 자신의 목발을 내던져 버린다〉(3.1.189~190). 헨리는 심프콕스가 절뚝이는 다리를 끌고 매를 맞으며 뒤뚝뒤뚝 도망가는 모습에 보냈던 왕비의 비웃음이 그 자신의 처지에 대한 비웃음으로 직결된다는 사실을 알지 못한다. 살육이 거듭되는 도살장 같은 세계에서 헨리와 글로스터는 수동적인 미덕을 대표하는 인물들이지만 현실 인식에는 문제가 있으며, 이런 점에서 이상적인 통치자로서는 부적합한 인물들이다.

요크나 서퍽도 인정하듯이 법의 심판에 맡기기에는 글로스터의 범죄 사실 자체가 너무나 미미하다. 「헨리 6세」 2부에 걸쳐 반복되는 재판과 심판은 법의 지배에 의한 것이 아니라 힘에 의한 것으로, 왜곡된 것이다. 호녀의 재판처럼 글로스터의 재판은 그를 처형할 구실을 찾아야만 하는 재판이고, 이런 의미에서 카이사르를 살해할 정당한 명분을 만들어 내야 하는 카시우스 일파의 음모와 매우 닮아 있다. 글로스터를 처형할 정당한 이유를 발견할 수 없다는 사실이 그를 성급하게 처형할 이유가 된다. 서퍽이 글로스터가 죽어야 할 이유를 설파하는 대목은 그가 얼마나 자기 정당화와 자기기만에 차 있는지를 보여 주는 논리적 모순으로 가득하다. 그는 글로스터가 백성들의 신임과 사랑을 받고 있기 때문에 백성들이 그를 구출하기 위해 일어설 것을 염려하면서도, 곧 글로스터야말로 늑대요 천성이 양 떼들의 적임이 드러났기 때문에 죽어야 한다고 말한다(3.1.252~258). 일단 글로스터가 죽어야 할 명분이 선 이상에야 그를 죽이는 방법은 문제가 되지 못한다. 글로스터의 제거가 헨리를 보호하고 국가의 안전을 도모하는 길이라는 자기기만적인 확신에 찬 서퍽은 그의 살해가 정원에서 잡초와 벌레를 제거하는 충신의 일이라 믿어 의심치 않는다.

엘리너와 호너의 재판 직전인 2막 2장에 요크가 솔즈베리와 워릭에게 자신의 정당한 왕위 계승권을 주장하고 그들의 협조와 맹세를 얻어 내는 장면을 삽입한 것처럼 셰익스피어는 이번에도 요크와 서퍽 그리고 왕비가 글로스터를 살해하기로 약속한 순간에 아일랜드의 폭동 소식이 전해지는 장면을 삽입한다. 비록 글로스터가 살해된 시점은 아니지만 그를 살해하려는 음모가 결정된 시점에 전해진 소식이니만큼 이는 그의 죽음이 몰고 올 국가적 무질서와 연결되는 셈이다. 또한 이 장면은 글로스터의 처형이 요크의 부상과 그의 정치적 계산에 직결돼 있음을 드러내는 것이기도 하다. 3막 1장까지의 극의 구성이 글로스터를 축으로 진행되었다면 이후의 극의 구성은 요크의 부상에 맞춰 진행된다. 보다 엄밀히 말하면 전반부 역시 요크의 은밀한 행동과 침묵에 의해서 글로스터의 살해가 진행된 것이므로 그의 죽음과 더불어 요크가 전면으로 부각되기 시작한 것이라 보는 게 옳을 것이다. 전반부가 글로스터와 요크 일파의 대립을 축으로 했다면 후반부는 요크와 헨리/마거릿의 대립을 축으로 한다. 극적 효과를 강조하기 위해 셰익스피어는 1448년에 발생한 아일랜드 반란을 글로스터가 살해된 1447년 이전의 사건으로 처리하고 있다. 아일랜드의 반란으로 인해 요크는 자신이 필요로 했던 병력을 손에 넣게 되는데 이때 그의 휘하에서 용맹을 떨쳤던 병사 중 한 사람이 바로 잭 케이드다. 이처럼 글로스터의 죽음은 그라는 방파제로 막혀 있던 무정부적 충동의 물길이 온 나라에 범람하게 하는 직접적인 계기를 마련한다.

3막 1장의 독백에서 요크는 자신에게 군사를 주는 일은 〈미친 사람의 손에 흉기를 쥐여 주는〉(3.1.347) 꼴이라며 검은 미소를 짓는다. 바로 앞에서 서퍽이 글로스터를 여우에 비유하며 〈여우에게 우리의 감시자를 맡기는 일은 미친 일이 아닙니까?〉(252~253)라고 반문했던 대목과 연결되어 요크의 이 발언은 미친 짓을 비난하던 사람이야말로 미쳐 있음을 보여 주면서 극적 아이러니를 자아낸다. 이는 글로스터의 제거가 왕을 보호하려는 충성과 애국적인 행동이라고 정당화하던 서퍽이 정작 글로스터의 살해가 결정됐을 때에는 〈우리가 결정한 일을 왕은 확인할 뿐이다〉(317)라며 왕을 허수아비로 만드는 데서도 나타난다. 아일랜드 반란은 요크가 권좌에 올라서기 위한 발판이다. 글로스터가 죽은 이상 헨리의 다음 계승자는 요크 자신이기 때문이다(3.1.382~383).

서퍽으로부터 글로스터의 죽음을 들은 왕은 이내 기절하고 이를 옆에서 지켜보던 마거릿은 〈대신들이여, 왕이 돌아가셨습니다!〉(3.2.33)라고 외친다. 이는 글로스터의 살해가 헨리의 살해의 서곡이자 덫임을 단적으로 드러낸다. 헨리의 말대로 〈이제 글로스터가 죽었으니 삶 속에는 이중의 죽음만이 있을 뿐이다〉(3.2.55). 글로스터의 죽음에서 자신의 죽음을 예견하는 이 말을 통해 글로스터의 예언이 실현되고 있음을 알 수 있다. 엘리너 체포에서 시작된 이 덫 놓기와 도살 놀이는 헨리의 죽음과 더불어 끝을 맺게 되는 것이다. 글로스터가 죽었다는 소식에 공모자 중 한 사람인 주교는 〈하느님의 은밀한 심판〉(3.2.31)이라 말한다. 헨리의 신앙심처럼 이 작품에서 하느님의 섭리는 인간의 행동을 감싸기 위한 구실이나 책임 회피를 위한 최후의 보루 이상의 의미를 지니지 않는다. 셰익스피어 초기 역사극의 과정을 리처드 2세의 폐위와 살해로 인한 원죄와 그에 대한 하느님의 징벌의 과정이라고 본 틸야드의 주장은 적어도 「헨리 6세」 2부에 한해서는 글로스터 살해가 빚은 죄와 이에 대한 하느님의 징벌의 역사라고 고쳐 보는 것이 타당할 것이다.

글로스터의 죽음에 맞춰 발생한 아일랜드의 반란이 진행되는 동안 영국에서는 서퍽과 보포르에게 글로스터의 죽음의 책임을 묻는 군중들의 소동이 발생한다. 왕의 직접적인 답변을 요구하는 군중은 전체 평민들의 제유이며, 그들의 정서는 역사적으로 하원이 대변한다. 로빈슨의 설명에 따르면 서퍽의 처벌을 주장하는 군중들의 요구에 헨리는 그를 런던탑에 한 달간 감금했다가 복직시켰고 이에 불만을 품은 군중들은 블루비어드 Bluebeard를 대장으로 삼아 재차 봉기했으나 초기에 진압됐다. 그러나 하원에서 다시 서퍽의 처벌을 요구하자 헨리는 결국 그에게 5년의 추방령을 내렸다(182). 이상에서 알 수 있듯이 민중들의 봉기는 정당한 법의 집행이 불가능한 상황에 처했을 때 발생하는 무력시위이며, 귀족들의 부당한 법 집행에 대해 같은 방법으로 질서의 회복을 요구하는 그들의 방식이다. 앞서 서퍽과 보포르의 부당 행위를 시정해 달라고 왕비와 서퍽에게 청원했던 이들과 해적선의 사람들, 잭 케이드 반란의 가담자들은 모두 같은 무리들이다. 서픽이 글로스터의 살해를 왕의 안전이라는 명분으로 정당화했듯이 군중 역시 독사 같은 서픽의 제거를 왕의 안전이라는 명목으로 정당화한다.

켄트Kent 해안에서 해적들이 서픽을 처형하는 장면과 켄트 지방에서 봉기한 잭 케이드 반란군이 세이 경Lord Saye을 처형하는 장면은, 글로스터의 부당한 재판과 처형의 반복이다. 물가에서 죽으리라는 글로스터의 예언처럼 서픽은 자신이 타고 있던 배를 나포하기 위해 싸우다 한쪽 눈을 잃은 월터 휘트모어Walter Whitmore에게 참수된다. 보포르 주교 역시 악몽에 시달리다 죽는다. 꿈에 나타난 글로스터의 유령은 보포르 자신의 날갯짓하는 영혼을 붙잡으려 끈끈이 바른 나무처럼 머리카락을 세우고 있다. 마치 3막에서 살해된 카이사르의 유령이 극 전체를 지배하며 파르살리아Pharsalia 전투 전야에 브루투스의 막사에 나타나 그를 괴롭히는 것처럼, 서픽과 보포르 그리고 서머싯의 죽음에 이르기까지 글로스터의 복수는 이어진다.

월터 휘트모어는 해적선의 선장치고는 왕실의 정치에 대해 많은 것을 알고 있다. 그는 켄트 지방에서 이틀 전에 반란이 발생했음과 왕권의 탈취를 위해 요크가 반란을 일으켰다는 사실을 고지해 준다. 그의 말로써 관객이나 독자는 케이드의 반란이 왕권 다툼의 일부로서 정치적 사건임을 알 수 있다. 서픽을 처형하기 전 선장이 그의 죄목을 나열하는 대목은 앞서 서픽을 비롯한 귀족들이 글로스터의 죄를 나열하며 그를 기소했던 대목(3.1)의 반복이자 패러디다. 서픽의 글로스터 고발이 과장으로 날조된 것이었듯이, 영국 왕실의 온갖 부패와 외교 및 군사적 실패를 서픽의 탓으로 돌리는 선장의 제소 역시 과장이고 엉터리다. 그러나 선장은 프랑스 점령지의 상실, 부상당하고 헐벗은 군인들의 귀국 책임 일체를 서퍽에게 돌림으로써 글로스터를 부당하게 고발하던 귀족들의 모습을 재현한다. 이런 터무니없는 인민재판은 이미 귀족들이 시작한 정의와 법 집행 왜곡의 반복으로서 케이드가 집행하는 재판에서도 되풀이된다. 셰익스피어는 글로스터가 상징했던 법과 질서가 그의 죽음과 함께 와해되는 양상을 재판에 대한 희화로 구체화해 보여 주고 있으며, 이런 주제적 통일을 구조적 배열을 통해 그려 내고 있다.

통치의 부실이 가져온 케이드의 반란은 권력을 잡은 케이드 자신이 얼마나 부실한 통치의 화신인가를 보여 주며, 그의 무질서한 놀이꾼 같은 모습은 재판관의 희화화로 구체화된다. 그와 함께 권력을 쥔 딕Dick의 일차적 개혁은 모든 변호사(법률가)를 살해하는 것이다. 그들은 엉터리 법을 생산하고 집행하는 법률가들을 모두 제거하는 것이야말로 아이러니하지만 법을 바로 세우는 일이라고 생각한다. 케이드의 말처럼 〈질서에서 벗어날 때 우리들은 질서를 유지하는 셈이다〉(4.2.187~188). 왕의 폐위를 주장하지 않고 왕의 섭정을 자처하는 데에서 알 수 있듯이 케이드는 글로스터의 자리를 대신하여 그가 상징했던 바른 통치를 복원하겠다는 자신만의 계획을 갖고 있다. 여기서 독자나 관객은 글로스터의 죽음과 케이드의 반란을 연결하는 고리를 확인할 수 있다. 글로스터의 죽음이 가져온 정치적 무질서가 케이드의 반란으로 이어지고 있다면, 케이드의 반란은 글로스터가 상징하던 도덕 질서의 회복을 적어도 명분상으로나마 지향하고 있다.

글로스터와 서퍽의 죄목으로 거론됐던 프랑스 점령지 상실의 책임은 세이 경의 재판에서도 그의 으뜸가는 죄목으로 문제시된다. 딕과 케이드는 메인 공국을 팔아넘긴 장본인이 세이이며 그로써 영국은 절름발이, 거세당한 환관이 되었다고 주장한다. 이러한 주장은 프랑스 점령지 상실에 가장 분개했던 요크의 분신으로 행동하는 케이드의 모습을 암시하는 것이기도 하지만 글로스터 기소에 대한 패러디의 성격도 짙다. 서퍽 처형의 연장인 세이의 처형은 부당한 글로스터 처형의 반복이다. 사료를 따르면 세이 경인 제임스 파인즈James Fynes는 서퍽과 함께 글로스터를 살해한 공모자 중 한 사람이다(Robinson 35). 따라서 평민들의 입장에서 그들의 처형은 글로스터의 복수인 셈이다. 그러나 세이는 글로스터처럼 부당한 재판의 희생자로 그려지고 있는데, 이는 그가 글로스터처럼 자신의 결백이 곧 자신을 지켜 주리라 확신하는 인물이라는 데서 드러난다. 피난을 권유하는 왕에게 그는 글로스터처럼 〈제가 믿는 것은 저 자신의 결백입니다〉(4.4.59)라고 말하며 런던에 남는다.

서퍽과 요크 일파가 왕이 보는 앞에서 왕의 권위를 침해하며 글로스터를 기소했던 것과 마찬가지로 케이드는 자신을 이미 왕으로 자처하고 세이를 심문한다. 사실 케이드의 심문은 역사적 사실과는 거리가 먼 창작된 소극이다. 그러나 이 소극은 법의 왜곡을 지적한 것이라는 점에서 가벼운 웃음거리를 넘어 사회 풍자적 성격을 지닌다. 세이 경의 죄목에는 프랑스 왕에게 노르망디 지방을 팔아먹은 죄, 학교를 세워 젊은이들을 타락시킨 죄가 붙으며, 역사적으로는 1476년 윌리엄 캑스턴이 도입한 인쇄술을 그가 도입하고, 1495년에야 처음 설립된 제지 공장을 그가 설립했다는 죄 등이 추가된다. 또 케이드는 치안관을 임명해 불쌍한 사람들을 애먼 죄목으로 소환하여 투옥하고 처형한 죄도 추궁하는데 이는 앞서 요크가 글로스터 제소 세목에 그의 지나친 법 집행을 추가했던 장면의 반복이다. 케이드의 죄목 열거에 대해 세이 경은 글로스터처럼 언어로 자신의 결백을 주장하는데 아이러니하게도 그의 이런 변호가 그가 처형돼야 할 이유가 된다. 그의 달변이 혀 밑에 숨은 귀신으로 인한 것이기 때문이다(4.7.110). 세이 경의 재판은 판결은 이미 내려놓고 그 명분을 오히려 되짚어가는, 전도된 재판이었던 글로스터 재판의 반복이다.

4막 10장에서 켄트의 향리 알렉산더 아이든Alexander Iden이 자신의 정원에 도망쳐 들어온 케이드를 살해하는 장면은 2막 3장 호너와 피터의 결투 장면의 되풀이다. 호너가 만취한 까닭에 살해됐다면 케이드는 닷새를 굶주린 까닭에 살해된다. 애초에 호너가 피터의 상대가 되지 못했던 것처럼 케이드는 처음부터 아이든의 상대가 되지 못한다.

수족을 보아도 너의 것이 훨씬 작다.
너의 손은 겨우 내 주먹의 손가락 하나,
내 다리가 장대라면 네 것은 지팡이에 불과하구나.
너의 전력을 내 한쪽 발로 상대해 주겠다.
그리고 내 팔 하나만 하늘에 들어 올리면
땅 위에 벌써 네 묘지가 파진 셈이다.

Set limb to limb, and thou art far the lesser;
Thy hand is but a finger to my fist,
Thy leg a stick compared with this truncheon;
My foot shall fight with all the strength thou hast;

And if mine arm be heaved in the air,

Thy grave is digg'd already in the earth. (4.10.49~54)

평생 창이나 칼을 써본 적 없는 피터와 무기 다루는 데 능숙한 호너의 결투처럼, 아이든과 케이드의 결투는 처음부터 공정한 게임이 아니다. 더구나 아이든 쪽은 다섯 명을 대동하여 수적으로도 우세했다. 그에게 살해된 케이드가 〈다름 아닌 배고픔 때문에 내가 살해되었다〉(4.10.62)고 말하는 것은, 요크가 피터의 승리를 두고 술 덕택에 이긴 것을 감사하라고 말하는 것과 유사한 것으로, 아이든의 영웅주의를 반감시키는 효과를 낳는다. 나아가 아이든이 케이드의 시체를 끌고 가 참수하고 거름 더미에 버리는 행위는 3부에서 리처드가 런던탑에 갇혀 있던 헨리를 찔러 죽인 후 그의 시체를 끌고 퇴장하는 행위와 매우 닮아 있다. 로빈슨의 지적처럼 이 두 장면은 간과할 수 없을 정도로 구체적 세부에 있어 반복이 뚜렷하다(178).

셰익스피어는 아이든의 케이드 살해를 이상적인 국가 질서에 의한 무질서의 제압이나 질서의 회복으로 그리지 않는다. 오히려 아이든과 리처드의 유사성을 강조함으로써 아이든의 정원과 자기만족이 결국 권력에 대한 은폐임을 아이러니하게 보여 주고 있다. 케이드의 심판은 부정에 대한 부정이라는 점에서 스스로 초래한 결과일지언정 정의와는 거리가 멀다는 점에서는 극 중의 다른 심판들처럼 부당한 심판이다. 마지막 순간에 셰익스피어는 부하들에게 배신당한 그가 겟세마네Gethsemane 동산의 예수처럼 정원에서 살해당하게 함으로써 로빈슨의 지적처럼 그리스도의 신화를 끌어들인다(205). 셰익스피어는 마치 글로스터의 최후 때처럼 케이드의 희생양 같은 모습을 마지막에 끌어들임으로써 민중 반란에 대해서 이중적인 태도를 보이고 있다. 셰익스피어가 민중 봉기를 심정적으로 긍정한다고 보기는 어렵지만 그렇다고 민중 반란이 표방하는 이상적인 정치적, 도덕적 질서 구현에 대한 꿈 자체를 부정한다고 보기는 어렵다. 그가 케이드의 죽음을 그리스도의 죽음과 유사하게 처리하고 있다는 사실은 현실 정치 질서에 대한 나름의 불만을 인정하는 셈이다.

글로스터 살해 음모와 함께 아일랜드의 반란이 시작됐던 것처럼, 케이드의 반란이 실질적으로 진압된 시점에 아일랜드에서 돌아온 요크는 군대를 일으켜 서머싯의 처형을 요구한다. 케이드의 반란과 요크의 반란은 닮은꼴이다. 왕의 말처럼 〈이처럼 짐의 국가는 케이드와 요크 사이에서 고통당하고 있다〉(4.9.31). 역사상 실제로 요크가 아일랜드에서 돌아온 것은 1450년, 군대를 일으킨 것은 1452년이지만 셰익스피어는 이를 동시적 사건으로 처리해 요크와 케이드의 연속성을 강조하고 있다. 요크의 궁극적 목표는 헨리를 제거하고 왕권을 잡는 것이다. 그가 서머싯의 처형을 요구하는 것은 왕의 충신을 제거하려는 시도에 불과한 것으로, 케이드의 세이 경 처벌과 그 성격이 비슷하다. 그러나 요크의 의도를 간파하지 못한 헨리는 왕비의 비호 아래 런던탑에 갇혀 있어야 할 서머싯을 요크 앞에 내보임으로써 약속을 저버리고 그가 반란을 다시 일으킬 명분을 제공한다.

거짓말쟁이 왕이여, 내가 모욕을 참을 사람이 아닌 걸 잘 알면서
어떻게 약속을 파기할 수 있단 말이오?
내가 방금 왕이라 불렀나? 아니, 그대는 왕이 아니지.

그대는 백성들을 지배하고 다스릴 재목이 못 된다.

감히 역적 하나 다스리지 못하고, 아니 그럴 능력도 없으니.

False king! why hast thou broken faith with me,

Knowing how hardly I can brook abuse?

King did I call thee? no, thou art not king,

Not fit to govern and rule multitudes,

Which dar'st not, no, nor canst not rule a traitor. (5.1.91~95)

반란자를 다스리지 못하는 왕을 비난하는 반란자 요크는, 그러나 마음 한구석으로는 여전히 왕권의 신성함을 인정하며 주저하는 인물이다. 셰익스피어는 헨리의 왕궁에 왕비 편에 선 클리퍼드Clifford와 그의 아들, 무력을 등에 업고 서머싯의 처형을 요구하는 요크와 그의 아들들을 끌어들임으로써 이들의 대립을 축으로 작품이 계속 진행될 것임을 암시한다. 세인트올번스 전투에서 리처드는 서머싯을 살해함으로써 그의 처형을 요구하며 반기를 든 아버지 요크의 대리인으로 이제부터 자신이 직접 나설 것임을 시사한다. 글로스터 살해로 야기된 무질서는 이제 본격적인 내란으로 이어진다. 런던으로 도주하여 의회를 소집하려는 헨리를 요크와 그의 일파가 추격하는 데서 작품을 마감함으로써 셰익스피어는 2부와 3부의 연속성을 강조하고 있다. 요크에게 살해당한 아버지의 시체를 업고 퇴장하는 클리퍼드의 절규는 3부가 내란의 모습을 빌린 개인적 복수극이 될 것임을 예고한다.

「헨리 6세」 2부는 1부처럼 반복과 병치, 대립 구조를 통해 주제의 통일을 강화해 나간다. 그러나 사건의 반복을 통해 극이 진행되던 1부와 달리, 인물들을 중심으로 진행된다. 여기에는 프랑스와의 전쟁이 영국의 왕실로 수렴된 탓도 있을 것이다. 글로스터의 죽음은 1부에서의 텔벗의 죽음처럼 2부의 정점이다. 이를 기점으로 극의 중심은 요크에게 넘어가게 된다. 셰익스피어는 법과 정의의 상징인 글로스터의 죽음이 야기한 내분과 무질서를, 독립적으로 보이지만 하나같이 심판의 주제를 다루고 있는 삽화들을 통해 드러냄으로써, 또 그 삽화들이 요크의 정권욕과 관련돼 있음을 보임으로써 작품의 구조적 통일을 꾀하고 있다. 셰익스피어는 이 작품에서 사론에 함몰되지 않고 사료들을 시기에 관계없이 극적 갈등과 주제의 부각을 위해 재구성하는 극작술의 발전을 보인다. 엘리너가 마법을 부리는 자들과 어울리는 모습을 바라보던 요크가 자신의 음모를 〈집을 짓기 위해서 정말 잘 고른 땅〉에 비유하듯이 이 대지는 셰익스피어가 작품을 구성하기 좋은 플롯이다. 〈잘 선택한 플롯〉은 잘 맞물려 나가는 요크의 음모와 마찬가지로 셰익스피어의 건축가다운 구성력을 증명하고 있다.

참고 문헌

Berrry, Edward I. *Patterns of Decay: Shakespeare's Early Histories*. Charlottesville: University Press of Virginia. 1975.

Billings, Wayne L. "Ironic Lapses: Plotting in *Henry VI*". *Studies in the Literary Imagination* 5:1 (1972). 27~49.

Blanpied. John W. "History as Play in *Henry VI, Part II*". *Susquehanna University Studies* 9: 2 (1972). 83~97.

Brockbank, Philip. "The Frame of Disorder: *Henry VI*". *Early Shakespeare*, eds. John Russell Brown and Bernard Harris. London: Edward Arnold. 1961. 73~99.

Brownlow, F. W. *Two Shakespearean Sequences: Henry VI to Richard II and Pericles to Timon of Athens*. Pittsburgh: University of Pittsburgh Press. 1977.

Bullough, Geoffrey. *Narrative and Dramatic Sources of Shakespeare*. Vol. 3. New York: Columbia University Press. 1960.

Calderwood, James L. "Shakespeare's Evolving Imagery: 2 *Henry the Sixth*". *English Studies* 48(1967). 481~493.

Champion, Larry S. *The Noise of Threatening Drum: Dramatic Strategy and Political Ideology in Shakespeare and the English Chronicle Plays*. Newark: University of Delaware Press. 1990.

Clemen, Wolfgang. "Some Aspects of Style in the *Henry VI* Plays". *Shakespeare's Styles: Essays in Honour of Kenneth Muir*, eds. Philip Edwards et al. Cambridge: Cambridge University Press. 1980. 9~24.

Dyboski, Roman. *Rise and Fall in Shakespeare's Dramatic Art*. London: The Shakespeare Association. 1923.

French, A. L. "*Henry VI* and the Ghost of Richard II". *English Studies* 50 (1969). 37~43.
_____. "Joan of Arc and *Henry VI*". *English Studies* 49 (1968). 425~429.

Hamilton, Albert. C. *The Early Shakespeare*. San Marino, California: The Huntington Library. 1967.

Hawkins, Sherman. "Structural Pattern in Shakespeare's Histories". *Studies in Philology* 88:1 (1991). 16~45.

Holderness, Graham. *Shakespeare's History*. New York: St Martin's Press. 1985.

Humphreys, Arthur R. "Shakespeare and the Tudor Perception of History". *Shakespeare Celebrated: Anniversary Lectures Delivered at the Folger Library*, ed. Louis B. Wright. Ithaca: Cornell University Press. 1966. 89~112.

Johnson, Samuel. *Johnson on Shakespeare: Essays and Notes Selected and Set Forth*, ed. Walter Alexander Raleigh. London: Oxford University Press. 1957.

Jones, Emrys. *Scenic Form in Shakespeare*. Oxford: Clarendon Press. 1971.

Kay, Carol M. "Traps, Slaughter, and Chaos: A Study of Shakespeare's *Henry VI* Plays". *Studies in the Literary Imagination* 5:1 (1972). 1~26.

Kelly, Henry A. *Divine Providence in the England of Shakespeare's Histories*. Cambridge, Mass.: Harvard University Press. 1970.

Knight, G. Wilson. *The Sovereign Flower: On Shakespeare as the Poet of Royalism, Together with Related Essays and Indexes to Earlier Volumes*. London: Methuen. 1958.

Levine, Nina S. *Women's Matters: Politics, Gender, and Nation in Shakespeare's Early History Plays*. Newark: University of Delaware Press. 1998.

Muir, Kenneth. *The Sources of Shakespeare's Plays*. Vol. I. London: Methuen. 1977.

Ornstein, Robert. *A Kingdom For a Stage: The Achievement of Shakespeare's History Plays*. Cambridge, Mass.: Harvard University Press. 1972.

Pugliatti, Paola. *Shakespeare the Historian*. New York: St. Martin's Press. 1996.

Price, Hereward T. *Construction in Shakespeare*. Michigan: University of Michigan Press. 1951.

Reese, M. M. *The Cease of Majesty: A Study Of Shakespeare's History Plays*. New York: St. Martin's P. 1961.

Ricks, Don M. *Shakespeare's Emergent Form: A Study of the Structures of the Henry VI Plays*. Logan: Utah State University Press. 1968.

Riggs, David. *Shakespeare's Heroical Histories: Henry VI and its literary tradition* Cambridge, Mass.: Harvard University Press. 1971.

Robinson, Marilynne Summers. "A New Look at Shakespeare's *Henry VI*, Part II". Unpublished dissertation. University of Washington. 1977.

Rose, Mark. *Shakespearean Design*. Cambridge, Mass.: Harvard University Press. 1972.

Sen Gupta, S. C. *Shakespeare's History Plays*. London: Oxford University Press. 1964.

Shakespeare, William. *The Second Part of King Henry VI*, ed. Andrew S. Cairncross. London: Methuen. 1957.

Shakespeare, William. *The Second Part of King Henry VI*, ed. Michael Hattaway. Cambridge: Cambridge University Press. 1992.

Talbert, Ernest W. *Elizabethan Drama and Shakespeare's Early Plays: An Essay in Historical Criticism*. Chapel Hill: University of North Carolina Press. 1963.

Tillyard, E. M. W. *Shakespeare's History Plays*. London: Chatto and Windus. 1956.

Watson, Donald G. *Shakespeare's Early History Plays*. Athens: University of Georgia Press. 1990.

Weimann, Robert. "Discourse, Ideology and the Crisis of Authority in Post-Reformation England". *The Yearbook of Research in English and American Literature* 5 (1987). 109~140.

Williamson, Marilyn L. ""When men are rul'd by women": Shakespeare's First Tetralogy". *Shakespeare Studies*. 19 (1987); 41~59.

Wilson, John Dover, ed. "Introduction". *The Second Part of King Henry VI*. Cambridge: Cambridge University Press. 1952. xix~lii.

7. 잭 케이드의 반란
소극인가 혁명인가?[10]

셰익스피어의 「헨리 6세」 2부에 삽화적으로 그려진 잭 케이드의 반란
은 다양한 해석을 낳고 있다. 기존의 해석은 주로 역사적 사실에 대한 평
가에 치우쳐 있어, 셰익스피어의 작품 전체의 문맥 속에서 새롭게 해석할
필요가 있다. 로널드 놀스Ronald Knowles, 파올라 풀리아티 등 몇몇을
제외한 대부분의 평자들이 이 장면을 독립적인 〈에피소드(삽화)〉로 취
급하거나 지나치게 역사적 사실에 밀착시킴으로써 「헨리 6세」 전체와의,
혹은 「헨리 6세」 2부 전체와의 유기적 관계나 의미를 간과하거나 축소하
는 경향을 보이고 있다. 그러나 낱낱의 조각들은 전체적 그림 안에서 의
미를 가지며, 전체 그림은 조각들의 모양과 기능으로써 의미를 지니게
되는 퍼즐과도 같다.

「헨리 6세」 2부는 프랑스의 마거릿이 영국의 여왕으로 등극하는 장면
으로 시작한다. 모든 대신들이 한데 모인 헨리 5세의 장례식으로 막을

10 이 장의 작품 인용은 Arthur Freeman, ed. *Henry VI, Part Two.* New York: Signet
Classics. 1986을 따름.

올렸던 1부처럼 2부 역시 귀족들이 참석한 마거릿의 대관식으로 막을 올린다. 헨리 5세의 장례식이 프랑스와의 전쟁 소식, 포로가 된 탤벗의 소식 등으로 인해 온전히 치러지지 못한 것처럼 마거릿의 대관식 역시 앙주와 메인 지방을 내주고 그녀를 왕비로 맞아들였다는 소식으로 인해 온전히 치러지지 못한다. 헨리는 왕비의 대관식 준비를 서두르지만 그들의 결혼은 글로스터 백작의 말처럼 모든 수고를 전례 없이 허사로 만들고 만〈치명적인 혼사*fatal this marriage*〉(1.1.99)다. 이 무모한 결혼에서 셰익스피어가 강조하고 있는 것은, 결혼 지참금 마련을 위해 헨리 왕이 대리 청혼자로 파견했던 서퍽에게 15분의 1의 징수권을 주었다는 사실이다. 앞서 「헨리 6세」 2부의 극적 구조를 논한 글에서 언급한 평자들 중 누구도 구체적으로 이 문제를 케이드의 반란과 연계하여 거론한 바 없었다. 이는 그만큼 평자들이 극의 전체적 구성과의 상관관계 안에서 케이드의 반란을 살피는 데 소홀했다는 증거다. 프랑스 점령지를 내주고 왕비를 맞이하는 것은 글로스터나 요크 같은 귀족들에게는 영국의 수치일지 모르지만 백성들에게는 또 다른 수탈의 원인일 뿐이다. 전쟁 비용의 충당뿐 아니라 결혼으로 가능해진 일시적 평화에도 백성들은 그 대가를 지불하고 있다. 헨리의 이 결혼에 가장 큰 불만을 토로하며 〈머지않아 프랑스의 점령지를 상실하게 될 것이다〉(1.1.146)라고 예언하는 글로스터는 1부에서처럼 야심과 자만심에 찬 인물이 아니라 가장 애국적인, 백성들의 사랑을 받는 인물로 그려진다. 「리처드 2세」에서 헨리 볼링브루크가 백성들의 환호 속에서 유배지인 프랑스에서 군대를 끌고 잉글랜드에 상륙하듯이 백성들은 왕의 섭정인 그에게 〈하느님이시여 선한 험프리 백작을 보호하소서!〉(162) 하고 외치며 하나같이 그에게 성원을 보낸다. 이로 인해 그는 보포르 추기경의 질투와 경계의 대상이 되고 음모에 휘말리게 된다.

그런데 프랑스의 점령지가 지참금으로 넘겨진 이 시점에 셰익스피어는 전쟁에서의 점령지 문제를 요크의 입을 통해 아이러니하게 제기한다. 귀족들이 모두 퇴장한 후 무대에 홀로 남은 요크는 자신이 왕위에 오르면 마땅히 소유하게 되었을 프랑스 점령지가 창졸간에 없어진 것을 한탄하고 이 문제에 다른 귀족들이 동의한 것에 분개한다. 그는 귀족들이 쉽게 왕의 계획에 동의한 것을 해적들이 약탈한 장물을 마음 내키는 대로 허비하는 작태에 비유한다. 물건을 도둑맞은 주인은 처량하게 손을 꼬며 울지만 도둑질한 해적들은 약탈한 것으로 친구도 사고 매춘부에게 선심도 쓰면서 그것이 다 없어질 때까지 귀족처럼 흥청망청한다는 것이다 (1.1.220~230). 그러나 정작 영국의 프랑스 점령지 역시 요크가 말한 바 해적질 같은 전쟁으로 얻은 약탈지인 이상 스스로를 물건을 잃고 탄식하는 주인에 비유하는 그의 태도는 사리에 맞지 않는다. 셰익스피어는 이처럼 권력의 핵심에 있는 인물의 언어를 통해 정복 전쟁이 불법적인 해적질에 불과함을 주장함으로써 그 점령지를 확보했던 헨리 5세를 비(非)신화화하는 극적 아이러니를 보여 준다. 작가에게 튜더 신화는 신화에 불과하고 인간의 신격화 역시 신성 모독에 불과하다.

자신들이 존경하는 글로스터에게 어려움을 청원하려 왕궁 앞에서 기다리던 백성들은 서퍽을 글로스터로 오인하여 청원서를 잘못 제출한다. 첫 번째 청원자는 추기경의 재산 관리인 존 굿맨이 빼앗은 자신의 집과 아내를 되돌려 줄 것을 간청하며 두 번째 청원자는 서퍽 백작이 멜퍼드 Melford의 공동묘지에 울타리를 치고 사유화한 것을 시정해 달라고 요청한다. 그들의 청원은 온 마을의 사람들의 의견이다. 두 청원자는 권력자들이 그들의 권력을 남용해 백성들의 재산을 임의로 가로채 가는 불법을 고발한 것이다. 이런 의미에서 귀족들의 악행도 요크가 말한 해적질과 사실 다를 바 없다. 백성들의 원성을 사 프랑스로 추방된 서픽이 실제로 1450년 5월 1일 해적선 〈런던탑의 니컬러스the Nicholas of the Tower〉에 납치돼 다음 날 도버 로드Dover Road에 있는 작은 배의 갑판에서 처형된 사건(Harvey 73)은 따라서 백성들의 해적질이 귀족들에게 배운 것임을 드러내는 일화라 할 수 있다.

왕비는 백성들의 청원서를 찢어 버리며 섭정 글로스터의 보호를 받고 싶거든 그에게 다시 청원서를 올리라고 비아냥거린다. 백성들이 불만을 제기할 수 있는 정당한 통로 자체가 봉쇄되어 있는데, 이 소통의 부재가 폭력적인 봉기를 부추긴다. 애너벨 패터슨Annabel Patterson이 주장하듯이 순전히 셰익스피어가 창작해 낸 이 장면은 특정 귀족의 선의에 의존하며 불만을 해결하려는 것은, 악의적인 인물에 의해 역이용되기 쉽다는 점에서 문제가 있음을 보여 준다(57~58). 이 주장의 저변에는, 셰익스피어가 국가 제도가 아닌 개인의 선의에 의한 백성들의 고충 처리는 전근대적일 수밖에 없음을 암시한다는 생각이 깔려 있다. 근대 국가는 법과 제도를 강화하여 문제를 해결하는 쪽으로 나아가는 것이 사실이다. 그러나 이곳에서 백성들의 청원은 봉건 영주와 신하, 혹은 주인과 하인 간의 전근대적인 유대와 보은comitatus이라는 직접적인 관계에 의존한 것이다. 이 점은 케이드의 반란군들이 왕과 직접 대면을 요구하는 데서도 드러난다.

왕비와 서픽은 백성의 불만에는 흥미를 보이지 않지만 갑옷 제조공인 호너의 견습공 피터의 고발에는 관심을 보인다. 요크 백작이 정통성을 가진 왕이며 현왕인 헨리는 찬탈자라 말했다고 자기 주인을 고발하는 도제의 모습에서 이미 사회 저변까지 논란거리가 된 헨리의 정통성 문제를 확인할 수 있다. 여기서 흥미로운 것은, 피터가 주인을 고발하는 과정에서 헨리를 찬탈자*usurper*라고 말한 주인의 표현을 정확히 옮기지 못하고 〈현왕은 고리대금업자*usurer*다〉(1.3.32)라고 잘못 옮겼다는 점이다. 백성들에게 헨리는 왕권의 정통성에 관계없이 프랑스와의 전쟁 비용과 결혼식 비용을 충당하기 위해 자신들을 수탈하는 고리대금업자 정도의 의미만을 지닌다는 사실을 이 말실수를 통해 쉽게 알아차릴 수 있다. 그 정치적 이용 가치 때문에 피터의 고발만을 받아들인 왕비와 서퍽에 의해 피터와 호너는 모두 체포돼 심문을 받게 된다. 호너는 결코 현왕을 찬탈자라 말한 적 없다고 부정하지만 이에 대한 증거가 따로 없기 때문에 결국 주인과 도제는 결투로 시비를 가리게 된다. 호너는 자신은 결코 현왕을 찬탈자라고 말한 적 없다고 부정하면서 피터가 주인인 자신과 동등해지고 싶어 앙심을 품고 음해하는 것이라 주장하고 피터는 열 손가락에 맹세코 둘이서 요크 공의 갑옷을 정련*scouring*할 때 그런 말을 들었다고 주장하지만, 어느 쪽도 증거를 제시하지 못해 결투로 심판을 내리게 된다. 하느님은 올바른 자를 지켜 준다는 중세적 믿음이 결투에 의한 심판으로 나타난 것이라 할 수 있다. 조지 키턴George Keeton의 설명에 의하면 이 결투에 의한 심판 제도는 노르만 정복과 함께 영국에 도입되었으며 대헌장 제54조에 기록된 바 여성과 신부, 어린아이와 신체장애자, 60세 이상의 노인은 이로부터 제외되었다(211~212). 승리를 장담한 호너는 술에 취해 맥없이 패배하고 마지막 순간에 자신의 죄를 고백함으로써 처형장으로 끌려간다. 키턴은 이 대결 장면에 대해 작가가 연대기에 기록된 옛 관습을 극화한 것이 아니라 직접 경험한 것을 기술한 것이라고 주장한다 (216). 중요한 것은 호너와 피터 모두 장인들이고 이들의 결투가 신의 심판과는 거리가 먼, 정의가 아닌 힘의 심판이며, 셰익스피어가 이를 소극의 일부분으로 그리고 있다는 점이다. 겁에 질린 피터와 술에 취한 호너는 기사들의 무기가 아니라 끝에 모래주머니가 달린 일종의 도리깨 같은 것을 들고 결투를 벌인다. 이들의 결투 자체가 기사들의 결투(심판)를 패러디하고 있음을 알 수 있다. 여기서도 하층 계급은 귀족 계급을 따라 하고 있다. 주인과 동등하게 되겠다고 주인을 고발하여 급기야는 죽음으로 몰고 간 피터의 행동은 수공업자들을 중심으로 하여 평등한 세상을 외치며 일어난 케이드 반란의 축소판이다.

이 결투가 케이드 반란의 축소판이자 귀족들의 싸움과 야심의 모방이며 궁극적으로는 귀족들에 의해 발생한 사건이라는 것을 셰익스피어는 호너가 마신 술로 강조하고 있다. 호너가 술에 취했다는 점에 대해서는 거의 모든 연대기들의 기록이 일관되나 구체적으로 무슨 술을 마셨는지에 대해서는 그 기록이 제각각이다. 작품에서 그는 셰리주와 포도주, 도수 높은 맥주를 마시는데, 놀스의 주장처럼 그가 맥주를 마셨다는 사실은 아주 의미 있는 세목이다(174). 케이드가 다짐한 개혁안에는 〈도수가 약한 맥주를 마시는 것을 대역죄로 보아 금하겠다〉(4.2.66~67)라는 항목도 포함돼 있다. 놀스의 주장처럼 호너의 음모는 술에 취한 반란군들과 연계돼 더더욱 비난의 대상이 된다(174). 호너와 피터의 결투는 그들을 응원하는 사람들의 신분 차로 인해 개인적인 차원을 넘어 계층 간의 결투라는 인상을 띤다. 도제들은 하나같이 피터를, 장인들은 하나같이 호너를 응원한다. 셰익스피어는 이들의 결투 날을, 남편을 왕으로 만들려는 야심으로 인해 종신 추방을 선고받은 글로스터의 부인 엘리너의 심판일과 겹치도록 설정함으로써 심각한 요소와 희극적 요소를 병치시키는 한편으로 국가적 무질서와 정의의 실종 사태가 사회 전반에 만연한 것임을 드러내 보여 준다. 이런 맥락에서라면 케이드의 반란 역시 독자적인 현상일 수는 없다.

호너와 피터가 정치적 이유로 싸움을 벌였다면 심프콕스와 그의 아내는 종교적 기적을 빙자해 돈을 뜯어내려는 목적으로 사기를 벌인다. 어리석은 얼간이(*Simple Coxcomb*)라는 이름을 지닌 그는 자신은 나서부터 맹인이요 아내가 먹고 싶다던 자두를 따러 나무에 올라갔다가 떨어지는 바람에 절름발이까지 됐으나 세인트올번스에서 기적적으로 눈을 뜨게 되었다고, 신앙심 깊은 왕에게 거짓으로 고한다. 그러나 그는 불과 한 시간 전에 기적적으로 앞을 보내 된 소경이 옷의 색깔을 어떻게 구분하느냐는 글로스터의 추궁으로 사기꾼임을 들키고 만다. 글로스터는 이들이 고향 버윅에 도착할 때까지 매질을 가하라는 엄격한 벌을 내린다. 이에 부인이 〈먹고살려고 사기를 쳤습니다〉(2.1.157)라고 항변하는 모습에서 굶주림을 해결하려는 궁여지책이 도덕적 혼란을 초래하는 작중의 현실을 확인할 수 있다. 돈을 벌기 위해 징집된 아버지가 아들을, 아들이 아버지를 살해하는 내란의 양상처럼 정치적 요소와 도덕적, 종교적 요소는 정치적으로 불안한 헨리의 영국에서 서로 불가분의 관계에 있다.

심프콕스 사건은 단순한 도덕적 논란 이상의 극적 의미를 지닌다. 그의 거짓말을 가혹하게 처벌하는 글로스터는 아내의 대역죄로 인해 자신이 섭정의 자리를 잃고 죽음을 맞이하게 될 것을 예상도 못하는, 즉 남의 눈이 먼 것을 심판하면서도 정작 자신의 눈이 먼 것은 알아차리지 못하는 무지한 인물이다. 심프콕스가 부인의 욕망으로 아담과 이브처럼 〈높이 오른 대가를 비싸게 치른〉(2.1.100) 인물이듯 글로스터 역시 아내의 야심으로 비유적인 절름발이가 되고 마는 인물이다. 프랑스 영토 상실의 일차적 책임을 그에게 전가하는 왕비와 서퍽, 요크의 모략에 의해 왕으로부터 섭정의 자리에서 해임될 때 글로스터가 〈이로써 왕은 자신의 목발을 내던져 버리는구나〉(3.1.189)라고 한탄하는 장면으로 역시 불구가된 헨리를 강조해 보임으로써 작가는 결국 육체적으로든 정신적으로든세 사람은 하나같이 절름발이임을 반어적으로 드러낸다. 글로스터의 예언처럼 그의 정치적 제거와 동시에 아일랜드에서 반란이 발생하는데, 이를 진압하기 위해 요크에게 군대를 내줌으로써 헨리는 파국을 자초한다. 심판하는 자와 심판당하는 자가 결국 같은 인물들임을 보여 줌으로써 셰익스피어는 극적 아이러니를 자아낸다. 초기 역사극의 단계이니만큼 아직은 그의 비극이나 낭만 희극처럼 중심 플롯과 서브플롯의 교차를 통해 주제와 인물의 성격을 비교하거나 강조하는 구성을 보이지는 않고 있으나 셰익스피어는 사건들의 병치와 반복, 변주를 통해 구성의 통일을 추구하고 있다.

자신들이 신뢰했던 글로스터 백작이 살해되자 백성들은 워릭의 표현처럼 〈지도자를 잃은 성난 벌 떼처럼〉(3.2.125~126) 서퍽과 보포르 추기경을 살해의 주범으로 지목하고 그들의 처형을 왕에게 직접 요구하려 봉기한다. 서퍽의 추방으로 이들의 행동이 반란까지 이어지지는 않지만 이대목은 민중 봉기가 경제적 이유만으로 일어나는 것은 아니라는 사실을 드러내 준다. 이는 비단 이 대목에서뿐만 아니라 아버지의 복수를 요구하는 레어티즈Laertes와 함께 클로디어스Claudius의 궁정으로 쳐들어 온 백성들의 모습에서도 확인할 수 있다. 글로스터의 죽음이 왕의 죽음 까지 야기할까 봐 염려하는 백성들의 봉기는 왕권 자체를 요구하는 데까 지는 이르지 않는 케이드의 반란처럼 전통적으로 매우 보수적이다. 이런 측면에서 케이드의 반란은 정체(政體)의 변혁을 요구하는 현대적 의미의 혁명과는 거리가 있다. 그가 사용한 〈개혁reformation〉(4.2.64)이라는 단 어로도 이는 알 수 있다. 그러나 당시로서 이 개혁은 혁명에 버금간다고 할 만한 것이었다.

글로스터의 살해에 대해 서퍽을 처형하거나 추방할 것을 요구하며 왕 궁으로 쳐들어 온 백성들의 소요는 케이드의 반란과 동일선상에 있다. 그들은 왕이 잠든 정원에서 은밀하게 그에게 다가가는 끔찍한 뱀을 보 고 있을 수만은 없다며, 왕이 죽이지 않겠다면 그들 손으로 죽일 수밖 에 없다고 주장한다(3.2.242~269). 이 역시 케이드의 반란군이 왕실의 아 첨꾼들과 간신들을 척결할 것을, 특히 재상인 세이 경을 처벌할 것을 주 장한 것과 맞물린다. 서퍽이 붙잡혀 처형된 곳이 켄트 해안이라는 것과 케이드의 반란이 시작되고 끝난 곳도 켄트라는 점 역시 동일하다. 하비 의 지적처럼 서퍽 살해의 보복으로 왕이 켄트 지방을 쑥대밭a wild forest 으로 만들어 버릴 것이라는 근거 없는 소문이 초래한 켄트 지방 백성들 의 불안감이 이 지역에 팽배해 있던 불만에 불을 붙인 격이 되었다. 왕군 이 켄트 지방을 토벌할 것이라는 소문의 장본인이 전에 켄트의 치안관 을 지냈던 세이 경이라고 켄트 지방의 백성들은 믿었기 때문에 그에 대 한 원한이 깊었다(74). 변복을 하고 도망가던 서퍽을 사로잡은 해석선의 선장이 서퍽을 〈영국 백성이 마시는 은빛 샘물을 흐리는 찌꺼기와 흙먼지〉(4.1.21~22)라고 부르는 것처럼, 케이드 역시 세이를 왕실을 더럽히는 〈찌꺼기〉라 부르고 그 자신을 왕궁을 청소하는 빗자루에 비견한다. 서픽과 세이 둘 다 처형 직전까지 위엄을 지키며 일장 연설로 훈계하는 것도 유사하다. 선장은 서픽의 죄목에 앙주와 메인 지역을 프랑스에 넘긴 것과 노르망디가 프랑스 쪽으로 기운 것도 포함시키고 있는데 이러한 그의 애국적 모습은 프랑스 정복 전쟁에 참전하라는 버킹엄 백작과 클리퍼드의 설득에 해체되는 케이드의 반란군의 모습과 닮아 있다. 선장이 서픽을 처형하기 전 그의 죄목을 일일이 나열하는 것과 케이드가 세이의 죄상을 열거하는 것도 반복적이다.

이런 반복을 통해 셰익스피어는 해적과 케이드를 규모는 다르나 같은 동기를 지닌 폭력으로 규정하고 있다. 해적 선장의 폭력이 그러하듯이 케이드의 반란 역시 독자나 관객의 이중적 반응을 유발한다. 서픽으로 인해 〈왕궁에 비난과 곤궁이 기어들어 가 있어〉(4.1.101~102) 백성들이 켄트 지방에서 무기를 들었다는 선장의 말을 통해 케이드의 반란이 이미 진행되고 있음을 알 수 있다. 프랑스에서 점령지를 잃고 부상당해 돌아온 군인들이 프랑스에서 가까운 켄트 해안 지대에 상륙함에 따라 불만 세력들이 켄트를 중심으로 규합된 것이다. 켄트의 반란과 더불어 요크 역시 왕권 찬탈을 위해 워릭과 네빌가의 힘을 빌려 일어났음을 알리는 선장의 말로써 민중의 반란이 귀족들의 정치적 싸움과 맞물려 있다는 것을, 즉 정치적 요인과 경제적 요인이 뒤섞여 있다는 것을 알 수 있다. 서픽은 영국의 모든 실정이 자신의 탓이라는 선장의 터무니없는 비난에 분개하며 제우스처럼 번개라도 쳐서 그의 입을 막지 못하는 것을 원통해하지만, 사실 그가 당하는 징벌은 그 자신이 터무니없는 죄를 씌워 글로스터를 권좌에서 제거했던 오판의 반복이다.

셰익스피어는 언어와 이미지를 통해 주제를 강화시키며, 구조적 아이러니를 통해 동일하거나 유사한 사건에 대한 관점의 다양화를 관객에게 가져다준다. 앞서 민중들을 지도자를 잃어 갈팡질팡하는 벌 떼에 비유했던 워릭처럼 죽는 순간에 서퍽은 선장과 그 무리를 〈독수리의 피를 감히 빨아먹지는 못하고 벌집이나 도둑질하는 일벌들〉(4.1.109)이라고 경멸한다. 이러한 이미지와 언어로써 서퍽의 죽음을 요구하며 왕궁으로 몰려든 평민들과 그 죽음을 집행하고 있는 켄트의 해적들이 동질의 무리임을 알 수 있다. 서퍽이 평민들의 요구를 헨리에게 전달하는 솔즈베리를 두고 〈일군의 땜장이 무리가 왕에게 보낸 대사 양반〉(3.2.276~277)이라 비아냥거리는 데서 수공업자와 장인들이 반란군의 주축을 이루고 있음을 알 수 있다.[11]

케이드의 반란은 4막 2장에서 처음 나타나는 삽화적 사건이 아니라, 셰익스피어가 작품의 시작에서부터 치밀하게 준비해 온 「헨리 6세」 2부의 중심 사건이다. 「헨리 6세」 삼부작 전체에 걸쳐 민중들의 목소리가 직접 등장한 것은 2부뿐으로, 작가는 이들의 목소리를 통해 귀족과 왕실을 중심으로 전개되는 역사극의 다양화를 꾀하고 있다. 셰익스피어는 케이드의 반란을 4막 1장 켄트 해안의 해적들 장면에 이어 배치함으로써 이 두 장면의 연속성을 강조하고 있다. 실제로 무대의 장면 구분이 현대와 같지 않았던 엘리자베스 당대의 로즈 극장에서 이런 연속성은 더 강조되었을 것이다.

---

11 마이클 헤터웨이는 이곳의 〈땜장이tinkers〉를 〈부랑자들vagabonds〉이라고 주석했으나 극의 주제상 땜장이로 보는 것이 더 타당하다.

케이드의 반란과 그의 죽음은 4막 2장에서 10장에 이르기까지 사실상 4막 전체를 차지한다고 봐도 과언이 아닐 정도로 중요하게 다뤄지고 있기 때문에 이를 하나의 삽화로 보기에는 무리가 있다. 이 장면들은 「말괄량이 길들이기The Taming of the Shrew」처럼 극 안에서 극이 진행되는 격자 구성을 지니며 따라서 메타극적 요소가 강하다. 정치적으로 매우 위험한 주제인 반란이라는 사건을 연극 놀이의 일종으로 처리해 버림으로써 셰익스피어는 역사의 사실성을 격감시키고 검열에서 벗어나고 있다. 이 작품을 공연했던 펨브루크Pembroke 극단 배우들인 조지 베비스 George Bevis와 존 홀랜드John Holland가 먼저 무대에 등장해 케이드의 반란이 이틀 전에 발생했음을 알리며 베비스가 동료 배우인 홀랜드에게 나무칼을 차라고 이른다. 반란군 역할을 하는 이 배우들은 오리나무로 만든 광대들의 칼을 차고 연기함으로써 실제 반란이 무대상에서는 놀이로 등장한다는 것을 관객에게 미리 주지시킨다. 처음부터 케이드의 반란은 무대상의 연극 놀이, 그것도 일종의 광대놀이로서 심각한 의미를 지니지 않는, 웃음을 주기 위한 것임을 고지하는 것이다. 바로 이 점이 작가의 케이드 묘사를 이해하는 데 있어 중요하다. 이 작품의 축제극으로서의 성격이나 소극적인 희화와 풍자를 중시하는 비평가들은 셰익스피어의 의도를 지나치게 문자적으로 해석하는 경향을 보인다. 물론 셰익스피어 당대의 유명한 희극 배우 켐프Kempe가 케이드 역을 연기했다는 점만 봐도 그 희극적 효과를 무시할 수는 없다. 그러나 동시에 홀랜드가 〈양반이 등장한 이후로 영국은 재미없는 세상이 되었다〉(4.2.8~9)고 말하는 부분이 키턴의 말처럼 앞으로 전개될 장면들에 대한 주조음을 담고(297) 있다는 점 역시 간과할 수는 없다. 베비스는 직물공인 케이드가 〈공화국에 새 옷을 입힐 심산〉(4~6)이라고 말하는데, 케이드가 실로 자신이 통치하는 평등한 세계에서는 모든 사람들이 한 가지 옷만 입게 될 것이라고 강조하는 대목에서 알 수 있듯이 처음부터 그를 희화할 의도를 가진 희극 배우들에 의해서도 그의 정치적·경제적 개혁 의도는 긍정적으로 평가된다. 이 배우들은 케이드의 개혁에 대해 긍정적 태도를 보일 뿐만 아니라 노동이 존중받지 못하는 세계에 대해 불만 역시 보임으로써 계급 의식을 드러내고 있다. 셰익스피어의 영국에서는 직업 배우도 수공업자보다 나은 신분은 아니었다.

셰익스피어가 처음에 케이드의 반란을 폭력적인 소극으로 의도하려한 것은 케이드를 요크의 정권 찬탈에 동원된 일종의 꼭두각시로 간주했기 때문이다. 아일랜드 반란의 진압을 명분으로 군대를 얻게 된 요크는 3막 1장의 독백에서 애슈퍼드Ashford의 존 케이드를 하수인으로 내세워 민심의 동향을 살피겠다며 자신의 속셈을 드러낸다.

완고한 성격의 켄트 태생,
바로 애슈퍼드의 존 케이드에게
존 모티머의 이름으로
전력을 다해 폭동을 일으키도록 교사해 놓았다.
이전에 아일랜드에서 이 옹고집꾼인 케이드가
아일랜드 보병 일개 부대와 분전하는 것을 보았는데
그는 오랫동안 싸운 끝에 양쪽 넓적다리에 투창이 찔렸다.
마치 꼿꼿하게 털을 세운 고슴도치 같은 꼴이었다.
결국 구출되기는 했으나 놈은 피 묻은 투창들을

난폭한 모리스 무희가 방울을 흔들듯이 흔들며

신나게 춤추듯 껑충껑충 날뛰었다.

더벅머리의 교활한 아일랜드 보병으로 변장하여

그놈은 적들과도 이야기를 나누고

그 정체가 발각되지 않고 돌아와서는

나에게 적의 계략을 알려 준 게 여러 번이었지.

이 악마가 나를 대신하는 거다.

그놈이 지금은 죽은 존 모티머의 생김새와 걸음걸이와

말씨까지도 꼭 같단 말이야.

그러니까 이놈을 통해 백성들이

요크 가문과 그 권리에 대해

어떻게 생각하는지를 떠봐야겠다.

이놈은 아무리 고문을 받더라도,

내가 시켜서 폭동을 일으켰다고 자백하지 않을 놈이지.

만약 그자가 성공하면, 그럴 확률이 크겠지만,

그땐 난 아일랜드에서 내 군대를 이끌고 돌아와서

그 악당이 씨 뿌린 것을 수확하는 거지.

I have seduced a headstrong Kentishman,

John Cade of Ashford,

To make a commotion, as full well he can,

Under the title of John Mortimer.

In Ireland have I seen this stubborn Cade

Oppose himself against a troop of kerns,

And fought so long, till that his thighs with darts

Were almost like a sharp-quilled porpentine;

And, in the end being rescued, I have seen

Him caper upright like a wild Morisco,

Shaking the bloody darts as he his bells.

Full often, like a shag-haired crafty kerns,

Hath he conversed with the enemy,

And undiscovered come to me again

And given me notice of their villainies.

This devil here shall be my substitute;

For that John Mortimer, which now is dead,

In face, in gait, in speech, he doth resemble:

By this I shall perceive the commons' mind,

How they affect the house and claim of York.

Say he be taken, racked, and tortured:

I know no pain they can inflict upon him

Will make him say I moved him to those arms.

Say that he thrive, as 'tis great like he will:

Why, then from Ireland come I with my strength

And reap the haarvest which that rascal sowed. (3.1.356~381)

1424년 반역죄로 처형된 존 모티머와 생김새는 물론 걸음걸이, 말씨까지 비슷한 케이드를 자신의 대리인으로 내세워 왕권 찬탈에 대한 민심의 동향을 살피겠다는 요크의 발언으로 케이드가 요크의 정치적 야심을 위한 도구에 지나지 않음을 알 수 있다. 이 때문에 그를 진압하러 온 험프리 스태퍼드의 동생은 요크가 그를 사주했다고 힐난한다(4.2.291). 실로 반란이 진행되면서 케이드는 자신의 부하인 도살자 딕의 말에 의존하는 꼭두각시의 모습을 보이기도 한다. 그러나 작품상에서 케이드와 요크의 관계는 매우 피상적으로만 제시된다. 그의 독자성은 모티머로 이어진 요크와의 고리를 케이드 자신이 허구적인 것으로 인정하는(4.2.292) 대목에서도 강조되고 있다. 케이드는 자신의 아버지는 모티머가 출신이고 어머니는 플랜태저넷가의 출신이며 아내는 레이시the Lacies가, 곧 링컨 백작가의 출신이라 자랑함으로써 모계를 통해 모티머의 왕권을 이어받았다고 주장하는 요크의 혈통을 오히려 패러디한다. 그의 패러디적인 장광설은 그의 추종자들인 도살자 딕, 방직업자 스미스Smith, 그리고 홀랜드와 베비스의 방백을 통해 웃음거리로 전락한다. 방백은 무대의 상대방에게는 들리지 않고 관객에게만 들린다는 점에서 무대 위 두 언어 간의 세력 다툼이다. 케이드가 혈통을 자랑할 때 딕과 스미스가 방백으로 그의 말을 공격하는 장면은 고상한 것을 저급한 것으로 바꿔치기하는 과정이자 케이드가 추구하는 신분 평등주의가 지닌 자기모순을 들춰내는 놀라운 장치다. 공개적으로 드러낼 수 없는 민중의 비판 의식이 방백이라는 반쯤 잠긴 목소리를 통해 노출되고 있다.

문자와 식자층을 경멸하면서 모든 이들이 한 가지 옷만 입는 세상을 만들겠다는 케이드의 이상은 1381년 농민 반란의 와트 타일러Wat Tyler와 존 볼John Ball의 실제 모습을 투영한 것이다. 그가 말한 개혁은 기본적으로 의식주의 문제가 주를 이룬다.

앞으로 이 나라에서는 개당 3.5페니짜리 빵을 1페니에 살 수 있게 될 것이고, 한 홉들이 술잔이 서홉짜리가 될 것이고, 약한 맥주 따위를 마시는 자는 중죄로 다스려질 것이다. 온 나라의 땅을 공유지로 만들 것이며, 칩사이드 상가들은 내 말이 풀을 뜯을 초지로 변할 것이다.

There shall be in England seven halfpenny loaves sold for a penny; the three-hooped pot shall have ten hoops; and I will make it felony to drink small beer. All the realm shall be in common, and in Cheapside shall my palfry go to grass. (4.2.64~69)

빵의 값을 대폭 낮추고 1쿼트짜리 통을 3쿼트짜리 통으로 바꿔 곡물의 가격을 싸게 하고 물을 탄 맥주의 유통을 금지시키겠다는 그의 개혁안은, 5백 마리들이 정어리 통*cade*을 의미하는 그의 이름처럼 카니발 축제의 요소를 갖기에 충분하다. 억눌린 욕망의 발산을 뜻하는 카니발에서처럼 〈자유를 위해 일어선〉(4.2.181) 반란에 폭력과 무질서가 동반된다는 것은 역사상의 모든 혁명이 증명하는 바다. 〈우리가 가장 질서에서 벗어나는 그때 우리는 질서를 지키는 것이다〉(4.2.187~188)라고 외치는 케이드의 말을 비웃으면서도 작가는 그로써 〈질서〉와 〈무질서〉란 누가 사유하느냐에 따라 정의가 달라지는 것이라는 점 역시 명백히 드러낸다. 케이드는 스태퍼드 형제를 살해한 딕에게 〈마치 너의 집 도살장에서처럼 그들을 다루었고 그들은 네 앞에서 양과 소처럼 거꾸러졌다〉(4.3.3~5)고 말하며 그의 무자비함을 칭찬하고 무려 99년 동안 사순절에도 도축을 할 수 있는 특권을 딕에게 부여한다. 이는 헨리가 서퍽 일당의 음해로 죽게 된 글로스터를 도살장에 끌려가는 양에 비유한 대목의 반복으로, 귀족들의 무자비함에 대한 패러디다. 그들의 행위가 딕에 의해 되풀이되는 것을 봄으로써 독자나 관객은 귀족이나 천민이 본질적으로 다르지 않다는 사실을 환기하게 된다. 케이드는 총신이나 귀족들에게 토지를 하사하거나 다른 경제적 특권을 부여하는 절대 군주의 모습을 따라 하고 있다.

반란 상황을 왕에게 보고하는 전령의 말대로 〈반란군은 모든 학자와 변호사, 궁신, 양반을 타락한 기생충이라 부르며 다 죽이려 한다〉(4.4.36~37). 직접 노동 생산에 참여하지 않는 식자층이나 귀족들은 무위도식하는 자들이며 이들을 제거해야만 국가가 바로 선다는 케이드 일파의 생각은 옳고 그름의 여부를 떠나 계급 의식의 발로인 셈이다. 일단 계약서에 서명만 하면 다시는 스스로 주인이 되지 못하고 노예로 예속되는 빈민들에게 법률 문서를 작성하는 법률가들은 자신들의 적이다. 따라서 케이드가 영국의 모든 기존 문서들을 불태우라 명령하는 것은 (4.7.15) 와트 타일러의 행위를 모방한 것이기도 하지만 기록과 계약에 의해 평민들이 당해 왔던 수탈과 억압의 현실을 반영하는 것이기도 하다. 딕의 말처럼 〈우리들이 해야 할 첫 번째 일은 모든 법률가를 살해하는 것이다〉(4.2.75). 와트 타일러의 요구를 다시 환기시키는 이 말로써 1381년이든 1450년이든, 농민이든 수공업자든 법률 서류로 인한 그들의 예속 상태는 조금도 나아진 것이 없다는 점이 부각된다. 이매뉴얼Emmanuel이라는 서기는 법률 문건의 첫 장 상단에 신의의 증표로 서명을 하는 관행으로 말미암아 악당 내지 배신자로 몰려 죽음에 이르게 되는데, 이런 제안과 처벌을 주관하는 인물은 케이드가 아니라 딕이다. 왕족임을 내세워 헨리의 섭정 자리를 노리는 케이드보다 훨씬 자신의 계급에 충실한 딕이 하층민들의 불만을 한층 잘 대변한다.

케이드는 그의 아버지가 마치 백작인 모티머와 클레런스 백작의 딸 사이에 난 쌍둥이 중 하나였으나 유모에게 맡겨졌을 때 거지 여인에게 납치된 바람에 태생을 모르고 벽돌공으로 살아 왔다고 주장한다(4.2.139~143). 진위 여부를 막론하고 이런 주장은 왕실 귀족들이 왕의 정통성 여부를 놓고 법리 논쟁을 벌였던 「헨리 6세」 1부 2막의 템플 법학원 장면을 연상시키는 것으로, 법이 아닌 힘에 의한 의미의 결정을 보여 준다. 족보를 바꿔치기 당한 아이라는 로맨스 문학 내지 구전 설화의 양식을 차용한 데서 알 수 있듯이 케이드는 문학적 관습으로 빚어진 복합적인 인물이다. 자신의 말이 거짓이라면 증명해 보라고 스태퍼드 형제에게 대꾸하는 지점에서 그는 이미 왕권을 놓고 싸우는 귀족들의 언어를 답습한 셈이다. 인류의 시조 아담조차 정원사였다고 주장하며 양반의 기득권과 우월함을 인정하지 않는 그의 생각은 어떤 면에서는 새로운 계급 의식의 소산이라 할 만하나 실로는 농민 반란부터 이후의 청교도 혁명의 수평파 운동에 이르기까지 지속적으로 되풀이되는 주장이기도 하다. 셰익스피어가 이에 대해 깊은 관심을 가졌다는 사실은 햄릿과 무덤 파는 일꾼들의 대화에서도 구체적으로 드러난다.

〈가죽 앞치마를 두르고 징 박힌 구두를 신고 일하는 존경할 만한 정직한 사람들을 제외하고는 한 사람의 양반도 남겨 두지 않겠다〉(4.2.182~185)는 케이드의 외침은 계급 혁명의 성격을 띠는 이 반란이 평민들의 〈자유〉(181)를 쟁취하기 위한 싸움임을 천명하는 셈이다. 런던의 극장과 술집, 사창가 등이 운집한 서더크Southwark의 자유 지역에 집결한 반란군과 같은 부류인 공공 극장의 관객들 역시 〈자유〉를 찾기는 매한가지다. 이 반란을 관람하는 극장의 수공업자나 시민 관객은 그러므로 자신들의 우스꽝스러운 모습을 보는 격이나 마찬가지다. 때문에 이들의 반응이 웃음을 통한 거리 두기로 일관됐으리라 추측하기는 어렵다.

런던에 들어온 케이드는 런던 시의 중앙 이정표인 런던 스톤London Stone을 칼로 침으로써 자신의 입성 의식을 치르고 그 기념으로 그의 치세 1년 동안 런던의 상수도에 포도주만을 흐르게 하겠다는 약속을 하는데 이는 새 시장이 탄생했거나 군주가 도시를 방문했을 때의 행진 의식을 모방한 것이다. 자신을 모티머 공이라 부르지 않는 사람들은 반역죄로 처벌하겠다는 다짐은 칙령을 공표하는 새 시장이나 제왕의 언어를 흉내 낸 것으로, 그는 이 말이 떨어지기가 무섭게 자신을 〈잭 케이드〉라 부르며 달려온 병사를 처형한다. 이 부분에서 계급에 대한 그의 배반을, 평등한 세상을 꿈꿨던 반란이 지닌 자기모순을 감지하기란 어렵지 않다. 반란으로 왕권을 탈취한 찬탈 군주의 모습과 조금도 다를 바 없는 그의 모습은 임의적인 절대권을 행사하는 군주, 독재자의 모습에 대한 회화다. 그 언행을 통해 문학적 관습으로 만들어진 복합적 인물임이 강조된 것처럼 그는 일종의 복제품이자 패러디다. 귀족들과 정치권력이 강조하는 〈질서〉의 필요성을 케이드라는 반면교사를 통해 드러내는 한편으로 셰익스피어는 그 거울 뒤에서 무질서를 야기하고 때로는 조장하기까지 하는 권력층의 모습을 노출시킨다. 이런 이중성은 언어가 지닌 기본적 속성이다. 신화 속에는 이미 비(非)신화의 내용이 잠재한다.

귀족들의 운문 언어가 지배하는 극의 세계에서 케이드의 산문 언어는 그 자체로서 계급성을 띠는데, 특히 육체에 대한 표현이나 독설을 주로 사용한다는 점에서 그것은 고상하고 추상적인 것, 정신적인 것, 형이상학적인 것들을 해체하고 비판하는 기능을 한다. 그는 평민들은 알아들을 수도 없고 쓸 수도 없는 법률적이고 추상적인 언어 대신에 사물과 말이 일대일의 대응 관계를 갖는 사물의 언어를 추구한다. 그는 인쇄업의 도입으로 종이를 만드는 제재소와 문자를 배우는 학교가 생기면서, 동시에 계급의 구분이 발생했다고 본다. 이는 셰익스피어 당대를 넘어 청교도 혁명 기간에도 반복된 주장으로 작가가 당시의 분위기를 케이드의 반란에 투영시킨 것이다. 사실 인쇄술은 1476/1477년에야 윌리엄 캑스턴 William Caxton에 의해 도입된 것이고 제지 공장은 1495년에야 설립되기 시작했지만, 이 작품에서 셰익스피어는 이를 1450년 케이드의 반란 이전의 사실로 삽입했다.

그에게 프랑스의 국왕은 배시메퀴Basimecu 정도인데 이는 프랑스어로 〈내 항문에 키스해라baise mon cul〉라는 뜻의 엉터리 합성어다. 왕의 권위는 육체의 일부로 대체됨으로써 무너진다. 프랑스 왕이 항문이라면 영국의 〈폐하〉는 과연 무엇일까? 케이드의 동료들의 방백에 해당하는 부분은 셰익스피어가 관객이나 독자에게 던지는 방백이기도 하다. 문자 이전 말 중심으로 이뤄졌던 평민들의 삶은 육체적인 것이다. 케이드가 꿈꾸는 유토피아 역시 돈이라는 것이 없는, 그저 먹고 마시면서 부인들을 공유하는, 육체가 해방된 곳이다. 모든 처녀들의 초야권과 모든 부인들의 공유권을 주장하는 그는 멀리는 독일의 농민 전쟁을 주도한 토마스 뮌처Thomas Müntzer를 추종했던 재세례파, 가깝게는 모든 약속을 저버리고 다른 여인을 부인으로 맞이한 헨리와 요크의 에드워드에 대한 풍자인 셈이다. 그들은 모두 강탈한 남의 재산을 미끼로 여인을 취했으며 그 무절제한 결혼으로 국가적 재앙을 가중시켰다. 육체를 존중하며 육체의 언어를 사용했던 케이드가 알렉산더 아이든에게 살해돼 똥거름 더미에 버려진다는 사실은 극적 아이러니의 절정이다.

1450년 케이드의 도시 반란도 1381년 농민 반란처럼 왕은 신성불가침의 존재라는 봉건적 이데올로기의 한계로 실패한다. 서더크에 모인 케이드의 반란군은 왕의 사신인 버킹엄과 클리퍼드가 전면 사면과 프랑스를 정복했던 헨리 5세를 언급하면서 애국심에 호소하자 모두 모자를 벗어 하늘에 던지며 〈하느님, 왕을 구원하소서!〉(4.8.19)라고 외치고 해산한다. 반란군들이 프랑스와의 전쟁과 애국심에 대한 호소로 인해서 모두 항복하고 해산하는 대목은 「헨리 4세」 2부에서 헨리 볼링부로크가 헬 왕자에게 국내의 불만을 해소하기 위해서는 외국과의 전쟁을 하라는 유언의 효과를 상기시킨다. 셰익스피어가 앞서 정복 전쟁을 해적질에 비유한 것과 마찬가지로 관객들은 국가 권력과 질서가 어떻게 만들어지고 유지되는지를 극 중에서 목격한다. 〈질서〉라는 것은 〈신화〉에 불과하며, 극 중에서 질서가 강조되는 순간 그것은 〈신화〉임이 드러난다. 만들면서 동시에 부수는 셰익스피어의 이중성이 이곳에서 드러나고 있으며, 이 이중성에서 그의 극적 아이러니가 발생한다.

하비의 기록에 의하면 1450년 7월 6일과 7일에 걸쳐 서더크 세인트 마거릿 교회에서 케이드와 캔터베리 주교, 요크 대주교, 윈체스터 주교 간에 사면 협상이 진행되었고 1450년 7월 8일 이전의 행위에 대해서는 일체의 책임을 묻지 않기로 합의되어 케이드 자신도 사면 명단에 포함되었다(97). 그러나 이어지는 산발적 전투로 인해, 사면자의 명단에 이름이 존 모티머로 달리 기재돼 있다는 이유로 인해 케이드는 사면에서 제외돼 1천 마르크의 현상금이 붙은 범법자가 되고 만다. 문서에 서명하는 순간 예속된다며 모든 문서를 불태울 것을 명령했던 그가 자신이 서명한 문서에 종속되어 죽음을 맞이하는 장면은 아이러니가 아닐 수 없다. 또한 이름이 달리 기재돼 있으므로 그를 사면에서 제외해야 마땅하다는 판결을 가져온 어처구니없는 법률 해석은 법이 자체로서 의미를 지닌 것이 아니라 힘에 의해 지배를 당하는 것이라는 사실을 입증함으로써 법률가를 모조리 살해해야 한다는 딕의 주장이 합리적임을 반증한다. 일단 반란이 평정되고 나자 사면의 약속과 달리 반란의 참여자와 주모자의 색출과 처형이 이어진다.[12] 속은 것에 대한 그들의 분노는 이후 청교도 혁명을 통해 표출되게 된다.

자신을 버리고 흩어지는 동료들에게 케이드는 〈옛날의 자유를 회복하기 전에는 결코 무기를 버리지 않을 것이라 생각했다〉(4.8.25~27)고 절망하면서 그들은 귀족들에 종속되어 세금으로 등이 휠 것이며 아내와 딸은 눈앞에서 유린당할 것이고, 재산은 모조리 빼앗길 것이라고 예언한다. 배신당한 그는 〈이 무리처럼 높이 솟아올라 이리저리 날리는 깃털이 또 있을까?〉(4.8.56~57)라며 처음으로 대중에 대한 불신을 드러낸다. 민중을 줏대 없는 가벼운 존재로 폄하하는 이 표현은 3부에서 에드워드의 군대에 쫓겨 북쪽 산중에 숨어들었던 헨리 왕이 두 명의 산지기들에게 붙잡혔을 때 반복된다. 〈더 강한 바람에 항상 떠밀리는 깃털처럼 너희들 평민들의 가벼움은 그러한 것이다〉(「헨리 6세」 3부 3.1.88~89). 그러나 1부의

---

12 1381년의 농민 반란의 경우도 이와 마찬가지였다.

배신자 버건디, 왕과 요크 사이를 오가는 워릭, 장인과 형제 사이를 오가는 요크의 클레런스, 에드워드 왕과 마거릿 사이에서 갈팡질팡하는 프랑스의 루이와 연관시켜 볼 때 이런 가벼움을 오합지졸들만의 속성이라 보기는 어렵다. 귀족들이 이해관계에 따라 진영을 달리하는 것처럼 평민들 역시 이해를 좇아 움직일 뿐이다. 동료들의 배신으로 죽음에 내몰린 케이드의 모습은 요크와 서머싯이 서로 다투는 바람에 증원 군대를 보내지 않아 보르도Bordeaux 성 앞에서 적병의 창에 전사한 탤벗의 모습을 되풀이해 보인 것이다. 폭력적인 국가 간 전쟁의 축소판 격이니만큼 반란에 수반되는 약탈과 살인과 무질서도 폭력적이다. 〈아, 전쟁이여, 그대 지옥의 아들이여〉(5.2.33)라고 외치는 클리퍼드의 말처럼 전쟁터에선 질서와 무질서라는 말 자체가 의미가 없다. 반란이 이미 무질서에서 비롯되었다면, 반란을 통해서 질서가 생겨난다.

이 점은 셰익스피어의 극적 구조를 통해 증명된다. 섭정 글로스터의 살해와 더불어 케이드의 반란이 일어났던 것처럼, 반란군의 해체와 더불어 아일랜드의 군대를 끌고 온 요크의 반란이 개시된다. 사료에 기록된 바 요크가 군대를 일으킨 것은 1452년의 일이나 셰익스피어는 극적 효과와 의미를 강조하기 위해 이를 케이드의 반란 진압과 동시에 처리하고 있다. 특히 요크의 병사들이 도끼를 든 보병들로 설정된 것은 도살자 딕을 내세웠던 케이드 반란군과의 유사성을 강조하려는 셰익스피어의 의도다. 케이드의 반란이 다른 차원에서 이어지고 있음을 보임으로써 작가는 그것에 가벼운 희극 이상의 의미를 부여하고 있다.

사냥감처럼 쫓기던 케이드는 아사 직전에 켄트에 있는 알렉산더 아이든의 정원에 숨어든다. 정원은 그 주인의 이름처럼 처음에는 일종의 낙원으로 제시된다.

> 아이든 아, 번잡한 조정에서 사는 자가
>
> 이렇게 차분하게 산책을 즐길 수 있을까?
>
> 부친이 유산으로 남겨 주신 이 작은 정원이
>
> 왕국에 버금가게 나를 흡족하게 하는구나.
>
> 나는 다른 사람의 가난에 힘입어 부자가 되려 하지도 않고
>
> 사악한 수단으로 재산을 모을 생각도 없다.
>
> 지금처럼 살아가면서 가난한 자들이 내 집 대문에서
>
> 흡족한 마음으로 돌아선다면 그것으로 족하다.

> *Iden: Lord, who would live turmoiled in the court,*
>
> *And may enjoy such quiet walks as these?*
>
> *This small inheritance my father left me*
>
> *Contenteth me, and worth a monarchy.*
>
> *I seek not to wax great by others' wanting,*
>
> *Or gather wealth, I care not with what envy:*
>
> *Suffieth that I have maintains my state,*
>
> *And sends the poor well pleased from my gate.* (4.10.17~24)

유산으로 물려받은 자신의 조그만 토지에서 안빈하며 이를 왕국에 비견하는 아이든의 모습은, 왕국이 아닌 미덕을 자식에게 물려주길 원하며 시골에서 목동으로 살길 바라는 헨리의 다른 모습이다. 그러나 헨리의

전원 세계가 얼마 안 가 전장으로 변질됐던 것처럼 높은 벽돌담으로 둘러쳐진 아이든의 정원도 케이드의 침입으로 변질된다. 백성들이 땅을 공유하는 공화정을 꿈꿨던 케이드가 정작 사유지에 침범해서는 스스로를 부랑자 도둑으로 여기는 모습이 아이러니하다. 사료에 의하면 아이든은 케이드의 반란군에 붙잡혀 처형된 세이 경의 사위이자 켄트의 치안관이었던 크랜머의 후임이다. 따라서 아이든이 궁정 정치와 무관하게 시골에서의 은둔을 이상적인 삶으로 생각한다는 것은 믿기 어려운 일이다. 케이드는 1450년 7월 12일 서식스 히스필드Heathfield 전투에서 그에게 생포돼 런던으로 압송됐으나 심한 부상으로 인해 도중에 사망했다(Harvey 99~100). 죽은 지 며칠 후 뉴게이트Newgate에서 참수된 케이드의 목은 반란 중의 최고 격전지였던 런던교 위에 걸리게 된다.

에덴동산에서처럼 시골에서의 자족적인 삶을 추구하려는 아이든의 모습이 허위임은 이내 드러난다. 높은 벽돌담으로 둘러쳐진 그의 정원은 공유지를 사유화한 인클로저enclosure의 표상이다. 거기서 그는 자신의 재산권을 강조하기 위해 끊임없이 〈나, 나의, 내것I, my, mine!〉 등의 표현을 되풀이한다. 〈나는 다른 사람이 기우는 것으로 크게 되기를 바라지 않는다〉고 말한 그는 정작 케이드를 살해함으로써 재산과 작위를 얻어 궁정의 신하가 된다. 그가 헨리의 보답을 감읍하여 기꺼이 받아들이는 모습(5.1.81~82)에서 관객이나 독자는 그 전원생활은 적절한 기회를 찾지 못해 시골에 정주해야만 했던 양반의 허구적 자위였음을 확인할 수 있다. 시골에서나 도시에서나, 왕이나 평민이나, 반란자나 진압자나 황금과 힘을 좇기는 매한가지인 것이다.

1부에서 잔 다르크의 화형과 함께 마거릿이 등장함으로써 프랑스와의 전쟁이 영국의 궁정에서 본격화됐듯이 케이드의 퇴장과 함께 요크의 반란이 본격화되기 시작한다. 내란의 서곡이었던 케이드의 반란에서 무용을 자랑한 것이 도살자 딕이었던 것처럼 요크의 내란에서 주축이 되는 것은 글로스터의 리처드다. 요크의 아들에게 체포돼 살해당하기 전에 에드워드 왕자는 리처드를 〈너 기형아 딕Thou misshapen Dick〉(3부 5.5.35)이라고 부르며, 마거릿 역시 그를 〈곱사등이 괴물, 딕〉(3부 1.4.75~76)라고 부른다. 셰익스피어가 의도적으로 도살자 딕과 리처드를 함께 처리하고 있음을 알 수 있다. 실로 리처드는 도살자 딕처럼 인간 도살자를 자처하고 그 역에 충실하다. 마거릿의 말처럼 헨리의 왕궁이 내란으로 인해 〈도살장〉(3부 5.2.78)이 되었다면 그 도살장의 주인은 다름 아닌 리처드다. 케이드의 생각을 이끌고 집행했던 것이 딕이었던 것처럼 요크의 생각을 이끌어 헨리와의 약속을 저버리게 만들고 전쟁을 일으키는 것은 리처드다. 동료들에게 배신당한 케이드가 자신을 체포하려는 〈지옥의 악마들을 뚫고〉(2부 4.8.60~62) 칼에 의지하여 나아가는 모습과 리처드가 〈가시덤불 속에서 길을 잃고〉(3부 3.2.174) 길을 찾아가는 모습을 닮은꼴로 처리함으로써 셰익스피어는 둘의 유사성을 강조하고 있다. 사실 도살자가 리처드에 국한되지 않는다는 것은 그가 자기 동생 루트랜드를 죽인 클리퍼드를 〈도살자〉(3부 2.2.95)라고 부르는 데서도 알 수 있다. 켄트와 런던을 중심으로 전개됐던 케이드의 반란은 내란으로 발전하면서 전국적으로 확산되고 영국은 그 자체로서 도살장이 되어 버린다. 케이드 일당이 도살자라면 도살장에 끌려가는 양이었던 글로스터를 살해한 왕비와 서퍽 일당, 요크와 그의 아들들 모두 도살자들인 것이다.

셰익스피어가 케이드의 반란이 보여 준 폭력과 무질서를 지지한다고 보기는 어렵다. 문자 없는 평등한 세상이라는 그의 꿈은 돈이 필요 없는 세상에서나 가능한 일이다. 더욱이 자본주의의 초기 단계를 밟고 있었던 셰익스피어의 영국에서 상징 기호이자 사회적 유통 자본으로 작용하던 화폐와 문자(문서)를 부정하는 것은 세상을 부정하는 것만큼이나 헛되고 의미 없는 행위였다. 그러나 케이드가 지향하는 평등한 세상의 꿈 자체는 실현 불가능하기 때문에 더욱 염원의 대상이 된다. 이 이상 세계에 대한 꿈은 궁극적으로 지옥 같은 전쟁을 부정한다는 의미에서 귀족들이 주도하고 있는 파쟁과 내란에 대한 비판을 가한다. 「태풍」에서 곤살로 Gonzalo의 이상국에 내재한 모순을 비판했던 것처럼, 셰익스피어는 케이드의 혁명에 내재한 모순을 폭로함으로써 그의 혁명을 비판한다. 그러나 혁명의 염원이 작품에 끊임없이 반복돼 나타난다는 사실(예컨대 「리어 왕」에서 광대의 꿈처럼)만 보더라도, 그가 민중 반란이 지니고 있는 열망 자체를 부정했다고 보기는 어렵다. 셰익스피어는 반란 선도 세력의 한계와 반란의 염원 자체를 구분하기 위해 주변 인물들의 방백으로 케이드를 회화화하고 거리를 두었다. 혁명의 생명력은 매번 그 지도자를 달리 하면서도 그칠 줄 몰랐던 그것의 역사가 증명한다. 현대적인 의미에서 계급 의식의 소산이었던 케이드의 반란은 여전히 왕을 절대시했던 중세의 봉건 이데올로기라는 한계에 부딪혀 실패하고 만 혁명이다. 그러나 그가 부르짖은 〈옛날의 자유〉가 런던 자유 지역에 위치한 극장에서 일상으로부터의 해방을 희구했던 시민들의 욕망에도 공명한다는 것을 알고 있었기에 셰익스피어는 그것을 극 중에 포함시킨 것이다.

참고 문헌

Albers, Frank. "Utopia, Reality and Representation: The Case of Jack Cade". *Shakespeare Jahrbuch* 127 (1991). 77~88.

Caldwell, Ellen C. "Jack Cade and Shakespeare's *Henry VI, Part 2*". *Studies in Philology* 92:1 (1995). 18~79.

Cartelli, Thomas. "Jack Cade in the Garden". *Enclosure Acts: Sexuality, Property, and Culture in Early Modern England*, eds. Richard Burt and John Archer. Ithaca: Cornell University Press. 1994. 48~67.

Chartier, Roger. "Jack Cade, the Skin of a Dead Lamb, and the Hatred for Writing". *Shakespeare Studies* 34(2006); 77~89.

Fitter, Chris. ""Your Captain is Brave and Vows Reformation": Jack Cade, the Hacket Rising, and Shakespeare's Vision of Popular Rebellion in *2 Henry VI*". *Shakespeare Studies* 32(2004). 173~219.

Goy-Blanquet, Dominique. *Shakespeare's Early History Plays: From Chronicle to Stage*. Oxford: Oxford University Press. 2003.

Harvey, I. M. W. *Jack Cade's Rebellion of 1450*. Oxford: Clarendon Press. 1991.

Helgerson, Richard. *Forms of Nationhood: The Elizabethan Writing of England*. Chicago: University of Chicago Press. 1992.

Hill, Christopher. "The Many-Headed Monster in Late Tudor and Early Stuart Political Thinking". *From the Renaissance to the Counter Reformation: Essays in Honor of Garrett Mattingly*, eds. Charles H. Carter and Garrett Mattingly. New York: Random House. 1965. 296~324.

Hoenselaars, A. J. "Shakespeare and the Early Modern History Play". *The Cambridge Companion to Shakespeare's History Plays*, ed. Michael Hattaway. Cambridge: Cambridge University Press. 2002. 25~40.

Hodgdon, Barbara. "Shakespeare's Directorial Eye: A Look at the Early History Plays". *Shakespeare's More Than Words Can Witness: Essays on Visual and Nonverbal Enactment in the Plays*, ed. Sidney Homan. Lewisburg: Bucknell University Press. 1980. 115~129.

Holderness, Graham. *Shakespeare Recycled: The Making of Historical Drama*. New

York: Barnes and Noble. 1992.

Keeton, George. *Shakespeare's Legal and Political Background.* New York: Barnes and Noble. 1968.

Knowles, Ronald. "The Farce of History: Miracle, Combat, and Rebellion in *2 Henry VI*". *The Yearbook of English Studies* 21 (1991). 168~186.

Leggatt, Alexander. *Shakespeare's Political Drama: The History Plays and the Roman Plays.* London: Routledge. 1988.

Longstaffe, Stephen. "'A short report and not otherwise': Jack Cade in *2 Henry VI*". *Shakespeare and Carnival: After Bakhtin.* ed. Ronald Knowles. London: Macmillan Press. 1998. 13~35.

Patterson, Annabel. "The very name of the game: Theories of Order and Disorder". *South Atlantic Quarterly* 86:4 (1987). 519~543.

Pearlman, E. *William Shakespeare: The History Plays.* New York: Twayne. 1972.

Pettitt, Thomas. "'Here Comes I, Jack Straw:' English Folk Drama and Social Revolt". *Folklore* 95: 1 (1984). 3~20.

Pugliatti, Paola. "Shakespeare's Historicism: Visions and Revisions". *Shakespeare and the Twentieth Century*, eds. Jonathan Bate et al. Newark: University of Delaware Press. 1998. 336~349.

Quint, David. ""Alexander the Pig": Shakespeare on History and Poetry". *Boundary 2* 10:3 (1982). 49~67.

Sahel, Pierre. "Some Versions of Coup D'Etat, Rebellion and Revolution". *Shakespeare Survey* 44 (1992). 25~32.

Seward, Desmond. *Henry V as Warlord.* London: Penguin Books, 2001.

Shakespeare, William. *Henry VI, Part Two.* ed. Arthur Freeman. New York: New American Library. 1986.

Siegel, Paul N. *Shakespeare's English and Roman History Plays: A Marxist Approach.* London: Associated University Presses. 1986.

Stirling, Brents. *The Populace in Shakespeare.* New York: Columbia University Press. 1949.

Stříbrný, Zdeněk. *The Whirligig of Time: Essays on Shakespeare and Czechoslovakia*, ed. Lois Potter. Newark: University of Delaware Press, 2004.

Wilson, Richard. *Will Power: Essays on Shakespearean Authority*. Detroit: Wayne State University Press. 1993.

8. 「헨리 6세」 3부
성격비극 탄생의 예고

「헨리 6세」 3부는 귀족들의 정권 다툼으로 빚어진 내란과 무질서가 개인적인 복수로 일관되는 일종의 세네카적인 복수극이다. 틸야드에 의하면 3부는 가장 연대기적이지만 전체를 이끄는 중심적인 사상이나 인물에 의한 플롯은 매우 느슨한, 사건 위주로 구성된 작품이다. 그의 설명은 작중 사건들이 지나치게 대동소이하여 〈극의 행위가 다양하지 못하다〉(192)는 새뮤얼 존슨의 주장의 연장이라 볼 수 있다. 필립 브록뱅크도 장미 전쟁의 패악과 그것을 행하는 인물들을 지나치게 많이 등장시킨 이 작품에는 「맥베스」에서처럼 악에 대한 전체적이고 친숙한 탐구가 보이지 않으며, 역사적 야외극*pageant* 관습에 해당하는 독백이나 대화만이 구사되었다고 지적했다(199). 그에 의하면 「헨리 6세」 3부는 무정부적인 충동의 발산이 초래하는 추상적이고 전면적인 무질서를 그 틀로 한다(195). 랜들 마틴Randall Martin은 이데올로기적·인종주의적 차원에서 정치적 갈등이 발생하는 현대의 내란과는 달리, 불화와 싸움이 대체로 개인적인 것이어서, 신의 뜻과 같은 장기적 원인이 작중에 부재하는 것 역시 이 작품을 〈삽화적〉으로 보이게 하는 하나의 원인이라 파악했다 (49~50). 그에 따르면 셰익스피어는 전체를 아우르는 설명보다는 장미 전쟁의 다양한 원인과 결과를 재현하는 쪽에 더 관심을 두었다. 브록뱅크와 마찬가지로 마틴은 셰익스피어가 내란의 혼란을 삽화적으로 구성하였고, 이를 통해 다양한 관점을 제시하고 있다고 강조한다. 이런 견해의 이면에는 아직 풋내기 극작가였던 셰익스피어가 서사적, 극적 통일을 이끌어 낼 만큼 많은 사료들을 자유자재로 다루지는 못했으리라는 추정이 깔려 있다. 그러나 이는 작가의 능력이 시간의 흐름을 좇아 발전한다는 진화론적 가정에 입각한 것으로 역사적으로는 별 근거가 없다.

이와 반대로 래리 챔피언Larry Champion은 「헨리 6세」 3부는 관객의 다양한 가치 판단을 유도하는 작품이며, 주제의 통일성을 보이는 것은 물론 독백과 방백의 사용을 통해 객관적 거리를 유지하며 내면화로 나아가는 작품이라 평가하면서 셰익스피어의 형식에 관심을 보인다(227, 236~237). 그러나 챔피언의 설명 역시 진화론적 비평에 호응하기는 매한가지다. 그는 셰익스피어가 「리처드 3세」에 이르기 위해 만화경 같은 요크가와 랭커스터가의 승리와 패배를 경유해 나아가야 했다고 보는 로만 디보스키의 주장에 기대고 있다(9). 각 작품의 독자성을 주장하는 챔피언의 입장에서라면 「헨리 6세」 3부를 「리처드 3세」의 서곡쯤으로 파악하는 것은 문제가 된다. 그러나 도덕적 무질서라는 주제를 다양한 사건들 속에서 일관되게 보여 주고 있다는 주장은 부정하기 어렵다. 대체로 구성의 통일을 주장하는 비평가들은 파편적이고 삽화적인 구성이 인간의 원초적인 폭력의 경험을 일관되게 표현하고 있다는 주제의 통일성에서 그들 주장의 근거를 찾는다. 그러나 셰익스피어는 2부에서처럼 3부에서도 장면의 병렬과 대조, 대사와 이미지의 반복을 통해 극적 아이러니를 끌어내면서 삽화적으로 보이는 구성을 비교적 정밀하게 다듬고 있다.

3부는 미완이었던 2부의 연장선상에서 막을 올린다. 1445년 5월 22일에 있었던 세인트올번스 전투에서 요크의 포위를 뚫고 빠져나온 헨리가 의회를 소집하려 런던으로 향하며 끝난 2부의 결말에 바투 이어지는 3부 도입부로 관객이나 독자는 두 작품이 서로 연결된 구성임을 어렵지 않게 파악할 수 있다. 크리스토퍼 말로의 「탬벌린 대제」가 전체 2부 구성의 연작 서사극으로서 다양한 사건을 삽화적으로 다뤄 관점의 다각화를 꾀한 것과 마찬가지로, 「헨리 6세」 2, 3부 역시 장미 전쟁을 일종의 연작 서사극으로 다루고 있다. 2부 마지막에 솔즈베리 경을 위기에서 구하고 서머싯 백작을 살해하면서 리처드의 본격적인 등장을 예비한 작가는 3부에서 리처드를 도덕적 가치 면에서 헨리와 대립적인 두 축으로 설정하고 부각시킨다. 이후에 집필한 작품인 「리처드 2세」에서 관객의 호응이 리처드 2세 왕과 헨리 볼링브루크 사이를 오가도록 한 것처럼 셰익스피어는 이 작품에서도 관객의 도덕적 판단과 정서적 반응이 이 두 인물을 축으로 움직이도록 하고 있다. 양자는 작품을 끌어가는 구성의 축이기도 하다.

리처드는 1부에서부터 줄곧 아버지 요크의 정적인 서머싯 백작을 살해함으로써 요크의 분신으로 등장한다. 1부 도입부 헨리 5세의 장례식과 2부 도입부 마거릿 왕비의 결혼 및 대관식에서 주요 등장인물들이 한 무대에 등장했던 것과 마찬가지로 3부 역시 요크 측 모든 인물들이 의사당에 모인 가운데 시작된다. 요크는 왕좌에 앉음으로써 스스로 정당한 왕임을 입증하려 하고, 전작들에서도 그러했듯이 대관식을 거행하려 한다.

그러나 1부와 2부에서처럼 여기서도 헨리의 등장에 따른 언쟁으로 의식은 중단된다. 이는 작중 세계가 의식과 관습에 기초한 사회적 유대와 정상적 관계가 불가능한 세계임을 보여 주는 셰익스피어의 극적 장치다.

〈나는 서 있고 그대는 나의 왕좌에 앉아 있는가〉(1.1.83~84)라는 헨리의 말처럼 그와 요크는 무대 위에서 매우 대조적인 모습을 보이는데, 그들의 대립은 3부의 극 전개를 전체적으로 조명하는 구성상의 특징이기도 하다. 무대의 배치 역시 요크의 추종 세력과 헨리의 추종 세력으로 양분돼 있다. 1부에서처럼 왕권의 정통성을 둘러싼 헨리와 요크의 논쟁은 현실적인 힘에 의존하는 것일 따름이며 정당성 자체는 큰 의미를 지니지 않는다. 이런 견지에서 왕위가 정당하든 부당하든 왕에게 따질 문제는 아니라고 설파하는 클리퍼드는 마키아벨리적인 힘의 정치를 긍정하는 자로서, 사실상 리처드에 가장 가까운 인물이다. 그의 충성이 국가적 차원에서 비롯한 것이 아니라 요크에게 살해당한 아버지의 복수라는 개인적 차원에서 비롯한 것이라는 사실이 보다 중요하다. 그의 말에 힘입은 헨리는 왕권을 이양하라는 요크의 주장을 거절한다. 그러자 워릭은 의사당 바닥에 발을 굴러 숨어 있던 군대를 불러들인다. 이는 앞서 1부에서 오베르뉴 백작 부인의 간계를 간파한 탤벗이 나팔을 불어 군인들을 불러들였던 장면의 반복이다. 그러나 3막에서는 같은 전술이 정치적 야욕에 이용되고 있다.

요크의 도전에 직면한 헨리는 살아생전에는 자신이 왕권을 유지하고 사후에 요크에게 이양할 것을 제안하는데, 이를 요크가 받아들이면서 휴전이 성립된다. 역사상에서는 의회의 의결을 거쳐 성립된 이 중재안을 셰익스피어는 헨리의 자발적인 제안으로 처리함으로써, 왕자의 계승권을 박탈하면서까지 자신의 안위를 우선시하는 그의 이기적인 모습을 강조한다. 헨리는 아들의 계승권 박탈이 〈천성을 저버린unnaturally〉 (1.1.194) 행위임을 강조함으로써 내란이 초래한 직접적인 결과가 혈족 간의 싸움과 가정의 파괴임을 역설한다. 정치라는 공적 영역은 작중에서 하나같이 개인적인 욕망에서 비롯하며, 개인적인 관계에 영향을 미친다. 헨리가 요크에게 왕위를 양위하는 조건으로 바로 내쟁의 중단을 요구하는 것은, 얼핏 국가의 안위를 위해서인 것처럼 보인다. 그러나 셰익스피어는 이어지는 방백을 통해 그것이 요크에게 기운 민심을 의식한 헨리의 두려움의 발로임을 명백히 보여 준다. 〈자신의 명예보다 자신의 목숨을 더 중시했다〉(1.1.247)는 왕비의 비난은 헨리의 자신지책을 간파한 바라고 할 수 있다.

내쟁의 중단을 명목으로 왕위 이양을 약속한 헨리의 행동이 오히려 내란을 악화시킨다는 점에서 극적 아이러니는 심화된다. 이번에는 아들의 계승권을 지키려는 마거릿의 전쟁이 정당성을 지니게 되는 것이다. 그러나 그녀의 전쟁은 차치하고, 지체 없이 왕권을 차지하라는 아들 리처드의 설득에 넘어간 요크가 전쟁 준비에 돌입함에 따라 양자 간의 맹세는 깨진 것이나 다름없다. 약속이나 신의가 아무런 의미를 지니지 못하는 현실 정치의 세계가 3부에서도 반복되는 셈이다. 폴스타프의 말처럼 〈명예〉가 〈빈말〉이 된 곳에서는 탤벗의 영웅적인 모습도 가족을 위한 무자비한 복수자의 모습으로 대체되고 말 뿐이다.

합법적인 군주가 아닌 자 앞에서 한 맹세란 법적 효력을 지니지 못하는 법이라며 무력으로 왕권을 차지할 것을 부친에게 종용하는 리처드의 모습은 왕권의 획득을 천상의 축복에 비견하는, 말로의 주인공 탬벌린을 상기시킨다.

서약하는 사람에 대해 권위를 가진

정당하고 합법적인 재판관 앞에서

하지 않은 서약이란 아무 효력이 없습니다.

헨리는 권위도 없고 왕권을 찬탈한 자입니다.

그렇다면 아버지에게 서약을 하게 한 자가 헨리였으니

아버지의 서약은 무효이고 의미가 없습니다.

그러니 무기를 듭시다! 아버지, 왕관을 쓴다는 것이

얼마나 달콤한 일인지 생각해 보세요.

왕관의 둥근 테 안에 천국이 있고

시인들이 말하는 온갖 지복과 기쁨이 있습니다.

이렇게 머뭇거릴 이유가 무엇입니까? 제가 꽂고 있는

이 백장미가 헨리의 심장의 희멀건 피로 붉게

물들기 전까지는 저는 가만히 있을 수가 없습니다.

An oath is of no moment, being not took

Before a true and lawful magistrate

That hath authority over him that swears.

Henry had none, but did usurp the place.

Then seeing 'twas he that made you to depose,

Your oath, my lord, is vain and frivolous.

Therefore to arms! And, father, do but think

How sweet a thing it is to wear a crown,

Within whose circuit is Elysium

And all that poets feign of bliss and joy.

Why do we linger thus? I cannot rest

Until the white rose that I wear be dy'd

Even in the lukewarm blood of Henry's heart. (1.2.22~34)

왕관의 둥근 테 안에 천국이 있다고 주장하는 리처드는, 권력욕을 인간을 신과 동등하게 만들어 주는 것이자 삶의 원천으로 간주하는 탬벌린과 닮아 있다. 하지만 리처드에게는 탬벌린의 정복욕이 내면으로 왜곡되고 축소되어 있다는 측면에서 영웅주의의 희화라 할 수 있다. 부친의 복수로 루트랜드Rutland를 살해한 클리퍼드가 요크가의 사람이 하나라도 살아 있는 한 자신은 〈지옥에 살고 있는 것이다〉(1.3.33)라고 외친 것처럼 리처드 역시 왕관을 차지하기 전까지는 지옥의 사냥개인 셈이다. 셰익스피어는 클리퍼드와 리처드를 통해 내면적 깊이를 지닌 성격비극의 인물을 점진적으로 빚어내기 시작한다.

셰익스피어는 정치적 야심과 그것이 초래한 전쟁 앞에 인간의 신의가 얼마나 부질없는지 나타내기 위해 1455년의 세인트올번스 전투와 1460년의 웨이크필드 전투를 작중에서 동시 사건으로 처리하고 있다. 수적 열세에도 불구하고 왕비의 군대에 맞선 요크는 클리퍼드와 노섬벌랜드, 에드워드의 포로로 사로잡힌 채 조롱 속에 처형된다. 요크에게 종이 왕관을 씌워 전쟁터의 낮은 언덕에 세워 둔 채 마거릿은 왕권에 대한 그의 한갓된 욕심을 비웃는다.

296

그래, 이제야 진실로 왕같이 보이는구려!

그래, 이자가 헨리 왕의 권좌를 차지한 자요,

이자가 왕이 후계자로 택했던 자로군.

그런데 그 위대한 플랜태저넷 공께서 이렇게 일찍

왕관을 쓰시고 그 엄숙한 맹세를 저버린 것은 어인 영문이오?

내 생각으로 우리의 헨리 왕이 죽음과 악수하기 전까지는

그대는 왕이 되어서는 아니 될 인물이오.

그런데도 헨리 왕 살아생전의 그대의 맹세를 저버리고

왕의 관자놀이에서 왕관을 벗겨 내어

그대의 머리에 헨리 왕의 영광스러운 왕관을 씌울 작정이오?

아, 그건 정말로, 정말로 용서할 수 없는 죄악이오!

저 왕관을 벗겨라. 그리고 왕관과 함께 이자의 목도 잘라라.

우리가 숨을 돌릴 동안에 이자를 죽여 버려라.

Aye, marry, sir, now looks he like a king!

Ay, this is he that took King Henry's chair,

And this is he was he adopted heir.

But how is it that great Plantagenet

Is crown'd so soon, and broke his solemn oath?

As I bethink me, you should not be king

Till our King Henry had shook hands with death.

And will you pale your head in Henry's glory,

And rob his temples of the diadem,

Now in his life, against your holy oath?

O, 'tis a fault too too unpardonable!

Off with the crown; and, with the crown, his head,

And whilest we breathe, take time to do him dead. (1.4.96~108)

요크는 마치 가시 면류관을 쓰고 유대인들에게 조롱당하다가 골고다 언덕에서 처형당한 예수처럼 가짜 대관식을 치르면서 살해당한다. 셰익스피어는 중세 종교극의 전통을 완전히 세속적인 문맥에 차용함으로써 이 양자의 거리감을 강조해 보인다. 요크는 마거릿에게 〈프랑스의 암늑대〉(1.4.111), 〈아마존의 창녀〉(114), 〈여자의 탈을 쓴 호랑이의 심장〉(137)이자, 〈여성의 천성을 버린 괴물〉이라 비난을 퍼붓지만, 이미 권력에 대한 욕심과 전쟁으로 인간 본성이 파괴된 작중 세계에서 그러한 매도가 큰 의미를 지닐 리 만무하다. 여기서 요크의 비난은 아이러니한 효과만을 불러일으킬 따름이다. 피눈물을 흘리는 요크에게 왕비가 루트랜드의 선혈에 젖은 손수건을 내미는 장면은 예수의 베로니카에 대한 패러디로서 세네카의 유혈 비극과 오비디우스의 이야기를 환기시킨다. 셰익스피어는 요크의 고통이 근본적으로는 그의 정치적 야욕에서 비롯한 것임을 명백히 하고 있으나, 그의 처참한 곤경을 관망하는 노섬벌랜드조차 〈그의 고통이 너무나 내 마음을 동요시켜 눈물을 참을 수가 없을 정도다〉(1.4.149~150)라고 말하게 함으로써 관객의 동정이 요크에게 향하도록 유도하고 있다. 빈사의 그가 남긴 〈내 유해에서 너희 모두에게 복수할 불사조 같은 새가 태어날 것〉(1.4.35~36)이라는 예언은 그와 그 아들 리처드의 동질성을 보여 주지만, 막상 리처드가 불사조처럼 불멸하지는 못

298

한다는 점에서 아이러니한 거리감을 만들어 낸다.

전령에게 부친의 부고를 들은 리처드는 〈아버지의 이름을 지닌 내가 아버지의 복수를 하겠다〉(2.1.87)라고 다짐하면서 클리퍼드처럼 지옥에서 살아가는 전쟁 기계가 된다. 부친의 죽음을 목격한 클리퍼드가 〈이 모습에조차 내 심장은 돌로 변하는구나. 지금부터 목숨이 붙어 있는 한 내 심장은 돌이 되리라〉(2부 5.2.49~51)라고 다짐했다면, 리처드는 〈클리퍼드여, 너의 행동이 너의 심장이 화강암 같음을 증명한 것처럼 아무리 너의 심장이 강철 같더라도 내가 그것을 꿰뚫어 버리리라〉(2.1.201~203)라고 맹세한다. 클리퍼드와 리처드는 비록 대립적인 위치에 있다고는 해도 아버지의 죽음으로써 복수의 화신으로 거듭난다는 측면에서 쌍생아이며, 그 태생만큼이나 유사한 성격을 지닌다.

요크와 헨리의 대립으로 진행되던 극의 행위는 이제 리처드와 헨리의 대립으로 전개되기 시작한다. 루트랜드와 요크의 잇단 죽음으로 요크가에 불리하게 전개되는 듯싶었던 전쟁의 형세는 토턴Towton 전투를 기점으로 다시 요크가에 유리하게 기울기 시작한다. 〈천상에서처럼 지상에서도 전쟁의 신 마르스의 진정한 움직임은 오늘까지도 알 수가 없다〉(1부 1.2.1~3)는 프랑스 왕의 말처럼, 또 교전을 피해 숲으로 숨어든 헨리의 독백처럼 전쟁은 폭풍과 싸우는 파도와 같아 승패를 가늠하기 어렵고 변화무쌍하다.

이 전쟁은 마치 물러가는 구름이 밝아 오는 아침
햇빛과 겨루는 아침의 전쟁과 같구나.
손가락을 호호 불고 있는 양치기에게

온전한 낮도 아니요, 그렇다고 밤도 아닌 아침 시간.

이놈의 전쟁은 파도에 밀려

바람과 싸워야만 하는 대양이 이제는

이쪽으로 밀렸다 또 이번에는 광풍에 밀려

저쪽으로 물러나야만 하는 형국이구나.

한번은 한쪽이 이겼다가, 다음번엔 다른 쪽이 이기고.

양쪽 모두 가슴에 가슴을 맞대고 승리를 겨루지만

어느 쪽도 승자도 아니요, 패자도 아니다.

이 잔인한 전쟁의 팽팽한 균형은 이렇게 끝이 없구나.

This battle fares like to the morning's war,

When dying clouds contend with growing light,

What time the shepherd, blowing of his nails,

Can neither call it perfect day nor night.

Now sways it this way, like a mighty sea

Forc'd by the tide to combat with the wind;

Now sways it that way, like the self-same sea

Forc'd to retire by fury of the wind.

Now one the better, then another best;

Both tugging to be victors, breast to breast,

Yet neither conqueror nor conquered;

So is the equal poise of this fell war. (2.5.1~12)

2부에서 켄트의 알렉산더 아이든이 소용돌이치는 궁정에서 벗어나 아버지로부터 물려받은 조그마한 시골 농지에 만족하며 사는 즐거움을 말했던 것처럼, 헨리는 승리와 패배가 교차하는 전쟁에서 벗어나 한갓지고 유적하게 살아가는 목동의 행복을 독백한다. 여기서 헨리는 전쟁의 원인이지만 그것을 멀리서 바라보는 방관자다. 그가 독백하는 승리와 패배의 교차는 관객의 반응의 변화를 상징하고 대변한다. 헨리가 쉬기 위해 앉은 둔덕이 앞서 요크가 살해되었던 언덕바지라는 사실은 그가 그토록 바라는 휴식과 평화의 장소가 막상 생각만큼 평화스러운 곳은 아니라는 사실을 아이러니하게 전달해 준다.

앞서 요크가 살해됐던 1막 4장이 일종의 극중극이었던 것처럼 2막 5장 역시 헨리를 관객으로 하는 극중극이다. 아이든의 정원이 잭 케이드의 침입으로 싸움터로 변해 버리듯이, 헨리의 정원도 얼마 지나지 않아 전장으로 변해 버린다. 그의 독백이 끝나기 무섭게 아버지를 살해한 한 아들과 아들을 살해한 한 아버지가 연달아 등장해 그들의 비참함을 통탄하기 때문이다. 런던에서 왕의 군대에 징집된 아들은 요크 지방에서 워릭의 군대에 가담한 아버지를 몰라보고 죽인다. 그런가 하면 죽은 병사의 주머니를 뒤져 강탈하려던 아버지는 그제야 자신이 아들을 살해했다는 사실을 깨닫는다. 나무숲에 숨어 이들이 울부짖는 모습을 지켜보며 〈피비린내 나는 시대〉(2.5.73)를 개탄하고만 있는 헨리는 무력한 관객에 불과하다. 아버지를 죽인 아들과 아들을 죽인 아버지는 전쟁의 참상을 고발하는 일종의 코러스다. 전자는 무대에서 좌회전하며 낭송하는 스트로피strophe에, 후자는 우회전하며 낭송하는 안티스트로피antistrophe에, 양자를 함께 수렴하는 헨리는 정면을 보며 낭송하는 에포드épode에 해당된다. 이 세 명은 각자의 처지를 대변하는 작중 인물들이지만 전쟁의 참상을 삽화적으로 드러내는 논평자적 인물들이기도 하다. 살해한 병사를 강탈하려 호주머니를 뒤지는 데서도 파악되듯이 이들은 황금에 대한 욕심으로 징집된 인물들이다. 셰익스피어는 이들의 욕심을 앞서 리처드가 강조한 황금 왕관을 향한 욕망과 엮어 설정함으로써, 크든 작든 간에 무자비한 참혹상과 내란을 초래하게 마련인 물질에 대한 욕심을 비판하고 있다.

아들과 아버지가 각자 자신의 아버지와 아들의 시체를 놓고 통곡하는 장면에 〈싸우는 두 집안의 운명적인 군기 색인 붉은 장미와 흰 장미가 그 얼굴에 얼룩져 있다〉(2.5.97~98)는 헨리의 설명을 덧붙임으로써 작가는 이 극중극이 단순한 삽화가 아니라 가족 관계마저 파괴하는 내란의 상징이자 전체 작중 사건의 축소판임을 강조한다. 이처럼 유사한 사건들을 독자적으로 다루면서도 작가는 그것을 반복하고 병치함으로써 이들 비극이 도덕적 무질서가 빚어낸 결과라는 자신의 중심 생각을 일관되게 끌어 나간다.

이 작품의 극적 구성이 데칼코마니처럼 이중 구성으로 되어 있다는 사실은 클리퍼드의 죽음 장면에서 확인할 수 있다. 요크의 세 아들은 가짜 대관식으로 조롱받으며 죽은 아버지의 복수를 똑같이 감행한다. 토턴 전투에서 전사한 클리퍼드의 시체를 번갈아 조롱하면서 그들은 마치 「맥베스」의 헤카테와 마녀들이 마법의 죽을 끓이며 주문을 외고 춤추는 것처럼 가짜 장례식을 치른다. 앞서 마거릿과 클리퍼드가 참수한 아버지의 머리를 걸었던 요크 성문에 리처드 일파는 클리퍼드의 참수한 머리를 걸어 둔다. 〈자에는 자〉(2.6.55)라는 워릭의 말처럼, 〈이에는 이〉라는 탈리

오 법칙Lex talionis 아래 복수가 갈마들어 반복되는 것처럼, 극적 구성
역시 반복되어 하나로 겹쳐지는 이중 구성을 보인다.

마거릿의 군대를 격파하고 왕위에 오른 에드워드가 전란 중에 미망인
이 된 엘리자베스 그레이 부인과 비밀리에 결혼하는 부분은, 그 자체로
만 보면 극의 구성에 있어서 독립적인 삽화로 보일 공산이 크다. 그러나
1부에서 헨리가 아르마냐크 공작 딸과의 혼약을 깨고 마거릿과 결혼함
으로써 내분을 초래한 것처럼, 에드워드 역시 루이 11세의 처제 보나 부
인과의 혼약을 깨고 그레이 부인과 결혼함으로써 형제들의 분노를 사는
결과를 초래하는 데서도 알 수 있듯이 이는 결코 독립적인 삽화가 아니
다. 에드워드의 결혼은 워릭을 마거릿 편으로 돌아서게 만듦으로써 영국
을 다시 전쟁으로 몰아넣는다. 군주의 무절제가 도덕적 혼란을 가져오고
도덕적 혼란이 되쳐 정치적 혼란을 초래하는 양상이다. 헨리와 마거릿의
결혼 소식을 접한 요크가 독백을 통해 왕권에 대한 야욕을 드러낸 것처
럼(2부 1.1.214~259) 에드워드와 그레이 부인의 결혼 소식을 들은 리처드
역시 왕권에 대한 야심을 긴 독백을 통해 드러낸다. 이렇듯 비슷한 상황
의 반복적 제시로써 셰익스피어가 「헨리 6세」 삼부작 전체를 하나의 극
적 구조 속에 두고 있다는 것을 알 수 있다.

요크가 겨냥하는 것이 황금 과녁, 즉 왕관인 것과 마찬가지로 리처드
역시 왕관을 꿈꾸는 데에 자신의 천국이 있다고 여긴다.

그래, 에드워드 형님은 여자들을 알뜰하게 대하실 거야.
형님의 골수와 뼈와 모든 것이 소진되어
내가 바라는 황금시대를 방해할 유망한 가지가

그의 사타구니에서 솟아나지 않으면 좋으련만!

그러나 호색가인 에드워드 형의 후계권이 묻혀 버린다고 해도

내 영혼의 소망과 나의 몸 사이엔

클레런스와 헨리, 헨리의 아들인 어린 에드워드도 있고,

예기치 않은 자식들이 그들에게서 태어나

내가 왕권을 차지하기도 전에 그 자리를 차지할지도 모를 일.

내 목적을 위해선 참으로 오싹한 생각이군!

그렇다면 나는 갑 위에 서서

가고 싶은 먼 해안을 바라보며

눈길 가는 곳에 발길도 함께 가기를 바라며

그 해안과 자신을 갈라놓고 있는 바다를 탓하며

바다를 말려서 그 위로 걸어가겠다고 말하는 사람처럼

나도 역시 내 목적을 가로막는 것들을 나무라며

싹을 자르겠다고 호언하며

말 안 되는 헛소리로 마음을 달래고 있구나.

내 눈은 너무나 민첩하고 내 마음은 너무나 앞서 있어

힘이 손을 따라가지 못하는구나.

그렇다면 리처드가 차지할 왕국은 없단 말이군.

그렇다면 다른 세상의 기쁨은 무엇이란 말인가?

미인의 무릎에서 천국을 찾고

화려한 장식으로 몸을 단장하고

달콤한 말과 외모로 미인들을 홀려야겠군.

아, 이 무슨 비참한 생각이냐!

스무 개의 황금 왕관을 차지하는 것보다

더 가능성 없는 일이군!

사랑의 여신이 어머니의 자궁 속에서 나를 버렸지.

내가 사랑의 부드러운 법칙과 인연을 맺지 못하도록

사랑의 여신은 연약한 자연을 뇌물로 매수하여

나의 팔을 시든 관목처럼 오그라지게 하고

내 등에 흉측한 산덩이를 만들어 놓아서

기형이란 놈이 거기 앉아 내 몸을 조롱한다.

내 다리 길이는 서로 다르고

모든 곳이 불균형해서

마치 어미 곰을 닮지 않은, 형체 없는,

갓 태어난 새끼 곰, 아니 모양 없는 덩어리 같구나.

이런데도 내가 사랑을 받을 수 있는 사람이 되겠는가?

그런 생각을 품다니 얼마나 흉측한 잘못인가!

그렇다면 세상이 나에게 나보다 잘난 사람들을

명령하고 방해하고 위압하는 일 외에

다른 기쁨을 주지 못하니

왕관을 꿈꾸는 것을 나의 천국으로 삼고

이 머리를 달고 있는 이 흉측한 몸뚱이가

영광스러운 왕관을 두르기 전에는

숨이 붙어 있는 한 이 세상을 단지 지옥으로 여길 것이다.

그러나 어떻게 왕관을 차지할지 그 방법을 모르겠구나.

나와 내 목표 사이에 많은 방해꾼들이 있으니.

나는 가시 숲에서 길을 잃고

가시를 자르며 가시에 찔리면서도

길을 찾아 헤매고

밝은 곳을 찾지 못해

필사적으로 찾아 헤매는 사람처럼

잉글랜드의 왕관을 차지하려고

스스로를 괴롭히고 있구나.

이 고통에서 벗어나야겠다.

아니면 피 묻은 도끼로 길을 뚫어야겠다.

그래, 나는 웃을 수 있고 웃으면서 살인할 수가 있지.

내 마음을 아프게 하는 자에게 〈좋소〉하고 말할 수 있고

억지 눈물로 내 뺨을 적실 수 있고

어느 경우에나 맞춰 낯빛을 바꿀 수 있지.

인어보다도 더 많이 뱃사공들을 익사시킬 수 있고

바실리스크 뱀보다 더 많은 사람들을 내 눈으로 죽일 수 있지.

네스토르와 마찬가지로 웅변을 토할 수 있고

율리시스보다 더 교활하게 사람을 속일 수 있고

시논처럼 또 다른 트로이 성을 함락시킬 수가 있지.

카멜레온보다 쉽게 표변할 수 있고

프로테우스보다 더 모양을 잘 바꿀 수 있고

잔인한 마키아벨리에게도 한 수 가르쳐 줄 수 있지.

이런데도 내가 왕관을 차지할 수 없단 말인가?

제기랄, 아무리 멀리 있어도 낚아채고야 말겠다.

Ay, Edward will use women honourably.

Would he were wasted, marrow, bones and all,

That from his loins no hopeful branch may spring,

To cross me from the golden time I look for!

And yet, between my soul's desire and me —

The lustful Edward's title buried —

Is Clarence, Henry, and his son young Edward,

And all the unlook'd for issue of their bodies,

To take their rooms, ere I can place myself:

A cold premeditation for my purpose!

Why, then, I do but dream on sovereignty;

Like one that stands upon a promontory,

And spies a far-off shore where he would tread,

Wishing his foot were equal with his eye,

And chides the sea that sunders him from thence,

Saying, he'll lade it dry to have his way:

So do I wish the crown, being so far off;

And so I chide the means that keeps me from it;

And so I say, I'll cut the causes off,

Flattering me with impossibilities.

My eye's too quick, my heart o'erweens too much,

Unless my hand and strength could equal them.

Well, say there is no kingdom then for Richard;

What other pleasure can the world afford?

I'll make my heaven in a lady's lap,

And deck my body in gay ornaments,

And witch sweet ladies with my words and looks.

O miserable thought! and more unlikely

Than to accomplish twenty golden crowns!

Why, love forswore me in my mother's womb:

And, for I should not deal in her soft laws,

She did corrupt frail nature with some bribe,

To shrink mine arm up like a wither'd shrub;

To make an envious mountain on my back,

Where sits deformity to mock my body;

To shape my legs of an unequal size;

To disproportion me in every part,

Like to a chaos, or an unlick'd bear-whelp

That carries no impression like the dam.

And am I then a man to be beloved?

O monstrous fault, to harbour such a thought!

Then, since this earth affords no joy to me,

But to command, to cheque, to o'erbear such

As are of better person than myself,

I'll make my heaven to dream upon the crown,

And, whiles I live, to account this world but hell,

Until my mis-shaped trunk that bears this head

Be round impaled with a glorious crown.

And yet I know not how to get the crown,

For many lives stand between me and home:

And I — like one lost in a thorny wood,

That rends the thorns and is rent with the thorns,

Seeking a way and straying from the way;

Not knowing how to find the open air,

But toiling desperately to find it out, —

Torment myself to catch the English crown:

And from that torment I will free myself,

Or hew my way out with a bloody axe.

Why, I can smile, and murder whiles I smile,

And cry "Content" to that which grieves my heart,

And wet my cheeks with artificial tears,

And frame my face to all occasions.

I'll drown more sailors than the mermaid shall;

I'll slay more gazers than the basilisk;

I'll play the orator as well as Nestor,

Deceive more slily than Ulysses could,

And, like a Sinon, take another Troy.

I can add colours to the chameleon,

Change shapes with Proteus for advantages,

And set the murderous Machevil to school.

Can I do this, and cannot get a crown?

Tut, were it farther off, I'll pluck it down. (3.2.124~195)

71행에 이르는 긴 독백에서 리처드는 자신의 목표를 이루기 위해 이제는 랭커스터가와의 싸움이 아닌 피를 나눈 형제간의 싸움을 감행할 것을 예고한다. 그가 가족의 연대 따위는 저버리고 피의 바다를 헤엄치며 거듭 태어날 것을 다짐하는 대목은 특히 주목을 요한다. 요크와 탤벗이 죽어 가면서 예언한 불사조는 영국을 구원할 영웅이 아니라 자신의 욕망을 채우기 위해 나라 전체를 혼란과 전쟁으로 내몬 괴물이었던 셈이다. 기존의 인간관계와 질서가 내란으로 온통 헤집어진「헨리 6세」삼부작의 세계에서는 작중 인물들의 기대와 예상도 늘 정반대의 결과만 초래한다. 자중지란의 무질서와 실정의 세태를 셰익스피어는 전복이라는 장치로써 아이러니하게 전달하고 있다. 헨리가 〈물리도록 사랑의 기쁨을 탐닉하는 동안〉(2부 1.2.251) 호기를 노리며 인내했던 요크처럼, 그리고 던컨 왕을 살해하려는 맥베스가 그러듯 리처드는 와신상담하며 자신의 기회를 엿본다. 셰익스피어는 요크와 유사한 상황에서 역시 그와 유사한 언어를 사용하는 리처드의 모습을 그려 냄으로써 앞서 요크가 보여 주었던 극적 행위가 리처드에 의해 되풀이될 것을 알려 준다. 사건으로 중첩된 연대기들 가운데서 작가는 하나의 극적 유형을 찾아내고 있는 것이다.

에드워드의 결혼은 극의 전기를 제공하는 중추적인 사건이다. 전쟁의 승패가 요크가와 랭커스터가에 갈마들며 몰아치는 국가의 혼란스러운 상황은 개인 관계의 차원에서도 마찬가지이다. 헨리의 대리 청혼자였던 서픽처럼 에드워드의 대리 청혼자로 프랑스에 파견된 워릭은 동생 몬터 규Montague 남작의 서신을 통해 결혼 소식을 알게 되자 자신의 명예가 실추된 것에 분노하며 마거릿 편에 가담한다. 헨리가 혼인의 대가로 앙주와 메인 지방을 내주고 휴전을 체결했다는 소식에 경악하여 그로부터 등을 돌린 글로스터와 마찬가지로, 격분한 워릭은 에드워드로부터 매몰차게 돌아서게 되고 이는 재차 정치적 혼란으로 발전하는 계기가 된다.

루이 11세의 왕궁에서 프랑스를 서로 자기편으로 끌어들이기 위해 옥신각신하는 마거릿과 워릭의 모습은 영국 내쟁의 축소판이다. 루이는 비밀 결혼 소식을 접하기 전까지는 정통성 여부를 막론하고 현(現)왕인 에드워드를 옹호함으로써 원군을 지원해 달라는 마거릿과 에드워드 왕자의 간청을 거절한다.

> 그러나 에드워드 왕의 큰 성공에 비춰 볼 때
> 왕권에 대한 그대의 권리가 미약하기 때문에
> 과인은 조금 전에 했던 지원 약속을
> 거둬들여야만 하겠소.

> But if your (Margaret's) title to the crown be weak,
> As may appear by Edward's good success,
> Then 'tis but reason that I be releas'd
> From giving aid which late I promised. (3.3.145~148)

과거 마거릿과의 약속을 철회하면서 자신의 처제와 혼약한 에드워드를 현왕으로 인정하는 루이는 현실 정치적 측면에서 실리를 앞세우는 인물이다. 에드워드가 비밀리에 그레이 부인과 결혼했다는 소식을 듣자마자 마음을 고쳐먹고, 더럽혀진 자신과 처제의 명예에 복수하기 위해 마거릿에게 다시 원군을 지원하겠다고 약속하는 부분(3.3.218~220)은 그의 이런 면모를 한층 적나라하게 드러내 보여 준다. 워릭은 헨리에 대한 충성 약속으로 자신의 둘째 딸과 에드워드 왕자의 혼인을 제안하고 마거릿은 이를 승낙한다. 클리퍼드나 리처드의 경우에서처럼 워릭의 변심과 복수심 역시 개인적 차원에서 비롯한 것이며, 국가나 공공의 이익을 위한 것은 아니다. 자신의 이기적 목적만을 좇기는 귀족이든 평민이든 마찬가지인 것이다.

> 나는 에드워드 왕의 대사로 이곳에 왔으나
> 불구대천지 원수가 되어 돌아가는구나.
> 그가 내게 준 임무는 혼사였으나
> 끔찍한 전쟁이 그의 요구에 대한 답변을 대신하겠구나.
> 나 말고 바보로 만들 다른 사람이 없었단 말인가?
> 그렇다면 바로 내가 그의 조롱을 슬픔으로 바꿔 놓겠다.
> 내가 그를 왕좌에 올려놓은 주동자였으니
> 다시 그를 내려놓는 주동자도 되리라.
> 헨리의 비참한 처지를 가엾이 여겨서가 아니라
> 에드워드가 나를 조롱거리로 만든 복수로.

> *I came from Edward as ambassador,*

But I return his sworn and mortal foe.

Matter of marriage was the charge he gave me,

But dreadful war shall answer his demand.

Had he none else to make a stale but me?

Then none but I shall turn his jest to sorrow.

I was the chief that rais'd him to the crown,

And I'll be chief to bring him down again;

Not that I pity Henry's misery,

But seek revenge on Edward's mockery. (3.3.256~265)

자신을 놀림감으로 만든 에드워드에게 〈끔찍한 전쟁〉으로 복수하겠
다고 다짐하는 워릭의 모습에서 알 수 있듯이, 이 작품에서 정치적·국가
적 무질서와 폭력은 결코 역사를 주관하는 신의 섭리에서 비롯하는 것이
아니다. 그것은 차라리 왕이나 귀족들의 이기적인 욕망과 사적인 동기로
부터 비롯하는 것이라 볼 수 있다.

프랑스 왕실에서 워릭과 루이가 보여 주었던 현실 정치적 태도는 스코
틀랜드 산중에서 헨리 왕을 사로잡은 두 명의 산지기들의 모습을 통해
되풀이된다. 교전을 피해 산속에 숨어들었던 헨리는 변복을 하고 런던으
로 돌아오던 중에 활을 든 두 명의 산지기들에게 붙잡힌다. 그때 그는 손
에 기도서를 들고 있었다. 헨리 왕은 내란에 휩싸인 정치 현실을 피해 은
둔자로 살고자 하는, 선하지만 정치적으로는 유약한 군주이다. 에드워드
에게 왕위를 박탈당한 처지를 독백으로 한탄하는 것을 엿듣고 헨리의 신
분을 알아챈 산지기들은 그를 붙잡아 포상금을 탈 계획을 세우는 이기적

인 모습을 보인다. 첫 번째 산지기에게 헨리는 가죽을 벗겨 팔아 돈을 챙길 수 있는 사슴에 불과할 뿐이다(3.1.22). 왕권의 정통성 따위는 그들의 안중에 없는 것이다. 헨리의 독백을 숨어서 엿듣는 산지기들은 그의 연기를 관찰하는 관객이다. 헨리는 루이 왕을 자기편으로 끌어들이려는 워릭과 마거릿의 싸움에서 전자의 승리를 점치며 이들을 실감나게 연기해낸다. 그를 엿보는 산지기들과 다시 그들의 모습을 바라보는 관객들 모두에게 동시에 극중극을 연출해 보이는 셈이다. 그러나 헨리가 연출하는 연극은, 정작 마거릿과 워릭의 동맹이라는 결과는 전혀 예측하지 못했다는 점에서 그 정치적 판단력의 한계를 드러내는 이중의 기능을 한다.

자신을 현왕의 적으로 간주하고 체포하는 산지기들에게 헨리는 충성을 맹세했던 왕을 어떻게 배신할 수 있느냐고 힐난한다. 바람에 날리는 깃털만큼이나 가벼운 백성들의 마음을 비난하는 헨리에게 산지기들은 그들의 충성은 현왕을 향한 것일 따름이라고 반박한다. 첫 번째 산지기의 말처럼 그들은 헨리가 왕위에 있을 때에는 헨리의 백성이고 에드워드가 왕위에 있을 때에는 에드워드의 백성인 것이다(3.1.82, 94). 1부 2막 4장 법학원의 정원에서 왕권의 정통성을 둘러싸고 벌어졌던 귀족들의 논쟁이 헨리와 산지기들의 논쟁으로 반복되고 있는 셈이며, 이번에도 논쟁의 결론은 역시 힘에 의한 지배 쪽으로 기운다. 3막 1장은 3막 3장과 짝을 이루어 비슷한 장면을 되풀이해 보여 주는 대목이다. 이런 식의 병치는 차이를 내포한 유사성을 통해 극적 아이러니를 자아내고, 이 극적 아이러니는 다시 삽화적인 장면들을 한데 묶어 주제의 통일성을 부각시키는 장치로 기능한다.

워릭의 말처럼 〈나라의 강건함과 안전, 또는 명예보다 무절제한 색욕을 채우기 위해 결혼하고〉(3.3.210~211) 리처드의 말처럼 〈신부에 형제애를 매장해 버림으로써〉(4.1.55) 에드워드는 워릭뿐 아니라 그의 장녀 이사벨Isabel과 결혼한 클레런스까지 적으로 돌린 채 프랑스 원군을 이끌고 온 마거릿의 군대와 전쟁을 치러야 하는 상황에 놓이게 된다. 클레런스와 달리 리처드는 에드워드의 곁을 지키지만 이는 〈에드워드를 사랑해서가 아니라 왕관을 위해서〉(4.1.126)일 뿐이다. 그는 〈성급한 결혼이 잘되는 법은 없다〉(4.1.18)고 말하며 에드워드의 실정을 속으로 비난하면서도, 그의 실정이 정작 자신에게는 더없이 좋은 기회임을 분명히 알고 즐긴다. 리처드에게 정치와 전쟁은 그저 기회를 잡기 위한 놀이에 불과한 것이다. 에드워드는 워릭셔Warwickshire의 야영지에서 워릭과 클레런스를 비롯한 프랑스 군인들의 기습을 받아 요크 대주교의 저택에 감금됐다가 리처드에게 다시 구출된다. 워릭이 자신의 야간 작전을, 율리시스와 디오메데Diomede가 레소스Rhesus의 막사에서 군마들을 몰래 훔쳐 온 것에 비유한 데서도 알 수 있듯이, 셰익스피어는 에드워드의 납치와 구출을 도둑질에 비유하고 있다. 사태가 급변하는 전쟁 중에는 도덕적 정당성이란 아무런 의미도 지니지 못한다. 전장에서조차 도덕적 정당성을 추구하는 헨리는 따라서 절대적 가치의 척도가 될 수는 있을지언정 현실 정치의 적격자는 될 수 없다. 클리퍼드가 죽어 가면서 헨리를 원망했던 것처럼 그가 더 현실적이고 굳건한 군주였다면 수많은 생명이 목숨을 잃는 사태란 없었을 것이다.

워릭이 승리하면서 런던탑에 갇혀 있던 헨리는 다시 왕위에 오르지만 나랏일을 섭정에 맡기고 개인적인 신앙생활로 들어갈 것을 결심한다. 정치에서 물러나기로 결심했을 때 헨리는 서머싯이 데려온 어린 리치먼드

Richmond 백작(헨리 튜터)에 대해 그야말로 장차 영국에 평화와 번영을
가져올 인물이라고 예언한다. 「헨리 6세」 삼부작 전체를 통틀어 틸야드
가 말했던 튜더 신화라는 것이 제시된 부분이 있다면 이 대목이 유일하다.

잉글랜드의 희망이여, 이리 오너라. (어린 헨리의
머리를 쓰다듬는다.) 신비한 능력으로
과인의 예감이 맞는다면
이 어린아이가 장차 이 나라의 축복이 될 것이오.
이 아이의 모습에는 평화스러운 위엄이 가득하고
머리는 천부적으로 왕관을 쓰도록 생겼고
손은 홀을 들고 때가 되면 몸소
왕좌를 빛낼 인물이오.
경들은 이 아이를 소중히 여기시오. 과인이 그대들을
괴롭힌 것 이상으로 이 아이가 그대들을 돕게 될 것이니.

Come hither, England's hope. (Lays his
hand on his head.) If secret powers
Suggest but truth to my divining thoughts,
This pretty lad will prove our country's bliss.
His looks are full of peaceful majesty,
His head by nature fram'd to wear a crown,
His hand to wield a sceptre, and himself
Likely in time to bless a regal throne.

316

Make much of him, my lords, for this is he

Must help you more than you are hurt by me. (4.6.67~76)

그러나 1485년 프랑스군을 이끌고 나간 보스워스 전투에서 리처드를 살해하고 왕으로 등극하여 내전을 종식시킬 헨리 튜더를 축원하는 이 순간에조차 에드워드의 탈출을 알리는 전령의 보고는 아직 끝나지 않은 작중의 혼란을 보여 준다. 헨리 튜더의 안전을 염려한 서머싯은 〈내전의 폭풍이 가실 때까지〉(4.6.98) 그를 안전한 브리타니 지방으로 피신시킨다. 앞서 헨리가 내전을 파도와 폭풍의 싸움에 비유했던 것처럼 이 대목에서도 전쟁은 소용돌이치는 폭풍에 비유된다. 셰익스피어에게 폭풍은 무질서의 상징이다. 여기서는 특히 끊임없이 소용돌이치는 변화의 상징으로서, 전세의 역전과 그에 따른 운명의 역전에 대한 상징으로서 사용되고 있다. 헨리 튜더가 바다 건너 프랑스로 피신하는 것과 때를 맞춰 에드워드는 버건디 지방에서 군대를 이끌고 라벤스퍼 항구 도시에 상륙한다. 밀물과 썰물이 교차하는 듯한 상황이다. 도버 해협을 건너오는 프랑스 지원군이 어느 편이냐에 따라 영국의 내전 양상은 변화를 겪는다.

요크 성에 당도한 에드워드는 자신은 그저 워릭이 몰수한 재산과 백작이라는 작위를 되찾으러 왔노라고 요크 시장을 설득하고 입성한다. 이 장면은 후에 「리처드 2세」에서 헨리 볼링브루크가 노르망디 군대를 이끌고 라벤스퍼에 상륙하여 잃어버린 재산과 작위를 주장하는 장면에서 반복된다. 입성에 성공한 에드워드에게 리처드와 몽고메리Montgomery를 비롯한 측근들은 전쟁으로 왕권을 탈환할 것을 강요한다. 런던 주교의 집에 남아 있던 헨리는 다시 에드워드의 포로가 되어 런던탑에 갇히고 에드워드의 군대는 바넷Barnet에서 워릭의 군대와 일전을 치른다. 워릭의 패배는 사위 클레런스가 다시 그에게 등을 돌려 형제들에게 돌아감으로써 예기된다. 〈천성적인 형제애보다 정당한 의협심이 더 우세하다〉(5.1.78~79)고 말하며 모자에 붙어 있던 붉은 장미 표식을 떼어 자신을 믿었던 장인의 발치에 내팽개침으로써 클레런스는 랭커스터가와의 결별을 극적으로 보여 준다. 바넷 전투에서 입은 부상으로 죽기 직전 워릭은 독백을 통해 왕을 세우기도 폐하기도 했던 그의 과거의 권세와 영광이 부질없음을 회고하면서 마지막 순간까지 재산과 토지에 대한 집착을 버리지 못하는 모습을 보이는데, 이는 역시 자신의 재산을 아까워하며 괴롭게 죽어간 보포르 추기경의 최후를 연상시킨다.

> 나의 사냥터도, 나의 산책길도, 나의 장원도
> 이제는 나를 버리는구나. 나의 그 많던 토지 중에서
> 단지 무덤 쓸 자리만 남았구나.

> *My parks, my walks, my manors that I had,*
> *Even now forsake me; and of all my lands*
> *Is nothing left me but my body's length.* (5.2.24~26)

권력에 대한 욕심이 결국 물질에 대한 욕심으로 귀착되는 워릭의 모습을 통해, 셰익스피어는 정치 싸움이 근본적으로는 재산 싸움과 크게 다르지 않음을 강조한다. 죽는 순간에 사이가 좋지 않았던 동생 몬터규를 찾은 워릭에게 이미 먼저 죽은 동생이 마지막 남긴 말은 〈형님, 잘 계시

오〉(5.2.47)라는 작별 인사였다. 내란이 갈라놓았던 형제들의 우애는 죽음의 순간에 회복된다. 그러나 그것은 현실 너머의 가치로 제시되었을 뿐이다.

튜크스베리 전투장에서 포로로 잡힌 에드워드 왕자가 어머니 마거릿이 지켜보는 앞에서 에드워드, 리처드, 클레런스 형제들에게 차례로 찔려 살해되는 장면은 앞서 클리퍼드의 시체를 두고 이 형제들이 차례로 조롱을 던지던 장면의 반복이다. 그러나 작가는 무대상에서 그 살인을 직접 드러냄으로써 내전이 진전됨에 따라 심해지는 폭력의 정도를 보여 준다. 앞서 요크가 아들의 피가 묻은 손수건을 받아 들고 고통에 몸부림친 것처럼 이번에는 마거릿이 아들의 죽어 가는 모습을 속수무책으로 보며 절규함으로써 복수극은 고통의 강도를 더해 간다. 리처드가 전쟁을 카드놀이에 견주듯이(5.1.43~44), 요크의 아들들은 살인을 일종의 왜곡된 의식처럼 치르고 있다. 「헨리 6세」 전반에 걸쳐 의식은 이처럼 일종의 반(反)의식antiritual으로 치러질 뿐이다. 요크가 겪은 고통과 죽음이 그리스도의 수난에 해당한다면 아들의 죽음을 바라보는 마거릿의 고통은 성모 마리아의 슬픔과 고통에 해당한다. 그녀는 인간 도살자인 에드워드 형제들에게 훗날 자식을 갖게 되면 에드워드 왕자처럼 어려서 살해될 것이라고 저주를 퍼붓는데, 실로 이 저주는 리처드에 의해 실현된다. 그녀가 복수의 여신이라면 이 여신의 복수를 집행하는 자는 아이러니하게도 리처드인 셈이다. 이러한 극적 아이러니를 강조라도 하듯 에드워드는 지금쯤 왕비가 아들을 낳았을 것이라며 퇴장하는데, 후일 그 아들이 왕권을 향한 리처드의 앞길의 방해물이 된다는 점에서 마거릿의 저주 섞인 예언이 가져오는 극적 긴장감은 남아 있다.

에드워드의 지적처럼 머리에 떠오른 생각을 즉각 행동에 옮기는 리처드는 에드워드 왕자를 살해하자마자 런던탑에 갇혀 있던 헨리 역시 살해한다. 자신을 죽이러 온 리처드를 헨리는 아들 이카로스를 익사시킨 태양에 비유하는데, 이는 앞서 에드워드가 웨이크필드 전장에서 보았던 이적, 곧 세 태양의 빛이 하나로 합쳐졌던 장면의 연장이다(2.1.25~40). 요크의 세 아들을 상징하는 세 태양은 요크가의 승리를 예언하는 한편으로 형제간의 싸움을 예견하기도 한다. 형들과 같은 멀쩡한 모습으로 태어나지 않았으므로 자신에게는 형제가 없다고 말하는 리처드는 〈나는 혼자일 뿐이다〉(5.6.83)라고 주장한다. 아들을 얻고 승리를 축하하며 〈이제 내 바라건대 영원한 기쁨이 시작되기를〉(5.7.46) 원하는 에드워드의 소망은 조카에게 유다의 키스를 보내는 리처드에 의해 헛되이 사라지고 말 것임이 리처드의 말속에 강하게 암시되어 있다.

1455년 세인트올번스 전투에서 1471년 튜크스베리 전투까지 16년의 기간을 압축적으로 다루고 있는 「헨리 6세」 3부는 극의 초반에 요크가 살해됨에 따라 헨리와 리처드를 두 축으로 하여 전개된다. 세인트올번스 전투, 웨이크필드 전투, 바넷 전투, 튜크스베리 전투 등을 중심으로 전개되는 이 극에서 관객들의 동정심의 변화는 헨리와 리처드를 중심으로 한 랭커스터가와 요크가의 승패의 교차와 일치된다. 비슷한 장면의 반복에 기인하는 비교와 대조, 극적 아이러니 등은 브레히트의 서사극처럼 관점과 반응을 한곳에 집중시키지 않고 분산시킴으로써 관객으로 하여금 비판적인 거리를 유지하도록 해준다. 가령 요크와 루트랜드의 살해는 마거릿의 아들 에드워드 왕자의 살해로, 나아가서는 탤벗과 그 아들의 죽음 장면으로 중첩돼 나타난다. 또한 헨리가 산지기들과 논쟁하는 장면은 과연 왕에 대한 충성과 왕권에 대한 충성이 어떻게 다른 것인지, 또 현실 정치에서 정통성은 어떤 의미를 지니는지에 대해 미리 문제를 제기함으로써 프랑스 왕궁에서의 언쟁을 예비하고 있다. 2막 5장 숲 속 장면에서의 헨리의 독백, 아버지를 죽인 아들과 아들을 죽인 아버지의 삽화 역시 내란이 개인들의 삶을 파괴하는 양상을 집약적으로 보여 준 극중극으로서 전체 극의 축소판이라 할 만하다. 이렇듯 서로 동떨어져 보이는 장면들은 각각 정치적 문제들을 제기하는 것과 동시에 주제의 통일에 기여하는 세목들인 셈이다. 그러나 극의 중반까지는 비교적 치밀한 구성을 보였던 셰익스피어가 후반을 향함에 따라 점차 리처드의 성격 발전에 치중함으로써, 특히 5막에 이르러서는 연대기적 사건의 전개에 치중함으로써 다소 산만한 구성을 보이는 것만은 사실이다. 리처드의 전면적인 부각과 함께 작가의 관심은 사건 중심의 구성에서 스스로 사건을 만들어 내고 끌어가는 적극적인 극 중 인물 창조로 기울고 있다. 바로 이 지점에서 성격비극의 탄생이 예고되는 것이다.

참고 문헌

Arthos, John. *Shakespeare: The Early Writings*. London: Bowes and Bowes. 1972.

Berry, Edward. I. "Twentieth-Century Shakespeare Criticism: The Histories". *The Cambridge Companion to Shakespeare Studies*, ed. Stanley Wells. Cambridge: Cambridge University Press. 1986. 249~256.

Blanpied. John W. "The *Henry VI* Plays: In Pursuit of the Ground". *Susquehanna University Studies* 10:4 (1978). 197~209.

Brockbank, Philip. "The Frame of Disorder: *Henry VI*". *Early Shakespeare*, eds. John Russell Brown and Bernard Harris. London: Edward Arnold. 1961. 73~99.

Campbell, Lily B. *Shakespeare's "Histories": Mirrors of Elizabethan Policy*. San Marino, California: The Huntington Library. 1978.

Champion, Larry S. *Perspective in Shakespeare's English Histories*. Athens: University of Georgia Press. 1980.

Clemen, Wolfgang. "Anticipation and Foreboding in Shakespeare's Early Histories". *Shakespeare Survey* 6 (1953). 25~35.

Dean, Leonard F. "Tudor Theories of History Writing". *The University of Michigan Contributions in Modern Philology* No.1. Ann Arbor: University of Michigan Press. 1947.

Dyboski, Roman. *Rise and Fall in Shakespeare's Dramatic Art*. London: The Shakespeare Association. 1923.

Gerould, Daniel C. "Principles of Dramatic Structure in *Henry VI*". *Educational Theatre Journal* 20: 3(1968). 375~388.

Grene, Nicholas. *Shakespeare's Serial History Plays*. Cambridge: Cambridge University Press. 2002.

Hattaway, Michael, ed. "The Shakespearean History Play". *The Cambridge Companion to Shakespeare's History Plays*. Cambridge: Cambridge University Press. 2002. 3~24.

Hodgdon, Barbara. *The End Crowns All: Closure and Contradiction in Shakespeare's History*. Princeton: Princeton University Press. 1991.

Holderness, Graham, Nick Potter and John Turner. *Shakespeare: The Play of History*.

Iowa City: University of Iowa Press. 1987.

Jones, Emrys. *The Origins of Shakespeare*. Oxford: Clarendon Pres. 1977.

Jones, Robert C. *These Valiant Dead: Renewing the Past in Shakespeare's Histories*. Iowa City : University of Iowa Press. 1991.

Leech, Clifford. *William Shakespeare: The Chronicles*. London: Longmans. 1962.

Liebler, Naomi C. "King of the Hill: Ritual and Play in the Shaping of *3 Henry VI*". *Shakespeare's English Histories*, ed. John W. Velz. New York: Medieval and Renaissance Texts and Studies. 1996. 31~54.

Loehlin, James N. "Brecht and the Rediscovery of *Henry VI*". *Shakespeare's History Plays: Performance, Translation, and Adaptation in Britain and Abroad*, ed. Ton Hoenselaars. Cambridge: Cambridge University Press. 2004. 133~150.

Pierce, Robert B. *Shakespeare's History Plays: The Family and the State*. Columbus: Ohio State University Press. 1971.

Prior, Moody E. *The Drama of Power: Studies in Shakespeare's History Plays*. Evanston: Northwestern University Press. 1973.

Rackin, Phyllis. *Stages of History: Shakespeare's English Chronicles*. Ithaca: Cornell University Press. 1990.

Rossiter, A. P. "Ambivalence: The Dialectic of the Histories". *Talking of Shakespeare*, ed. John Garrett. London: Hodder and Stoughton. 1954. 149~171.

Shakespeare, William. *The Oxford Shakespeare: Henry VI, Part Three*, ed. Randall Martin. Oxford: Oxford University Press. 2001.

Shakespeare, William. *The Third Part of King Henry VI*, ed. Andrew S. Cairncross London: Methuen. 1964.

Shakespeare, William. *The Third Part of King Henry VI*, ed. John Dover Wilson. Cambridge: Cambridge University Press. 1952.

Tillyard, E. M. W. *Shakespeare's History Plays*. London: Chatto and Windus. 1956.

Warren, Robert. "'Contrarieties Agree': An Aspect of Dramatic Technique in 'Henry VI'". *Shakespeare Survey* 37 (1984). 75~83.

9. 「리처드 3세」
반복적 대립 구도가 자아내는 극적 아이러니

I

셰익스피어의 「리처드 3세」는 「헨리 6세」 3부와 짝을 이루는 작품으로 후자의 결말에서 예고된 리처드의 정치적 욕망이 실현되는 과정과 그것이 몰락하는 과정을 철저하게 주인공에게 초점을 맞춰 보여 주는, 일종의 모노드라마다. 이 작품에서 리처드는 크리스토퍼 말로의 탬벌린처럼 왕관을 차지하는 것을 궁극의 목표로 삼았으나 정작 그 야망을 이루는 순간 방향을 잃고 좌초하고 마는 인물이다. 「리처드 3세」에서 셰익스피어는 극을 양분하여 구성하는데 리처드의 대관식(4.2)을 기점으로 전반부는 그의 상승세를, 후반부는 그의 몰락과 리치먼드 튜더Richmond Tudor의 등장 및 튜더 왕조 건설의 암시를 다룬다. 이 작품은 전 25장 중 13장에 걸쳐 리처드를 주인공으로 하는 단일한 구성으로 치밀하게 전개되며 주인공의 부상과 몰락을 대칭적으로 그려 낸다. 도버 윌슨은 클레런스, 헤이스팅스 경Lord Hastings, 버킹엄 백작, 리처드 처남들의 운명이 하부 구조를 형성하고 있다고 주장하지만(41), 이들은 모두 리처드의 정치적 욕망의 희생자들일 뿐, 그를 떠나서는 극적인 의미를 지니지 않는다.

지금까지 「리처드 3세」 연구는 리처드의 비극적 성격에 중점을 두고 맥베스, 이아고, 에드먼드 같은 정치적 욕망에 사로잡힌 인물들과 연계하여 분석하는 비교 연구와, 리처드의 악마적인 성격에 중점을 두고 중세 악한과 연계하여 분석하는 성격 분석에 치우쳐 왔다. 이러한 연구 경향이 이 작품을 역사극보다는 초기 비극으로, 특히 세네카식의 복수 비극으로 파악함으로써 리처드의 성격적 특성과 그 한계를 규명하는 방향으로 기여를 한 것은 사실이다. 그러나 「리처드 3세」는 셰익스피어 시 언어의 특성이 유감없이 발휘됐던 일련의 설화(說話)시 시기인 1590년에서 1593년 사이에 집필된 작품으로, 비극이라기보다는 장미 전쟁의 과정을 극화한 제1사부작의 마지막 극이다. 따라서 앞선 작품들과의 전체적인 관계 속에서 그 극적 의미가 온전하게 드러나는 역사극으로 봐야 옳다. 「리처드 3세」는 「헨리 6세」 삼부작에 연계되는 작품이며, 이러한 전체적인 극의 구조를 통해 셰익스피어의 역사극이 튜더 신화를 강조하는 역사주의자들이 말하는 신의 섭리론과 일정 거리를 유지함을 알 수 있다.

II

극의 대칭 구조의 정점에 1458년 8월 22일 보스워스 전장에서의 리처드와 리치먼드의 대결을 상징하는 막사 두 개가 등장한다. 「줄리어스 시저」에서 파르살리아 전투 전야 막사에서 잠든 브루투스 앞에 시저의 유령이 나타난 것처럼, 이 작품에서도 잠든 리처드와 리치먼드 앞에 리처드에게 살해된 열한 명의 유령들이 차례로 나타난다. 유령들이 각각 저주와 축복을 보내는 선정적인 대목은 극의 대칭/대립 구조를 가장 현저하게 드러낸다. 무대 위에 자리한 두 개의 막사에 살해된 순서대로 출현하는 유령들은 과거로부터 와서 미래를 예언하는 시간의 매개자들로, 리처드 개인의 행위를 중심으로 한 모노드라마에 역사적 배경을 제공하고, 그를 둘러싼 사회적 유대와 과거의 업보를 상징적으로 보여 준다. 철저하게 자신의 독자성만을 인정하는 리처드에게 유령의 저주는 아무리 도망치고 부정해도 빠져나갈 수 없는 사회적 유대를 상기시키고, 현재란 과거와 미래에 둘러싸인 것임을 알려 준다. 리처드에게 유령은 마거릿 왕비의 저주처럼 일종의 복수의 여신이다. 이런 관점에서 볼 때 프렌치 A. L. French의 지적(32~38), 즉 작품이 지나치게 리처드에 의존한 결과 폐쇄 공포증을 유발할 정도로 제한적인 공간 내에서 진행되며, 그로써 셰익스피어의 본격적 비극이 제시하는 존재의 신비나 초월적 비전을 보여 주지 못한 미숙한 작품이라는 평가는 문제가 있다. 이런 한계는 작품을 본격적인 비극의 범주에서 해석하고 역사적으로는 보지 않은 결과다. 셰익스피어는 유령을 통해 과거와 미래를 매개하며, 유령의 저주와 축복을 통해 개인의 삶을 뛰어넘어 역사라는 거대한 외연을 보여 준다. 또한 그 외연이라는 고리 안에 존재하는 개인의 삶을 변화의 소용돌이 속에서 파악해 내고 있다.

유령들은 리처드에게는 〈절망하고 죽어라〉(5.3.121)라는 저주를, 리치먼드에게는 〈살아서 번성하라〉(5.3.131)는 축복을 내리는데, 이는 언어적으로 대칭/대립적 관계를 이룬다. 무대상에 마주하며 세워진 리처드와 리치먼드의 막사와 마찬가지로 유령들의 대조적인 언어의 구조는 둘의 대립을 강조해 보인다. 이 작품에서 리치먼드는 매우 추상적으로 미약하게 그려지는데, 사실 그의 추상성이야말로 리처드가 필연적으로 대면해야 할 역사의 힘을 우의적으로 드러내는 바다. 그러나 한편으로 이는 당대 여왕인 엘리자베스의 조부가 되는 리치먼드를 역사적 힘으로 추상화하여 튜더 왕조에 대한 정치적 찬사도 비난도 흐리게 처리함으로써 검열의 시비로부터 벗어나려는 작가의 수법이기도 하다. 이런 측면에서 「리처드 3세」를 튜더 신화의 찬양으로 간주하는 틸야드식의 비평은 제2차 세계 대전이라는 영국의 특수한 상황을 고려하더라도 문제가 있다. 그에 따르면 셰익스피어는 이 작품에서 하느님의 은총으로 질서가 회복된 영국을, 그리고 하느님의 사자이자 그 뜻을 지상에서 실천하는 대행자 리치먼드를 그리고 있다(120). 그러나 이 해석은 리치먼드의 대사들을 지나치게 문자 그대로 받아들인 것이요, 그가 영국과 적대적 관계에 있던 프랑스 군대를 끌어들인 또 하나의 반란자라는 역사적 사실을 무시한 것이다. 이러한 해석에 따르면 영국인들의 애국심을 촉발하는 리처드의 연설이 지닌 호소력과 상투적인 리치먼드의 연설이 지닌 무력함을 설명한 길이 없는 것이다. 리처드가 하느님의 징벌자가 아니라 스스로 악한으로 살기를 선택한 인물이라는 점 역시 신의 섭리에 대한 작가의 회의적인 시각을 오히려 드러낸다.

리처드와 리치먼드의 대립은 엄밀히는 리처드 내부에 자리한 자신과 그를 제외한 모든 세계와의 대립이다. 장차 튜더 왕조를 건설할 리치먼드는 프랑스에서 건너온 덕에 1백 년 가까이나 지속된 장미 전쟁의 혈투에 비교적 덜 물든 인물로, 리처드가 그토록 부정하는 외부 세계를 상징한다. 하느님의 징벌자임을 자처하는 리치먼드는 자체로서는 매우 미약한 인물이지만 극 중에서는 리처드를 제거하는 외부의 힘을 담당하고 있다. 〈리처드는 리처드를 사랑한다. 즉 나는 나다〉(5.3.184)라고 자신을 스스로 존재하는 하느님처럼 높이는 리처드는, 그러나 햇빛 가운데서 자신의 실체와 그림자를 분리하지 못한 것처럼 그 자신이 상징하는 미래 시제와 외부 세계에 의해 역사의 일부로 흡수되고 만다. 이런 의미에서 「리처드 3세」는 개인에 의한 복수가 아니라 역사적 힘에 의한 복수를 그리고 있는 것이다.

리치먼드는 사실 장미 전쟁에 직접적으로 관련되지 않은 인물이기에, 리처드에게 개인적인 복수를 할 이유가 없다. 그는 다만 역사적 의미에서 리처드에게 희생된 인물들의 복수를 대행하는 인물이요, 리처드가 부정하는 사회적 힘과 평화를 가져오는 인물일 따름이다. 이런 의미에서 리치먼드는, 맥베스가 속박했던 시간을 해방시킨 말컴Malcolm처럼 시간을 해방시키는 존재이자, 왕권의 정통성을 통해 영국 역사의 왜곡된 질서를 회복시키는 인물이다. 보스워스 전투에서 지금껏 자신의 모든 것을 걸었던 왕국을 내주며 말 한 필만 달라고 외치는 리처드의 모습은 일차적으로 그의 욕망의 허무함을 나타내는 것이다. 그러나 다른 한편으로 이는 이 극의 대립 구조가 지향하는 바가 리처드에게서 리치먼드로, 요크가와 랭커스터가의 대립에서 튜더가의 화해로, 전쟁에서 평화로, 개인에서 사회로 나아가는 데 있음을 상거래와 교환의 이미지 내지 언어를 통해 보여 주는 것이기도 하다. 데칼코마니처럼 포개면 하나가 되는 이 작품의 대립/대칭 구조는 이런 역사의 흐름을 반영하는 주제적 구성이기도 하다. 작가는 역사를 안정과 질서보다는 대립과 투쟁, 변화의 과정으로 파악하고 있다. 그의 초기 역사극에서 빈번하게 발견되는 소용돌이치는 강이나 바다의 이미지는 이러한 작가의 동적인 역사관을 반영한다.

리처드는 꿈에 나타난 유령들을 자신의 살인죄를 비난하는 양심의 소리로 인정하면서도, 〈양심이란 겁쟁이들이 쓰는 단어에 불과하며, 애초에 강한 자들을 겁주기 위해 만들어졌다.〉(5.3.310~311)고 말하며 니체F. W. Nietzsche나 마르크스Karl Marx가 그런 것처럼 양심의 존재 자체를 부정한다. 그러나 오히려 결과적으로 그는 바로 이 〈양심〉이라는 단어가 내포하는 〈함께 앎conscience〉이라는 사회적 힘에 의해 전투 이전에 내면의 분열을 보이게 된다. 리처드의 몰락을 예언하는 유령은 그가 보낸 두 명의 암살자에 의해 런던탑에서 살해되기 직전에 클레런스가 꾼 악몽의 반복이다. 셰익스피어는 꿈이나 예언 또는 저주를 통해 미리 고지된 사건들이 이후 무대상에서 구체적으로 어떻게 실현되는가를 관객들에게 보여 줌으로써 이미 역사적 사실로 알려진 사건들이 극으로 재현됨에 있어 놓치기 쉬운 긴장감을 유지시킨다. 클레런스는 꿈에서 배의 갑판에 있다가 동생 리처드에 떼밀려 바다에 빠져 죽어 지옥으로 내려가고 그곳에서 자신이 배신했던 장인 워릭과 자신이 죽였던 에드워드 왕자를 만나게 된다. 클레런스의 악몽은 유령을 통해 양심의 소리를 듣는 리처드의 악몽과 짝을 이룬다. 클레런스와 리처드의 악몽을 통해 셰익스피어는 크리스토퍼 말로가 포스터스 박사를 통해 보여 준 것처럼 지옥을 지리적 개념보다는 선이 부재하는 윤리적 조건이나 상태로 제시하고 있다. 클레런스나 리처드 모두 죽기 직전 악몽을 통해 자신들이 부정해 왔던 양심과 조우하지만 전자가 그로써 자신의 죄를 회개하는 것과 달리 후자는 마지막 순간까지 양심을 허상으로 치부하면서 자신의 힘과 칼에만 의지해 죽음을 향한다. 부하들에게 〈천국에 들어갈 수 없다면 손을 맞잡고 지옥으로 돌진하자〉(5.3.314)고 외치는 그 모습에서 독자는 복마 전*pandemonium*에서 부하들의 용기를 북돋우는 존 밀턴의 사탄Satan을 어렵지 않게 읽어 낼 수 있다. 그러나 아이러니하게도 맥베스처럼 최후의 순간까지 철저히 악마적 태도를 고수하는 리처드의 모습이야말로 그를 비극적 주인공의 차원으로 끌어올린다. 과거의 죄를 고백한 후 다시 잠 들 수 있게 된 클레런스의 모습은 그가 리처드와는 달리 참회를 통해 영 혼의 평온을 얻었음을 나타내는 것이다. 그가 꿈에서 바다 아래 해골들 의 텅 빈 안공에 값을 매길 수 없는 보석들이 가득히 들어찬 것을 목격하 는 대목은 죽음이 재생의 길목임을 예증하는 한편 이후 셰익스피어의 후 기 로맨스극을 통해 분명히 드러나거니와 삶과 죽음의 이중성을 상징하 는 바다에 대한 작가의 관심을 보여 주는 부분이다. 셰익스피어는 이처 럼 유사한 상황을 반복적으로 제시하는 대조와 대립을 통해 성격의 차이 를 드러내며 동시에 극적 아이러니를 이끌어 낸다.

1막 4장과 5막 3장에 나타난 이런 악몽들은 맥베스의 경우처럼 인물 의 내적 갈등을 표현하는 극적 장치다. 형의 살해를 위해 리처드가 고용 한 두 번째 살인자의 말처럼 〈마을이나 도회에서 양심은 위험한 물건으 로 축출됐고, 잘살고자 하는 자는 누구나 오직 자신만을 믿으려고, 양심 없이 살려고 노력한다〉(1.4.143~145). 철두철미하게 자신의 욕망과 의지 에만 근거하여 스스로를 고립시키는 리처드 역시 양심을 마비시키고 물 질적인 부를 추구하는 병적 사회의 징표다. 사회적인 질병이라고 해서 그의 죄악과 동물성이 약화되는 것은 아니나, 적어도 그것이 그만의 현 상이 아니라는 점에는 주의를 기울일 필요가 있다. 예컨대 에드워드 왕 의 어린 두 왕자의 암살에 고용된 불만분자 티럴Tyrrel도 리처드 같은 부

330

류의 인물이기는 마찬가지다. 돈을 위해 인위적으로 말살하려 한 양심을 되찾는 두 번째 살인자와 달리 리처드는 그러나 결코 양심의 존재를 인정하지 않는다.

양심의 갈등을 허상으로 부정하는 리처드가 지닌 매력 중 하나는 자신을 연기자에 비유하고 정치적 음모를 연극과 동일시한다는 점이다. 리처드는 그의 말대로 〈가장 악마적인 역할을 할 때, 성자처럼 보인다〉(1.3.337). 중세 종교극의 악당처럼(3.1.82) 악행을 즐기는 타락한 쾌락주의자로서 리처드는 자신의 실체를 숨기는 배우처럼 끊임없이 그림자 놀이를 한다. 로시터A. P. Rossiter의 적확한 표현을 빌리건대 그는 그야말로 〈악의 예술가an artist in evil〉(141)인 셈이다. 그러나 왕권을 차지한 후 더는 그림자놀이가 불가능해진 리처드는 정작 자신이 부정해 온 실체 없는 그림자들인 유령들에게 복수를 당한다. 자기 주도적인 연극에 주변 인물들의 참여로 가능했던 그의 그림자놀이는 외부로부터 리치먼드가 개입해 들어오는 순간 끝난다. 연극 놀이가 전부였던 리처드는 그것이 불가능해진 순간 스스로 파괴되는 것이다. 이 연극에 동참하면서도 외부 세력인 리치먼드와 접촉했던 더비 백작 스탠리에 의해 리처드의 연극은 놀이에서 현실로 넘어가게 되고, 더 이상 놀이에 동참하기를 거부하는 버킹엄 백작에 의해 리처드는 문자 그대로 역사의 무대에서 사라지게 된다.

1막 4장과 5막 3장에서 악몽을 통해 양심의 문제를 반복적으로 다룬 데서도 알 수 있듯이 셰익스피어의 대립/대칭 구조는 「리처드 3세」의 구성 원리다. 1막 2장에서 리처드가 에드워드 왕자의 미망인 앤 네빌Ann Neville에게 구애하는 장면과 4막 4장에서 형수 엘리자베스 왕비를 통해 조카 엘리자베스 공주에게 다시 구혼하는 장면은 유사한 상황의 반복이긴 하지만, 리처드의 한계를 부각시키는 부분이기도 하다. 셰익스피어가 작품을 쓰면서 참조했던 에드워드 홀과 라파엘 홀린쉐드의 「연대기」들에 의하면, 리처드는 엘리자베스 왕비에게 엘리자베스 공주와 자신의 결혼을 허락해 줄 것을 부탁하여 승낙을 얻어 낸다. 그러나 정작 당사자인 엘리자베스 공주는 이 결혼을 삼촌과 조카 간의 근친상간으로 간주하여 단호하게 거절한다. 로버트 로 교수는 역사적 자료에 근거하여 셰익스피어가 4막 4장을 먼저 쓴 후에 역사적 자료에 언급돼 있지 않은 1막 2장의 구혼 장면을 썼다고 주장한다(689~696, 특히 693~694). 그러나 극적 효과와 대칭/대립 구조의 면에서 볼 때 작가의 순전한 창작인 리처드와 앤의 결혼 장면과 엘리자베스 구혼 장면은 왕권의 탈취 이후의 리처드의 한계를 고려하건대 작품상의 순서대로 집필되었다고 보는 것이 보다 타당하다.

1막 2장은 리처드가 1막 1장의 독백을 통해 했던 결심을 실천에 옮기는 대목이다. 1막 1장에서 리처드는 기형적인 자신의 모습과 전쟁 끝의 평화로 무용지물이 된 자신의 처지를 고백하면서 〈불만의 겨울〉을 유지하여 왕권을 차지하기 위해 〈악당이 되기로 마음먹었다〉(1.1.30). 리처드는 사랑도 전쟁의 일종으로 여기며, 그것을 쟁취하는 데 목적을 둔다. 〈나는 악당이 되기로 마음먹었다 I am determined to prove a villain〉는 리처드의 말은 자신은 자신을 기형으로 빚어낸 〈속임수를 쓰는 자연 dissembling nature〉에 의해 이미 세상의 악당이 되도록 결정되어 있는 존재라는, 결정론적 해석을 가능하게 하는 발언이다. 리처드는 튜더 왕조를 건설하고 랭커스터가와 요크가의 장미 전쟁을 종식시킬, 하느님의 대리인으로서 신의 섭리를 지상에서 실현시킬 리치먼드의 출현을 예고하고 그 역사적 계기를 마련하는 인물이다. 리처드는 인간의 죄를 꾸짖는 하느님의 징벌자*the scourge of God*의 면모를 지니는 셈이 되며, 악인이 되도록 하느님의 역사와 섭리로 결정된 인물일 수 있는 것이다. 그러나 그의 발언은 문맥상 뒤틀리고 복합적인 그의 심리에서 비롯한 파괴적 의지의 강조로 보아야 하며, 이를 운명론적으로 해석하여 그로부터 도덕적 책임을 면책시키는 것은 무리가 있다.

리처드가 에드워드 왕과 형을 이간 붙임으로써 후자를 제거할 〈음모를 꾸미고 위험한 서곡〉(1.1.32)을 마련한 데서 알 수 있듯이 그에게 정치는 연극, 그것도 마키아벨리적인 연극과 동일한 것이다. 그는 자신이 연출하고 배우로 연기하는 이 연극을 관객으로서 즐기는 심미주의자적인 측면을 강하게 보인다. 그가 앤에게 구혼하는 것 역시 이런 자신의 연극적 재능을 시험하고 즐기려는 기획의 결과라 할 수 있을 것이다. 관객이나 독자가 악당인 리처드에게 강한 매력을 느끼는 이유 중 하나도 그가 보여 주는 이런 연극적 성향을 함께 즐기려는 심리와 연관 깊다. 자신의 극 구성*plot*이 리처드의 음모*plot*와 맞물리도록 기획한 이 작품에서 극작가 셰익스피어는 리처드의 연극을 즐기는 관객이기도 하다.

검은 상복을 입고 시아버지 헨리 6세의 운구 행렬을 따르는 앤을 가로막고 결혼해 달라고 말하는 리처드는 자신에 대한 그녀의 증오를 연극 놀이를 통해 그녀에게 되돌려 주는 전략을 구사한다. 사랑을 일종의 전쟁이라 생각하는 리처드는 이 전략으로 앤을 무장 해제한다. 돌로레스 버턴Dolores Burton의 지적처럼 〈술책의 대가〉인 리처드는 삼단 논법의 형식을 자유롭게 구사하며 논쟁의 온갖 양상을 동원하여 앤을 궁지로 몰아넣는다(55, 61). 페트라르카Petrarca식의 기상*conceit*으로 짜인 리처드의 언어의 그물에 앤은 손쉽게 낚인다. 리처드는 앤에게 그녀의 남편 에드워드 왕자와 시아버지 헨리 6세를 살해한 이유는 그녀를 과부로 만들어 아내로 맞고 싶었기 때문이라고 강변한다. 전쟁터에서 자라나서 말을 무기로 다루는 리처드의 솜씨에 앤은 애초에 맞상대가 되지 못한다. 리처드가 언어를 무기로 사용한다는 점은 문자적 의미 이상으로 해석해야 한다. 그 자신의 표현처럼 리처드는 〈정형화된 악덕, 적의(敵意)처럼 나는 하나의 단어로 두 개의 의미를 설명한다〉(3.1.82~83). 언어를 의도적으로 모호하게, 이중적으로 사용하면서 상대방의 의중을 파악하거나 말을 뒤집을 여지를 남겨 두는 그는 이아고의 조상이기도 하다.

리처드를 받아들이는 앤의 태도를 지적으로 그의 상대가 되지 못하는 그녀가 집요한 아첨과 거짓 참회에 속아 쉽게 굴복한 것이라 보는 것은 그들의 처지와 권력관계를 고려할 때 지나친 해석이다. 엄밀하게 말해서 리처드와 요크가가 지닌 정치권력 앞에서 그녀로서는 죽음을 무릅쓸 것이 아니라면 그를 받아들일 수밖에 없었다고 봐야 옳다. 리처드의 구혼과 아첨은 그에게는 연기지만 앤에게는 위협이다. 가슴을 풀어 헤치며 자신을 찔러 죽이라고 칼을 건네주는 리처드의 극단적 연기는 앤에게는 위협 이상의 의미를 지니지 못한다. 행렬을 이끌던 트래셀Trassel이나 버클리Berkeley 같은 귀족마저 운구를 중단하고 복종하는 상황에서 앤이 리처드의 위협을 단호하게 거절하기란 사실상 거의 불가능하다. 로버트 온스타인의 지적처럼 리처드의 구혼과 승리는 유혹이라기보다는 강간이라 해야 할 것이다(75).

앤의 결혼 승낙을 얻어 낸 리처드는 지금껏 자신을 너무 과소평가하고 학대했다고 고백하며 자신의 승리를 만끽하는데, 앤의 힘없는 처지를 생각해 볼 때 리처드가 즐기고 있는 승리감은 일종의 자기기만이다. 그는 정치적으로 완벽한 마키아벨리적인 악한과는 거리가 있으며 지적으로도 분명히 한계를 지니고 있다. 이는 4막 2장의 대관식 이후 자신의 핵심 주변 인물들이 곁을 떠나가는 것을 속수무책으로 바라만 보고 있는 그의 모습에서 증명된다. 정치를 연극으로밖에 파악하지 못하는 성격으로 인해 현실과 연극을 구분하지 못하는 리처드는 말로의 바라바스처럼 실체와 그림자의 간극을 메우지 못한 채 놀이에 대한 무한의 욕망과 의지 속에 익사하고 만다. 반복적인 독백과 방백으로 관객에게 자신을 알리고 관객이 자신에 동화되도록 유도하지만 그러기에는 그의 자아 인식의 한계가 명백하며 정치적 연기술 역시 철저하지 못하다. 런던 시장을 비롯한 시민들이 그의 연기술을 꿰뚫어 보고도 그를 수동적으로 받아들이듯이 앤은 리처드의 연기를 번연히 알면서도 현실적인 한계로 인해 그를 받아들이는 것이다. 그러나 엘리자베스 왕비의 경우 상황은 달라진다.

어렵게 차지한 왕권을 유지하기 위해서는 조카 엘리자베스 공주와의 결혼이 불가피하다고 판단한 리처드는 4막 4장에서 형수 엘리자베스 왕비에게 허락을 구한다. 앤에 대한 구혼 장면의 반복인 4막 4장은 그러나 전자와는 확연히 다르다. 전자에서 운구 행렬을 제지했던 리처드는 후자에서는 제지를 당한다. 버킹엄의 반란군을 진압하러 출격하던 중에 마주친 어머니 요크 백작 부인과 형수 엘리자베스 왕비에게 리처드는 〈나의 출격을 막아서는 자가 누구냐?〉(4.4.136)라고 외친다. 그러나 리처드는 그녀들의 제지와 저주로 이미 방어적인 입장에 처한 상태다. 런던탑에 유폐된 엘리자베스 왕비의 두 아들을 살해한 리처드는 조카 엘리자베스 공주에게 구혼할 때는 앤의 경우와는 확연히 다른 태도를 취한다. 그는 여기에서는 정치적으로 수세에 몰려 있는 상태다. 앤에게 구혼하면서는 〈하나의 단어로 두 개의 뜻을 표현한다〉고 과시했던 그가 엘리자베스 왕비와의 대화에서는 자신의 말을 달리 해석하지 말아 달라고 당부할 정도다(4.4.262). 연기가 생명인 그가 연기에서 현실로 돌아온 순간 역사의 무대는 그를 더 이상 인정하지 않는다. 아이러니한 것은 연기를 중단한 순간에도 그는 여전히 연기하는 모습으로 엘리자베스 왕비에게 받아들여진다는 점이다. 4막 4장에서 엘리자베스 왕비는 지금까지의 모습과는 다르게 기지를 번뜩이며 리처드의 수사적 언어를 완벽히 제압한다. 셰익스피어는 엘리자베스 왕비의 묘사에 있어 성격의 일관성을 다소 포기하면서까지 왕권 쟁취 이후 리처드의 지적 한계를 노출하는 데 집중하고 있다.

무엇에 대고 공주에 대한 사랑을 맹세하느냐 묻는 왕비의 질문에 리처드는 자신의 과거의 행적이 아닌 미래의 행실과 업적에 맹세하노라고 답한다. 여기서 그는 미래가 과거의 연장이자 집적임을 망각하고 있을 뿐만 아니라, 스스로만을 의지했던 그 자신이 타인의 힘에 의존해야만 하는 자가당착의 상황에 빠져 있음을 알아차리지도 못한다. 엘리자베스 왕비는 공주의 뜻을 알려 주겠노라고 미래 시제로 답한다. 리처드의 논리로 리처드를 제압하는 그녀의 방식이요 연기술이다. 앤의 경우에서처럼 〈바로 제게 편지를 쓰시면 딸의 마음을 저를 통해 알게 될 겁니다〉(4.4.428~429)라는 왕비의 대답을 승낙으로 성급하게 받아들인 그는 〈회개하는 바보요, 얄팍하고 변덕스러운 여인이여!〉라며 자신의 지적 우월감에 도취돼 여성 일반을 폄훼하지만, 아이러니하게도 이 순간 기만당하고 있는 것은 다름 아닌 그 자신이다. 승리감에 도취되어 있는 순간에 랫클리프Ratcliffe가 리치먼드의 상륙을 알림으로써 리처드는 당황하기 시작한다. 그의 권력의 절정과 패배의 시작이 맞닿아 있는 셈이다. 이 작품에서 리처드가 왕권을 행사하고 권력을 즐기는 순간은 전혀 제시돼 있지 않다. 대관식과 함께 그는 급속히 몰락의 내리막길로 미끄러질 뿐이다.

루이스 달러하이드Louis Dollarhide는 4막 4장이 극의 플롯 진행과 전혀 관계없는 삽화로서, 극의 통일성을 해치고 있다고 비판한다. 구혼 장면은 극의 주된 행위를 벗어난 것으로 여전히 무적인 리처드의 기지를 보여 줄 뿐이며 그의 성격 묘사에 이바지할 따름이라는 것이다(45). 이런 주장은 앤의 경우와 마찬가지로 엘리자베스 왕비 역시 리처드의 기지에 완전히 정복되어 딸의 결혼을 승낙했다고 해석한 결과다. 그러나 그의 주장과 달리 리처드는 반란군을 진압하러 가는 불안 심리를 엘리자베스 왕비와의 논쟁에서의 승리로 달래려는 자기기만에 차 있는 상태. 셰익스피어 비극에서 정점 직전의 희극적 휴지부가 오히려 비극의 강도를 높이는 것처럼 이 대목에서의 리처드의 자기 탐닉은 일종의 과장된 극중극으로서 그의 지적 한계와 몰락을 예비한다. 볼프강 클레멘 역시 4막 4장의 구혼 장면이 앤의 구혼 장면에 비해 3분의 1 이상 길며 심리적인 관점에서뿐만 아니라 극예술로서도 만족스럽지 못하다고 주장한다(190). 그의 주장은 이 장면이 우스꽝스럽고 개연성 없다고 비난한 새뮤얼 존슨의 비평을 답습하고 있다(Hassel 57). 클레멘은 리처드의 설득에 시종일관 단호히 맞서던 엘리자베스가 끝에 가서 굴복하는 것이 성격의 일관성을 해치고 있다고 생각한다. 이전까지 결코 속임수를 쓰는 연기자로 행동한 적 없는 그녀가 이 대목에서 리처드처럼 술수로 시간을 버는 것이 설득력이 떨어진다는 주장이다. 바로 이런 성격 분석의 한계 때문에라도 구조 분석의 필요성이 절실해진다.

엘리자베스와 리처드의 만남은 구조적으로 그의 몰락의 시작점에 위치해 있다. 앤과 달리 엘리자베스 왕비는 리처드의 정치권력의 한계를 직시하고서 시간을 벌기 위해 미래 시제로 답하여 구혼에 대한 즉답을 회피한 것이다. 따라서 엘리자베스의 조건부 승낙을 최종적 굴복으로 해석하는 것은 무리가 있다. 다만 그녀의 도전적 태도와 기치에 찬 언어의 구사가 예전의 수동적인 모습과는 달리 급격한 성격 변화를 수반하고 있는 것만은 사실이므로 성격 묘사의 일관성에 대한 클레멘의 문제 제기 역시 어느 정도 수용이 가능하다. 앞서 필자가 셰익스피어가 성격 묘사의 일관성을 해치면서까지 리처드의 한계를 그리고 있다고 주장한 것은 이런 의미에서이다. 그러나 이 문제 역시 앤의 경우와는 차이를 두고 봐야 한다. 엘리자베스는 이미 두 아들을 시동생 리처드에게 잃은 상황이고, 시어머니 요크 백작 부인조차 며느리와 함께 아들에게 등을 돌리고 저주하는 상황이다. 앞서 앤에 대한 구혼이 자기 과시적인 연기 놀이였던 반면 엘리자베스 공주에 대한 구혼은 리처드의 절박한 정치적 곤경에서 나온 것이니만큼 주도권은 그가 아닌 엘리자베스에 있는 셈이다. 이런 전후 사정들을 고려하면 이 대목에서 엘리자베스 왕비가 보이는 기지에 찬 말대꾸나 공격적 태도는 생각만큼 어색하거나 성격의 일관성을 해치는 것도 아닌 것이다. 앤에게 구혼할 때 사용하던 언어와 논리를 엘리자베스에게 구혼할 때 그대로 반복하는 리처드의 모습이야말로 오히려 그의 극언어와 연기술을 패러디하는 셰익스피어의 비판적 거리감을 느끼게 만든다. 크리스 하셀의 지적처럼 독자는 마거릿 이후로는 최초로 엘리자베스에게서 악마 리처드의 참다운 맞상대를 발견한다(73). 논쟁과 술수에서 리처드를 압도하는 그녀를 통해 관객은 그의 몰락의 징후를 읽어 낸다. 이런 의미에서 4막 4장의 구혼 장면은 극적 전환점을 제공하는 중요한 전기요, 극 구성에 있어 필수 불가결한 부분이다.

1막 2장과 4막 4장의 구혼 장면은 에드워드 왕의 서거 후 조카인 두 왕자를 런던탑에 유폐한 섭정 리처드가 〈처녀 역할을 하며〉(3.7.50) 왕위에 오르도록 런던 시장과 시민의 요청(구혼)을 받는 장면에서 되풀이된다. 이제 리처드는 자신과 버킹엄이 연출한 연극을 통해 구애를 받는 처녀 역할을 한다. 3막 7장은 1막 2장과 4막 4장의 거울을 거꾸로 비춘 것이다. 마이클 닐Michael Neill이 주장하듯이 리처드의 왕국은 거울 놀이의 왕국이며, 동시에 배우-그림자들의 왕국으로, 여기서 리처드는 자신의 렌즈를 조종하는 역할이다(114). 그의 표현대로 리처드는 마력적 무대 기질로 인해 자신의 사악한 자아마저 역할 놀이로 간주하고 있는데, 바로 이것이 그의 연극적 자의식의 특징이다(104~108). 에드워드 왕의 두 아들이 사생아임을 런던 시민들에게 선전하고 자신을 왕으로 추대하도록 선동할 것을 버킹엄 백작에게 부탁해 놓은 리처드는 두 명의 신부 사이에서 기도서를 들고 2층 회랑을 오가며 런던 시민들의 간청을 짐짓 외면하는 연기를 펼친다. 두 어린 왕자에게 충성심을 보이는 헤이스팅스 경을 기소하기 전에 런던의 사관으로 하여금 기소장을 11시간에 걸쳐 조작하여 작성하게 한 리처드는 런던의 시민들 역시 자신의 연기를 진실로 받아들이리라고 생각한다. 그러나 사관의 말처럼 런던 시민들이 하나같이 입 다물고 있는 것은 리처드가 날조한 소문을 진실로 믿어서가 아니요, 거짓임을 번연히 알고도 현실적 권력 앞에서 용기를 내지 못하는 까닭이다(3.6.10~12). 단지 14행의 독백으로만 이뤄진 3막 6장은 리처드가 런던 시민들의 간청에 마지못해 왕위를 받아들이는 것처럼 연출하고 연기하는 3막 7장의 거울 장면을 다시 거꾸로 비추는 더 큰 거울 장면으로, 3막 7장의 거울을 위한 일종의 액자에 해당한다. 바꿔 말해 3막 6장은 3막 7장의 거울 놀이, 그림자놀이를 비추는 또 다른 거울로 작용하고 있다. 이를 통해 관객들은 3막 7장의 그림자놀이가 연극 놀이임을 보다 분명하게 인식하게 된다.

리처드의 강요에 마지못해 기소장을 날조하는 런던의 사관은 클레런스를 살해하는 두 명의 암살자(특히 두 번째 암살자)나 에드워드 왕자를 살해하려 티럴이 동원한 살인자들처럼 불의에 동조하지만 양심 때문에 갈등을 겪으며 침묵하는, 자아 분열을 보이는 인물이다. 그는 주어진 사료에 근거해 역사극을 집필하면서, 특히 당대 여왕인 엘리자베스의 직계 조상의 이야기를 다루면서 자신의 판단과 해석을 내세울 수는 없었던 극작가 셰익스피어의 투영물이다. 그는 리처드가 지시한 왜곡된 내용을 정교하게 가공하는 예술가로 부정과 불의에 기여하는 공모자지만, 양심의 목소리를 침묵으로 억누르는 소극적 부정을 통해 리처드의 연기술이 그 자신이 생각하는 것만큼 영향력이 큰 것이 아니며 자아 탐닉적인 것에 불과한 것임을 알려 준다. 셰익스피어는 언어의 예술가인 사관의 침묵을 통해 구술 문화에 대한 문자 문화의 억압과 지배를 비판적으로 조명한다. 즉흥적인 말과 달리 조작의 가능성이 용이하고 농후한 문자는 진정성에서 쉽게 유리될 수 있음을 사관의 조작된 기소장을 통해 보여 주는 것이다. 이는 문자 문화의 혜택을 가장 강하게 누리는 극작가이면서도 역사극에 관한 한 자신의 작품이 왕조의 선전물이 되고 말 가능성을 감지한 셰익스피어가 왕조 중심의 연대기와 일정한 거리를 유지하는 방법이었다. 3막 6장에서 사관이 보이는 양심의 갈등과 침묵은 3막 7장의 런던 시민들의 반응을 전조하기 위한 예비 장치이다. 셰익스피어는 이러한 치밀한 구성을 통해 극 중의 사건이나 인물을 다각도로 보게 한다.

이처럼 셰익스피어는 극 중에서 메타극적인 요소를 시도하면서도 이 메타극의 성격을 다시 비추기 위한 또 다른 거울을 제시함으로써 극적 아이러니를 증대시킨다. 런던 시장과 소수의 런던 시민들을 데리고 온 버킹엄의 지시에 따라 2층의 회랑을 거닐며 시민들의 청원을 고사하는 척하는 리처드는 연출가 버킹엄의 지시를 충실히 따르는 배우다. 버킹엄과 런던 시장의 간청을 청혼받은 처녀처럼 사양하는 그의 연기는 앤과 엘리자베스 왕비에 대한 구혼 자체가 그의 버릇인 연기의 연장이며 정치적 놀이의 일종임을 알려 주는 거울 역할을 한다. 구조적으로 서로를 반사하는 장면들의 중첩을 통해 관객은 거울의 방에 들어와 있는 것 같은 인상을 받으면서 정치야말로 가장 연극적인 놀이임을 인식하게 된다. 셰익스피어에게 정치는 신성한 것이 아니요 연극의 일종이며 정치가들은 모두 배우들이다. 정치가 연극임을 철저하게 인식하고 실천하는 리처드는 현실 정치를 지속적인 변신이 요구되는 가장 세속적인 연극으로 파악한 마키아벨리의 정치 철학을 자연스럽게 체현한 인물이다. 정치를 성스러움의 차원으로 높이려는 노력조차 극적인 행위일진대 이런 점에서라면 리치먼드 역시 연극 놀이에서 예외적인 인물은 아니다. 따라서 셰익스피어가 「리처드 3세」에서 튜더 신화를 찬양하고 선전하고 있다는 틸야드의 주장은 작품의 내용과는 사뭇 동떨어진 셈이다. 오히려 이 작품에서 셰익스피어는 정치를 탈(脫)신화화하는 작업을 수행하고 있으며 이런 탈신비화 작업은 유사한 장면의 대립과 대칭이 만들어 내는 아이러니한 관점의 충돌을 통해 구체화되고 있다.

이 작품의 구조적 치밀함은 마거릿 왕비의 저주를 통해 더욱 강조된다. 1478년 영국에서 추방돼 1483년 프랑스에서 죽은 마거릿을 셰익스피어가 극에 끌어들인 일차적인 목적은 그녀를 리처드의 맞상대로 설정함으로써 요크가의 흥망성쇠를 그녀의 저주가 실현되는 과정으로 보여주는 것이었다. 마거릿의 거듭되는 저주는 극 전체를 감싸고 있는 일종의 배경이다. 4막 4장에서 마거릿이 프랑스로 건너가는 시점은 리치먼드가 프랑스에서 건너오는 시점과 일치하며, 리처드의 맞수 역은 그녀의 퇴장과 함께 리치먼드에게 넘어간다. 1막 3장에서 처음 등장한 마거릿은 연옥에서 올라온 「햄릿」 유령과 같은 죽음의 사자로서 저주를 내려 죽음을 촉구하고 만연하게 한다. 이런 점에서 그녀는 복수의 여신이다. 리처드와 엘리자베스 왕비가 설전을 벌이는 동안 계속 무대 한편에 비켜선 채 관객을 향해 방백을 반복하는 마거릿의 첫 등장은, 그녀를 작중의 인물로서보다는 극을 전체적으로 지배하는 죽음의 그림자로서 인식하게 한다. 리처드의 그림자-연기 놀이를 외곽에서 둘러싼 장막처럼 또 다른 검은 그림자가 그림자들을 지배하고 있는 것이다. 자신의 정적들에게 끊임없이 저주를 퍼붓는 마거릿은 「헨리 6세」 삼부작과 「리처드 3세」 전반에 걸쳐 계속 등장하는 유례없는 작중 인물로서, 4부작의 전체적 통일성을 매개해 주는 고리다. 죽음의 세계인 과거로부터 나온 그녀의 저주가 작중에서 실현되고 그 저주대로 죽어 가는 인물들이 죽음의 순간에 그것이 지닌 실재성을 인식하는 데서 알 수 있듯, 마거릿은 이 작품에서 미래를 지배하는 과거의 힘을 상징한다. 과거는 미래의 상징인 리치먼드로 대체된다. 그녀는 요크 백작 부인, 엘리자베스 왕비와 더불어 4막 2장 이후의 극의 후반부에서 관객의 동정심을 리처드로부터 유리시키는 역할을 한다. 리처드를 저주하는 이 세 여인은 그리스 고전 비극의 복수의 여신들, 중세 종교극에서 예수의 죽음을 애도하는 세 마리아에 해당한다.

마거릿이 리처드를 〈세상의 평화를 깨뜨리는 자〉(1.3.220)로 저주했다는 사실과 리치먼드가 마지막 대사에서 거듭 〈평화〉를 강조한다는 사실을 유의하면 두 인물이 극적으로 매우 유사한 기능을 하고 있음을 알 수 있다. 마거릿의 저주는 그대로 실현됨으로써 그녀가 복수의 여신임을 증명하는 한편, 클레런스나 리처드, 스탠리의 꿈처럼 작중의 사건을 미리 제시하는 서술자 기능도 담당한다(1.3.221~230). 리처드를 〈죄와 죽음과 지옥〉(1.3.292)의 화신, 맹독의 이빨을 가진 개나 악마로 규정하는 마거릿은 장차 일어날 인물들의 상황을 미리 관객에게 고지하는 아이스킬로스 Aeschylos의 미친 카산드라Kassandra 같은 극적 기능을 한다. 제1사부작 전체에 걸쳐 등장하는 마거릿은 사부작을 연결할 뿐만 아니라 자신에게만 집착하는 리처드의 유아론적 독백극의 폐쇄성을 역사의 지평으로 확대시킨다. 이 작품은 따라서 셰익스피어의 완숙기의 비극이나 로마 비극에 비해 매우 협소한 공간을 지니는 것은 사실이지만 그렇다고 초월적 세계의 그림자가 완전히 배제된 것도 아닌 것이다. 마거릿이 리처드의 그림자놀이를 다시 휘감고 있기 때문이다. 작품의 구조적인 중첩과 반복은 역사적 사건들이 서로 얽혀 만들어 내는 인과 관계의 중첩과 반복을 반영하는 것이다. 장미 전쟁 기간의 역사적 사건들은 일회적인 것이 아니라 시차를 두고 지속적으로 그 영향력을 행사하는 것이다. 이런 의미에서 셰익스피어의 역사관은 매우 동적이다. 마거릿은 복수의 여신Nemesis 이기도 하지만, 역사 안에서 작용하는 시간의 힘, 역사적 과정 그 자체이기도 하다.

1막 3장에 등장했던 그녀가 리처드의 왕권이 위기에 직면한 4막 4장에 서야 재등장하는 것은 마치 자신의 저주가 실현될 때를 기다린 듯한 효과를 낸다. 〈이제 번영이 무르익기 시작하며 죽음의 썩은 입안으로 떨어지기 시작하자〉(4.4.1~2) 다시 무대에 등장하는 마거릿의 모습에서 관객은 그녀가 작중 인물이라기보다는 지옥이 보낸 죽음의 사자임을 알 수 있다. 그녀는 아들을 저주하는 요크 백작 부인, 아들들의 죽음에 분노하는 엘리자베스 왕비와 함께 맥베스의 운명을 점치는 세 마녀처럼 리처드의 파멸을 예언하는 일종의 코러스다. 그녀는 남편 헨리 6세와 아들 에드워드 왕자를 살해한 리처드와 요크가를 저주하면서 그들의 목숨을 죗값으로 요구하는 복수의 여신일 뿐만 아니라 지옥의 사냥개 리처드의 죽음을 예언하는 미래이기도 하다. 〈그 개가 죽었다〉(4.4.78)는 소식을 살아생전에 듣길 원했던 그녀의 소원은 〈피를 좋아하는 그 개가 죽었다〉(5.5.2)는 리치먼드의 외침으로 실현된다. 자신만을 의지한 리처드의 한계는 정작 자신의 의지를 부여할 외부 세계의 필요성을 인식하지 못하는 데 있다. 무대와 연기가 가능한 것은 무대 밖의 현실이 있기 때문이며, 그림자가 가능한 것은 햇빛이 있기 때문이다.

III

「리처드 3세」는 리처드의 행위에 초점을 맞춰 극을 끌어가는 작품이다. 4막 2장 대관식 장면을 기점으로 그의 상승과 몰락이 그려지는, 피라미드식 구성을 보인다. 리처드의 연기-거울의 왕국인 이 작품에서 마거릿은 그 세계를 감싼 또 하나의 그림자로 등장한다. 그녀가 과거로부터

나와 미래를 향한다면 리처드는 현재에만 의미를 부여한다. 그러나 작품에는 그가 인정하기를 거부하는 시간의 계속성을 통해 현실을 뛰어넘는 초월적 세계의 가능성이 암시되어 있다. 거울의 방 같은 작품의 극적 구성을 외부에서 감싸는 마거릿의 저주와 예언, 그녀가 상징하는 과거와 미래는 얼핏 신의 섭리와 연결되어 있는 것처럼 보인다. 그러나 이 작품에서 역사를 신의 섭리의 작용으로 보기에는 어린아이들의 희생이 너무 크고, 마거릿을 그 섭리의 대행자로 보기에도 그녀의 도덕성이 온전하지 못하다. 마거릿이 역사를 비추는 거울이라면 그 거울도 예외 없이 리처드의 거울에 반사되고 있는 것이다. 서로를 반사하는 거울들의 교차 구성과 반복되는 대립, 대칭 구조는 확정된 관점을 부정하고 여러 관점들의 충돌을 가져오며 궁극적으로는 극적 아이러니를 만들어 낸다. 「리처드 3세」에서 비슷한 성격의 장면들이 대칭적으로 반복되는 것은 셰익스피어의 미숙한 극작술에 기인한 것이 아니라 역사적 사건을 중첩적으로 동적인 상호 관계 속에서 파악하려는 그의 역사관에 기인한 것이다.

「리처드 3세」는 왕권의 쟁취를 위한 리처드의 음모와 극적인 연기술을 중심으로 한 그의 독백극이다. 대관식이 행해지는 4막 2장까지 리처드의 음모가 극의 구성을 이루고 있다. 따라서 4막 2장은 작품 전체에 있어 전환점을 제공하는 핵심적인 장인 셈이다. 리처드는 반복적인 방백과 독백으로써 관객을 자신의 연극에 동참시키고 그들이 자신의 정치적 연기술을 즐기도록 유도한다. 관객의 입장에서 그의 자의식에 찬 연기술과 연극이 주는 재미는 병행한다. 그러나 이 작품의 관객이나 독자는 곧 작중의 유사한 장면의 대립, 대칭이 생산하는 극적 아이러니를 통해 리처드의 연기술이 지니는 한계와 자기 인식의 결여를 인식하게 되고, 역시 그

대립과 대칭이 생산하는 관점의 충돌을 통해 리처드가 주도하고 조종하는 극적 행위와 의미를 분산시켜 의미의 확정을 거부하게 된다. 가령 3막 7장에서 리처드가 구애받는 처녀처럼 연기하면서 런던 시민들의 청원을 받아들이는 장면은 1막 2장 앤의 구혼 장면과, 또 4막 4장 엘리자베스 왕비의 구혼 장면과 서로를 비추는 거울을 형성한다. 이는 빛을 분산시키는 프리즘처럼 리처드의 정치적 연기술의 다양한 모습과 한계를 대조, 비교해 주는 극적 기능을 한다.

　5막 3장 보스워스 전투 장면 역시 리처드와 리치먼드를 대칭적으로 대조시킴으로써 영국의 역사적 변화와 리치먼드의 정치적 한계를 드러내 보여 준다. 리처드가 살해한 열한 명의 유령들이 리처드에게는 저주를, 리치먼드에게는 축복을 내리는 장면 역시 좋은 대조를 이룬다. 유령들의 축복을 통해 극의 마지막에 등장한 리치먼드가 잉글랜드의 오랜 내란을 종식시키고 평화를 가져올 새로운 역사적 세력임이 우의적으로 강조된다. 그러나 니컬러스 그린Nicholas Grene의 적절한 지적처럼 이 작품은 튜더 절대주의의 선전이라기보다는 유토피아적인 정치관, 즉 완전한 군주의 탄생을 향한 희원이라고 보는 것이 가장 적절하다(159). 이 작품을 통해 셰익스피어가 튜더 신화를 지지하고 찬양했다는 주장은 그의 일련의 역사극에서 헨리 7세를 생략해 버린 작가의 침묵을 그에 대한 동의나 찬양이라고 자의적으로 해석한 결과다. 클레런스와 그의 살인자들, 티럴과 그가 동원한 살인자들이 제기하는 양심의 문제는 절망과 양심의 소리를 의도적으로 외면하는 리처드의 분열된 자의식을 반복적인 장면 구성을 통해 대조적으로 드러내는 극적 장치이다. 같은 주제를 반복하는 변주곡처럼 미세한 차이로 극적 아이러니를 만들어 내고 거울의 방에 들어

선 것과 같은 관점의 다양화를 만들어 내는 「리처드 3세」의 반복적인 대립, 대칭 구조는 역사적 사건과 인물들을 다각적으로 바라보기를 종용하는 작가의 치밀한 극 구성의 결과라 봐야 할 것이다.

참고 문헌

Berry, Ralph. "Woman as Fool: Dramatic Mechanism in Shakespeare". *The Dalhousie Review* 59 (1979~1980). 621~632.

Burton, Dolores M. "Discourse and Decorum in the First Act of *Richard III*". Shakespeare Studies 14 (1981). 55~84.

Clemen, Wolfgang. *A Commentary on Shakespeare's Richard III*, Trans. Jean Bonheim. London: Methuen. 1968.

Dollarhide, Louis E. "Two Unassimilated Movements of *Richard III*: An Interpretation". *The Mississippi Quarterly* 14 (1960~1961). 40~46.

French, A. L. "The World of *Richard III*". *Shakespeare Studies* 4 (1968). 25~39.

Grene, Nicholas. *Shakespeare's Serial History Plays*. Cambridge: Cambridge University Press. 2002.

Hassel, Jr., R. Chris. *Songs of Death*. Lincoln: University of Nebraska Press. 1987.

Law, Robert A. "*Richard the Third*: A Study in Shakespeare's Composition". *PMLA* 60 (1945). 689~696.

Neill, Michael. "Shakespeare's Hall of Mirrors: Play, Politics, and Psychology in *Richard III*". *Shakespeare Studies* 8 (1975). 99~129.

Ornstein, Robert. *A Kingdom For a Stage: The Achievement of Shakespeare's History Plays*. Cambridge, Mass.: Harvard University Press. 1972.

Rossiter, A. P. "'Angel with Horns': The Unity of *Richard III*". *Critical Essays on Shakespeare's Richard III*, ed. Hugh Macrae Richmond. New York: G. K. Hall. 1999. 129~145.

Shakespeare, William. *King Richard III*, ed. Janis Lull. Cambridge: Cambridge University Press. 1999.

Shakespeare, William, *Richard III*, ed. E. A. J. Honigmann. Harmondsworth: Penguin. 1995.

Shakespeare, William. *Richard III*, ed. John Dover Wilson. Cambridge: Cambridge University Press. 1954.

Tillyard, E. M. W. "*Richard III* and the First Tetralogy". *Critical Essays on Shakespeare's Richard III*, ed. Hugh M. Richmond. New York: G. K. Hall. 1999. 117~128.

10. 「헨리 8세」
로맨스와 역사의 불안한 동거

I

「헨리 8세」는 1611년 「태풍」 집필 후 고향인 스트랫퍼드에 내려가 있던 셰익스피어가 1613년에 존 플레처와 공동 저술한 것으로 알려져 있다. 헨리 8세의 재위 기간 중 1520년 후반에서 1530년까지의 시기를 주로 다루고 있는 이 작품은, 두 극작가가 각각 집필한 내용을 통합하여 각색한 것이라기 보다는 처음부터 셰익스피어의 작품이었던 것을 플레처가 손질한 것일 가능성이 크다. 선행 연구에서는 작품의 전반부 1막에서 3막까지는 셰익스피어의 창작이고, 후반부 4막에서 5막까지는 축제 따위가 강조된 점에 비추어 감상적인 볼거리에 치중하는 플레처의 창작일 것이라는 의견이 지배적이다.

하지만 이 작품이 비극의 요소뿐 아니라 비극으로부터의 〈온전한 재생*complete regeneration*〉(Tillyard, Shakespeare's Last Plays 22)[13]이라는 셰

---

13 틸야드는 셰익스피어 후기 로맨스극의 극적 유형을 번영, 파괴, 재창조(재탄생*recreate*)의 과정으로 특징짓는다. *Shakespeare's Last Plays*. New York: Barnes and Noble. 1968. p. 26.

익스피어의 후기 로맨스극의 특징 역시 지니고 있다는 점을 상기하면 작품의 분위기나 정조만으로 셰익스피어와 플레처의 집필 부분을 구분하는 것은 위험한 시도일뿐더러 큰 의미도 없다. 그보다는 작품의 전체적인 틀은 셰익스피어의 것이며 세부적인 장면 묘사나 어휘 구사에서 플레처의 체취가 묻어난다고 보는 것이 더 정확할 것이다. 상업 극단 시절을 끝낸 셰익스피어가 갑자기 「헨리 8세」를 집필한 이유에 대해서는 이미 여러 해석이 제시됐으나 그중 가장 설득력 있는 설명은 이 작품이 「맥베스」 같은 작가의 일련의 작품들처럼 궁정의 특별 행사를 기념하기 위한 축제극으로 기획되었다는 것이다. 이에 따르면 「맥베스」가 1604년 겨울 제임스 1세의 처남 덴마크의 크리스티안 6세Christian VI의 방문을 기념하기 위해 쓰였듯이 「헨리 8세」는 1613년 2월 14일 제임스 1세의 딸 엘리자베스 공주와 독일의 프레더릭Frederick 왕자의 결혼을 축하하기 위해 쓰인 것이다. 또한 1613년 6월 29일 공공 극장인 글로브에서 왕립 극단에 의해 상연되기 전인 1612년에 이미 사설 극장인 블랙 프라이어스 Black Friars에서 공연된 바 있었다(Wickham 154~155).

「헨리 8세」는 「존 왕」처럼 에드워드 홀과 라파엘 홀린쉐드의 「연대기」에 근거한 역사극의 형식을 지닌 한편으로, 가족의 재회, 비극적 상황에서의 자기 인식, 초자연적인 요소와 예언, 음악과 같은 셰익스피어의 후기 로맨스극의 특성 역시 다분히 지니고 있다. 이러한 특징은 작품의 구조를 이해하는 데 있어 매우 중요하다. 1막에서 3막까지의 전반부는 중심 사건을 삽화적으로 반복하는 연대기극의 성격이 강한 반면 후반부인 4막과 5막은 역사적 사건을 근간으로는 하되 미래에 대한 염원, 기원과 축복의 분위기를 어우르는 로맨스극의 성격이 강하기 때문이다. 제임스 왕의 취향을 반영한 일종의 가면극masque인 「헨리 8세」는, 불협화음·어둠·밤·악의 세계를 강조하는 반(反)가면극antimasque에 해당하는 3막까지의 전반부와 선·빛·은총·조화 따위를 강조하는 가면극에 해당하는 5막까지의 후반부로 이뤄져 있다. 따라서 이 작품에는 1603년 제임스 왕의 취임 이후의 영국 비극이 보여 주었던 감각적인 비희극의 분위기가 강하게 녹아 있는 셈이다. 제임스 왕 시대에 가장 인기 있던 작가 중 한 명이었던 플레처의 집필 참여 자체가 이 극에 있어서의 역사극과 로맨스극의 결합을 의미한다. 그러나 이 결합이 작품상으로 결코 조화롭다고 볼수는 없다. 플레처의 작품에서는 찾아보기 힘든 극적 아이러니와 냉소적 풍자가 작품 곳곳에 스며들어 있기 때문이다. 〈모든 것이 사실이다All is true〉라는 작품의 부제는 역설적으로 사실과의 간극을 드러낸다. 셰익스피어나 플레처가 단독으로 붙였건 둘이 협의로 붙였건 간에 이 부제는 작품의 로맨스극적인 후반부가 지니는 비역사성을 은폐하려는 시도의 일환이다. 그러나 역사적 사실을 극화한 전반부에도 사실과는 판이한 시간상의 병기나 각색이 허다하다. 이러한 사실은 「서곡」에서부터 현저하게 드러난다. 「서곡」은 〈우리가 선택한 진실을 광대와 전쟁이 판치는 그런 볼거리로 치부하는 것은 우리 정신의 산물에 대한 몰이해일 뿐만 아니라 진실만을 보여 주려는 우리의 목적을 오해하는 행위로, 우리를 이해하는 사람을 하나도 없게 만드는 일입니다〉(18~22)라고 작품의 내용이 철저하게 사실에 근거하고 있음을 주장한다. 그러나 이 작품에서 런던 시민들이 처음 등장하는 5막 4장의 궁정 앞 길거리 장면은 「맥베스」의 문지기 장면처럼 일종의 소극으로서 관객의 웃음을 자아내기 위해 삽입된 것이다. 「서곡」에는 또한 〈유쾌하고 음탕한 극, 방패 부딪치는 소리,

노란 술이 달린 기다란 얼룩 망토 입은 광대 녀석 소리나 듣자고 온 사람들은 실망하게 될 것이다〉라고 언급되어 있다. 그러나 이러한 「서곡」의 주장과 달리 2막 3장의 앤 불린Anne Bullen과 늙은 시녀의 대화는 데스데모나Desdemona와 에밀리아Emilia의 대화, 줄리엣과 늙은 유모의 대화 이상으로 선정적이다. 〈모든 것이 사실이다〉라는 부제를 통해 셰익스피어는 오히려 역사적 사실이란 〈우리가 선택한 진실〉이며 그런 만큼 역사극 역시 일종의 허구적 진실일 수밖에 없음을 〈이해하는 관객〉에게 강조하고 있다.

「헨리 8세」는 역사극의 틀을 지닌 채 로맨스극의 영역으로 나아감으로써 역사적 진실에 대한 거리 두기를 보여 준다. 이 글의 목적은 「헨리 8세」가 기존의 역사극과 달리 연대기극적인 성격뿐 아니라 후기 로맨스극적인 성격 역시 띠고 있음을 분석함으로써 셰익스피어가 역사를 재(再)신화화하는 과정을 살피는 것이다. 그의 기존 역사극들이 역사의 탈(脫)신화화 작업의 일환이라면 「헨리 8세」는 재신화화 작업의 결과다. 역사를 로맨스적인 신화에 다시 편입시키면서 셰익스피어는 신화와 〈진실〉의 거리 두기를 통해 〈이해하는 관객〉들이 역사의 신화적 성격을 〈진실〉의 차원에서 재고하게끔 한다. 그의 역사의 탈신화화 작업과 재신화화 작업은 그 용어들 자체가 암시하는 것보다는 사실 매우 가깝게 마주보고 있는 셈이다. 셰익스피어는 「헨리 8세」가 역사적 사실에 근거한 진실임을 강조함으로써 오히려 그 진실성에 대해 의문을 제기하고 있으며, 역사를 신화나 서사의 구성 차원으로 끌어가고 있다. 역사의 차원에서 신화의 차원으로 작품을 이동시킴으로써 작가는 역사의 〈역사성〉이 과연 사실에 근거한 것인지에 대해 질문을 던지는 것이다. 연대기에 근거한 역사극과 이상적 통치에 대한 염원인 로맨스극이 맞물려 매끄럽지 않게 진행되는 작품의 구성은 작가의 이런 의문을 관객에게 가시화하는 기능을 한다.

II

〈권력자들이 한순간에 비참에 빠지는 것을 보시오〉(29~30)라고 고지하는 「서곡」과 함께 「헨리 8세」는 극의 중심인물인 헨리 8세가 아닌 버킹엄 백작과 노퍽Norfolk 백작의 대화로 시작한다. 전반부 3개의 막은 고위에 있던 사람이 운명의 수레바퀴에 의해 갑작스럽게 전락하는 〈전락의 비극De casibus tragedy〉의 틀을 빌려 각각 버킹엄 백작, 캐서린Katherine 왕비, 울시 추기경의 몰락을 다룬다. 삽화적 구성을 갖춘 초기 연대기극의 특질을 지니는 전락의 비극은 그러나 전락한 권력자의 자기 인식과 죽음 앞에서의 존엄성, 견인주의적인 태도 등으로 인해 비극보다는 재생을 다루는 희극의 분위기를 띤다. 이는 「헨리 8세」를 역사극을 넘어 로맨스로 나아가게 하는 촉매이기도 하다. 1520년 5월에서 6월 사이에 프랑스 아르덴Ardennes 지방의 초원에서 울시 추기경의 주도로 거행된 헨리 8세와 프랑수아 1세François I의 평화 협정 조인식을 묘사하는 극의 첫 시작은 버킹엄과 울시의 불화를 보여 주기 위한 것이다. 작중에서 버킹엄은 역사적 사실과는 달리 병으로 축제에 참석하지 못하고 노퍽으로부터 협정 조인식에 대해 전해 듣는다. 온통 금색으로 장식된 조인식을 노퍽은 〈이 지상의 영광〉, 〈과시적 볼거리pomp〉 따위로 묘사함으로써 추기경의 성직자로서의 태도를 비난하고 축제가 외양과 달리 허무한 것임을 강하게 암시한다. 노픽으로부터 이 모든 〈유희sport〉를 주관한 장본인이 추기경이라는 사실을 들은 버킹엄은 〈누구의 밥그릇도 울시의 야심 찬 손아귀에서 자유롭지 않지〉(1.1.52~53)라며 곧바로 적대감을 드러낸다. 노픽은 그런 버킹엄에게 추기경의 〈복수심에 찬〉 성격을 조심하라고 충고하면서 이미 〈궁정이 당신과 추기경 간의 개인적 불화를 주목하고 있다〉(1.1.102~103)고 넌지시 알려 준다. 이때 등장한 울시 추기경과 버킹엄은 서로를 노려보면서 적대감을 감추지 못한다. 버킹엄은 천민 출신인 추기경이 헨리 7세의 은혜를 입고 벼락출세하여 영국 왕실의 재상을 겸하고 귀족을 부리는 것을 못마땅해 하면서 그를 〈이 백정의 개자식This butcher's cur〉(1.1.120)이라 비난하고 〈백작-추기경Count-Cardinal〉(172)이라 비아냥거린다. 알렉산더 포프Alexander Pope는 그가 편집한 셰익스피어 전집에서 〈백작-추기경〉이라는 표현은 〈왕실-추기경court-cardinal〉의 오식이라고 주장했는데(Margeson 73, 172), 이는 울시의 정치적 세속화를 고려할 때 의미 있는 설명이다. 그러나 그것이 벼락 귀족 행세를 하는 추기경에 대한 버킹엄의 비판에서 비롯한 표현이니만큼 〈백작-추기경〉이라고 보는 것이 더 적절할 것이다.

버킹엄은 캐서린 왕비의 조카인 스페인 황제 찰스Charles의 사주와 뇌물 공세에 혹해 프랑스와 체결해 놓은 협정을 다시 파기하도록 왕을 조종하는 추기경을 〈음모라는 늙은 암캐의 강아지A kind of puppy To th' old dam, treason〉(1.1.175~176)라고 말하며, 헨리 왕의 명예를 자신의 입맛과 이익대로 사고파는 장사꾼이라고 비난한다. 버킹엄의 이러한 비난은 앞서 〈백정의 개자식〉이라는 발언이 그러했듯 곡물 거래상이었던 추기경의 아버지 신분을 들먹여 그의 비천한 출신을 거듭 강조한 것이다.

버킹엄은 추기경의 이중 거래를 왕에게 고하겠다고 벼르면서 절제를 당부하는 노력의 충고를 무시한다. 아이러니하게도 그가 추기경을 고발해 재판을 받도록 하겠다고 말하는 순간 울시 휘하의 포졸들이 그를 체포하러 온다. 자신이 〈음모라는 늙은 암캐의 강아지〉라 불렀던 추기경에 의해 버킹엄은 대역죄로 체포된다.

백작의 반역죄에 대한 왕과 울시 추기경의 국문이 시작되는 순간 캐서린 왕비가 등장함으로써 재판이 중단되는 것은 추기경의 사악한 성격을 부각시키기 위한 설정이다. 사실 버킹엄의 체포로 끝나는 1막 1장과 그에 대한 국문으로 시작하는 1막 2장의 구분은 극의 발전상에서는 불필요한 것이었으나 시간의 경과와 새 배우들의 등장, 장면의 전환을 위해서는 필요한 것이다. 캐서린은 추기경이 백성들에게 재산의 6분의 1의 증세를 부과해 원성이 자자함을 알리며 이에 대한 시정을 간청한다. 전체 추밀원의 동의하에 결정된 〈이 엄청난 과세*trembling contribution*〉(1.2.95) 부과의 책임을 추밀원의 한 사람에 불과한 자신에게 모두 돌리는 것은 부당하다고 항변하는 울시 추기경에게 왕은 즉각 조세의 시정을 명령한다. 그러자 그는 이 시정 조치가 자신의 공로임을 백성들에게 선전하도록 비서에게 지시한다. 그의 마키아벨리적인 속성이 드러나는 대목이다.

버킹엄은 추기경의 사주를 받은 그의 마름 니컬러스 홉킨스Nicholas Hopkins의 밀고와 그의 고해 신부 니컬러스 헨턴Nicholas Henton의 증언으로 덫에서 빠져나오지 못한다. 5막 1장에서 추밀원이 종교적 이단을 유포했다는 죄목으로 캔터베리 대주교 크랜머Cranmer를 기소하려 들 때 헨리가 말한 것처럼 항상 정의와 진리가 심판에서 승리하는 것은 아니며, 타락한 자들은 마치 그들처럼 타락한 자들을 손쉽게 위증자로 구할 수가 있다(5.1.129~133). 〈과거에도 이런 일들은 있어 왔다〉(133)는 헨리의 발언에 근거하면 버킹엄의 대역죄 기소와 증언들은 왕의 묵인 아래이루어지고 있음을 짐작할 수 있다. 헨리 왕 역시 기존의 귀족 세력들을 견제하기 위해 추기경을 이용하기는 마찬가지다.

버킹엄이 기소되는 장면은 「헨리 6세」 2부에서 어진 섭정 글로스터의 부인 엘리너가 서퍽의 사주를 받은 고해 신부의 마법으로 왕위를 넘보다 결국 대역죄로 몰려 글로스터의 정치 세력이 몰락하게 되는 대목과 매우 흡사하다(「헨리 6세」 2부 2.3). 이런 점에서 「헨리 8세」 초반부는 셰익스피어가 집필한 것이 확실하다. 버킹엄이 그의 아버지도 믿었던 하인의 밀고로 인해 리처드 3세의 재판을 받지도 못한 채 처형됐다는 역사적 사실을 들춰내는 데서 소위 〈진실〉이라는 것도 가공일 수 있다는 사실이 드러난다. 〈저는 진실만을 말하겠습니다〉(1.2.177)라고 왕의 법정에서 서약하는 그 하인의 진실은 사실 추기경에 의해 사전에 계획된*design* 〈일종의 음모*some design*〉(1.2.181)다. 헨리 왕이 버킹엄으로 하여금 법의 심판을 받게 하면서 〈그가 법의 자비를 받을 수 있다면 그렇게 하게 하라〉(1.2.211~212)고 말하는 것은, 자신이 하사한 반지로 크랜머를 불기소시킨 사례에 비춰 볼 때 일종의 위선이다.

버킹엄의 처형이 확실시된 1막 2장과 실제 형이 집행된 2막 1장 사이 1막 3~4장에 걸쳐 요크 궁에서의 울시의 가면무도회(극 중에서는 1521년, 역사적으로는 1527년 1월 3일)가 묘사되는데, 이 무도회는 헨리와 앤 불린의 만남을 위한 매개이기도 하지만 버킹엄의 처형을 반기는 추기경과 헨리의 축제이기도 하다. 셰익스피어는 이 사건들의 동시성을 위해 1521년의 버킹엄 처형과 1527년의 울시 추기경의 무도회를 같은 시점으로 처리한다. 따라서 작가가 부제로 강조한 〈진실〉이란 극적 진실, 즉 삶의 다양성을 충실히 묘사한다는 의미에서의 〈진실〉이라 봐야 할 것이다.

두 신사가 웨스트민스터 홀에서의 버킹엄 재판 장면을 묘사하는 것으로 시작하는 2막 1장은 노퍽 백작과 버킹엄 백작의 대화로 시작했던 1막 1장을 재현함으로써 그 구조를 그대로 반복한다. 일종의 코러스 격 인물들인 신사들의 등장과 함께 2막 1장은 추기경의 사악함과 야심을 드러냈던 1막 1장처럼 버킹엄에 대한 시민들의 동정과 울시에 대한 반감을 강조해 보인다. 구조적으로 2막 1장은 1막 1장의 반복인 셈이다. 버킹엄이 앞서 〈누구의 밥그릇도 울시의 야심 찬 손아귀에서 자유롭지 않지〉라고 한 것처럼 첫 번째 신사는 〈추기경은 왕이 총애하는 자라면 누구나 궁정에서 멀리 떨어진 자리로 내보낸다〉(2.1.47~49)라며 그의 절대적 권력을 비난한다. 평민들에게 〈예절의 귀감〉(53)으로서 〈넉넉한 버킹엄〉(52)이라는 찬미를 받는 그는 추기경에게는 왕의 총애를 받는 신하 이상으로 불편한 존재이며 헨리 왕에게는 마음을 놓을 수 없을 만큼 불편한 귀족이다. 버킹엄을 추기경의 상대로 돌려놓은 헨리 왕은 실로 울시보다 차원 높은 마키아벨리의 제자다.

처형장으로 끌려가는 버킹엄은 〈가장 귀족다운 인내심〉(2.1.36)을 발휘하며 자신의 정적들을 용서하는 아량을 보인다. 그는 자신의 양심에 걸고 자신은 불충한 신하가 아니었음을 주장하면서 진리가 무엇인지도 모른 채 그를 기소한 이들과 달리 자신은 자신의 피로써 그 진리를 확정한다고 말한다. 그가 말하는 진리 혹은 결백이 양심의 영역에 속한 것이라면 그 진리는 사적이고 내면적인 것이므로 객관적인 것으로 받아들이기는 어렵다. 버킹엄이 자신의 유죄를 판결한 법 자체를 부정하지 않고 법 이전의 양심의 결백을 주장하는 것은 르네상스에 들어 발달하기 시작한 내면 의식이 외적 진실과 충돌하는 과정, 즉 개인의식과 그것의 온전한 표출을 막는 사회적 힘이 대립하는 과정을 보여 주는 것이다. 이런 이유로 〈나의 사형 판결은 증거에 근거한 정의다〉라는 문장은 의도적인 모호성을 보인다. 이는 〈나의 판결은 증거에 의한 것이되 결코 정의는 아니다 *'Tis done, upon the premises, but justice*〉(2.1.63)라는 해석이 가능하다. 그가 주장하는 자신만이 알고 있는 〈진리〉가 과연 무엇인지, 그것이 그가 덧붙여 말하는 인심의 변화와 세태인지, 혹은 자신의 결백인지도 분명하지 않다. 이러한 의도적 모호성은 작품의 부제에서부터 보인 바다. 작중에서 30회 이상 반복되는 〈진실〉이란 단어의 의미는 〈양심〉이란 단어의 의미와 마찬가지로 매우 회의적이다. 이로써 셰익스피어는 역사적 진실의 다양성과 모호성을 회의주의적 관점으로까지 몰고 간다. 폴 버트럼 Paul Bertram이 주장하듯 관객들의 눈에 버킹엄이 유죄냐 무죄냐 하는 문제는 의도적으로 모호하게 남아 있다(160). 그러나 그의 설명처럼 버킹엄의 모호성은 울시와 관련해서는 무죄, 헨리 왕과 관련해서는 유죄라는 양면성이 아니라 내면적 〈진실〉의 모호성에 근거한 것이다. 보다 근본적으로 이 모호성은 자신의 몰락을 행운의 변화로 설명하면서 런던 시민들에게 죽은 후 천국에 갈 수 있도록 기도해 달라고 부탁하는 버킹엄의 세계관의 충돌에 근거한다.

셰익스피어는 중세적 행운의 여신의 수레바퀴에서 떨어진 세도가가 오히려 전락을 통해 〈진실〉을 이해하고 주변 사람들을 모두 용서하며,

천국을 꿈꾸는 내면 의식의 확장으로 나아가는 모습을 보여 줌으로써 관객들을 비극적 세계 너머의 기독교적 세계로 이끌고 있다. 이런 의미에서 버킹엄을 비롯한 「헨리 8세」의 중심인물들은 로맨스극의 상징적 죽음과 재생의 유형을 하나같이 따르고 있다.

> 현세에서의 더 이상의 삶을 나는 바라지 않습니다.
> 그걸 간구하지도 않을 것입니다. 감히 내 잘못을
> 범하는 것보다 더 많은 자비를 왕이 베풀지라도
> 나를 사랑했고 버킹엄을 위해서 감히 눈물을 흘려 줄
> 여러분 귀한 친구이자 동료들이여, 그대들을 떠나는 것만이
> 내게 비통할 뿐이며 이것만이 오직 죽음일 따름입니다.
> 선한 천사들처럼 나와 더불어 나의 최후까지
> 함께 가서 오랜 이별의 칼날이 내 목에 떨어질 때
> 여러분의 기도를 훌륭한 제물로 드리고
> 내 영혼을 천국으로 올려 보내 주십시오.
> (……)
> 나를 위해 기도해 주십시오. 이제 여러분과 작별해야 합니다.
> 나의 오래고 지루한 삶의 마지막 시간이 도래했습니다.

> *For further life in this world I ne'er hope,*
> *Nor will I sue, although the King have mercies*
> *More than I dare make faults.*
> *And dare be bold to weep for Buckingham,*

His noble friends and fellows, whom to leave

Is only bitter to him, only dying,

Go with me like good angels to my end,

And as the long divorce of steel falls on me

Make of your prayers one sweet sacrifice,

And lift my soul to heaven.

(……)

Pray for me! I must now forsake ye; the last hour

Of my long weary life is come upon me. (2.1.69~78, 132~133)

로마의 철학자 보이티우스Boethius의 저작에서 철학의 여신은 〈예상치 않았던 행운의 여신의 타격에 행복했던 세상이 뒤집히는 것 말고 비극의 절규가 달리 무엇이 있는가〉라고 말한다(24). 하지만 버킹엄은 행운의 여신에게 타격을 받았으면서도 귀족의 위엄을 지키면서 죽음을 수용함으로써 비극을 넘어설 가능성을 보인다. 이 점은 캐서린 왕비의 몰락의 경우 더욱 뚜렷하다.

두 번째 신사는 버킹엄의 처형과 함께 캐서린의 전락, 즉 〈헨리와 그녀의 이혼 소송이 소문으로A buzzing of separation between the King and Katherine〉(2.1.148~149) 이미 나돌고 있다. 헨리 왕은 런던 시장에게 〈감히 소문을 퍼뜨리는 자들의 입에 재갈을 물리고 중단시키라고 명령을 하달했다〉(2.1.151~153). 그러나 소문은 억누를수록 자라나서 급기야는 진실이 된다. 첫 번째 신사는 이번에도 왕비의 이혼을 계획하는 자는 추기경이며 이는 왕비의 조카 찰스 황제가 자신이 요청한 톨레도Toledo 대주교직을 거절한 데 앙심을 품은 탓이라 설명한다. 버킹엄의 경우에서처럼 런던 시민들의 입장을 대변하는 신사들은 울시가 권력자들을 거꾸러뜨리는 일종의 운명의 수레바퀴임을 암시해 준다. 소문을 전하면서도 길거리에서 이야기하는 것을 두려워하며 더 은밀한 곳에서 말하길 원하는 첫 번째 신사의 모습은 헨리 왕과 엘리자베스 여왕 나아가 제임스 왕 시대의 감시와 정보 정치의 단면을 드러내는 것이다. 피에르 사엘Pierre Sahel이 주장하듯이 헨리 8세의 궁정 안이나 밖은 두려움이 지배하고 있었으며, 소문은 말할 자유가 결핍된 곳에서 그에 대한 보충 기제로 발달한다. 절대주의가 소문을 배태하는 것만큼이나 소문은 절대주의를 배태한다(148~149). 작가는 또한 소문이 오가는 극장이 관제 언어에 대항하는 민중의 언어, 즉 이질 언어를 비교적 자유로이 나눌 수 있는 곳임을 시사한다. 셰익스피어 시대의 대중 극장의 번성에는 이런 원인도 있었을 것이다. 소문은 무대 위의 방백처럼 침묵의 소리이며 내면의 〈진실〉을 들춰내는 장치다.

  신사들의 이야기와 달리 시종장은 왕이 왕비와 이혼하려는 것은 형인 아서 왕자의 아내였던 캐서린 왕비를 부인으로 맞아들인 데 대한 양심의 가책 때문이라고 말한다. 소문과 전혀 다른 이야기다. 시종장의 설명에 정식으로 반발할 수 없는 서퍽은 방백으로 〈아니지요. 왕의 양심은 다른 여자 근처로 너무나 깊숙하게 기어들어 갔지요〉(2.2.16~17)라고 중얼거리며 헨리의 양심을 그의 색욕과 동일시한다. 이 작품에 빈번히 출현하는 〈양심〉이란 단어는 앤의 늙은 시녀 말처럼 한껏 늘어나는 가죽 장갑 같은 것으로(2.3.31~33) 도덕적 무감각이란 의미로 기울어져 있다. 셰익스피어는 늙은 시녀의 비유를 헨리가 울시에게 〈양심, 양심이여! 아, 이건 너무 부드러운 곳이어서 나는 그곳을 떠나야겠어〉(2.2.141~142)라고 말한 2막 2장 바로 이후에 삽입함으로써 왕의 위선을 폭로한다. 캐서린 왕비가 살아 있는 한 왕의 호의를 받아들일 수는 없다는 앤의 말을 시녀는 〈양념 같은 위선〉(2.3.26)이라고 질타하는데 이는 왕의 말에도 적용된다. 왕이 양심을 부드러운 곳이라고 표현함으로써 서편의 방백의 의미는 한층 부각된다. 여기서 부드러운 곳은 여성의 신체 부위를 동시에 지칭하기 때문이다. 따라서 프랭크 커모드Frank Kermode가 〈이 작품의 헨리 왕은 일종의 신과 같은 기능을 행사하는 것으로 재현되어 있다〉(172)고 주장한 것은 극의 구조적 아이러니를 완전히 무시한 결과다. 왕의 양심을 주장하던 시종장마저 앤을 본 순간 〈그녀에게 너무나 정교히 결합되어 있는 미모와 정숙함이 왕을 사로잡았구나〉(2.3.76~77)라고 혼잣말을 함으로써 왕의 양심이 그의 욕망을 감춘 가죽 장갑임을 인정한다. 버킹엄의 심판과 전락에서 유죄의 여부는 모호하게 남겨 놓았듯이 캐서린의 이혼 판결과 전락에서 또한 심판의 정당성 여부는 모호하게 처리하고 있다. 정치적으로 민감한 문제로부터 공교하게 빠져나갈 수밖에 없는 셰익스피어의 입장이 보이는 바다. 그러나 이런 반복적 모호성은 이 작품에서 제기되는 〈진실〉과 〈정의〉의 개념에 대해 근본적인 의문을 제기해 준다.

셰익스피어는 작품 2막 4장의 이혼 재판에 앞서 2막 1장 후반부터 2막 3장까지에 걸쳐 앤과 왕의 만남과 양심의 문제를 미리 제기함으로써 구조상으로도 재판이 사실이나 정의의 문제보다는 권력 다툼의 볼거리임을 강하게 암시한다. 그녀의 재판은 도미니크Dominique회 수도원이었던 블랙 프라이어스 수도원에서 행해지는데, 이 수도원은 셰익스피어 당대의 사설 극장이다. 당대 관객들에게 캐서린의 재판은 사설 극장의 볼

거리가 된 셈이다. 캐서린은 재판관 중 한 명인 울시가 〈고위 성직보다는 개인적인 명예를 더 존중하는 사람이기 때문에〉(2.4.116~117) 재판을 기피하고 나가 버린다. 그러자 헨리는 캐서린의 태생의 고귀함과 그녀의 고매함을 칭찬하며 자신이 이혼을 결심하게 된 연유를 양심의 문제와 관련지어 장황하게 설명한다. 헨리는 아내 캐서린과의 결혼이 정당한 것인지 의문과 양심의 가책을 갖게 된 것은 딸 메리Mary 공주와 프랑스의 프랑수아 1세의 둘째 아들이자 이후 앙리 2세가 되는 오를레앙 공작의 혼담이 오갈 때 청혼사로 온 바욘Bayonne 주교가 혼담의 성사 직전 딸의 적자 여부에 의문을 제기하면서부터였다고 말한다. 그의 설명이 전적으로 부당하지는 않으나 20년 이상 지속된 결혼 생활을 이 시점에 문제 삼는 것 자체가 이미 설득력이 없다. 설령 그 설명이 진실이라 한들 그 진실은 가죽 장갑처럼 쉽게 뒤집을 수 있는 것 아닌가 하는 근본적인 의구심이 생기게 된다. 이혼 법정에서 그가 캐서린의 고매함을 칭찬하는 것 역시 과연 어디까지가 진심인지 파악하기 어렵다. 윌리엄 베일리William Baillie의 지적처럼 〈우리는 헨리의 이혼 문제에 있어 그의 진심과 동기를 결정할 수 없는 상태에 처해 있다〉(261). 이런 의도적 애매성은 작가 입장에서의 판단을 유보하고 독자에게 그 몫을 돌리는, 상충하는 것들을 결합시키는 셰익스피어 극작술의 결과다.

〈아무리 정직한 사람이라도 영국인인 이상 자신을 편들 자 없고, 자신의 공공연한 친구가 되어 왕의 뜻에 반하고도 살아남을 자 없다는 사실을 잘 아는〉(3.1.84~87) 캐서린은 병이 들어 킴볼턴Kimbolton에 있는 집에 스스로를 유폐하다시피 한다. 셰익스피어는 역사상 1533년 11월에 있었던 앤 불린의 대관식 장면을 캐서린이 임종을 맞는 4막 2장 직전

4막 1장에 배치함으로써 이 두 사건의 역사적 연계성을 강조한다. 캐서린은 1536년 사망하지만 셰익스피어는 극적 효과를 높이기 위해 실제로는 1533년과 1536년이라는 시간 차를 가진 두 사건을 동시적인 것으로 처리하고 있으며, 캐서린의 죽음이 앤의 등극에서 비롯한 마음의 병 때문임을 강조한다. 대관식의 화려함과 쓸쓸한 임종이 극적인 대조를 보인다. 그러나 작가는 캐서린의 죽음을 결코 비극적인 전락으로 처리하지 않고 앞서 버킹엄의 경우보다 훨씬 강도 있게 천국에서의 재생, 혹은 성모의 승천과 유사한 재생의 과정으로 처리함으로써 진정한 희극으로 탈바꿈시킨다. 그녀는 병상에서 페이션스Patience란 이름의 시녀의 시중을 받는 것으로 되어 있는데 이는 임종에 직면한 그녀의 정신적 미덕을 상징하기 위함이다. 〈페이션스, 항상 내 곁에 있어 다오. 나를 더 낮게 눕혀다오〉(4.2.76)라는 캐서린의 부탁은 실로 자신의 영혼에 속삭이는 것처럼 들린다. 죽음 직전에 캐서린은 천계의 음악을 명상하며 여섯 천사들이 자신에게 내려오는 환시를 경험한다. 흰옷의 천사들이 하늘에서 내려와 그녀에게 절하며 화관을 머리에 씌워 주는 장면은 성모 승천을 극 중에서 보는 것처럼 느끼게 하며 제임스 왕 시절의 화려한 궁중 가면극을 연상시킨다. 천사들의 흰옷은 순결과 구원을 상징하는데, 이는 세상 사람들이 자신이 순결한 부인으로 죽었음을 알 수 있도록 관 위에 순결한 꽃을 뿌려 달라는 캐서린의 마지막 부탁과 연결된다.

셰익스피어는 캐서린의 장례를 오필리아Ophelia의 장례와 연계시킴으로써 이들의 희생과 순결을 강조한다. 천사들이 캐서린의 머리에 씌운 월계관은 지상에서의 영광, 궁극적 승리를 상징하며 종려나무 화관은 그녀의 영원한 순례의 시작을 의미한다. 천사들은 하나같이 무릎 꿇고 그녀를 경배함으로써 그녀를 성모 마리아처럼 숭배한다. 이 〈평화의 정령들〉(83)은 캐서린에게 영원한 안식과 행복의 약속이다. 셰익스피어는 앤의 대관식과 천사들의 초대를 받은 캐서린의 천상의 〈잔치 *banquet*〉(4.2.88)를 대조시키면서 앞서 1막 1장에서 버킹엄과 노퍽 백작이 논했던 〈지상의 영광〉이 허영이며 바람임을 암시한다. 환시 가운데서 천사들을 만나기 전에 자신을 파국으로 몰고 간 울시 추기경을 용서하고 그의 영혼이 평화롭게 잠들기를 기도함으로써 캐서린은 자신이 〈평화의 정령들〉과 함께할 수 있도록 준비한 셈이다. 프랭크 브라운로Frank W. Brownlow는 캐서린의 천상의 환시가 세속적인 극의 세계와 매우 동떨어진 다른 차원의 현실을 끌어들임으로써, 세속적인 일들을 비실재하는 것으로 바꿔 버린다고 주장하면서 이 점을 문제 삼는다(198). 그런데 필자는 이 문제점이야말로 작품을 역사극에서 로맨스, 즉 신화적 세계로 이끄는 요인이라고 생각한다.

　이 작품의 역사적 사건들은 전락의 주제를 다룬 비극적 모형을 전개하고 있는데, 이 비극의 고리를 끊고 희극적 세계로 나아가는 것이 바로 재생의 모티프다. 5막의 크랜머의 예언이 4막까지와 구조적으로나 주제적으로 연관을 맺는 것은 이런 측면에서다. 연대기극을 축제극으로 전환하기 위해 셰익스피어(혹은 플레처)는 세속적 역사극을 기독교적 의미의 희극으로 탈바꿈시켰다. 5막은 역사적 사실을 그리는 것이 아니라 미래에 대한 염원을 그리고 있다. 로맨스는 꿈의 투영물이다. 「헨리 8세」는 비극적 역사극의 전개를 보이다가 마지막 순간 로맨스로 도약함으로써 〈사실〉에 근거한 역사극의 범위를 벗어난다. 그렇다고 이 불안한 동거가 극 중에서 준비되지 않은 것, 급작스러운 것은 아니다.

버킹엄의 재판과 처형장으로의 이송에 대해 이야기하던 두 신사의 입을 통해 캐서린의 몰락을 넌지시 알린 것과 마찬가지로, 셰익스피어는 캐서린의 재판과 거의 동시에 행해진 궁정 귀족들의 대화를 통해 이번에는 울시 추기경의 몰락을 암시한다. 작가는 1530년에 죽은 추기경과 1536년에 죽은 캐서린을 동일한 시간 위에 위치시키고 있다. 이렇게 시간을 압축적으로 처리함으로써 그는 역사적 사건들이 복잡한 인과 관계로 얽힌 그물망 안에 있음을 시사한다. 그 전략이 시종장이나 노픅, 서리, 서픅 백작 같은 귀족들의 입을 통해 이야기된다는 점에서 우리는 〈궁정-추기경〉인 울시의 몰락이 왕 주변의 궁정 귀족들 사이에 배포된 은밀한 사건임을 알 수 있다. 캐서린이 지적하듯이 〈말이나 뜻에 있어서 항상 이중적인〉(4.2.38~39) 그는 왕의 마음을 빼앗은 앤이 〈강한 루터주의자〉(3.2.99)로서 가톨릭에 유익하지 못한 존재라는 점을 들어 헨리와 프랑스의 프랑수아 1세의 동생 알랑송 백작 부인duchess of Alençon의 결혼을 추진한다. 항상 자신의 권세를 성직에 앞세우는 울시는 〈다루기 힘든 왕〉(3.2.101)의 마음을 오판하는 한계를 보인다. 그러나 헨리와 추기경의 사이가 소원해질 기미는 캐서린과의 이혼 재판을 신속히 처리하지 못하고 지연시켰던 과정에서 이미 보였던 바다.

크랜머에 대한 왕의 신뢰가 높아짐에 따라 급격히 초조함에 빠지기 시작한 울시는 자신의 불안한 처지를 왕의 새 여인을 통해 만회하려 하는데 이러한 조급함이 외려 그의 판단력을 흐리게 된다. 왕에게 보낸 국서 뭉치에 자신의 재산 목록과 캐서린의 이혼 재판을 지연시켜 달라고 교황에게 보낸 서신을 잘못 끼워 넣음으로써 그는 빠져나올 수 없는 올가미에 스스로 걸려든다. 서픅 백작은 추기경의 실수가 〈하늘의 뜻이며, 폐하의 눈을 밝게 하기 위해 어떤 정령이 서류 뭉치 속에 이 재산 목록을 끼워 넣은 것입니다〉(3.2.127~129)라고 왕에게 말하지만, 이는 그렇다기보다는 앞서 추기경이 버킹엄의 고해 신부와 마름을 매수했던 것처럼 귀족들이 추기경의 비서나 부하를 매수한 결과일 가능성이 크다. 자신들의 책략을 하늘의 뜻으로 돌리는 왕실 귀족들 역시 마키아벨리적인 현실 정치를 종교로 가진다는 점은 울시 추기경과 매한가지다.

영국의 대주교가 로마 교황에게 보내는 편지가 왕의 수중에 들어갔다는 사실은 당시 왕의 권력이 얼마나 정보 조직과 검열에 의존했는지를 단적으로 보여 준다. 울시 자신도 인정하는 그의 전략은 이 극의 전반부인 역사적 사료에 기준한 부분이 그의 몰락을 정점으로 하고 있음을 알려 주는 한편, 연대기적 역사극이 전략의 주제를 전개함을 드러낸다.

내 영예의 최고 정점을 찍었으니
그 영광의 자오선에서
나는 서둘러 석양을 향한다. 저녁 하늘 빛나는 유성처럼
나는 추락하고
더 이상 나를 바라볼 이 하나 없을 것이다.

I have touched the highest point of all my greatness,
And, from that full meridian of my glory,
I haste now to my setting. I shall fall
Like a bright exhalation in the evening,
And no man see me more. (3.2.223~227)

중천에 다다른 해가 필연적으로 서쪽으로 기우는 것처럼 그는 이미 정점에 오른 자신의 세속적 권력이 이우는 일만 남았다는 사실을 받아들인다. 자신을 밤하늘의 유성에 견주는 데서 알 수 있듯이 그는 세속 권력이 덧없는 한순간의 것임을 인정하고 있다. 그의 모든 관직과 재산을 박탈하러 온 시종장을 비롯한 귀족들은 하나같이 그의 교만을 질타하며 조롱하는데, 이때의 그들은 흡사 한 사람에게 집단 폭행을 가하는 뒷골목 갱들의 모습이다.

세속적 권력을 모두 빼앗기고 나서야 울시는 리어 왕처럼 마음의 눈을 뜨기 시작한다. 그의 육체가 기우는 순간 역설적으로 정신은 상승하는 것이다. 전락이 클수록 솟구침도 크다. 운명의 수레바퀴에 의한 전락이라는 주제를 다루면서도 셰익스피어의 작품이 중세극과 구분되는 이유는 그런 전락을 정신의 고양과 짝을 지워 극화했기 때문이다. 이는 르네상스라는 시대에 널리 퍼진 〈연관적 사고associative thinking〉의 반영인 한편 르네상스인들의 내면 의식 발달의 반영이기도 하다. 울시의 독백은 버킹엄의 독백과 마찬가지로 그를 음해한 자들은 결코 알지 못할 〈진실〉을, 〈마음이 새롭게 열림을 느끼는〉 평온을 담고 있다.

> 나의 권좌와도 긴 이별, 이별이구나!
> 사람살이가 이런 것이지. 오늘 희망의
> 새잎을 틔웠다가 내일이면 꽃을 피우고
> 붉은 영광의 과실들을 잔뜩 맺었다가
> (……)
> 급기야 추락하는 거지, 내가 지금 그러하듯.

(……)

추락할 땐 루시퍼처럼 추락하는 법이어서

다시는 희망을 갖지 못하는 법.

Farewell, a long farewell to all my greatness!

This is the state of man: today he puts forth

The tender leaves of hopes, tomorrows blossoms,

And bears his blushing honours thick upon him.

(……)

And then he falls, as I do now.

(……)

And when he falls, he falls like Lucifer,

Never to hope again. (3.2.351~372)

　바다 넓은 줄 모르고 부레 타고 나갔다가 심해에 수장되고 마는 멋모
르는 아이들처럼 자신의 몰락을 자만심의 탓으로 돌리는 이 독백은 자만
심에 대한 위험을 알리는 르네상스 시대의 설교문 같다. 위 인용문의 생
략전 부분에 나오는 〈장난치는 아이들〉이라는 표현은 「리어 왕」의 글로
스터가 말하는, 심심풀이로 파리를 잡아 죽이는 〈장난치는 아이들〉을 연
상시키며, 이는 이 독백이 셰익스피어의 창작임을 확인시켜 준다. 울시가
자신을 루시퍼에 비유한 것은 앞서 자신의 전락을 유성에 비유한 것과
마찬가지로 기독교적 확장이다. 이를 통해 그는 자신의 생각과는 반대로
전락으로써 솟아오르는 것이다. 물론 그가 세속적 관심을 한순간에 온전

히 버리지는 않았다는 것은 크롬웰에게 〈바깥소식은 어떤가?〉(391)라고 묻는 대목에서 알 수 있다. 그러나 이는 치안관인 쉘로가 대화 중 갑자기 소 값의 시세를 묻는 것과 마찬가지로 인간적인 진실에 가깝다. 크롬웰에게 고백하듯이 울시는 이제 전락 가운데서 〈모든 세상의 권위를 넘어서는 평화와 양심의 평온〉(3.2.379~380)을 느낀다. 왕의 총애에 매달리는 것이 얼마나 불안하고 허망한 일인가를 깨달았다는 그가 크롬웰에게 왕에게 충성할 것을 권고하는 모습은 모순처럼 보이나, 이는 그가 이제 충성과 야심을 구분한다는 것을 보여 주는 예이기도 하다.

지금껏 부정적으로만 그려졌던 그를 죽음의 순간 영혼의 재생을 경험하는 인물로 묘사함으로써 셰익스피어는 버킹엄, 캐서린의 경우에서처럼 죽음을 넘어서는 초월적 세계를 부각시킨다. 캐서린의 집사 그리피스 Griffith가 울시의 최후를 주인에게 전하는 대목은 일종의 조사 epitaph 다. 캐서린이 그리피스를 〈정직한 기록자〉(4.2.72)로 인정케 함으로써 울시에 대한 그의 긍정적인 평가가 죽은 자에 대한 관대함이나 아첨과 거리가 있다는 것을 작가는 강조해 보인다. 그리피스의 말처럼 울시는 〈권력으로 말미암아 행복을 잔뜩 맛보았으며, 바로 그때서야 작은 자의 축복을 발견했다〉(4.2.64~66). 기독교의 역설을 체험하고 하느님을 두려워하며 죽음으로써 울시는 그의 영혼을 천국으로 가져갔다는 것이다.

셰익스피어가 버킹엄, 캐서린, 울시의 죽음을 기독교적인 재생의 차원으로 편입시킴으로써 초월적 세계를 끌어들이고 끊임없이 세속적 명예를 약화시키는 것은 사실이다. 그러나 이러한 태도가 역사를 하느님의 섭리가 발휘되는 장으로, 통치자를 하느님의 섭리를 대리하는 자로 보는 신권적 역사관에 직결된다고 보기는 어렵다. 작중에서 이들의 전락의 배

370

후에 있는 인물 헨리를 신의 대행자로 보기에는 그가 그 이미지와 지나
치게 동떨어지게 묘사되어 있기 때문이다. 셰익스피어는 역사와 신화의
모호한 대립을 로맨스의 염원 속으로 투영시키고 판단은 어디까지나 관
객이나 독자의 몫으로 유보해 두고 있다.

III

크랜머는 울시의 빈자리를 대체한 인물이다. 울시의 표현처럼 그는 〈왕
의 은총이라는 보금자리에 기어들어 왕의 신탁이 되었다〉(3.2.102~104).
이제 그는 캔터베리의 대주교로 〈왕의 손과 혀〉(5.1.38)가 되어 어느 누구
도 함부로 그를 비난할 수 없을 만큼 높은 권력자의 자리에 오른다. 그러
나 그 역시 울시의 경우와 마찬가지로 추밀원 귀족들의 시샘을 받아 이
단을 전파했다는 죄목으로 기소된다. 그렇지만 그를 앞선 인물들과 동일
선상에서 전락의 주제에 적합한 인물로 간주하기에는 무리가 있다. 커모
드는 이 작품을 〈전락의 모음집〉이라고 평하며 크랜머를 포함한 네 명의
전락이 나타난다고 주장하지만(173) 사실 크랜머의 심판은 틸야드도 지
적했듯이 왕의 절대 권력을 부각시키고 영국 찬양이라는 주제에 합류하
여 왕권의 영광을 강화하는 역할을 한다(Tillyard, Shakespeare's Last Plays
52)고 보아야 옳을 것이다. 다시 말해서 그의 기소와 좌절된 심판은 영국
의 역사를 신화적 로맨스로 올려놓는 디딤돌이다.

크랜머를 소환해 놓고 문전에서 하인들과 함께 기다리게 한 추밀원 귀
족들의 모독적인 처사에 분노를 느끼며 헨리는 주치의 버츠Butts와 이층
창가에서 그들을 내려다본다. 여기서 헨리는 「태풍」의 프로스페로처럼

절대 권력을 행사하는 인물로 부각되고, 그의 절대 권력은 후자의 마법처럼 내려다보는 눈, 즉 감시와 처벌에서 비롯된다는 사실이 상징적으로 드러난다. 크랜머의 재판이 진행되는 5막 2장은 극중극의 형식을 취하고 있으며 왕의 눈에 초점이 맞춰져 있다. 커튼이 드리워져 있는 까닭에 아래에서는 왕을 볼 수 없지만 위에서는 장막 뒤에 몸을 감춘 채 아래를 관찰할 수 있다. 왕은 자신이 크랜머에게 하사한 반지가 추밀원의 귀족들이 그를 기소하려는 순간 프로스페로의 지팡이처럼 그들을 좌절시키는 절대적 힘을 발휘하는 것을 관객으로서, 그러나 실제로는 연출가로서 즐기고 있다. 정작 중요한 것은 이를 다시 바라보는 관객들 역시 절대 왕권이 발휘되고 작용되는 방식을 보고 헨리 왕처럼 흡족해했을까 하는 점이다. 셰익스피어 시대의 극장에서는 자신에 대한 소문이나 비방을 막으려는 왕의 노력을 폭로하고, 감시의 망을 뚫은 소문이 절대 권력의 틈새를 떠도는 것을 공공연하게 보여 줌으로써 권력의 행사자인 왕을 볼거리로 재현시킨다. 극장은 왕의 감시의 눈을 포착하는, 절대 권력을 관찰하는 또 하나의 눈인 셈이다.

버킹엄, 캐서린, 울시의 경우와 달리 전락의 순간에 직접 개입해 구출해 낸 크랜머에게 헨리는 갓 태어난 엘리자베스의 대부가 되어 세례를 줄 것을 부탁한다. 1533년 궁정에서 있었던 엘리자베스의 세례식에서 크랜머는 그녀를 시바의 여왕에 비유하며 진리와 지혜의 화신으로 찬양한다.

선이 그녀와 함께할 것이다.
그녀의 치세 동안 만백성은 자신의 포도나무 아래서
자신이 가꾼 것을 안전하게 먹고, 온 사방으로

태평성대를 노래할 것이다.

(……)

이 평화가 그녀에게서 그치는 것 아니라 기적의

새, 순결한 불사조가 죽으면 그 재에서

자신만큼이나 경탄할 만한 대단한 후계자를 새로

탄생시키는 것처럼 그녀가

자신의 축복을 다음 사람에게 물려줄 때

즉 하늘이 이 먹구름으로부터 그녀를 부를 때,

그자는 그녀의 성스러운 영광의 재로부터

별처럼 떠올라 그녀만큼이나 큰 명성을 얻고

굳게 서게 될 것이다. 이 선택된 아이를 그의 하인인

평화, 풍요, 사랑, 진리, 두려움이 섬길 것이며

포도나무처럼 그와 함께 자랄 것이다.

Good grows with her;

In her days every man shall eat in safety

Under his own vine what he plants, and sing

The merry songs of peace to all his neighbors.

(……)

Nor shall this peace sleep with her; but as when

The bird of wonder dies, the maiden phoenix,

Her ashes new create another heir

As great in admiration as herself,

So shall she leave her blessedness to one ―

When heaven shall call her from this cloud of darkness ―

Who from the sacred ashes of her honour

Shall star-like rise, as great in fame as she was,

And so stand fixed. Peace, plenty, love, truth, terror,

That were the servants to this chosen infant,

Shall then be his, and like a vine grow to him. (5.5.32~49)

크랜머는 엘리자베스 여왕 대에 황금시대가 다시 도래하여 태평성대가 계속되리라 예언한다. 그는 진리가 양육한 그녀가 자신의 시대에는 물론 다음 시대에도 계속 군주의 귀감으로 남을 것이요, 불사조처럼 그녀의 유해에서는 그 명성에 버금가는 새 군주가 태어나 그녀가 보였던 풍요와 평화와 사랑과 진리가 이어질 것이라며 제임스 왕 대까지 찬양한다. 「맥베스」의 환영들이 뱅쿠오Banquo부터 제임스에까지 이르는 스코틀랜드의 정통성을 알렸던 대목을 연상시킨다. 그러나 헨리가 더없이 즐기고 있는 이 예언을 자세히 들여다보면 그것이 지상의 절대 권력에 대한 찬양 일색만은 아니라는 것을 알 수 있다. 그는 엘리자베스의 죽음을 〈이 먹구름〉으로부터의 승천이라 표현함으로써 버킹엄이나 울시처럼 세속의 명예와 권력을 기독교적 세계관의 〈유희〉나 〈허영〉과 연결시키고 있으며 제임스의 등극을 〈별처럼〉이라 표현함으로써 울시가 비유한 것처럼 그 영광을 저녁 하늘에 잠깐 보였다가 사라지고 마는 유성의 이미지와 연결시키고 있다.

크랜머의 염원은 역사를 로맨스의 차원으로 끌어들이는 것이지만, 이

로맨스가 결코 역사적 〈진실〉에서 자유로운 것이 아니라는 것을 셰익스피어는 이 극적 아이러니를 통해 강조한다. 엘리자베스와 제임스의 시대가 풍요와 번영, 평화와 진실의 시대가 될 것이라는 그의 예언은 〈진실〉과는 거리가 있는 찬양이자 염원으로, 사실을 불사조와 같은 신화적 차원으로 변모시켜 버림으로써 진실성을 외려 약화시키는 결과를 낳고 있다. 그의 염원이 그저 감상적 회구에 그친다는 사실은 5막 전체, 특히 그의 언어에 독창성이 결여되었고 다른 이의 말을 반복하는 데서 드러난다. 전체적으로 셰익스피어는 크랜머의 언어에 무게를 크게 싣고 있지 않다. 가령, 추밀원의 재판에서 이단적 생각들을 퍼뜨려 공공의 질서와 안전을 해쳤다고 비난을 받았을 때 크랜머는 악의에 찬 사람들은 선을 악으로 해석한다고 대답하는데 이는 앞서 증세 부과에 대해 추궁받았을 때 울시가 했던 대답과 거의 동일하다.

크랜머 질투심과 사악한 적개심을
먹고 사는 사람들이
최선의 사람들을 감히 물어뜯는 법입니다.

Cranmer: Men that make
Envy and crooked malice nourishment
Dare bite the best. (5.3.43~45)

울시 우리가 하는 최선의 일들을
질투심에 찬 혹평가들, 즉 무력한 자들은

우리 것으로 돌리지도 인정하지도 않는 법입니다.

Wolsey: What we oft do best,

By sick interpreters, once weak ones, is

Not ours, or not allowed. (1.2.81~82)

또한 크롬웰이 윈체스터 주교 가드너Gardiner에게 지나치게 크랜머를
몰아세우지 말라고 권고하는 대목은 울시의 관직과 재산을 박탈하는 과
정에서 시종장이 서리 백작에게 몰락한 추기경을 지나치게 비난하지 말
것을 권고하는 대목을 그대로 답습한다.

크롬웰 추락하는 사람의 등에 무게를 더하는 것은
잔혹한 일입니다.

Cromwell: 'tis a cruelty

To load a falling man. (5.3.76~77)

시종장 백작이시여,
추락하는 사람을 짓누르지 마소서.

Lord Chamberlain: O my lord,

Press not a falling man. (3.2.332~333)

이러한 반복적인 언어 구사는 극의 앞부분을 의식한 플레처의 저작일 가능성이 크지만 어쨌든 결과적으로는 크랜머의 인물 묘사를 매우 피상적으로 만들고 있으며, 때문에 그가 말하는 〈위안의 신탁〉(5.5.66)은 사실에 근거하는 긴장감이 떨어진다. 프레더릭 워즈Frederick Waage가 주장하듯이 크랜머의 목소리는 개인적인 목소리가 아니라 의무감에서 나온, 의식상의 탈(脫)육화된 목소리다(299). 더구나 제임스 왕이 번성하여 〈산속의 백향나무처럼 그의 가지가 널리 퍼져 그의 주변 벌판에까지 뻗칠 것이다〉(5.5.52~54)라는 그의 예언은 1612년의 헨리 왕자의 죽음으로 헛된 소망에 그치고 만다.

역사극으로서 「헨리 8세」는 사실상 일련의 죽음을 다룬 4막에서 끝난 셈이며 5막 후반은 일종의 코다coda다. 크랜머의 예언은 독자나 관객으로 하여금 사실과 허구의 경계에 의문을 갖게 하며 작품의 부제 〈모든 것이 사실(진실)이다〉의 의미를 다시금 생각하게 한다. 역사적 진실, 혹은 사실이 〈선택된〉 것이라면 그 진실은 허구와 차원이 다른 것인지 아니면 비슷한 것인지, 허구의 신뢰성이 더 큰 것인지 아니면 사실의 비(非)신뢰성이 더 합당한 것인지에 대해서 여전히 의문이 남는다(Anderson 153). 이 작품에서 〈선택된chosen〉이라는 표현은 두 번 사용됐는데 한 번은 「서곡」이 말하는 이 작품의 역사적 사실, 즉 〈우리들의 선택된 진리〉라는 부분에서, 다른 한 번은 크랜머가 엘리자베스에게 세례를 주며 〈이 선택된 아이〉라고 말하는 부분에서이다. 첫 번째 선택이 인간에 의한 지상의 것이라면, 두 번째 선택은 하느님에 의한 천상의 것이다. 이 두 가지 차원이 공존하고 있는 「헨리 8세」에서 전자가 역사의 차원이라면 후자는 종교와 신화의 차원이며, 이러한 맥락에서 극의 방향은 역사에서 신화적 로맨스로 향하는 것이다. 이 작품에 상존하는 모호성과 극적 아이러니는 이 두 차원의 불편한 동거에서 비롯한다. 기독교적 세계관이 역사적 현실을 완전히 포섭한다면, 이러한 상충과 갈등 없이 신화적 로맨스의 세계로 용해되겠지만 셰익스피어는 결코 역사를 신의 차원에서 이상적인 것으로 생각하지 않는다.

IV

1612년 셰익스피어는 「헨리 8세」를 통해 후기 로맨스극의 세계에서 당시로서는 이미 창작력이 다했던 역사극의 세계로 돌아오지만, 이 역사극의 〈진실〉을 다시 로맨스의 세계로 끌고 간다. 4막에 이르기까지 역사적 사실에 근거하여 위대한 인물들의 전락을 연대기적으로 그린 이 작품은 그러나 전락으로부터의 정신적인 재생, 다시 말해 비극으로부터의 〈온전한 재생*complete regeneration*〉(Tillyard, Shakespeare's Last Plays 22)을 보여 줌으로써 비극을 희극으로 전환시킨다. 이런 유형은 로맨스극이 보이는 비희극적 성격을 반영한 것이다. 반면에 5막에서의 크랜머의 재판은 전락의 주제에서 벗어나 메타극의 형식을 통해 왕의 절대 권력을 강조하는 기능을 한다. 그렇지만 이 절대 권력은 앞서 전락을 겪은 권력가들의 진실, 바꿔 말해 지상의 영광은 허영이라는 기독교적 세계관 앞에서 그 의미가 퇴색된다. 크랜머의 말처럼 지상에서의 삶이 〈어두운 먹구름〉의 시간들이라면 이곳에서의 명예는 큰 의미를 지니지 못한다.

「헨리 8세」에서 셰익스피어는 프로스페로가 말하는 〈우리는 꿈으로 이루어진, 그러한 존재들이다〉라는 로맨스의 세계에 너무 깊숙이 발을 딛고 있어서 역사적 현실 자체에 큰 비중을 두지 않는다. 세속적 권력과 기독교적 세계관 사이의 충돌과 불편한 동거가 이 작품의 모호성을 증대시키며, 이는 작품 전체에 걸쳐 계속되는 극적 아이러니를 통해 드러난다. 「헨리 8세」는 역사적 〈진실〉과는 거리가 있으나, 역사적 실재에 의문을 제기한다는 점에서 오히려 〈진실〉에 가까운 작품이다. 틸야드의 지적처럼 이 작품에는 그의 가장 위대한 극들에 활력을 불어넣었던 작가의 창조적 에너지가 결여되어 있다(Tillyard, Shakespeare's Last Plays 53). 사실에 바탕을 둔 역사극과 신화적 상상력에 바탕을 둔 로맨스의 세계는 「헨리 8세」에서 쉽게 융화되지 않은 채 남아 있다. 역사와 로맨스가 여전히 융합되지 못한 채 열린 결말을 보이는 「심벌린Cymbeline」(1609)처럼 이 작품 역시 역사를 염원과 이상의 투영물로 제시함으로써 사실에서 유리시키고 있다. 세상을 꿈으로 보는 기독교적 세계 인식은 로맨스의 세계와는 쉽게 상통하지만 세속 권력의 정치 세계를 다루는 역사극의 세계와는 항상 거리를 유지하기 때문이다. 그러나 이 거리야말로 「헨리 8세」가 왕실의 특정 행사를 기념하기 위한 축제극이요, 자신의 주문 생산품임을 알리는 작가의 기호가 아닐까?

참고 문헌

Anderson, Judith H. *Biographical Truth*. New Haven: Yale University Press. 1984.

Baillie, William M. "*Henry VIII*: A Jacobean History". *Shakespeare Studies* 12(1978). 247~266.

Berman, Ronald. "*King Henry the Eighth*. History and Romance". *English Studies* 48 (1967). 112~121.

Berry, Edward. "*Henry VIII* and the Dynamics of Spectacle". *Shakespeare Studies* 12 (1979). 229~246.

Bertram, Paul. "*Henry VIII*: The Conscience of the King". *In Defense of Reading: A Reader's Approach to Literary Criticism*, eds. Reuben Brower and Richard Poirier. New York: E. P. Dutton. 1962. 151~173.

Bliss, Lee. "The Wheel of Fortune and the Maiden Phoenix of Shakespeare's *King Henry the Eighth*". *ELH* 42 (1975). 1~25.

Boethius, Anicius. *The Consolation of Philosophy*. Trans. Richard Green. London: Macmillan. 1962.

Brownlow, F. W. *Two Shakespearean Sequences: Henry VI to Richard II and Pericles to Timon of Athens*. Pittsburgh: University of Pittsburgh Press. 1977.

Cox, John D. "*Henry VIII* and the Masque". ELH 45 (1978). 390~409.

Felperin, Howard. "Shakespeare's *Henry VIII*: History as Myth". *Studies in English Literature 1500~1900* 6 (1966). 225~246.

Kermode, Frank. "What is Shakespeare's *Henry VIII* About?" *Shakespeare: The Histories: A Collection of Critical Essays*, ed. Eugene M. Waith. Englewood Cliffs, N.J.: Prentice-Hall. 1965. 168~179.

Kurland, Stuart M. "*Henry VIII* and James I: Shakespeare and Jacobean Politics". *Shakespeare Studies* 19 (1987). 203~217.

Leggatt, Alexander. "*Henry VIII* and the Ideal England". *Shakespeare Survey* 38 (1985). 131~143.

Ornstein, Robert. *A Kingdom For a Stage: The Achievement of Shakespeare's History Plays*. Cambridge, Mass.: Harvard University Press. 1972.

Tillyard, E. M. W. *Essays, Literary and Educational*. New York: Barnes and Noble. 1962.

_____. *Shakespeare's Last Plays*. New York: Barnes and Noble. 1968.

Sahel, Pierre. "The Strangeness of a Dramatic Style: Rumour in *Henry VIII*". *Shakespeare Survey* 38 (1985). 145~151.

Schreiber-McGee, F. ""The View of Earthly Glory": Visual Strategies and the Issue of Royal Prerogative in *Henry VIII*". *Shakespeare Studies* 20 (1988). 191~200.

Shakespeare, William. *King Henry the Eighth*, ed. A. R. Humphreys. London: Penguin. 1971.

Shakespeare, William. *King Henry VIII: The New Cambridge Shakespeare*, eds. John Margeson and Brian Gibbons. Cambridge: Cambridge University Press. 1990.

Waage, Frederick O., Jr. "*Henry VIII* and the Crisis of the English History Play". *Shakespeare Studies* 8 (1975). 297~309.

Wickham, Glynne. "The Dramatic Structure of Shakespeare's *King Henry the Eighth*: An Essay in Rehabilitation". *Proceedings of the British Academy* Vol. 70 (1984). 149~166.

찾아보기

지은이 **박우수** 한국외국어대학교 영어과를 졸업하고 서울대학교 대학원 영어영문학과에서 문학 박사 학위를 받았다. 충북대학교 영어영문학과 교수를 지내고 현재 한국외국어대학교 영어과 교수로 재직 중이다. 지은 책으로 『셰익스피어와 인간의 확장』, 『종교개혁과 르네상스 영문학』, 『수사학과 말의 힘』, 『수사적 인간』 등이 있고, 옮긴 책으로 『포스터스 박사의 비극』, 『수사학의 철학』, 『인문과학의 수사학』(공역), 『베니스의 상인』, 『안티고네』, 『새로운 인생』, 『햄릿』, 『리어 왕』, 『소네트집』 등이 있다.

셰익스피어의 역사극

발행일 2012년 9월 20일 초판 1쇄

지은이 박우수
발행인 홍지웅
발행처 주식회사 열린책들

경기도 파주시 문발로 253 파주출판도시
전화 031-955-4000 팩스 031-955-4004
www.openbooks.co.kr

Copyright (C) 주식회사 열린책들, 2012, Printed in Korea.
ISBN 978-89-329-1589-0 93840

이 도서의 국립중앙도서관 출판시도서목록(CIP)은 e-CIP 홈페이지(http://www.nl.go.kr/ecip)와 국가자료 공동목록시스템 (http://www.nl.go.kr/kolisnet)에서 이용하실 수 있습니다.(CIP제어번호: CIP2012004148)